翻译的艺术

许渊冲 著

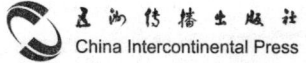

五洲传播出版社
China Intercontinental Press

图书在版编目（CIP）数据

翻译的艺术 / 许渊冲著 . -- 北京 : 五洲传播出版社 , 2017.11（2021.7 重印）
ISBN 978-7-5085-3677-4

Ⅰ.①翻… Ⅱ.①许… Ⅲ.①文学翻译－文集 Ⅳ.① I046-53

中国版本图书馆 CIP 数据核字 (2017) 第 129249 号

- -

著　　　者：许渊冲
出 版 人：荆孝敏
责 任 编 辑：张美景
装 帧 设 计：丰饶文化传播有限责任公司

翻译的艺术

出 版 发 行：五洲传播出版社
地　　　址：北京市海淀区北三环中路 31 号生产力大楼 B 座 7 层
邮　　　编：100088
电　　　话：010-82005927，82007837
网　　　址：www.thatsbooks.com
承 印 者：中煤（北京）印务有限公司
版　　　次：2021 年 7 月第 1 版第 2 次印刷
开　　　本：16 开
字　　　数：303 千字
印　　　张：21.5
定　　　价：56.00 元

目录

初版前言 5

修订版前言 7

总 论

中国学派的文学翻译理论 14

有中国特色的文学翻译理论 34

通 论

翻译中的矛盾论 51

翻译的标准 58

忠实与通顺 65

直译与意译 73

意美·音美·形美：三美论 95

浅化·等化·深化：三化论 104

知之·好之·乐之：三之论 119

三美与三似论——《唐宋词选》英、法译本代序 130

三美与三化论 140

扬长避短优化论 152

发挥优势竞赛论——译文能否胜过原文 158

再创论与艺术论 171

翻译的哲学 189

文学翻译与翻译文学 198

文学翻译：1+1=3 205

谈"比较翻译学" 214

专 论

评毛泽东词《赠杨开慧》英、法译文 225

评《周恩来诗选》英、法译文 233

李白与拜伦 241

评白居易《长恨歌》英译文 254

评李清照词英译文 272

《西厢记》与《罗密欧与朱丽叶》 287

雨果戏剧的真、善、美 304

巴尔扎克译论 314

附 录

学术小传 325

著译年表 328

初版前言

　　我国文学翻译家傅雷在谈到中国艺术家对世界文化应尽的责任时说:"唯有不同种族的艺术家,在不损害一种特殊艺术的完整性的条件之卜,能灌输一部分新的血液进去,世界的文化才能愈来愈丰富,愈来愈完满,愈来愈光辉灿烂。"[①] 我想,中国文学翻译工作者对世界文化应尽的责任,就是把一部分外国文化的血液,灌输到中国文化中来,同时把一部分中国文化的血液,灌输到世界文化中去,使世界文化愈来愈丰富,愈来愈光辉灿烂。

　　早在 19 世纪末期,英国剑桥大学教授 Herbert A. Giles 就曾将一些唐诗名篇译成诗体,"他善于将词义和韵律巧妙地结合起来""颇得评论界的赞赏"。[②] 例如英国文学家 Lytten Strachey 就说过:"他译的唐诗是那个时代最好的诗,在世界文学史上占有独一无二的地位。"[③] 但是他的译文有时理解不够正确,后来的 Arthur Waley 等人就"抛弃了脚韵和诗歌用语的老套,而用自由诗体和白描手法"[④] 来翻译我国的诗词,这就开始了分行散文的翻译时期。到了 20 世纪 70 年代,美国印第安纳大学出版了一本《葵晔集——中国三千年诗词选》,这是有史以来规模最大的诗词英译本,但是译文重"形似",诗意不浓,不能给世界文化灌输多少新的血液。因此,我觉得有必要恢复 Giles 以诗体译诗的传统,改正他不够正确的缺点,把翻译的艺术向前推进一步。

　　在我看来,翻译的艺术就是通过原文的形式(或表层),理解原文

---

① 《傅雷家书》146 页。

② 《外国语》1981 年第 5 期第 7 页。

③ 《外国语》1982 年第 4 期第 18 页。

④ 王佐良:《英语文体学论文集》第 27 页。

的内容（或深层），再用译文的形式，把原文的内容再现出来。这种再现不是机械地逐字对译，而是原文"意美"的再创造。翻译散文一般只要再现原文的"意美"，而翻译诗词，却除了"意美"之外，还要尽可能再现原诗的"音美"和"形美"。

就是根据以上一些想法，我翻译过一些英、法文学作品，近几年来，更把唐、宋诗词四五百首，革命诗词二百余首，译成英文、法文。同时，还在国内各外语刊物上发表了一些翻译论文，比较国内外翻译家的译文，评论各家不同的译法，汇集成册，希望能为我国的翻译理论添上一砖一瓦。

英国翻译家 Arthur Waley 认为"林纾翻译的狄更斯作品优于原著"，[①] 范存忠教授也说过："有些译诗经过译者的再创造，还可以胜过原作。"[②] 我想，这应该是我们文学翻译工作者努力的方向，如能再创造出"胜过原作"的译文来，那就是给世界文化灌输新的血液，可以使世界文化更加光辉灿烂。

1982 年 8 月 8 日

①《书林》1982 年第 1 期第 30 页。
②《外国语》1981 年第 5 期第 8 页。

修订版前言

　　《翻译的艺术》最初是我 1984 年出版的论文集，书中收录了 1978 年改革开放以来，直到 1983 年我来北京大学之前，在全国外语学刊上发表的 20 篇文章。那时我只出版了 6 本书：一本英译汉：德莱顿的诗剧；两本汉译英：中国革命家诗词选《动地诗》和《苏东坡诗词选》；一本法译汉：罗曼·罗兰的小说；半本汉译法：秦兆阳《农村散记》中的五篇散文；一本汉译英、法：《毛泽东诗词选》。所以论文基本上是汉、英、法三种文字翻译实践的总结。

　　回忆 1978 年改革开放初期，毛泽东的《论十大关系》发表，我就结合翻译界的实际，写了一篇《翻译中的十大关系》。《外国语教学》发表时删了三分之二，题目改成《翻译中的几对矛盾》，内容主要是说：翻译的主要矛盾是原文的内容和译文的形式之间的矛盾，如果译文的形式表达了原文的内容，翻译的矛盾就解决了。这篇文章后来收入《翻译论集》，现在再改名为《翻译中的矛盾论》。

　　1978 年《毛泽东诗词选》英、法文译本出版时，我写了一篇序言，认为鲁迅提出的"三美论"（意美以感心，形美以感目，音美以感耳）可以应用于诗词翻译，这就是说，诗词翻译应该尽可能传达原诗的意美、音美和形美。序言在 1979 年《外语教学与研究》发表时，题目是《如何译毛主席诗词》，收入初版《翻译的艺术》时，题目改为《意美、音美、形美》，修订版更加上"三美论"三字，这是我提出的第一个翻译新论。

　　1980 年我写了一篇《直译与意译》，这是《翻译中的矛盾论》中的第二论，在《外国语》上分三期发表。我认为直译和意译都把忠实于原文的内容放第一位，直译把忠实于原文的形式放第二位，把通顺的译文放第三位；意译却把通顺的译文放第二位，把忠实于原文的形式放第三位。如果忠实于原文形式的译文是通顺的，那就无所谓直译与意译，这个问题后来还有发展。

1981年我在《中国翻译》(那时刊物名叫《翻译通讯》)发表了一篇《翻译的标准》，提出忠实于原文的内容，通顺的译文形式，发挥译语的优势，是文学翻译的三个标准。所谓发挥译语优势，就是尽可能利用最好的译语表达方式，而不一定是对等的方式。1982年我又在《中国翻译》上发表了一篇《扬长避短，发挥译文优势》，现在改名《扬长避短优化论》，收入本书。这是我提出的第二个翻译新论。

1982年我写了几篇文章：第一篇是《忠实与通顺》，这是《翻译中的矛盾论》中的一论，文中提出忠实于原文的内容是意似，忠实于原文的形式是形似，现在可以补充一条：忠实于原文的风格是神似。第二篇文章是《"三美"和"三似"的幅度》，这是为《唐宋词选》英、法文译本写的序言，文中提出"三似"是"三美"的基础，如果译文"似"而不"美"，那就要舍"似"求"美"，题目现在改为《三美与三似论——〈唐宋词选〉英、法译本代序》。第三篇文章是《谈中诗英译的变通问题》，谈到变通的方法有等化、浅化、深化三种，题目现在改为《浅化·等化·深化：三化论》，文中提到浅化可以使人知之，等化可以使人好之，深化可以使人乐之。于是又把1980年在《编译参考》上发表的《译诗记趣》改名为《知之·好之·乐之：三之论》。第四篇文章是《译文能否胜过原文》，文中第一次提出文学翻译是两种语言、甚至两种文化之间的竞赛这一新观点，现在改名为《发挥优势竞赛论——译文能否胜过原文》，这是我提出的第三个翻译新论。

1983年《翻译的艺术》初版发行之前，中国对外翻译出版公司要我写一篇总结性的文章，我就根据郭沫若说"好的翻译等于创作"这一论点，写了一篇《文学翻译等于创作》，文中提出了"以创补失论"，就是用创造来弥补翻译的所失；还提到朱光潜的艺术论（"从心所欲，不逾矩"是一切艺术的成熟境界）。收入《文学与翻译》时改为《再创论》，现在再改为《再创论与艺术论》。这样看来，我今天提出的文学翻译理论"美化之艺术，创优似竞赛"，在初版的《翻译的艺术》中已经略具规模了。

现在，五洲传播出版社要出修订版《翻译的艺术》，提出要从台北初版的《文学翻译谈》中增选几篇文章，第一篇是我在河南大学的讲稿《翻译的哲学》，讲稿中提到文学翻译的本体是"美"，方法是"化"，目的是"三之"（知之、好之、乐之），认识论是"艺术"论。简单说来，文学翻译就是三美、三化、三之的艺术。

第二篇文章是《世界文学》发表的《文学翻译与翻译文学》，文中提到文学翻译的目标是要成为翻译文学，要把文学翻译提高到文学创作同等的地位，一流文学翻译家的作品，和一流作家的作品，读起来应该没有什么分别。翻译求似，文学求美，似是文学翻译的低标准，美是高标准，似而不美的文学翻译不能算是翻译文学。

第三篇文章是上海《外国语》发表的《文学翻译：1+1=3》。如果说前一篇文章说的是翻译和文学的关系，这一篇说的却是翻译和科学的关系。科学研究的是必然王国的真理，公式是1+1=2。翻译艺术研究的却是自由王国的美，公式是1+1>2。换句话说，科学研究等化，艺术研究优化。

第四篇文章是《谈"比较翻译学"》。本书通论中的第一篇文章是《翻译中的矛盾论》，这一篇可以说是《翻译中的实践论》，用实际译例来说明《发挥优势竞赛论》。其实，本书专论中的文章多半都是比较翻译的实例。如对毛泽东和周恩来诗词英、法译文的比较，对中美译者李清照词不同译文的评论，初版译例较多，修订版作了删节。

此外，新本还从《文学翻译谈》中增选了五篇文章。第一篇是用英文写的《李白与拜伦》，文中比较了相隔千年，相距万里的两位诗人，对自由、对自然的热爱。第二篇评论了中英译者对白居易《长恨歌》不同的译文。第三篇比较了《西厢记》和莎士比亚的《罗密欧与朱丽叶》的异同。第四篇研究了雨果戏剧的真、善、美。第五篇比较了巴尔扎克的两个中译本：一本直译，一本意译，可以算是直译和意译的竞赛，所以本文也可说是竞赛的实践论。

中西翻译竞赛的结果如何呢？有人认为中国翻译理论落后于西方至少20年，我的意见恰恰相反。因为理论来自实践，西方译者都没有汉英互译的实践，没有出版过一本汉英互译的文学名著，因此不可能提出解决汉英互译问题的理论。从本书所举的译例看来，无论是理论还是实践，西方译者落后于中国至少20年。中国社会科学院发表的《中国学派的文学翻译理论》，现在作为本书的总论，可以看出20年来中国文学翻译理论已经进入了自由王国，而西方译论却还停留在必然王国中挣扎。2016年发表在《中国翻译》上的《有中国特色的文学翻译理论》，则代表我最新的思考。

2005年，南京大学外语学院陈寒来信，她是和初版《翻译的艺术》同年出生的人，选了"优势竞赛论"作为论文主题，认为"竞赛论"在指导文学翻译的过程中，与其他各家译论"竞赛"，优势明显。她举李白《送友人》中的法译文为例：

青山横北郭，	Au nord ondoient les verts coteaux;
白水绕东城。	A l'est serpente un blanc ruisseau.
浮云游子意，	Il part en nuage flottant;
落日故人情。	Je descends avec le couchant.

她在论文中说："李白起笔用了一个'横'字，这是形容词的动词用法，'诗仙'飘逸的风格跃然纸上，译成法语却不容易，无论是traverser还是se dresser haut，都诗意尽丧，破坏了整体美感。此处若直译，呆板是不可免的。另外，原诗对仗工整，'横'与'绕'两字相对，动感很强；欲传神，必定非'另起炉灶'不可了。许渊冲在法语中选择了ondoyer(波浪起伏)与serpenter（蜿蜒曲折）两个词，不但把山形与水势勾勒了出来，而且使山与水都灵动地'活'了起来，达到了汉语中'画龙点睛'的效果。"关于"浮云"一联，她说译者"敢于和诗人竞赛，试图在新的语言环境中更好地重构诗人所创造的意境。诗人让'浮云''落日'成为'游子'与'故人'的所见，让离别之人触景生情，感慨万千；而译者似乎更高一筹，将'他'与'我'的情感外化成为与'浮云''落日'相仿的动作(partir与flotter，descendre与concher)，同时构成读者的所见，让读者见景生情，从而与作者产生共鸣。译诗由内化外，再由外化内，'意美'达到与'音美''形美'的浑成效果，在译诗中实属难得！这是否可以看成译者胜过诗人的范例呢？……竞赛的结果是'双赢'！难怪钱钟书感叹道：太白'与君苟并世，必莫逆于心耳。'"

陈寒的评论虽有过誉之处，但是她的鉴赏力很高。如果外文表达力也一样强，那就可以使中国的翻译维持世界一流的水平。《傅雷论艺札记》（见《文汇读书周报》第820期）中说："艺术特别需要创造才能，不高不低，不上不下之艺术家，非特与集体无益，个人亦易书空咄咄，苦恼终身。""艺术乃感情与理智之高度结合，对事物必有敏锐之感觉与反应，具备了这种条件，方能有鉴赏；至若创造，则尚须有深湛的基本功，独到的表达力。"从陈寒的论文看来，她的感觉与反应都很敏锐。如何提高她的外文表达力呢？

2005年在香港报上看到杨振宁和翁帆新婚的喜讯，同时还有一个故事："北宋词人张先在八十岁时娶了十八岁少女为妾，其友苏轼等去拜访他，问这位老前辈得此美眷作何感想，张先随口说：

'我年八十卿十八，

卿是红颜我白发。

与卿颠倒本同庚，

只隔中间一花甲。'

幽默的苏东坡当即和了一首打油诗：

'十八新娘八十郎，

苍苍白发对红妆。

鸳鸯被里成双夜，

一树梨花压海棠。'"

杨振宁告诉我，翁帆的论文研究了我的翻译理论，我就把这两首诗译成英法韵文，给她看看，说明"八十"和"十八"这种中文所有，外文所无的颠倒关系，如何处理。

Zhang Xian: For My Young Bride

I'm eighty years old while you are eighteen;

I have white hair while you're a fairy queen.

You and I are the same age, it appears,

If you ignore between us sixty years.

Su Shi: For the Newly-Weds

The bridegroom is eighty and eighteen the bride;

White hair and rosy face vie side by side.

The pair of love-birds lie in bed at night,

Crab-apple overshadowed by pear white.

Zhang Xian: Pour Ma Maîtresse

J'ai quatre-vingts ans; tu en as dix-huit.

J'ai les cheveux blancs et ta beauté luit.

Mais je serais aussi jeune que toi,

Si soixante ans ne nous séparaient pas.

Su Shi: Pour le Nouveau-Marié

Tu as quatre-vingts ans et elle en a dix-huit;

Tes cheveux blancs font ressortir son beau visage.

Quand deux oiseaux s'accouplent au lit à la nuit,

Le poirier fleuri donne au pommier bel ombrage.

同时我把这两首诗的英译文寄给陈寒，要她参考译成法文，然后对照我的译文，再加修改，这样也许可以得到"长江后浪推前浪"的效果吧。我在翁帆和陈寒的论文中似乎看到了"中国世纪"的曙光。

这些年来，中国在世界舞台上扮演着越来越重要的角色。我想，中国的和平崛起不只是经济方面，而且是文化方面的，文学翻译理论的崛起就是中国文化在全世界崛起的先声。但愿修订版的《翻译的艺术》是"中国世纪"的一朵"报春花"！

2017 年 6 月

总　论

中国学派的文学翻译理论

为了更美，没有什么清规戒律不可打破。

——贝多芬

要使我们的理论尽可能简单。

——爱因斯坦

理论来自实践，又要受到实践的检验，实践是检验理论的唯一标准。如果理论和实践有矛盾，应该修改理论，而不是修改实践，这是我的文学翻译理论的哲学基础。

中国文学翻译理论是全世界有史以来运用最广、水平最高、作用最大的翻译理论，是我国争办世界一流大学、出版世界一流文学作品的先声。全世界有 10 多亿人在用中文，又有约 10 亿人在用英文，所以中文和英文是全世界用得最多的文字，中英互译是全世界最重要的翻译。不能解决中英互译问题的理论，不能算是具有国际水平的译论。20 世纪以前，没有一个西方学者出版过一本中英互译问题的文学作品，因此也不可能提出解决中英互译问题的理论。

英国诗人 Coleridge 说过，"Prose is words in the best order；poetry is the best words in the best order"（散文是编织得最好的文字，诗是编织得最好的绝妙好辞）。由于西方文字多是形合文字，百分之九十以上可以对等，所以西方翻译理论家提出了对等论（或等值论，等效论……），如莎士比亚的名句 "To be or not to be, that is the question" 可以对等地从英文译成法文："Etre ou ne pas être, telle est la question (Tr. André Gide)" 但中文是意合文字，据电子计算机统计，只有大约百分之四十的中文可以和西方文字对等，因此这个名句的前半有好几种中译文："生存还是毁灭"，"生或死"，"活下去还是不活"，"活着好还是死了好"，"死还是不死"。"生存和毁灭"用于集体，"生或死"像是哲学讲座，"活下去"和"活着好"则是课堂讨论，只有"死还是不死"是舞台台词，但"死"和"to be"，"不死"和"not to be"的意义恰恰相反，没有哪种译文可以和原文完全对等。因此翻译时找不到对等词，译文不是优于原文，就是劣于原文，劣不如优，所以应该发挥译语的优势，也就是用最好的译语表达方式，这可以简称作"优化法"。"优化"和"对等"，这是中西文学翻译理论的一个最大的不同之处。

"优化"论可以说是继承和发展了中国传统的翻译理论。首先，"优化"继承了严复的"信达雅"论，因为"雅"字已经过时，而"优雅"可以并称，所以用"优"代"雅"。第二，"优化"继承了鲁迅的"三美"论。鲁迅在《汉文学史纲要》第一篇中说："意美以感心，一也；音美以感耳，二也；形美以感目，三也。"不过鲁迅说的是中国文字，这里应用于文学翻译，"优美"也可并称，所以可以算是发展了鲁迅的"三美"，还有林语堂的"五美"，茅盾的"美的感受"。第三，钱钟书在《林纾的翻译》中提出"文学翻译的最高标准是'化'"。这里具体提出深化、等化、浅化的"优化"方法论，可以算是发展了钱钟书的"化境"说。第四，孔子在《论语》中说过："知之者不如好之者，好之者不如乐之者。""优化"论把"知之、好之、乐之（胡适说是'愉快'）"当作文学翻译的目的论，这是继承和发展了孔子的学说。第五，朱光潜在《诗论》中说："'从心所欲，不逾矩'是一切艺术的成熟境界。""优化"论把朱光潜的艺术论借用作文学翻译的认识论，这是发展了朱光潜的《诗论》。第六，《郭沫若论创作》中说："好的翻译等于创作，甚至超过创作。""优化论"正是使文学翻译"超过创作"的"再创论"。第七，傅雷说过："翻译应当像临画一样，所求的不在形似而在神似。""优化论"所求的正是神似，所以可说是继承了傅雷的"神似说"。第八，叶君健在《翻译也要出精品》中说："要把尽量多的世界文学名著变成中国文学的一部分，……这里要展开竞争。"而"优化论"主张竞赛才能优化，所以我把"优化论"总结为十个字："美化之艺术，创优似竞赛。"这可以说是继承和发展了古代的孔子，近代的严复、鲁迅、胡适、郭沫若、林语堂、茅盾、朱光潜、傅雷、钱钟书、叶君健等的学说，自然可以算是中国学派的文学翻译理论了。

（一）优化论

"优化论"和"对等论"的不同之处是：对等论认为文学译文应该用对等的译语表达方式；优化论认为文学译文应该用最好的译语表达方式。如果对等的方式就是最好的方式，那么，优化论和对等论是相同的；如果对等的方式不是最好的方式，那就要舍"对等"而取"最好"或"优化"。换句话说，对等论重真（或似，或忠实）；优化论重美（文学语言）。"真"是文学翻译的必需条件，是个对错问题，不真就不对，真却不一定好，所以只是一个低标准；"美"是文学翻译的充分条件，是个好坏问题，不美的译文不一定算错，但美的译文却是更好的译文，所以是高标准。一般说来，文学作品应该是美的，如把美的文学作品译得不美，那也不能算是忠实，不能算真，所以似而不美的译文不能算是文学翻译，更不能算是翻译文学。换句话说，文学翻译如只求真，那说明译者还在必然王国中奋斗挣扎，以求生存；文学翻译求美，则说明译者已经超越必然王国，在自由王国中得心应手，寻求享受。下面就来举例说明，看看莎士比亚的名剧《罗密欧与朱丽叶》的最后两行和两种中译文：

1. For never was a story of more woe
   Than this of Juliet and her Romeo.

2. (1) 人间的故事不能比这个更悲惨，
   像幽丽叶和她的柔密欧所受的灾难。（曹禺译）
   (2) 古往今来多少离合悲欢，
   谁曾见这样的哀怨辛酸！（朱生豪译）

比较一下两种译文，可以说曹译信而达，基本上是对等的译文，朱译却信达雅，是优化的译文。说曹译基本对等，因为第一行加了原文所没有的"人间"二字，第二行又把原文的代词具体化为"灾难"。说朱译是优化的译文，因为第一行把曹译的"故事"具体化为"离合悲欢"，又把原文的副词具体化为"古往今来"，第二行再把曹译的"悲惨"特殊化为"哀怨辛酸"，同时还把原文的两个人名都省略了，只简化为"这样的"三个字，这样一增一减，增的是原文内容所有，原文形式所无的词语，减的却是译文形式所无，内容却可包括的词语，结果就使朱译增加了艺术魅力，更能感动读者，不但胜过曹译，甚至可以说是超过原文了。

（二）三势论

优化论就是发挥译语优势论。两种文字有时可以对等，那是均势；如果不等，那时，一种文字就有优势或强势，另一种文字却处在劣势或弱势的地位。具体说来，两种文字都是各有优势，各有劣势的。如以中文而论，优势是精炼，含义丰富，成语典故较多，结构有四字词组等。而就英文来说，优势是精确，逻辑思维严密，语法结构清楚，有关系代词等。再以法文而论，优势是更精确，逻辑更严密，语法更清楚，关系代词更多等，但构词不如英文灵活，而英文和法文的强势就是中文的弱势。所以比较一下三种文字，大致可以说英文和法文有90%处在均势；中文和英文有45%处在均势，中文和法文只有40%处在均势。因此在翻译的时候，应该尽可能发挥译语的优势，改变劣势，争取均势。下面举法国作家司汤达《红与黑》第一章中的一句为例：

1. Ce travail, si rude en apparence, est un de ceux qui étonnent le plus le voyageur qui pénètre pour la première fois dans les montagnes qui séparent la France de l'helvétie.

2. (Eng.) This work, apparently so arduous, is one of the things which most astonish the traveler making his first visit to the mountains that separate France from Switzerland.

3. （上海译文）这种劳动看上去如此艰苦，却是头一次深入到把法国和瑞士分开的这一带山区里来的旅行者最感到惊奇的劳动之一。

4. （湖南译文）这种粗活看来非常艰苦，头一回从瑞士翻山越岭到法国来的游客，见了不免大惊小怪。

比较一下法文和英文，可以看出法文用了三个关系代词，英文只用两个，二者都发挥了优势，处在均势地位。上海译者用了三个"的"字来译三个关系从句，但关系从句的结构是中文的弱势，用弱势来译强势，结果得不到均势，只能处在劣势地位。湖南译文用了"翻山越岭"这个四字词组来译原文的关系从句，而四字词组是中文的强势，所以结果取得了均势，发挥了译语的优势，以少胜多，使译文处在优势的地位。

　　上面说的是外译中，下面再来看中译外。中文的优势是含义丰富，如唐代诗人李商隐的朦胧诗句"春蚕到死丝方尽"，可以有四种解释：1. 春蚕吐丝到死为止；2. 诗人作诗到死方休；3. 对情人的相思到死才罢；4. 做事要鞠躬尽瘁死而后已。中文"丝"和"思"同音，所以可以暗喻相思。模糊的暗喻是中文的优势、强势。如何能把这种模糊的暗喻译成外文呢？下面我们来看看英、法译文：

　　1.（Eng.）Spring silkworm till its death spins silk from lovesick heart.

　　2.（Fr.）La soie épuisée, le ver meurt de soif d'amour.

英文和法文的优势是精确，不是模糊，如要发挥优势，就要把模糊的原文译成明确的英文和法文。所以英译文把"丝"译成"silk"，又把暗喻的"相思"译成"lovesick"，而 silk 和 sick 既音近又形似，并且和原文"丝"和"思"也音近，真是巧译！这就是发挥了英文的优势。法文也是一样，把"丝"译成"soie"，又把暗喻的"相思"译成"soif d'amour"（渴望爱情），而 soie 和 soif 也是既音近又形似，但和原文的"丝"和"思"却只是辅音相同而元音却不相似。这就说明了英文和法文有90%处于均势，中文和英文只有45%处于均势，中文和法文更只有40%处于均势。近来有人认为英文是强势语言，这是从经济和军事的观点来看的，如果从文化的观点看来，情况却会有所不同。罗素早就说过：中国的象形文字高于西方的拼音文字，中国人掌握英文的水平远远高于英美人掌握中文的水平。近百年来，没有一个西方学者能译好这句双关名诗，而中国学者却能用英法韵文译出诗句的丰富含义，从翻译的这个侧面也可看出中国文化的优势。由此可以说：发挥译语优势可以改变劣势，争取均势，甚至可以转弱为强。

（三）三似论

　　如果说优化论是发挥译语优势论，那么，对等论基本上可以说是形似论，奈达提出的动态对等论可算是意似论，而优化论却可以包括更高级的神似。形似、意似、神似就是"三似论"。低级的形似（包括音似）是外形或声音相似，内涵的意义并不相似，如江枫翻译的雪莱《哀歌》中的第一句：

1. O World! O Life! O Time!

2. 哦时间！哦人生！哦世界！

"哦"字表示顿悟或者领会，而原文表示的是感叹，所以译文和原文形似而不意似，是低级的形似，如果要用数学公式表示，可以说是 $1+1<2$。再如拜伦《唐璜》第一章第 73 段有三行诗，现将原文和两种译文抄录如下：

1. 　　But passion most dissembles, yet betrays

　　　　　　Even by its darkness as the blackest sky

　　Foretells the heaviest tempest.

2. ⑴ 热情力图伪装，但因深文周纳

　　　　反而暴露了自己；又如乌云蔽天，

　　　　越蔽越暗，越显示必有暴风雨。（穆旦译）

　　⑵ 有情装成无情，

　　　　总会露出原形，

　　　　正如乌云蔽天，

　　　　预示风暴将临。（许译）

原文三行，第一种译文也是三行，可以说是形似，内容基本意似（ $1+1=2$ ），"深文周纳"是"罗织罪名"的意思，不能算是神似。第二种译文分成四行，并不形似，但是内容可算意似，第一行加了"无情"二字，和"有情"对比，可算神似（ $1+1>2$ ），其他三行都用了四字词组，发挥了译语优势，可以算是优化。

（四）三美论

优化的译文，具体说来，就是具有意美、音美、形美的译文，这在诗词翻译中更加明显，例如《诗经·采薇》中的千古丽句和英译、法译：

(1)	(2)	(3)
昔我往矣，	When I left here,	A mon départ
杨柳依依。	Willows shed tear.	Le saule en pleurs.
今我来思，	I come back now,	Au retour tard,
雨雪霏霏，	Snow bends the bough.	La neige en fleurs.
行道迟迟，	Long, long the way,	Lents, lents mes pas,
载渴载饥。	Hard, hard the day.	Lourd, Lourd mon coeur.
我心伤悲，	My grief o'erflows.	J'ai faim, j'ai soif.
莫知我哀！	Who knows? who knows?	Quelle douleur!

这段诗有余冠英的语体译文："想起我离家时光，杨柳啊轻轻飘荡。如今我走向家乡，大雪花纷纷扬扬。慢腾腾一路走来，饥和渴煎肚熬肠。我的心多么凄惨，谁知道我的忧伤！"英、法译文都说出了诗人离家出征时的忧伤，杨柳依依不舍，译成树流眼泪，而且英译眼泪用了单数，是具体名词的抽象用法。"雨雪霏霏"，英译雪大得压弯了树枝，象征诗人战后回家时精疲力竭，压弯了腰肢；法译却说雪像"千树万树梨花开"，用乐景衬哀情，益增其哀，两种译文都发挥了译语的优势，但和原文并不形似，而是神似，都传达了原诗的意美。"行道迟迟"重复了"迟"字，英译文重复了 long(长)，法译文重复了 lents(慢)，看来和原文不形似，却传达了原诗的意美和音美。原诗有韵，英译两行一韵，法译隔行押韵，都传达了原诗的音美。原诗每句四字，英译法译都是每行四个音节，传达了原诗的形美。原诗"载渴载饥"是第六行，法译改成了第七行；原诗"我心伤悲"是第七行，法译却改为第六行，这两行虽然和原诗不形似，却无损于原诗的形美。这就说明在译诗时，传达原诗意美是最重要的，是第一位的；传达原诗音美是第二位的，传达原诗形美是第三位的，最好是"三美"齐全，如果不能兼顾，就要从全局考虑取舍。如"载渴载饥"英译只是 Hard, hard the day(日子难熬)，这是为了音美和形美 (其实是形似)，对意美作出了牺牲，如果不肯牺牲意美，那也可以增加两行：

Hunger and thirst/Both press me worst.

这就是为了意美而损害了音美和形美（其实是形似），在两难的情况下，我在《诗经》的北京译本中损害了意美，在湖南译本中损害了音似和形似。

"三美论"是诗词翻译的本体论，但是也可用于散文和小说的翻译。如 Dickens(狄更斯) 在 *David Copperfield* （《大卫·科波菲尔》）第一章中有一句，原文和译文分别是：

1. It was remarked that the clock began to strike, and I began to cry, simultaneously.

2. (1) 据说，钟开始敲，我也开始哭，两者同时。（董秋斯译）

   (2) 据说那一会儿，当当的钟声，和呱呱的啼声，恰好同时并作。
   （张谷若译）

董译是直译的典型，和原文形似又意似，但原文是文学语言，富有意美；句中重复了 began 的对仗，富有形美；全句前十八个音节都是抑扬格，富有音美。而董译的"两者同时"不是文学语言，缺少意美；"钟开始敲"读来显得短促，没有原文抑扬格的音美和形美。张译用"当当"和"呱呱"的对仗使译文富有音美和形美，胜过董译，但"恰好同时并作"放在句尾，虽和原文形似，但和董译一样，都不是文学语言，没有传达原文的意美。如要再现原作的"三美"，可以译成：

   (3) 据说钟声当当一响，不早不晚，我就呱呱坠地了。

意美是"三美"中最重要的，传达意美需要传情达意，不但"达意"，还要"传情"。如《红与黑》最后一句写市长夫人含恨而死，原文和两种译文是：

1. elle mourut en embrassant ses enfants.

2. (1) 她拥抱着孩子们去世了。（南京译本）

   (2) 她也吻着孩子，魂归离恨天了。（湖南译本）

"去世"是正常死亡，达意而没传情；"魂归离恨天"才表示含恨而死，既传情又达意。有人认为"离恨天"是典故不能借用，但是贝多芬说得好："为了更美，没有什么清规戒律不可打破。"如果典故更能传情达意，为什么不能借用呢？

（五）三化论

传达原文的意美，包括达意和传情两方面。传达原文的"三美"，可以用"三化"的方法：等化、浅化、深化。所谓等化，包括形似的对等，意似的动态对等，词性转换，句型转换，正说反说，主宾互换，主动被动互换，同词异译，异词同译，典故移植等。所谓浅化，包括一般化，抽象化，减词，合译，化难为易，以音译形等。所谓深化，包括特殊化，具体化，加词，分译，以旧译新，无中生有等。下面就来举例说明。

1. 等化：

(1) 形似的对等如"黄河入海流"译成 The Yellow River seawards flows.

(2) 意似的对等如"昔我往矣"译成 When I left here.

(3) 词性转换如"杨柳依依"中的形容词"依依"译成动词 shed tear(流泪)。

(4) 句型转换如"莫知我哀"是否定句，译成问句 Who knows?(谁知道？)

(5) 正说反说如 simultaneously(同时) 用双重反说译成"不早不晚"。

(6) 主宾互换如 I am the daughter of Earth and water(我是土和水的女儿) 译成"大地上的水土就是我的父母"。

(7) 主动被动互换，如 It was remarked 译成"据说"。

(8) 同词异译如"一截遗欧，一截赠美，一截还东国"译成 I'd give to Europe your crest, to America your breast and leave in the Orient the rest.

(9) 异词同译如"心远地自偏"译成 Secluded heart creates secluded place."远"和"偏"都译成相同的 secluded.

(10) 典故移植如"河满子"是歌女临终的绝唱，可以译成 the swan song.

2. 浅化：

(1) 一般化如"载渴载饥"译成 Hard, hard the day(日子难熬)。

(2) 抽象化如"欲穷千里目"译成 enjoy a grander sight(雄伟的景象)。

(3) 减词如"昔我往矣"中的"昔"字没译，内容包含在动词的过去时态中。

(4) 合译，如鲁迅诗"管他冬夏与春秋"译成 I don't care what season it is.

(5) 化难为易，如英国人讥笑拿破仑战败后关在岛上说了一句回文：Able was I ere I saw Elba. 严格说来，这种回文是不可译的，但可浅化译成"不到我岛我不倒"，拼音成为近似回文：bu dao wo dao wo bu dao.

(6) 以音译形，如"人曾为僧，人弗可以成佛；女卑为婢，女又何妨为奴。"

A Buddhist cannot bud into a Buddha;

A maiden may be made a maid.

"僧"和"佛"的译文前半相同，又和动词"成为"的译文形似；"女"的译文前半和"婢"的译文相同，又和动词"成为"的译文音似，多少可以用音似来传达一点原文的形美。

3. 深化：

(1) 特殊化，如"我心伤悲"译成 My grief overflows（心里洋溢着悲伤）。

(2) 具体化，如"雨雪霏霏"译成 Snow bends the bough（大雪压弯了树枝）。

(3) 加词，如"露滴牡丹开"译成 The dewdrop drips, the peony sips with open lips.

(4) 分译，如屈原的"袅袅兮秋风，洞庭波兮木叶下"译成 The autumn wind, Oh, wrinkles and grieves/The Dongting Lake, Oh, with fallen leaves. 就是把"袅袅"分译成 wrinkles 和 grieves 两个动词。

(5) 以旧译新，如 James Joyce 在小说 *Ulysses* 最后把 yes（是，有）中的"y"和 no（否，无）中的"o"合成新词"yo"，又把 no 中的"n"和 yes 中的"es"合成另一个新词"nes"，可以译成"是中有否，否中有是"；"有头无尾，无头有尾"；"有始无终，无始有终"；"无中生有，有中存无"等。

(6) 无中生有，如雪莱《哀歌》中的 Fresh spring and summer and winter hoar/Move my faint heart with grief, but with delight/No more——O never more! 可以译成："春夏秋冬都令人心碎，伤心事随流水落花去也，一去啊，永远不回！"原文第一行应是十个音节，少了一个，应补"秋"字，这是无中生有。fresh 指鲜花盛开的春天，春天一去花就落了；hoar 指白雪皑皑的冬天，冬天一去白雪化为流水，落花流水也是无中生有的创译。上面说的 yes 和 no 可以译成"对"和"错"，所以 yo 和 nes 也可译成"半对半错，半错半对"，"先对后错，先错后对"。还可用无中生有的造词法，把"对"分成"又"和"寸"，把"错"分成"金"和"昔"，再把"对"的前半"又"和"错"的后半"昔"合成一个新词"𣍱"，用来译 yo，又把"错"的前半"金"和"对"的后半"寸"合成另一个新词"钏"，用来译 yo。这是造词法，也可说是无中生有。

（六）创译论

创译论是最高级的深化论。从解构主义的观点看来，"所谓的'对等翻译'是不可能的"，"译文往往赋予原文以新的意义。"（《中国翻译》2005 年第 1 期第 21 页）赋予新的意义就是创译，这是"创译"的理论基础。美国诗人 Frost 说过，"Poetry is what gets lost in translation（诗是在翻译中失掉的东西）"，那就是说，译诗有失无得；在我看来，译诗是有得有失的，如果得不偿失，那就应该以创补失。现在图解如下：

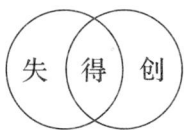

左边的圆圈代表原诗，右边的圆圈代表译诗，两个圆圈交叉的部分就代表译诗所得，左边的新月代表译诗所失，而右边的新月却代表译诗所创，如果所得小于所失，那就可以用所创来弥补；如果所创大于所失，那就不能说得不偿失了。如杜甫《登高》中的名句："无边落木萧萧下，不尽长江滚滚来。"几乎所有的人都认为不可译，因为"落木萧萧"三个草头，"长江滚滚"三个三点水，"萧萧""滚滚"又是叠字，这种形美和音美如何能传达呢？其实，创译法就可以化不可能为可能，如下面的译文：

The boundless forest sheds its leaves shower by shower;

The endless river rolls its waves hour after hour.

原诗的"无边"和"不尽"对仗工整，译文 boundless 和 endless 也是遥遥相对；原诗"萧萧"是叠字，译文也重复了 shower，并且和"萧"音似；原诗三个草头，译文也有三个词是"sh"的头韵，原诗有三个三点水，译文也有两个词是"r"的头韵。但是原诗"滚滚"这对叠字只译了意，而没有传达原文的音美和形美，这是有所失。如果加上 hour after hour（时时刻刻）这个叠字片语，就可算是三美齐全了。因为原诗"不尽"可以包括空间和时间两方面的含义，在空间方面是无穷无尽，在时间方面就是时时刻刻，所以加上这个片语，就是以创补失，创造一个叠字片语来弥补形美方面的损失。译文传导的信息超过了原文，所以可以说是"超导"。

再举一个例子，毛泽东的名句"不爱红装爱武装"如果译成 They love to be battle-dressed and not rosy-gowned，可以说是传达了原文的意美和音美，但原文重复了两个"爱"字，两个"装"字，译文却没有传达这种形美，如要以创补失，则可改译如下：

They love to face the powder and not to powder the face.

译文重复了两个 face，第一个是动词，当"面对"讲，第二个是名词，当"脸"讲。又重复了两个 powder，第一个是名词，当"火药"或"硝烟"讲，第二个是动词，当"涂脂抹粉"讲，这是第二次世界大战中我在英国报纸上看到的，说前方战士"面对硝烟"，勇敢作战；后方女士"涂脂抹粉"，载歌载舞，不怕轰炸。我看这可以移植过来，传达"红装武装"的"三美"，这也是以创补失，移植英文的优质基因，可以说是"克隆"。

以上"以旧译新"，"无中生有"讲的是"词"的创译法；"以创补失""超导""克隆"，讲的是"句"的创译法。至于全诗，则可以举柳宗元的《江雪》为例。原诗和译文如后："千山鸟飞绝，万径人踪灭。孤舟蓑笠翁，独钓寒江雪。"

From hill to hill no birds in flight,

From path to path no man in sight,

A lonely fisherman, behold!

Is fishing snow on river cold.

原诗第一句"千山"被浅化为从一座山到另一座山，"鸟飞绝"反说为没有飞鸟。第二句"万径"也被浅化为从一条小路到另一条小路，"人踪灭"又反说为不见行人。第三句"孤舟蓑笠翁"的"舟"字用减词法减去，因为寒江垂钓自然是在船上，不言自明；"蓑笠翁"等化译成"渔翁"，最后加了一个动词"看"，这是创译，以动衬静，愈见其静，大有"鸟鸣山更幽"之概。第四句不说钓鱼而说钓雪，不钓鱼象征不沽名钓誉，可见渔翁清高，全句、全诗都可以算是创译。

（七）三之论

以上说的"优化论"和"三美论"是文学翻译的本体论，"优美"是文学翻译的本体，不优美的译文不能算是翻译文学。"三化论"和"创译论"是文学翻译的方法论，"三化"和"创译"是文学翻译的方法，用等化、浅化、深化、创译、超导、克隆等方法，可以产生优美的翻译文学。至于文学翻译的目的论，我要借用《论语》中的一句话："知之者不如好之者，好之者不如乐之者。"所谓"知之"，就是知道，了解；所谓"好之"，就是喜欢，爱好；所谓"乐之"，就是胡适说的"愉快"，"快乐"。文学翻译的目的，第一是使读者知道原文说了什么，第二是使读者喜欢译文，第三是使读者觉得愉快。如果读者读后不知道原文说了什么，这就没有达到翻译的最低目的，也就是说，译文和原文不"意似"。如果读者知道原文说了什么，但不喜欢译文，这就没有达到文学翻译的目的，也就是说，译文只和原文意似，却没有传达原文的意美。如果读者不但喜欢译文，而且读得不忍释手，觉得是一种乐趣，那就达到了文学翻译的最高目的。

袁行霈在《中国诗歌艺术研究》第 6 页上提出了"宣示义"和"启示义"的概念，他说："宣示义，一是一，二是二，没有半点含糊；启示义，诗人自己未必十分明确，读者的理解未必完全相同。""一首诗在艺术上的优劣，在一定程度上取决于启示义的有无，一个读者欣赏水平的高低，在一定程度上也取决于对启示义的领会能力。"我要补充一句：一个译者译诗水平的高低，在一定程度上也取决于对启示义的表达能力。如《江雪》英译的第三行，译者认为动能衬静，有的读者却认为动词破坏了静境；第四行"钓雪"，译者认为加强了诗人的孤独清高感，有的外国读者说是"绝妙好译"，有的中国读者却认为歪曲了原诗，这就说明了诗人自己未必十分明确诗的启示义，读者理解未必完全相同，欣赏水平也就各有千秋了，这时译文的优劣只能取决于译者的领会能力。如果译者能够自得其乐，而且得到一些读者的共鸣，那就算是达到了"知之、好之、乐之"的目的。下面举王维的《鸟鸣涧》来作说明，原诗和三种英译文如后："人闲桂花落，夜静春山空。月出惊山鸟，时鸣春涧中。"

1. Man at leisure, cassia flowers fall.

   The night still, spring mountain empty.

   The moon emerges, startling mountain birds;

   At times they call within the spring valley. (Yu)

2. Free and at peace. Let the sweet osmanthus shed its bloom.

   Night falls and the very mountains dissolve into the void.

   When the moon rises and the birds are roused, their desultory chirping only accents the deep hush of the dales. (Weng)

3. I hear osmanthus blooms fall unenjoyed;

   When night comes, hills dissolve into the void.

   The rising moon startles the birds to sing;

   Their fitful twitters fill the dale with spring. (Xu)

第一种译文选自美国译本，可以说是既形似又意似的译文，可以使人知之。第二种选自中国翁显良的译本，不但意似，而且很有意美，如第一句译文就大有"花自飘零人自闲"之感，第二句说青山融入虚无缥缈之中，简直美不可言！最后一句没译"春"字，却说鸟鸣加深了山谷的幽静，真是译笔生花，妙语惊人。意美超凡脱俗，可以使人好之。第三种译文选自英国企鹅译本，第一行独辟蹊径，不说人闲，而说听得见桂花落地，却无心欣赏；赏花已是闲情逸致，听见花落更知心闲，任花开花落而不欣赏，简直是闲到了极致，这是不译"闲"而闲自见。第二行借用翁显良的译文，但和第一行联系起来，就不但是山，连人也闲得融入一片虚无缥缈之中去了。第三行平平，第四行译文的"鸟鸣"译得比前两种译文更能使人如闻小鸟唧啾之声；更妙的是，桂花应该是秋天才落，原诗却说春涧，虽有春桂之说，如能解为秋桂岂不更好？第二种译文采用了回避法，没译"春"字；第三种却说鸟鸣使山谷充满了春意，这样解决矛盾，用的是创译法，加上译文有韵，传达了原诗的音美；每行十个音节，传达了原诗每行五字的形美，"三美"齐全，所以可以使人乐之。

（八）竞赛论

《鸟鸣涧》的三种译文可以说在竞赛，看哪种更能传达原诗的意美、音美和形美，更能使人知之、好之、乐之，这就是我提出的"竞赛论"。"竞赛论"是对几种译文关系的认识论，"三似论"是对译文和原文关系的认识论，"三势论"则是对两种语文关系的认识论。在竞赛中，到底是和原诗意似、音似、形似，还是传达了原诗的意美、音美和形美，更能使人知之、好之、乐之呢？下面就来举例说明。

(1) Thus I/Pass by/And die, /As one/Unknown, /And gone; /I'm made/ A shade, /And laid/I'th'grave, /There have/My cave. /Where tell/I dwell. /Farewell.

(2) 1. 我如此 / 就消逝 / 而去世，/ 像一个 / 无名者 / 死去了；/ 我变成 / 一个魂 / 被埋进 / 坟墓里，/ 我有穴 / 在此地，/ 在这点 / 我长眠，/ 哦再见！

2. 这样 / 死亡 / 下葬，/ 无名 / 幽灵 / 归阴，/ 像是 / 影子 / 消失，/ 坟墓 / 有如 / 归宿，/ 悠悠 / 永久 / 分手。

原诗是英国诗人赫里克的墓志铭，每行（这里用"/"表示一行）两个音节，每三行押一韵。第一种译文每行三字，每三行基本押韵，基本和原诗意似、音似、形似；可以使人知之，能不能使人好之或乐之？这要和第二种译文比较，或说竞赛。第二种译文不但传达了原诗的意美，而且每行只有二字，更能传达原诗的形美；每三行押韵，更能传达原诗的音美，译文可以使人知之、好之，甚至乐之。

英国诗人 Roger McGough(1937—) 写了一首 *40-Love*，题目可以译成《四十岁的爱情》，但诗的内容是写一对中年夫妻打网球的，每行只有一两个词，而且两个词之间划了一条直线，象征球网，每个词或音节象征网球落地一次，而 *40-Love* 这个标题出现在球网上方，又可以象征打网球的记分牌：胜 1 球记 15 分，胜 2 球记 30 分，胜 3 球记 40 分，一球未胜记 0 分（英文读成 Love，表示打网球不计较胜负，只是联络感情而已），所以这个诗题又可译成《3比0》。下面看看原诗和两种译文。

40-Love		3 比 0		四十岁的爱情	
Middle	aged	中年	夫妇	中	年
couple	playing	打着	网球	夫	妻
ten-	nis	待	到	打	网
when	the	打	完	球	打
game	ends	球	回	完	后
and	they	家	那	回	家
go	home	球	网	走	球
the	net	仍	将	网	依
will	still	隔	在	旧	把
be	be-	他	们	人	分
tween	them.	中	间	左	右

比较一下两种译文，可以说第一种《3 比 0》译得和原文意似而形似，第二种《四十岁的爱情》却和原诗神似。第一种译文"中年夫妇打着网球，待到打完球回家，那球网仍将隔在他们中间"，读后只知道夫妻打网球的结果是 3 比 0。第二种译文"中年夫妻打网球，打完后回家走，球网依旧把人分左右"，从词的观点看来，加了一个"后"，"走"字也和"后"字押韵，更有音美，也更神似。从全诗的观点看来，译文不但说夫妻打了网球，还暗示感情有隔阂，好像球网把他们隔开一样。这就是说，第一种译文和原文意似，可以使人知之；第二种译文和原文神似，可以使人好之，甚至乐之。由此可见，意似是译文的必需条件，不意似不能使人知之，意似却不一定能使人好之；神似却是译文的充分条件，不神似不一定不能使人知之，神似却能使人好之或乐之。

译诗可以竞赛，译小说也可以。如罗曼·罗兰在《约翰·克里斯朵夫》第 1432 页上说：je bois le sourire de ta bouche muette，旧译是"从你缄默的嘴里看到了笑容"，使人知之。新译改成"我在你无言的嘴上痛饮醉人的笑容"，就可以使人好之或乐之，"痛饮"发挥了原语的优势，"醉人"发挥了译语的优势，也可以说译语在和原语竞赛。

（九）艺术论

文学翻译是科学还是艺术？那先要问科学和艺术的分别。中国对外翻译出版公司出版的《诗词翻译的艺术》第430页上说："科学包含客观的真理，不受个人的思想和感情的影响。"文学翻译不可能不受译者思想的影响，所以不是科学，而是艺术。科学研究的是"真"，艺术研究的是"美"；科学研究的是"有之必然，无之必不然"之理，艺术研究的是"有之不必然，无之不必不然"之艺。如果要用数学公式表达的话，可以说科学的公式是 $1+1=2$，$3-2=1$。艺术的公式却可以是 $1+1>2$，$3-2<1$。文学翻译可以意似（近真），那时的公式是 $1+1=2$；但译文也可以是形似而不意似（不真），那时公式就是 $1+1<2$；还可以是神似（近美），那公式就是 $1+1>2$。意似是个对不对、真不真的问题，不对不真，不能算是翻译；神似却是个好不好、美不美的问题。对而不好，真而不美，可以算是翻译，但不能算是文学；又对又好，又真又美，才能算是翻译文学。由此可见，"真"是文学翻译的低标准，"美"才是文学翻译的高标准。如果真和美没有矛盾，能够统一，那自然最好、最理想，但在中英互译的现实中，求真和求美往往是有矛盾的，不过矛盾的大小多少不同而已。解决文学翻译中求真和求美的矛盾不是定型定量的科学方法可以做到的，因此，文学翻译理论也是一门艺术。

西方语文之间矛盾较少，据电子计算机统计，真和美统一度达90％以上，所以西方学者提出对等的翻译理论，但中西语文之间矛盾更多，真和美的统一度只有40％左右。如用"三势论"来解释，那就是说，西方语文均势时多，中西语文却互为优势时多，所以我提出了发挥译语优势的理论（或"优化论"）。关于这点，高健在《外国语》总第90期中说得好："等值等效说比较更适合于以资料事实为主的科技翻译，而不大适用于语言本身在其中起着重要作用的文学翻译，换句话说，它更适合于整个翻译阶段中较低层次的翻译（在这类翻译中一切似乎都已有其现成的译法），而不太适合于较高层次的翻译（其中一切几乎全无定法，而必须重新创造）。"这为我的"创译论"提供了理论根据。

袁行需在《中国诗歌艺术研究》第9页上谈到"情韵义"时说："词

语除了本身原来的意义之外，还带有使之诗化的各种感情和韵味。""词语的情韵是由于这些词语在诗中多次运用而附着上去的，凡是熟悉古典诗歌的读者，一见到这类词语，就会联想起一连串的诗句，这些诗句连同它们各自的感情和韵味一起浮现出来，使词语的意义变得丰富起来。"这就说明了中西语文（尤其是中国的诗词语言）之间为什么真和美的统一度只有 40% 左右，因为中国诗词的词语富有情韵美，而西方对等的词语只能译出这些词语"本身原来的意义"，无法译出"诗化的各种感情和韵味"，所以只有用再创的方法才能解决真和美的矛盾。西方的译论家不懂中文的情韵义，根本解决不了中西互译的问题。《中国翻译》2001 年第 1 期第 2 页上居然说："中国当代翻译理论研究，认识上比西方起码要迟 20 年。"这不是颠倒是非了吗？下面就来举例说明。

李白《送友人》中有两个名句："浮云游子意，落日故人情。"诗中词语富有情韵义：如《古诗十九首》中的"浮云蔽白日，游子不顾返，""前日风雪中，故人从此去，"王维的"长河落日圆"，李白自己的"请君试问东流水，别意与之谁短长"，刘禹锡的"道是无情却有情"等等，这些诗句中的离情别意都附加到《送友人》中去了，所以情韵义非常丰富。《北京外国语学院学报》把这首诗中的"情"和"意"译成 feeling 和 affection，那就只是达意而没有传情，英国企鹅图书公司出版的译文是：

With floating cloud you'll float away;

Like parting day I'll part from you.

说"你随着浮云飘然而去；我像落日一样黯然魂销"，虽然没有译"情意"二字，反而更能传情达意，这就是冯友兰说的"不言美而美自见"，使不对等的变成对等的（Equality of unequals is inequality），是更高级的翻译艺术了。

朱光潜在《诗论》中说："'从心所欲，不逾矩'是一切艺术的成熟境界。"这自然也是翻译艺术的成熟境界。"不逾矩"就是意似，"从心所欲"却是神似、优化。"矩"就是必然王国，"从心所欲"却是自由王国。《送友人》的译例说明了从必然王国向自由王国的飞跃，而西方译论还停留在必然王国中挣扎，远远落后于中国的艺术论。

（十）结论：美化之艺术，创优似竞赛

前面已经说到，我把鲁迅、林语堂、茅盾提到的"美"字，钱钟书提出的"化"字，胡适赞成的"乐之"（"愉快"）中的"之"字，朱光潜"艺术论"中的"艺术"二字，合成"美化之艺术"五个字，作为中国学派的文学翻译理论小结。又加上郭沫若主张的"创作论"中的"创"字，我自己提出的"优化论"中的"优"字，傅雷"神似说"中的"似"字，再把叶君健说的"竞争"升华为"竞赛"，又合成为"创优似竞赛"五个字，作为补充。其实，这十个字是相辅相成的。首先，"优"和"美"是文学翻译的本体论，是二而一，"优"是合称，"美"则分为意美、音美、形美"三美"；其次，"创"和"化"是文学翻译的方法论，"化"可分为等化、浅化、深化，而创译是"三化"的最高层次；第三"乐之"和"神似"是文学翻译的目的论：乐之是知之、好之等"三之"的最高层次，神似则是形似、意似等"三似"的最高层次。艺术论和竞赛论都是文学翻译的认识论，艺术是总称，竞赛是特称，因为竞赛也是一种艺术。

我提出的几种文学翻译理论有什么内在的关系？可以说浅化是为了意似，可以改变译语的弱势，达到使人知之的地步；等化是为了意似而又形似，可以取得译语对原语的均势，达到使人好之的地步；深化是为了神似，可以发挥译语的优势，达到使人乐之的地步。

至于我的译论和其他译论有什么不同，则可以说，（1）"优化论"和当前流行的"归化论"和"异化论"不同，因为我认为所有的翻译都是在内容上异化，在形式（词语）上归化的，不过程度不同而已，还有归化和异化并不是截然分开的，例如《送友人》的英译，到底是归化还是异化呢？其实，无论归化异化，都有一个优化程度的问题，而文学翻译应该尽可能优化，要优化成为翻译文学。（2）"三势论"和当前流行的"文化强势论"也不同，"文化强势论"误以为经济和军事上的强势就是文化上的强势。（3）"三似论"和"形似而后神似"论不同，形似论只看到形似和神似的统一，没有看到二者的矛盾，其实，如以中英互译而论，矛盾远远多于统一，而统一就是提高，提高到占优势的一方。（4）"三美论"有人反对，以为"三美"译文"失真"，其实，把美的文学作品译得不美更是"失真","从心所欲，不逾矩"才是真而美。(5)"三化论"和"对等论"不同， "对等论"只是"三化论"中"等化论"的一部分。(6)"三之论"和当前流行的"目的论"不同，只限于文学翻译的目的。(7)"艺术论"和"科学论"不同，科学是客观的，艺术却受到主观意志的影响。(8)"竞赛论"有人反对，并提出"紧身衣"说来对抗，但他举的译例（把"精明和聪敏"译成 penny-wise and pound-foolish）并不是"紧身衣"，反倒说明了译文在和原文竞赛，看哪种文字是更好的表达方式。(9)关于"创译法"的论战，《上海文汇读书周报》认为《红与黑》的对等译本胜过再创译本，洛阳外国语学院讨论的结果恰恰相反，只要比较一下本文的译例（"翻山越岭"和"魂归离恨天"）就可得出结论。至于中译外，有的美国学者说创译的《楚辞》可算英美文学高峰；有的英国出版社说：创译的《西厢记》可和莎士比亚媲美。而诺贝尔文学奖的评委说：中国没有人得诺贝尔文学奖，正是因为（对等的）翻译太糟糕。因此，中国文学如要走向世界，文学翻译一定要从必然王国飞向自由王国。

最后，附上我模仿老子《道德经》第一章所写的中英文《译经》，作为总结。

译可译，非常译。	Translation is possible: it's not transliteration.
忘其形，得其意。	Forget the original form; get the original idea!
得意，理解之始；	Getting the idea, you understand the original;
忘形，表达之母。	Forgetting the form, you express the idea.
故应得意，以求其同；	Be true to the idea common to two languages;
故可忘形，以存其异。	Be free from the form peculiar to the original!
两者同出，异名同理。	Idea and form are two sides of one thing.
得意忘形，求同存异：	Get the common idea; forget the peculiar form:
翻译之道。	That's the way of literary translation.

2005 年 1 月 18-28 日于北京大学

有中国特色的文学翻译理论

习近平主席 2016 年 4 月 17 日在哲学社会科学工作座谈会上的讲话中谈到"加快构建中国特色哲学社会科学"的问题。讲话中谈道:"第一,要体现继承性、民族性。""第二,体现原创性、时代性。""第三,体现系统性、专业性。"文学翻译理论是哲学社会科学的一部分,在文学翻译中应该如何体现继承性、民族性、原创性、时代性、系统性、专业性呢?下面就来谈谈这些问题。

(一)

习近平主席讲话中说:"不断推进马克思主义中国化,产生了毛泽东思想、邓小平理论、'三个代表'重要思想、科学发展观等重大成果。"继承性应该包括毛泽东思想等在内。毛泽东思想与文学翻译有关的,主要是实践论和矛盾论。实践论认为:理论来自实践,又要受到实践的检验,才能证明理论是否正确。

2015 年第四届"中华之光"颁奖会上谈到中国经典的翻译问题,当时我说:"'优化论'或'创译论'继承发展了严复、鲁迅、郭沫若、朱光潜等人的理论,对'中国学派的文学翻译理论'进行了总结。在翻译界产生了影响。""优化论"是中国和西方不同的文学翻译理论,能经受住实践的检验吗?

西方语文如英、法、德、意、西等都是拼音文字,据电子计算机统计,两种西方文字约有 90% 可以找到对等词,所以翻译时基本可以用对等译法。而中文是象形文字,据统计,只有小半可以在西方文字中找到对等词。翻译时有对等词的可以用对等译法;没有对等词时,那不是译文胜过原文，就是不如原文。中国翻译学派认为应该尽可能选用最好的译语表达方式，所以可算"优化论"。"优化论"能不能经受住实践的检验呢？下面就来举例说明。实践论的根源，可以上溯到二千五百年前的《论语》第一章第一句："学而时习之，不亦说（悦）乎？"这句《论语》中的名言如何译成英文呢？请看下面两种英译：

To learn and at due time to repeat what one has learnt, is that not after all a pleasure?（Tr. Waley）

Is it not a delight to acquire knowledge and put it into practice from time to time?（Tr. Xu）

比较一下两句译文，第一种美国译者把"学"译成learn（学习），把"时"译成at due time（在适当的时候），把"习"译成repeat（复习，温习），把"说"（悦）译成pleasure（欢悦，愉快），全句说：学习而且适时温习，不是很愉快的吗？这是西方的对等译法。第二种译文把"学"译成knowledge（学问，知识），把"时"译成from time to time（时时），把"习"译成practice（实习，实践），把"悦"译成delight（乐趣），全句说：得到知识而付诸实践，不是一种乐趣吗？这是中国译者选用最好的译语表达方式的优化译法。

　　这两种译法哪一种更好呢？第一种译法"学"和"习"的主语都是学生，第二种的主语却是学者。到底哪一种对呢？那就要看原文的上下文了。《论语》第一章的下文是："有朋自远方来，不亦乐乎？人不知而不愠，不亦君子乎？"学习的人"有朋自远方来"，是个"君子"，那就不是学校的学生，而是古代的学者了。这个答案可以说明西方的对等译法不如中国的优化译法，同时也说明了：优化译法的理论经过了实践的检验，实践是检验理论的标准，毛泽东的实践论是研究翻译理论应该继承的哲学理论。

　　毛泽东的哲学理论应该继承的不仅是"实践论"，还有同样重要的"矛盾论"。矛盾论的根源也可以追溯到两千五百年前的《老子》。《老子》第一章开始说："道可道，非常道。名可名，非常名。"这两句话说出了"道"和"常道"的矛盾，"名"和"常名"（其实是"名"和"实"）的矛盾。第一句"道可道"中的第一个"道"是道理、真理的意思，第二个"道"是动词，是可以知道，可以说得出来的意思；第三个"道"（常道）是大家常说的道理。这六个字说出了真理和歪理的矛盾。例如美国现在有人大谈南中国海的航行自由，其实他们谈的是横行霸道，航行自由并不等于横行霸道。早在两千五百年前，老子就有先见之明，说出了自由之道和横行霸道的矛盾。联系到文学翻译上来，意思就是：文学是可以翻译的，但不一定是字对字的"对等翻译"。《老子》第一章接着说："名可名，非常名。"说的是"名"和"实"的矛盾。第一个"名"其实是"实"或"万事万物"的意思；第二个"名"是动词，是可以有个名字的意思。全句六个字的意思是：万事万物都可以有个名字，但是名字并不等于事物，也就是说，形式并不等于内容。联系到文学翻译上来，意思就是：翻译的内容是有一个形式的，但是这个形式并不等于原文的内容。这就指出了内容与形式的矛盾。《老子》的这十二个字如何译成英文呢？下面就来看看两种译法：

1. The Tao (logos, way, path, road) that is utterable is not the eternal Tao; the name that is namable is not the eternal name.

2. Truth can be known, but it may not be the well-known truth (or the truth you know). Things may be named, but names are not the things.

第一种英译是对等式的翻译，还原成中文，大致是说：可以说出来的"道"（道理，道路等）不是永恒的"道"；可以命名的名字不是永恒的名字。这种字对字的译文能使读者明白老子说了什么吗？第二种英译说：真理（或道理）是可以知道的，但不一定是众所周知的道理（或你们所知的道理）。事物是可以有个名字的，但名字并不等于事物。这种优化的译文才能使人理解原文的内容，才能解决内容与形式的矛盾。由此可见，矛盾论和实践论都有助于解决翻译的问题，是应该继承的哲学理论。而实践论和矛盾论的根源可以上溯到孔子和老子，这又可以看出继承性和民族性的关系。

关于民族性的问题，到底是中国人还是外国人更理解中国文学的民族性？是中国人还是外国人能用更好的表达方式来把中国文学，尤其是更富有民族性的诗词译成外文呢？这个问题引起了争论。大约五十年前，英国伦敦大学葛瑞汉（Graham）教授就在他翻译的《晚唐诗选》序言中说：

"我们不太可能让中国人把诗词译成外文，因为翻译最好是把外国语文译成本国语文，不是把本国语文译成外国语文，这条规律很少例外。"（见第37页）《英语世界》2015年第3期第108页也说："美国著名汉学家、《中国文学选集》的编译者宇文所安（Stephen Owen,1946—）也表达了同样的观点。他说：'中国正在花钱把中文典籍翻译成英语，但这项工作绝不可能奏效。没有人会读这些英文译本。不管我的中文有多棒，我都绝不可能把英文作品翻译成满意的中文。'"这话用于西方译者也许不错，因为西方语文都是拼音文字，对等处多，互相理解不难，理解之后，用本国语表达也很容易。但是用在诗词翻译上就大不相同了。因为对外国译者来说，理解中国诗词很难，一般只能半知半解。理解只有百分之五十，即使表达能力是百分之百，翻译的结果也只能得五十分。而中国译者如果理解诗词有八九分，甚至十分，用外语表达的能力不一定在外国译者之下，如果说是八九分，甚至十分，那翻译的结果就可以达到九十分，甚至是一百分，远远高于西方译者。这个论点是否正确，要有实践证明，下面就看实例吧。

葛瑞汉《晚唐诗选》146页有李商隐《无题》的译文。原诗第二联是："金蟾啮锁烧香入，玉虎牵丝汲井回。"如何理解原文呢？"金蟾"是金蛤蟆，是唐代富贵人家门锁上的装饰品，镀金的蛤蟆咬住锁，表示是晚上锁门的时间，烧香是唐代人早晚祭拜天地的仪式，"入"的主语是诗人自己。这一句的意思是：晚上锁门烧香，祭拜天地的时候，诗人进入了富贵人家的大门。下联的"玉虎"是富贵人家井台的装饰品，"牵丝"是拉上丝麻合织的井绳，"汲井"就是早晨打上井水的意思，最后一个动词"回"的主语也是诗人自己。全句意思是说：在早晨用掺丝的麻绳拉上井水的时候，诗人就离开富贵人家，回到自己家里了。那么，诗人到富贵人家去做什么事呢？诗中上联"烧香"的"香"和"相"同音，下联"牵丝"的"丝"和"思"同音，"香丝"合在一起就暗示"相思"的意思。原来诗人到富贵人家是来还"相思"债，是来和情人幽会的。这是对李商隐这一联诗最好的理解。现在我们来看葛瑞汉是如何理解的，先看他的译文：

A gold toad gnaws the lock. Open it, burn the incense.

（金蛤蟆咬住锁。开锁烧香吧。）

A tiger of jade pulls the rope. Draw from the well and escape.

（玉虎拉上井绳。打上井水逃走吧。）

从对等译法的观点看来，十四个字中有十二个对等，应该算是百分之八九十正确的了。但是因为最重要的"入"和"回"没有理解，所以翻译的结果是百分之百错误。由此可见理解力弱而表达力强的外国译者并不能译好中国诗词。

现在再来看看中国人的译文：

With incense burned at night I entered golden gate;

（带着夜里烧香的香气，我进入了金碧辉煌的大门；）

When water's drawn at dawn, I left my jadelike mate.

（清晨打上井水的时候，我离开了我的玉人。）

从对等译法的观点看来，这个译文很多字都和原文不对等："金蟾啮锁"译成了金碧辉煌的大门，只有一个"金"字对等，加上"烧香入"三个字，七个字中也只有四个对等；而下联的"玉虎牵丝"四个字都没有译。"玉"字转嫁到"玉人"身上去了，只有"汲井回"三个字可算对等。一联诗中十四个字只有七个对等，只能得五十分，不及格，远不如葛瑞汉的八十或九十。但从内容观点看来，葛译却不及格，中国译文反倒可得八十或九十分，因为译出了诗人夜里来幽会，清晨赶回家的内容。从两种译文中可以看出形式和内容的矛盾，英文形式基本等于内容，公式是 1+1=2；中文却往往内容大于形式，公式是 1+1>2。所以不能用对等译法来翻译中国诗词。英美译者对中国诗词理解不深，不知道中国古人的生活习惯，不知道诗词中省略主语的用法，不知道"烧香"和"牵丝"暗示的是同音词"相思"，理解不及格，假如说是五十分，那他的英文表达力即使是一百分，翻译的作品也超不过五十分。而中国译者理解中国诗词的能力远远高于英美译者，如果说是八十或九十分，而他用英语表达的能力也不会远远落后于英美人，假如说是八十或九十分，那翻译能力就远远高于英美译者。上面的译例就是证明。

英国伦敦大学教授译中国诗不及格，美国哈佛大学宇文所安教授又如何呢？他说无论他的中文多棒，他都不能把英美文学作品译成中文；

所以他认为中国译者无论英文多好，也不可能把中国诗词译成英文。这就是把理解英文的难度和理解中国古文的难度等同起来了，不知道理解中国古文的难度，远远大于对英美文学的理解。就以宇文所安为例吧，他把杜甫《江汉》"古来存老马，不必取长途"中的老马识途误解为一个年老的官员，可见一斑。又如李白《月下独酌》中的"行乐须及春"是春天应该及时行乐的意思，他却译成：

This joy I find will surely last till spring.

（我发现的这种快乐一定会延长到春天）

连这些常见的中文都翻译错了，可见中文理解力之差。那么，他有什么理由说：不能让中国人翻译中国诗词呢？

其实，不只是英美译者，中国也有人认为中国文化如要走向世界，主要应该依靠外国翻译家。如《中国古代文化2012年国际研讨会论文集》（简名）中就有一篇《中国文化如何才能"走出去"》，文中举了杨宪益和英国牛津大学Hawkes（霍克思）教授翻译的《红楼梦》为例，认为霍译"用面粉和面包代替了大米"在国外网站上"获得了一致的推崇"，而杨译本的"评价却相当低，二者之间的分数相差悬殊"，这个论点站得住吗？下面我们就来研究。

霍克思是北京大学上世纪50年代的博士，在北大是研究并翻译《楚辞》的。关于《楚辞》，英国剑桥大学翟理斯（Giles）教授说过："诗句有如闪耀的电光，使我眼花缭乱，觉得美不胜收。"如《离骚》前四句说："帝高阳之苗裔兮，朕皇考曰伯庸。摄提贞于孟陬兮，惟庚寅吾以降。"（我父亲是高阳皇帝的后代，大名鼎鼎的伯庸。当木星的光辉照耀着寅年寅月的时候，我在虎踞龙盘的寅日出生了。）中国评论家王国维说过：中国诗中景语都是情语，文字都包含诗人的感情在内。如"高阳"就含有高高在上、阳光普照的意思，"伯庸"却有超凡脱俗、超越平庸的气概。这的确是不平凡的家世，不平凡的生日，不平凡的开端！但霍克思怎样翻译这不平凡的四行诗呢？下面就是英国企鹅图书公司1985年出版的《楚辞》的霍译：

Scion of the high lord Gao Yang

（高阳皇帝的后代）

Bo Yong was my father's name。

（伯庸是我父亲的名字）

When She Ti pointed to the first month of the year,

（当摄提指着那一年正月的时候）

On the day geng-yen I passed from the womb.

（在庚寅那一天我出了娘胎）

霍译四个名词都是音译，"高阳"没有阳光普照的形象，"伯庸"没有超越平庸的意思，"摄提"能使人知道是什么星吗？"庚寅"能使人知道是哪一天吗？牛津教授的译文能使剑桥教授觉得像电光耀眼，美不胜收吗？我们再看中国人的译文：

Descendant of High Sunny King, oh!

My father's name shed sunny ray.

The Wooden Star appeared in spring, oh!

When I was born on Tiger's Day.

这个译文把"高阳"比作高高在上的太阳神，所以父亲的名声也能大放光明。当木星使大地回春的时候，我就在龙腾虎跃的日子里出生了。这个译文不像哈佛教授宇文所安说的没有人读，反而得到了国外的好评，如墨尔本大学的美国教师 Jon Kowallis（寇志明）1997 年 6 月 25 日来信说："最近读了您的《楚辞》英译，觉得非常了不起，当算英美文学里的一座高峰。"我和霍克思教授通信，得到他 1995 年 4 月 18 日来信说："I am full of admiration to find that you have translated such a huge amount of Chinese literature."（我很钦佩你翻译了如此大量的中国文学作品。）这虽可能是客气话，但和葛瑞汉、宇文所安却大不相同。《中国文化如何才能"走出去"》的作者怎么能说"走出去"主要依靠外国译者呢？根据实践论，检验理论的标准是实践，批判错误翻译理论要指出论者翻译作品的错误，我上面已经举出了葛和宇文等在理论上和实践上的错误，现在我要重复徐志摩的话：中国诗只有中国人译得好。

习近平主席在讲话中说："要坚持古为今用、洋为中用"，"对国外的理论、概念、话语、方法，要有分析、有鉴别，适用的就拿来用，不适用的就不要生搬硬套。哲学社会科学要有批判精神。"毛泽东受《论语》和《老子》的启发写出了实践论和矛盾论，这就是古为今用。中国翻译界引进了西方的"对等译论"，这就是洋为中用。但是西方语文如英、法、德、意、西等，约有90%可以对等，所以基本可以用对等译法；而中国语文和西方语文之间约有一半可以对等，所以在中西互译时，只有一半可以用等译论。英国伦敦大学、美国哈佛大学的教授只知道中西语文的统一面，而不知道矛盾面，所以错误百出，需要通过实践的结果，来批判他们的错误，纠正他们的误译。讲话在谈到中国特色哲学社会科学时说："第一，体现继承性、民族性。"本文第一部分就是如何继承优秀的民族文化传统，指出西方对等译论和中国优化译论的矛盾，并且通过实例，提出解决矛盾的方法。这就是在中国文学翻译论中体现继承性、民族性。

（二）

习近平主席在讲话中接着说："第二，体现原创性、时代性。我们的哲学社会科学有没有中国特色，归根到底要看有没有主体性、原创性。跟在别人后面亦步亦趋，不仅难以形成中国特色哲学社会科学，而且解决不了我国的实际问题。""创新可大可小，揭示一条规律是创新，提出一种学说是创新，阐明一个道理是创新，创造一种解决问题的办法也是创新。"说得真好！这样看来，钱钟书提出："艺之至者，从心所欲而不逾矩。"应用到文学翻译理论上来，就是一种创新的学说了。"从心所欲"就是发挥主观能动性，"不逾矩"就是不违反客观规律。上面提到的英美教授词对词的对等译法，就是主观想不逾矩，客观上却逾矩了。例如李商隐《无题》的葛译，十四个词中有十二个与原文对等，结果却是词不达意。中国译文只有七个词对等，却说出了中国唐代的自由恋爱思想，男欢女爱的感情。因为西方文字科学性高于艺术性，说一是一，说二是二，形式等于内容，言等于意，数学公式是 $1+1=2$。中国文字艺术性重于科学性，说一可以指二，内容可以大于形式，意大于言，公式是 $1+1>2$，例如《无题》中的"出""入"的主语"我"可以省略，"金蟾啮锁"是锁门的意思，烧"香"和牵"丝"是"相思"的谐音字，

"玉虎"是井上的装饰品，可以省略而不影响内容，但把玉虎转移到玉人身上，却可以使人领会到偷香窃玉的意思。把"烧香"理解为诗人随着香气穿过金锁的锁孔而进入了富贵人家的大门偷"香"窃"玉"来了。这就说明早在一千多年以前，我国就有了歌颂自由恋爱的诗篇。这样根据"从心所欲而不逾矩"的理论，发挥了译者的主观能动性，提出了解决翻译难题的创译论，宣扬了中国古代文化的自由精神，这不就是一种解决问题的创新吗？其实这种对自由精神的歌颂，并不是从一千五百年前的诗人李商隐开始的；早在两千五百年前的《诗经》中，已经就有对自由的赞歌，下面我们就来举例说明。

《诗经》第一首诗《关雎》是一首歌颂自由恋爱的情诗，第一段是："关关雎鸠，在河之洲。窈窕淑女，君子好逑。"余冠英的语体译文是："关雎鸟关关和唱，在河心小小洲上。好姑娘苗苗条条，哥儿想和她成双。"这一段诗能不能用对等法译成英文呢？王佐良认为"译得比较成功的"美国译者 Arthur Waley（威利）的译文是：

"Fair, fair, "cry the osprey

（"美呀美呀，"鱼鹰唱）

On the island in the river.

（在河心的小岛上）

Lovely is this noble lady,

（贵族小姐真可爱）

Fit bride for our lord.

（我们公子的少奶奶）

"关关"到底是什么声音？余冠英译成语体也是"关关"，但是哪有"关关"叫的鸟？威利说是"fair, fair"也不知道是说声音还是意思，这就要看雎鸠是什么鸟了。雎鸠据说是水鸟，鱼鹰、白鹭或斑鸠，但是无论哪种水鸟，都没有"关关"叫的。大家都说《关雎》是婚恋喜庆之歌，哪有婚恋之歌让鱼鹰一面叫着"美呀"，一面把美人鱼吃掉的道理？由此可见威利的译文并不成功。

其实只有斑鸠是"咕咕"叫的，但是"咕咕"声音低沉，不够响亮，不宜入诗，如要入诗，就要加上响亮的元音如"安"等，读者才能听得清楚。而"咕""安"反切，正是"关"字，可见关关叫的鸟正是斑鸠。所以这段诗的前半就是说：斑鸠咕咕叫，河边找配偶。后半段的淑女和君子又是什么人呢？威利认为淑女是贵族小姐，君子是王孙公子，虽然不是没有可能。但是《关雎》下一段就谈到"参差荇菜，左右采之。"王孙公子和贵族小姐会到河边来采荇菜么？有人可能会说：《诗经》常用"赋、比、兴"三种方法，荇菜只是借物起兴，并不一定是男女都在河边采荇菜。但余冠英说君子是哥儿，淑女是好姑娘，无论男女是不是采荇菜，无论原诗是赋是兴，都说得通，这不是更好吗？我就根据余冠英的语体译文，把这段诗翻译如下：

By riverside are cooing　（一对斑鸠鸟）

A pair of turtledoves.　（河边咕咕叫）

A good young man is wooing　（年轻人爱上）

A fair maiden he loves.　（苗条的姑娘）

习近平主席讲话中说要"古为今用"，要"体现原创性、时代性"。把"君子"理解为年轻人，把"淑女"理解为好姑娘，正是古为今用，体现了时代性。而把"关关"理解为"咕咕"，把"雎鸠"理解为斑鸠，更是创造性的解释，把很难理解的古诗翻成了合情合理的译文，这就是用有中国特色的再创译法来解决西方对等译法不能解决的难题。诗题"关雎"几乎是无法翻译的，用再创法译为 *Cooing and Wooing*，cooing 用"咕"译"关"的形式，wooing 用"述"译求爱的内容，传达了原诗的意美；cooing 和 wooing 押韵，turtledoves 和 loves 押韵，传达了原诗的音美；原诗每行四字，译文每行六个音节，三个轻重音步，传达了原诗的形美兼音美。由此可以看出中国特色的再创译法胜过了西方的对等译法。

《诗经》中有四个千古丽句，就是《小雅·采薇》中写士兵反对战争、热爱和平生活的："昔我往矣，杨柳依依；今我来思，雨雪霏霏。"这四个丽句如何用外文来表达呢？我们先看美国哥伦比亚大学华逊（Watson）教授的英译文：

Long ago we set out

When willows were rich and green.

Now we come back

Through thickly falling snow.

"依依""霏霏"这两对叠字，英文没有对等词。华逊说是杨柳一片翠绿，大雪纷飞，译的都是景语，不是情语。士兵离家去打仗，杨柳依依不舍要留住他，这种反战思想感情一点没有流露，似乎反有欢送的意味，这就违反了古诗的原意。中国学派的英译文是：

When I left here,

Willows shed tear.

I come back now,

Snow bends the bough.

译文说士兵去打仗时，依依不舍的垂柳流下了泪珠，刚好垂柳的英文是 weeping willow（杨柳垂泪），这真是不谋而合了。给战争压弯了腰背的士兵看见离家时的杨柳也被大雪压弯了树枝，这又是情景交融，景语变成情语了，可见中国学派创译之妙。创译不但可以用于英文，也可用于法译：

A mon départ

Le saule en pleurs;

Au retour tard

La neige en fleurs.

法文和英文一样，垂柳也是 saule pleureur（杨柳垂泪），由此可见西方语言对等之多。但为了音美形美，"依依"译成 en pleurs；而"霏霏"呢，中国唐诗有咏雪的名句"千树万树梨花开"，所以这里可以说是雪如花开，欢迎士兵归来，译成 en fleurs，不但有热爱和平的意美，而且和英译一样押韵，富有音美；每行四个词，还和第二行有对仗，富有形美。译文富有三美，由此可见中国创译论或优化论运用之妙，可以解决对等译论难以解决的三美问题。

中国诗词中用叠字最著名的是李清照的《声声慢》："寻寻觅觅，冷冷清清，凄凄惨惨戚戚"，"梧桐更兼细雨，到黄昏点点滴滴。"这词有美国 Rexreth 的译文，后两行是：

Fine rain sifts through the wu-tung trees

And drips, drop by drop through the dusk.

美国译文 drips 和 drop 用了 dr 的头韵，富有音美，又重复了 drop
by drop，既有形美，又有音美，中国译者能不能另辟蹊径，创出更美
的译文呢？请看下文：

A fine rain through parasols drizzles

As twilight grizzles.

"梧桐"意译，比音译更有意美；drizzles 和 grizzles 押韵，更有音美；
黄昏说成暮色苍茫，真是三美都有了。

叠字也有用对等法翻译的，最著名的是杜甫《登高》中的名句：
"无边落木萧萧下，不尽长江滚滚来。"卞之琳把"萧萧"二字译成
shower by shower，既传达了疾风骤雨的意美，又传达了"萧萧"的音美，
还传达了重复的形美，真是妙译！但是下联的叠字"滚滚"怎么译呢？
不能再用对等法译成 rolling and rolling，这时就要用创译法了。我把这
一联译成：

The boundless forest sheds its leaves shower by shower;

The endless river rolls its waves hour after hour.

译文还原就是：无边无际的森林一阵一阵洒下了纷纷落叶；没完没
了的长江水时时刻刻都在奔腾咆哮，滚滚而来。杜诗重复了"滚"字，
译文却重复了"时时刻刻"，可见创译法的灵活运用，只要不逾矩，怎
么从心所欲都是可以的。更妙的是：原诗"无边落木萧萧下"中的"落"
和"萧萧"都是草字头，英译文的 sheds 和 shower 都是 sh 开头，river
和 rolls 都是 r 开头，leaves 和 waves 又都是 ves 结尾，这就是用音美来
取代形美了，可以看出创译法是应该灵活运用的。

叠字不好翻译，但是更难译的是双关语，最著名的双关语是李商隐
的"春蚕到死丝方尽"，这里"丝"既指蚕丝，又指诗人的相思。前面
提到李商隐《无题》诗中的"玉虎牵丝"，"丝"指丝麻井绳，也是相
思的谐音，但是只要翻译出诗人是还相思债来了，丝麻井绳不译倒不重
要，因为它只起谐音作用。双关语却不同，既要译出蚕丝，又要译出"相
思"，英美译者能不能解决这个难题呢？我们先看英国葛瑞汉教授《晚
唐诗选》第 150 页的译文：

Spring's silkworms wind till death their heart's threads.

译文还原大致是说：春蚕一直到死都在把它们心里的丝卷绕起来。这个译文只加了一个"心"字，更重要的诗人相思却一点也看不出来，这就是差之毫厘，失之千里了。我们再看中国人的英译：

The spring silkworm till death spins silk from lovesick heart.

英译加了 lovesick（相思）一词，读者就可能联想到：诗人是把春蚕拟人化，比作诗人自己，春蚕吐丝就像诗人相思，都要到死方休。这种创译可能解决双关语的难题。更妙的是，"丝"（silk）和"相思"（lovesick）中的 sick 只有一个字母不同。仿佛妙译天成一样。不仅英译，法译也可如法炮制于下：

Le ver meurt de soif d'amour, sa soie épuisée.

（春蚕丝尽才会相思而死）

同样巧的是，法文"相思"中的 soif 和蚕丝 soie 也只有一个辅音不同，由此可以看出英法互译要比中西互译容易得多。

双关语有时只是本义和引申义的关系。如毛泽东《为女民兵题照》中的"不爱红装爱武装，"美国诗人 Engle（恩格尔）夫妇译成 they like uniforms, not gay dresses（她们喜欢军服，不爱打扮），是译本义。我译为 They like to face the powder, not to powder the face（她们喜欢面对硝烟，不爱涂脂抹粉。）两种译文，哪一种更好呢？这就要评论了。

比较本义和引申义，其实是解决内容和形式矛盾的问题。原文形式上是"不爱红装"，内容却是不爱打扮，红装、粉妆都无所谓。所以结论是：当内容和形式有矛盾时，应以表达内容为主。但表达内容的形式可能多种多样，是不是应以接近原文形式为主呢？例如《女民兵》的全文是："飒爽英姿五尺枪，曙光初照演兵场。中华儿女多奇志，不爱红装爱武装。"我最初的英译文是：

So bright and brave, with rifles five feet long,

At early dawn they shine on drilling ground.

Most Chinese daughters have desires so strong

To be battle-dressed and not rosy-gowned.

这个旧译把红装译成 rosy-gowned（粉妆），形式更近原文，声韵也近原诗，每行五个抑扬格音步，富有意美、音美、形美，比新译如何？其实，新旧译文第一、三行完全一样，第二行的"照"字，主语原是阳光，但也可以理解为：在曙光中，女民兵容光焕发，照耀得演兵场熠熠生辉。可见对同一内容有不同理解的时候，也就是说，当"真"和"美"有矛盾的时候，应该按照"从心所欲不逾矩"的原则处理。从心所欲是发挥主观能动性，是积极条件，不逾矩是不违反客观规律，不违反原意，是消极条件，所以译文只要不违反原意，就可以发挥主观能动性，译得越美越好。第二行"演兵场"的旧译 drilling ground 和第四行 rosy-gowned 押韵而音似，富有三美，似乎比新译 drilling place 好。但 drilling place 可和 powder the face 押韵，音美虽然不如 ground，但把"武装"译成 face the powder（面对硝烟）意美却远远胜过了旧译 battle-dressed。"三美"比较起来，还是意美比音美、形美更重要，所以就要得"意"忘"形"，也就是说，创新的内容比继承的形式重要得多了。

<h1 style="text-align:center">（三）</h1>

在谈了继承性和原创性之后，习近平主席在讲话中说："第三，体现系统性、专业性。"如何总结文学翻译理论的系统性呢？我曾把诗词翻译的理论总结为"美化之艺术"五个字。第一，"美"指三美：意美、音美、形美，译诗要译出原诗的三美，这是诗词翻译的本体论。如《女民兵》中的 face the powder（面对硝烟）体现了"武装"的意美，drilling ground 和 rosy-gowned 体现了演兵场和红装的音美，每行五个抑扬格音步体现了七言绝句每行七个字的形美。第二，"化"指三化：深化、等化、浅化，这是文学翻译的方法论。西方翻译一般只是等化，只是对等译法，如本文所举的译例；中国译者却可以深化，如"曙光初照"等化可能是指阳光，深化却可以指女民兵的容光，"飒爽英姿"可以浅化为 bright and brave。这使中国译论能解决西方译论难以解决的问题。第三，"之"指三之：知之、好之、乐之，这是文学翻译的目的论。文学翻译的最低目的是要读者理解（知之），更高的目的是要人

喜欢（好之），最高的目的是要人感到乐趣。第四，"艺术"是文学翻译的认识论。文学译论不是1+1=2的科学，而是1+1>2的艺术。这就是系统的文学翻译理论。

这个系统的文学翻译理论能不能经受得住实践的检验呢？我们上面比较了英国牛津、剑桥、伦敦大学教授，美国哈佛、耶鲁、哥伦比亚大学教授和中国译者的译文，发现中国译文远远胜过了英美译文。可见葛瑞汉、宇文所安说的：不能让中国译者翻译中国古典文学，那是完全错误的。从前有一个笑话：说一个士兵中了毒箭，去找外科医生，医生只把箭杆切断，说取出箭头是内科医生的事。葛瑞汉、宇文所安用对等法翻译中国诗词，用的就是外科医生切断箭杆的方法，而中国翻译家的优化法或创译法却可以比作内科的疗法。

为了总结中国创新的文学翻译理论，我曾模仿《老子》第一章写了一段《译经》。

现将中英文抄录如下：

译可译，非常译。／忘其形，得其意。／得意，理解之始；／忘形，表达之母。故应得意，以求其同；／故可忘形，以存其异。／两者同出，异名同理。／得意忘形，求同存异。／翻译之道。

Translation is possible: it's not transliteration. / Forget the original form; get the original idea! / Getting the idea, you understand the original; / Forgetting the form, you express the idea.

Be true to the idea common to two languages; / Be free from the form peculiar to the original! / Idea and form are two sides of one thing.

/ Get the common idea; forget the peculiar form; / That is the way of literary translation.

习近平主席在讲话中说的好，中国特色的哲学要体现继承性、原创性、系统性。文学翻译理论是翻译哲学的一部分，继承了孔子的"实践论"和老子的"矛盾论"；创造性地发展了鲁迅的"三美"论，钱钟书的"化境"说；从孔子的"知之者不如好之者，好之者不如乐之者"作出了"三之"论或目的论，从郭沫若说的"好的翻译等于创作，甚至还可能超过创作"提出了创译论；合起来就是"美化之艺术"。这个文学翻译理论在国际翻译界已经取得了初步的胜利，如果能够得到更多更深的实践和研究，应该会有助于中国文化走向世界，实现中国的文化梦，使世界文化更加光辉灿烂。

（原载《中国翻译》2016 年第 5 期）

通　论

翻译中的矛盾论

翻译中有几对矛盾，那就是理解与表达的矛盾，忠实与通顺的矛盾，直译与意译的矛盾。

（一）理解与表达

任何语言，都有形式与内容的统一或矛盾的问题。翻译涉及两种语言的内容与形式的统一或矛盾，情况复杂，而主要是解决原文的内容和译文的形式之间的矛盾。如果译者用译文的形式正确表达了原文的内容，就算达到了目的。

几年前，有一个法国翻译工作者说过："翻译就是理解，并且让别人理解。"(Traduire, c'est comprendre et faire comprendre.)"让别人理解"就是"表达"，"理解"是通过原文的形式（词语）来理解原文的内容，"表达"是通过译文的形式来表达原文的内容，理解是表达的基础，不理解就不能正确表达；表达是理解的具体化、深刻化。因此，表达的结果（即译文）也是检验理解是否正确的一个标准。

正确理解原文，往往并不容易。例如：

John can be relied on. He eats no fish and plays the game.

如果理解为："约翰是可靠的。他不吃鱼，还玩游戏。"那就只理解了原文的形式，没有理解原文的内容。原来英国历史上宗教斗争激烈，旧教规定斋日（星期五）只许吃鱼，新教推翻了旧教政府后，新教徒拒绝在斋日吃鱼，表示忠于新教，而"不吃鱼"也就转而取得了"忠诚"的意思。"玩游戏"需要遵守游戏的规则，因此，"玩游戏"也转而取得了"遵守规则"的意思。通过这两句英语的语言形式，了解了它所表达的思想内容，这样才算"理解"了原文。理解原文内容之后，如何用译文的语言形式来表达呢？这句话如果译成："他不吃鱼，还玩游戏。"那只表达了原文的形式，没有表达原文的内容。如果译成"他既忠诚，又守规矩。"那就透过原文的形式深入到内容了，深刻化了。如果译成："他忠实得斋日不吃荤，凡事都循规蹈矩。"那就不但表达了原文的内容，而且更接近原文的形式（词语）。汉语是表意文字，而英语是拼音文字，二者表达力不一样。鲁迅在《汉文学史纲要》第一篇《自文字至文章》中说过：汉语具有意美、音美、形美三大优点。在《关于翻译的通信》中，鲁迅又谈到汉语的两个缺点，大意是话不够用和语法的不精密。至于英语，也有意美、音美的优点，而形美的优点却比汉语少。一般说来，原文的意美可以传达，原文的音美、形美却很难表达。如：

"At last, a candid candidate!"

英语底下划线的字声音相同，如果译成："到底找到了一个老实的候选人！"那就只传达了原文的意美，没有表达原文的音美。如果改成"忠厚的"或"脸皮不太厚的候选人"，那么，"厚"字和"候"字声音相同，多少传达了一点原文的音美和讽刺的意美；但要全部传达，那就很不容易，甚至不太可能。至于形美，英国人讽刺不可一世的拿破仑战败后关在俄尔巴岛上曾说过：

"Able was I ere I saw Elba!"

这句英语无论从左看到右，或者从右看到左，字母的排列顺序都是一样的，这种形美，很不容易甚至是不可能翻译的。至于意美，那却可以模仿汉语"不见棺材不落泪"，把这句译成："不到俄岛我不倒。""岛"和"倒"同韵，"到"和"倒"、"我"和"俄"音似、形似，加上"不"字重复，可以说是用音美来译形美了。

汉语表达力不如英语的地方，是语法不如英语精密，语汇的词性不像英语那么分明，词形也不像英语那样可以变化，不能加个词缀就构成一个新词。因此在英译汉的时候，只好用加词、减词、分词、合词、正说、反说、分句、合句、置前、置后等方法来表达英语的内容。如海明威 (Hemingway) 在《老人与海》（"The Old Man and The Sea"）中描写老渔民说：

"These scars were old. "

译为"那些疤痕年深月久"，就是用了"加词法"。1960 年前后的美国报纸登过一篇《忘恩负义的非洲》（"Ingratitude of Africa"），其中有一句：

"And dressing Empire in seductive colours and calling it Commonwealth cannot alter the facts. "

这句可以译成："给帝国乔装打扮，涂脂抹粉，美其名为联邦，也不能改变现实。""乔装打扮，涂脂抹粉"用的是"拆词法"，"美其名"是"加词法"。再如《第三帝国的兴亡》（"The Rise and Fall of the Third Reich" by W. Shirer）中英国首相张伯伦问及希特勒的态度：

… whether the German memorandum was really his last word.

译文:"德国的备忘录是不是果真绝无商量余地。"把肯定词译成否定词"绝无商量余地"用的是"反译法"。又如欧·亨利（O. Henry）在《麦琪的礼物》（"The Gift of The Magi"）中描写电铃说：

… and an electric button from which no mortal hand could coax a ring.

译文是："还有一个电钮，非得神仙下凡才能把铃按响。"[①] 否定词 "no mortal hand"(不是凡人的手)译成肯定的"神仙下凡"，用的是"正译法"。以上略举数例，说明英语和汉语表达形式的不同。

表达要防止两种偏向：一是望文生义，一是词不达意。如把 "rub one's hands"（"搓手"表示满足）译成"摩拳擦掌"就是望文生义或以辞害意。如把 "parallel policy" 译成"平行的政策"，就是词不达意，不如改为"并行不悖的政策"。总之，翻译既要防止机械搬运的形式主义，也要反对想当然的自由主义。

（二）忠实与通顺

翻译要反对形式主义和自由主义，这是从反面来讲的。从正面来讲，翻译的标准是什么呢？几十年前，严复提出过"信、达、雅"作为翻译的标准。用今天的话来说，"信"就是忠实确切，"达"就是通顺达意，"雅"

---

① 译文见 1958 年人民文学出版社出版的文学小丛书第 36 种。

就是文字古雅或风格高雅。鲁迅在《题未定草（二）》中说："凡是翻译，必须兼顾着两面，一当然力求其易解，一则保存着原作的丰姿……""保存着原作的丰姿"可以说是"忠实"于原文，"力求其易解"可以说是"通顺"的译文。直至今日，"忠实"和"通顺"（即"信"与"达"）还是大家都同意的翻译标准。

忠实于原文的内容和忠实于原文的形式，有时是一致的，有时却有矛盾。如将 Disasters never come single 译成"祸不单行"，在内容上和形式上都忠实于原文。如果忠实于原文的内容和忠实于原文的形式有矛盾，那译文就要忠实于原文的内容，不必拘泥于原文的形式。如把 get the upper hand 硬译成"占上手"，倒不如译成"占上风"。

忠实于原文，译文最好要做到"三确"：正确、精确、明确。例如：欧·亨利在《警察和赞美诗》[①]（"The Cop and The Anthem"）中描写美国社会说：

Window-smashers do not remain there to parley with the law's minion.

They take to their heels.

这两句如果译成："砸橱窗的人总是溜之大吉，不会逗留在那儿跟法律的宠儿打交道的。""法律的宠儿"是什么人？译得不够明确。其实这里是指"警察"。如果译成"警察"，那又不够"精确"，没有表达原文藐视的口气；而译成"法律的走卒"，可以说是做到了"三确"。

下面谈谈翻译的第二个标准："通顺"。通顺的译文形式要求做到"三用"：通用、连用、惯用。这就是说，译文应该是全民族目前"通用"的语言，用词能和上下文"连用"，合乎汉语的"惯用"法。换句话说，"通用"是指译文词汇本身，"连用"是指词的搭配关系，"惯用"既指词汇本身，又指词的搭配关系。例如"法律的宠儿"就不是"通用"的词。美国 "Labor Monthly" 1953 年登过一篇《杜勒斯何许人也》（"Who is This Dulles" by Philip Bolsover) 中有一句：

Our policies are limited.

如果译成："我们的政策是有限的。""有限的"这个形容词和"政策"这

---

① 译文见 1958 年人民文学出版社出版的文学小丛书第 36 种。

个名词就不好"连用"，应该改成"受到限制的"或"有局限性的"，才算符合"连用"的要求。至于"惯用"，就指一般习惯用语和成语等。例如"二话不说，单刀直入""蛛丝马迹""俯首听命""受宠若惊""寡不敌众""一言难尽"等都是。

　　结论是：忠实于原文和通顺的译文，一般说来是一致的，因为原文是通顺的，所以译文也该通顺。如果"忠实"和"通顺"发生矛盾，那应该把忠实于原文内容放第一位，把通顺的译文形式放第二位，把忠实于原文的形式放第三位。

（三）直译与意译

　　直译是把忠实于原文内容放在第一位，把忠实于原文形式放在第二位，把通顺的译文形式放在第三位的翻译方法。意译却是把忠实于原文的内容放在第一位，把通顺的译文形式放在第二位，而不拘泥于原文形式的翻译方法。无论直译、意译，都把忠实于原文的内容放第一位。如果不忠实于原文的内容，只忠实于原文的形式，那就不是直译，而是硬译。如鲁迅批评过的把"The Milky Way"（天河，银河）译成"牛奶路"就是一例。如果不忠实于原文内容，只追求通顺的译文形式，那也不是意译而是滥译。如把"rub one's hands"译成"摩拳擦掌"就是一例。换句话说，硬译就是翻译中的形式主义，滥译就是翻译中的自由主义。

　　马克思曾批判过"逐字准确"的硬译说："鲁阿先生原说要尽可能译得准确，甚至于要译得逐字准确。他老老实实地完成自己的任务。但正是他的老老实实和准确使我不得不大加删改，以便让读者更容易了解。"[①] 恩格斯也曾批判过不忠实于原文内容的滥译说："一个作者为了漂亮地表达自己的思想往往不惜阉割原作的语言。"[②] 由此可见，形式主义的硬译和自由主义的滥译是翻译时要防止的两种偏向。

　　当译文的形式和原文的形式一致的时候，就无所谓直译、意译。如前面提到的"祸不单行"，既可以说是直译，也可以说是意译。

---

① 转引自北京俄语学院 1958 年出版的《翻译的基础》第 12 页。
② 同上书第 18 页。

当译文的形式和原文的形式不一致的时候，就有直译或意译的问题，而且直译可以有程度不同的直译，意译也可以有程度不同的意译。如杰克·伦敦写失业工人 Jurgis 说：

> … he had about as much chance of getting a job as of being chosen mayor of Chicago.

可以译成：

> 一 他找到工作的机会和当选芝加哥市长的机会几乎差不多。
>
> 二 他要找到工作简直跟要当选芝加哥市长同样困难。
>
> 三 他找到工作的机会简直微乎其微。

以上三种译文，第一种直译的程度最大；第二种译文直译的程度减少，意译的程度增加；第三种译文意译的程度更增加了。那么，到底应该直译还是意译呢？例如：

Hitler was <u>armed to the teeth</u> when he launched the Second World War.

应该直译成："希特勒在发动第二次世界大战时是武装到了牙齿的"，还是意译成"全副武装的"呢？意译可能使人误以为那时希特勒本人真是全副武装了，直译却不会引起这种误解，还可以吸收新鲜用语，所以这句直译比意译好。也就是说，如果译文和原文相同的形式能表达相同的内容，一般可以直译。而《辜负春光》(*Betrayed Spring*) 中有一句：

Didn't she swear she'd never again believe <u>anything in trousers</u>?

这句可以直译成："她不是发誓从此以后再也不相信穿裤子的家伙吗？"后半句也可以意译为："再也不相信男子吗？"英语"穿裤子的家伙"指男子，但在汉语中却可男可女，因为我国现在男女都穿裤子。在这种情况下，意译比直译好。也就是说，如果译文和原文相同的形式不能表达和原文相同的内容，一般应该意译。这两个例子也说明了：这两句中只有底下划线的一小部分既可直译，又可意译，而大部分却是无所谓直译或意译的。

毛泽东在《反对党八股》中说："要从外国语言中吸收我们所需要的成分。……而且要吸收他们的新鲜用语。"而要吸收新鲜用语，就要直译。近几年看到报刊上有这类译文：说"通过埋葬以往的差别，实现民族团结"，不说"消灭差别"；说"石油大鳄"，不说"大亨"，这些都是更富有感染力的新鲜用语。总之，如果外国语的表达形式比本国语更精确、更有力时，可以直译，吸收外国的新鲜用语。反之，如果本国语的表达形式比外国语的更精确、更有力时，则可以意译。如《第三帝国的兴亡》中说：

1. Adam did not waste words.

   （亚当二话不说，单刀直入。）

2. There were several straws in the wind.

   （不无蛛丝马迹可寻。）

再如《名利场》(Thackeray: *Vanity Fair*) 中描述拿破仑在滑铁卢战败时说：

3. But they were overwhelmed at last.

   （可是到后来寡不敌众，直败下来。）①

第一、二例使用了我国的习惯用语："二话不说""单刀直入""蛛丝马迹"。第三例 overwhelmed 译成了"寡不敌众，直败下来"，也比原文精确。

无论直译、意译，都要符合"忠实""通顺"的标准。尤其是吸收新鲜用语(或者"创新")，更要考虑"三确""三用"的要求。

结论是：一、句子的大部分都无所谓直译或意译。二、译文和原文相同的形式能表达和原文相同的内容时，可以直译，如"wash one's hands"可以直译为"洗手"。三、原文的表达形式比译文精确、有力时，可以直译，但要符合"忠实""通顺"的标准。如"armed to the teeth"可以直译为"武装到牙齿"。四、译文和原文相同的形式不能表达和原文相同的内容时，一般意译。如"wash one's hands of"一般不能译成"洗手不干"；可以译成"撒手不管"。五、译文的表达形式比原文精确、有力时，可以意译，如"fight it out"可以译成"见个高低""决一雌雄""打个你死我活"等。

（原载《外国语教学》1978 年第 4 期）

---

① 译文见人民文学出版社出版的杨必译《名利场》。

翻译的标准

1898 年，严复在《天演论》的《译例言》中说："译事三难：信、达、雅。"后来一般就把"信、达、雅"当作翻译的标准。用今天的话来说，"信"就是忠实准确，"达"就是通顺流畅，"雅"就是文字古雅。严复生在使用文言文的时代，所以提出文要古雅；到了使用白话文的今天，"雅"字就不能再局限于古雅的原义，而应该是指注重修辞的意思了。

1931 年，瞿秋白在《论翻译——给鲁迅的信》中说："翻译应当把原文的本意，完全正确的介绍给中国读者，使中国读者所得到的概念等于英俄日德法……读者从原文得来的概念，这样的直译，应当用中国人口头上可以讲得出来的白话来写。"这和《翻译通讯》1980 年第 1 期陈廷祐提出的"翻译的质量标准"，基本上是一致的。陈文说：关于标准，"我倾向于定为'准确'和'流畅'两条。准确，就是译文要与原文的思想内容、文字风格相一致；流畅，就是译文要通顺易懂"。

1978 年，范存忠在《漫谈翻译》中说，翻译的原则是"从信、达、雅到正确，通顺，易懂"。葛传椝在《翻译通讯》1980 年第 2 期中谈道："说'信'也好，说'忠实'也好，翻译必须在把原文变成另一种文字时，做到不增、不减、不改。"

本文作者读到新近出版的一本《翻译与比较》，书中对"信、达、雅"提出了质疑，并且说："在翻译标准里面，根本没有'雅'字的容身之处。"书中还提出一个新的翻译标准："译文形式与原文内容辩证的统一。"什么是"译文形式与原文内容的辩证统一"呢？《翻译与比较》中举了法国作家都德《最后一课》的英译文作为例子：

1. I had to open the door and go in before everybody.

   a. 我只得在众目睽睽下推门进去。

　　b. 我只好在大家望着我的情况下推门进去。

　　c. 我没法，只好硬着头皮推门进去。

编者认为最后一个译例"从内容上讲，不多不少，从语言形式来说，不过分，也未削弱，恰到好处，是译文语言形式与原文内容辩证统一的佳例"。我却觉得如果孤立地看这个句子，译文形式"硬着头皮"和原文"before everybody"的内容并不一定就能说是"辩证统一"的。因为原文的内容是"在大家面前"，并没有"硬着头皮"的意思，"硬着头皮"是译者根据原文上下文小学生迟到的情况加上去的，不能说是"不多不少"，而是"又多又少"，多了一个"硬着头皮"，少了一个"在大家面前"。这个例子，编者说"是译文语言形式与原文内容辩证统一的佳例"，那就很难使人接受了。

　　也许孤证不足为凭，我们再看看《翻译与比较》所举的第二个例子：

2. Never have we experienced such exultation before.

　　a. 我们从来也没有像现在这样兴高采烈。

　　b. 我们这样兴高采烈，真是前所未有！

编者认为"第二个译文从内容到形式与原文统一起来了"，我却觉得"前所未有"可以理解为"前人从来没有这样兴高采烈"。反而不如第一个译文明确，更能传达原文的内容。编者讲翻译标准时，就只举了这么两个英译汉的例子，两个例子都有问题。再看看其他例句：

3. Nixon was pleased by the distinction, but not overwhelmed.

　　尼克松对这种破格的礼遇感到高兴，但并没有受宠若惊。

编者认为："'并没有受宠若惊'不仅忠于原文，形式上亦吻合对称。"我却认为"受宠"一般是指下级"受"上级的"宠"，尼克松当时是美国总统，对我国领导人是平等关系，"受宠若惊"用得不妥，不如改为"喜出望外"，才算忠于原文。又如：

4. On October first, I shall have Czechoslovakia where I want her.

　　到十月一日，我将要让捷克斯洛伐克乖乖听我的话。

编者把这个译例当作"直译不如意译"的例子，我却觉得这句意译不如改成"我叫捷克斯洛伐克向东，她就不敢向西，"因为那就不但忠于原文的内容，而且忠于原文的形式，也可以说，这是"译文形式与原文内容辩证统一"的好例子。但奇怪的是，编者开宗明义就把"辩证统一"当作翻译的标准；但在实际应用时却又认为，只要忠于原文内容、而不忠于原文形式，也算作符合标准。

从以上四个译例看来，可以说拿"译文形式与原文内容辩证的统一"作为翻译的唯一标准，是不大合适的。因为第一个译例"硬着头皮"不忠实于原文的内容，第二个译例"前所未有"不符合汉语的用法，不是明确的译文，第三个译例"受宠若惊"用得不够准确，第四个译例"乖乖听话"不忠实于原文的形式，没有发挥译文语言的优势。这是从反面来说的。如果从正面说，那就是翻译首先要求忠实准确，主要是忠实于原文的内容，在可能的情况下也要忠实于原文的形式；其次是要求通顺流畅，符合译文语言的习惯用法；最后还要注重修辞，发挥译文语言的优势。有一个英国语言学家说过：翻译是两种文化的统一 (Translation is unity of two cultures)。我觉得这话说得有道理。既然是两种文化的统一，并不是两种文化的折衷，那就应该往高处统一；也就是说，在原文高于译文的时候，应该尽可能忠实于原文的内容和形式，发挥原文的语言优势；在译文高于原文的时候，也可以扬长避短，发挥译文的语言优势。这个理论是否站得住呢？翻译理论都是从实践中得出来的，又要拿到翻译实践中去检验。《翻译与比较》中选了一些译得不错的例子，我们就用一些译例来检验前面提到的一些理论吧。

5. Kissinger felt the massive bombing would strengthen the President's hand in China. ——*Kissinger*

基辛格觉得这场大规模的轰炸会使总统在中国的腰杆子硬一些。

6. Those who do not remember the past are condemned to relive it.

——*Santayana*

凡是忘掉过去的人注定要重蹈覆辙。

7. "How much did you suffer?"

"Plenty, " the old man said. ——*The Old Man and the Sea*

"你吃了多少苦呵？"

"一言难尽。"老头说。

8. "Hyde Park you said, didn't you? I'll be there to cheer you.

"It's a promise. " he said. ——*Betrayed Spring*

"你说海德公园，是不是？我准来给你打气。"

"那就一言为定啦，"他说。

9. The Flower Girl: … Will you pay me for them?

   The Daughter: Do nothing of the sort, mother. The idea!

                                                    ——*Pygmalion*

   卖花女：你肯给钱吗？

   女儿：一点不要给她，母亲。她想得倒好！

10. Servant: Madam, Mrs. Candour is below, and, if your ladyship's at leisure, will leave her carriage.

    Laity Sneer: Beg her to walk in. ——*The School for Scandal*

    仆：甘太太在楼下，夫人若是有工夫见她，她就下车。

    司夫人：请。

以上六个译例，第五、六例选自《基辛格》和《第三帝国的兴亡》，都是散文；第七、八例选自《老人与海》和《辜负春光》，都是小说；第九、十例选自《卖花女》和《造谣学校》，都是戏剧；至于诗歌，下面再谈。从这六个译例看来，可以说都是忠实于原文内容的，我说"忠实"，不说"准确"，因为"准确"可能会使人误解为"不增、不减、不改"，而第五例的"腰杆子硬"就是"改"了原文，第七例的"一言难尽"和第九例的"她想得倒好"却是"加"了字，而第十例的"请"又是"减"了字。由此可见，好的译文主要是忠实于原文的内容，不是忠实于原文的形式，但在可能的情况下，也要尽量接近原文的形式，如第四例的"向东""向西"就是。其次，这六个译例也都是通顺流畅的译文，我说"通顺"，不说"易懂"，因为我觉得"通顺"应该包括"易懂"在内。最后，这六个译例也都发挥了译文的优势，而又不带过分的民族色彩，如第六例的"重蹈覆辙"，第七例的"一言难尽"，第八例的"一言为定"，都是比原文表达力更强的语言形式。因为我国历史悠久，有丰富的文化遗产，在和外国文化结合的时候，往往可以结出更加丰硕的果实。世界文学史上，波德莱尔把爱伦坡的作品从英文译成法文，"公认译得比原作更好"（见钱歌川《翻译的技巧》第447页）。我国傅雷的译作，杨必译的《名利场》，齐沛等译的《基辛格》，董乐山等译的《第三帝国的兴亡》，不也可以和原著比美吗？究其原因，就是译文除了忠实通顺外，还发挥了译文的语言优势。因此我认为，忠实于原文内容，通顺的译文形式，发挥译语的优势，可以当作文学翻译的标准。如果要古为今用，概括一下，就可以说是"信、达、优"。

以上说的是散文的翻译标准。至于诗歌，尤其是格律体的诗词，我提出过，要尽可能传达原诗的意美、音美、形美。关于诗词，《翻译与比较》选用了李清照著名的《声声慢》，现将原词和引用的译文抄在下面：

寻寻觅觅，冷冷清清，凄凄惨惨戚戚。乍暖还寒时候，最难将息。三杯两盏淡酒，怎敌他晚来风急？雁过也，正伤心，却是旧时相识。

满地黄花堆积，憔悴损，而今又谁堪摘？守着窗儿，独自怎生得黑！梧桐更兼细雨，到黄昏，点点滴滴。这次第，怎一个愁字了得！

Seek, seek; search, search;

Cold, cold; bare, bare;

Grief, grief; cruel, cruel grief.

Now warm, then like the autumn cold again,

How hard to calm the heart!

《翻译与比较》的编者在引了这段译文之后写下的评语是："译文迭用十三个词，不觉重复，缠绵悲切，有极强的感染力。"这就是说，这几行译文做到了"译文形式与原文内容辩证的统一"，是说明他提出来的翻译标准的"佳例"了。但是，如果要用我提出来的翻译标准衡量，那结果却是大不相同。首先，这个译文不忠实于原文的内容，原文"寻寻觅觅"的主语是词人自己，这里生硬地译成两个没有主语的动词，而在英语中，没有主语的动词一般是祈使句，省略的主语一般是"你"，所以这第一行译文的意思就是：你去寻吧，你去找吧。这和原文的内容相差何止十万八千里！其次，这个译文不符合英语的习惯用法，不是通顺的译文：第一行重复了两个动词，第二行重复了两个形容词，第三行又重复了一个带形容词的名词，完全是生搬硬套、机械地逐字死译原文的形式，三行之间没有语法上的联系。这样的译文，连忠实通顺的基本要求都没达到，更说不上发挥译文语言的优势，传达原诗的"三美"了。

现代派的英美诗人也许会搞一次语法大革命，写出这样叫人看不懂的诗句来，但如果把八百年前李清照著名的词译成现代派的英诗，这能算是"译文形式与原文内容辩证的统一"吗？这样的译文，英美读者读了可能根本莫名其妙，怎么会觉得"有极强的感染力"呢！这段译诗，由不懂中文的英美读者读来，恐怕只会啼笑皆非吧！如何能把李清照的《声声慢》译得优雅一点，也就是说，如何传达原词的意美、音美、形美呢？我想根据我提出的翻译标准，把这首词试译如下：

> I look for what I miss,
>
> I know not what it is,
>
> I feel so sad, so drear,
>
> So lonely, without cheer.
>
> How hard is it
>
> To keep me fit
>
>> In this lingering cold!
>
> Hardly warmed up
>
> By cup on cup
>
> Of wine so dry
>
> Oh! how can I
>
> Endure at dusk the drift
>
> Of wind so swift?
>
> It breaks my heart, alas!
>
> To see the wild geese pass,
>
>> For they are my acquaintances of old.
>
>
> The ground is covered with yellow flowers
>
> Faded and fallen in showers.
>
> Who will pick them up now?
>
> Sitting alone at the window, how
>
> Could I but quicken
>
> The pace of darkness which won't thicken?

On parasol trees a fine rain drizzles

As twilight grizzles.

Oh! what can I do with a grief

Beyond belief!

这个译文虽然加了不少字，但加的都是原文内容所有、原文形式所无的词，目的在传达原诗的意美。原词押韵用的是比较急促的"觅""戚""息""急"等字，译文用的也是短音 [i] 韵：如 it, fit；drift, swift；quicken, thicken；drizzles, grizzles 等。尤其是译文第一行的"miss"和原文第一行的"觅"字，译文第四行的"cheer"和原文第三行的"戚"字，不但元音相近，连前面的辅音也相同，是为了求得"音似"。原词有好几行都是四个字，译文也有不少四字一行的，而且都是抑扬格的音步，是为了传达原诗的音美。原词叠字很多，译文没有像《翻译与比较》中那样不管内容、只是形式上机械地堆砌，而是根据内容，重复了一些"I""What""so""cup"之类的词，多少可以传达一点原诗的形美。原词一韵到底，译文却基本上是每两行押韵，这是为了发扬格律体英诗的优势。这种做法，是否能符合我提出的翻译标准呢？欢迎读者提出宝贵的意见。

最后还要补充一点，在翻译的三条标准中，我认为忠实和通顺是翻译的必需条件，这就是说，翻译不能不忠实于原文的内容，译文也不能有不通顺的形式；而发扬译文语言的优势却是个充分条件，也就是说，翻译可以不发扬译文语言的优势，但发扬了译文语言优势的却是更好的翻译。是否符合必需条件是个对错问题，是否符合充分条件却是个好坏问题。

（原载《翻译通讯》1981 年第 1 期）

忠实与通顺

　　"忠实"与"通顺"是大家都能接受的翻译标准。但什么是"忠实"？什么是"通顺"？各人的理解又可能不同。有人认为"忠实"是指忠实于原文的内容，如《英汉翻译教程》第13页的一个例子：

　　1.　Don't cross the bridge till you get to it.

　　　　不必担心太早（不必自寻烦恼）。

有人可能认为"忠实"是指忠实于原文的形式，如《英汉翻译教程》第12页有个例子：

　　2.　But I hated Sakamoto, and I had a feeling he'd surely lead us both to our ancestors.

　　　　但是我恨坂本，并预感到他肯定会领着咱们去见祖先。

以上举的都是英译汉的例子；至于汉译英，认为"忠实"是指忠实于原文形式的，那就更多了。例如毛主席词《清平乐·蒋桂战争》中有一行"一枕黄粱再现"，国内外的英译文分别是：

　　3.　Yet another golden Millet dream of the brain. (Tr. Dr. Wong Man)

　　4.　Theirs is another Millet Dream in sleep. (Tr. Engle)

　　5.　(Rancor rains down on men) who dream of a Pillow of Yellow Barley.

　　　　　　　　　　　　　　　　　　　　　　　　　　(Tr. Barnstone)

　　6.　Yet another Golden Millet Dream.

　　7.　For another bubble of Millet-Dream. (Tr. Nancy Lin)

　　有人还认为"忠实"应该包括忠实于原文的风格在内。如《英汉翻译教程》第8页有个例子：

　　8.　I'm up to my neck in your bullshit.

　　　　你让我倒他妈的八辈子邪霉了。

如果认为原文是通顺的，所以忠实于原文也应该包括通顺在内，那么翻译的标准只要"忠实"两个字就够了。不过翻译的矛盾，可能主要是忠实与通顺的矛盾，所以我想，忠实和通顺还是分开讲好些。总而言之，忠实可以包括内容、形式、风格三个方面。

如果忠实于原文的形式和忠实于原文的内容是一致的，那译文就应该做到既忠实于原文内容，又忠实于原文形式。如果只忠实于二者之一，那反而是不够忠实了。因此，第一个例子就只传达了原文的内容，而没有传达原文的形式，可以改译为：不到桥头，不必担心过不了桥；或者是：不到过桥时，不必担心过桥的事；或者是："船到桥下自然直。"

如果忠实于原文的形式和忠实于原文的内容并不一致，那就不必做到既忠实于原文内容，又忠实于原文形式，而只要求忠实于原文内容，不必忠实于原文形式。例如"一枕黄粱再现"这一句诗，从形式上看，有一个"枕"字，还有"黄"色的小米，于是第五例就理解为梦见一个黄色大麦的枕头，第三、六例都理解为一个黄金色的小米梦，第四、七例也理解为一场小米梦了。其实，原文的内容既不是梦见小米，也没有梦见大麦，更没梦见枕头，而是在枕头上做了一个梦，小米还没煮熟，梦就醒了的意思。第五例要求忠实于原文的形式，结果不忠实于原文的内容，译文并不正确。其他几个例子也都在不同的程度上，要求忠实于原文的形式，结果也在不同的程度上，不忠实于原文的内容，至少可以说是译文并不明确。《中国文学》1963 年第一期发表了杨宪益、戴乃迭翻译，钱钟书教授校订的译文：

9. Another dream that will end ere the millet is done.

这个译文从形式上看来，既没有出现"枕"字，也没有一点"黄"色，反而加了一些原文形式所没有的字，看来虽然不忠于原文的形式，但却比较忠实地传达了原文的内容。我说"比较"忠实，因为我觉得还可以更忠实地传达原文的内容。原文虽然似乎是说小米还没煮熟，军阀做的梦就要醒了，其实，军阀并不是真在做梦，而只是诗人把军阀混战，争权夺利，比做"黄粱一梦"而已。虽说"黄粱一梦"，其实也不是真说一锅小米饭还没煮熟，军阀的混战就打完了，而是用一种夸张的说法，来说明军阀的好梦不长而已。因此，我想把"军阀重开战。洒向人间都是怨，一枕黄粱再现"这三行诗改译如下：

10. The warlords fight again.

    Sowing on earth but grief and pain,

    They dream of reigning but in vain.

这个译文不但没有译出"枕"字、"黄"字，甚至连"一"字、"粱"字、"再现"二字，都没有译，看来是最不忠实于原文形式的了，却更能传达原文的内容。

至于忠实于原文风格的问题，我想先举狄更斯的名著《大卫·科波菲尔》（或译《大卫·考坡菲》）第一章第一段的两种译文为例：

11. Whether I shall turn out to be the hero of my own life, or whether that station will be held by anybody else, these pages must show. To begin my life with the beginning of my life, I record that I was born (as I have been informed and believe) on a Friday, at twelve o'clock at night. It was remarked that the clock began to strike, and I began to cry, simultaneously.

    （董秋斯译文）在我自己的传记中，作主角的究竟是我自己呢，还是别的什么人呢，本书应当加以表明。我的传记应当从我生活开端说起，我记得（据我听说，也相信），我生在一个星期五的夜间十二点钟。据说，钟开始响，我也开始哭，两者同时。

    （张谷若译文）在记述我的平生这部书里，说来说去，我自己是主人公呢，还是扮那个角色的另有其人呢，开卷读来，一定可见分晓。为的要从我一生的开始，来开始我一生的记叙，我就下笔写道：我生在一个星期五夜里十二点钟。别人这样告诉我，我自己也这样相信。据说那一会儿，当当的钟声，和呱呱的啼声，恰好同时并作。

比较一下两种译文，就可以发现张译比董译更忠实于原文那种生动有趣、引人入胜的写作风格。在这一段短短的英文中，"begin"一字以不同的形式出现了四次。前两次张译比董译更忠实于原文的形式，也更忠实于原文的风格。后两次董译比张译更忠实于原文的形式，但是读来平淡无奇。张译虽然不像董译那样重复"开始"二字，但却用了叠字（"当当"和"呱呱"）和对仗（"钟声"对"啼声"）来翻译原文的重复，读后反而使人觉得余音绕梁，回旋不绝，更忠实于原文的文学风格。由此可见，如果忠实于原文的形式和忠实于原文的风格是一致的，那译文就应该忠实于原文的形式。如果忠实于原文的形式和忠实于原文的风格之间有矛盾，那就可以不必拘泥于原文的形式。

下面再举一个汉译英的例子。辛弃疾写过一首词《丑奴儿》："少年不识愁滋味，爱上层楼。爱上层楼，为赋新词强说愁。 而今识尽愁滋味，欲说还休。欲说还休，却道天凉好个秋！"现将翁显良和林语堂的译文分别列后：

12. When I was young, to sorrow yet a stranger, I loved to go up the tallest towers, the tallest towers, to compose vapid verses simulating sorrow.

Now that I am to sorrow fallen prey, what ails me I'd rather not tell, rather not tell, only saying: It's nice and cool and the autumn tints are mellow.

13. In my young days, I had tasted only gladness,

But loved to mount the top floor,

But loved to mount the top floor,

To write a song pretending sadness.

And now I've tasted sorrow's flavors, bitter and sour,

And can't find a word,

And can't find a word,

But merely say, What a golden autumn hour!

翁显良的译文后面还有一段说明："电脑译不出原作深层所有而表层所无的东西。《丑奴儿》中的层楼，电脑大概非译作 storied building 不可；也很难指望电脑体会到'新词'其实是毫无新意的陈词，译文不如弃 new 而取 vapid。电脑不会在下阕自动加上 what ails me；不会从'爱上层楼'想见'好个秋'的'秋'当指秋色，而秋色之妙恰在 mellow。"（见《外国语》1981 年第二期第 26 页）

比较一下翁译和林译，我却觉得翁译似乎不如林译更能传达原文哀而不怨、含而不露的风格。原因之一是翁译抛弃了表层来探索深层，抛弃了原文的形式来翻译原文的内容，换句话说，就是翁译不要求忠实于原文的形式，结果也就不忠实于原文的内容和风格。译文是不是可以不忠实于原文的形式呢？可以的，那是在原文的内容和形式有矛盾的时候，例如前面提到的"一枕黄粱再现"就是一例。《丑奴儿》这首词的内容和形式是不是有矛盾呢？我认为它们是统一的，而翁译却认为它们有矛盾，例如"新词"二字，说明中认为是"毫无新意的陈词"，这就是矛盾。"新词"有没有可能是指"陈词"？有的，那是修辞学上的"反语法"（irony）或说反话。词人在这里是不是说反话？如果是，那这一行就有点像父母对子女的申斥或者是金刚怒目，破坏了全词哀而不怨的风格。所以即使是说反话，恐怕也不宜把反话的深层内容翻译出来。有人也许会说：辛弃疾词的风格是"豪放"，怎么是"哀而不怨、含而不露"呢？是的，总的说来，辛弃疾是"豪放"派的大师，但也写过"婉约"的作品，如《祝英台近》中说："是他春带愁来，春归何处？却不解带将愁去。"因此，他为什么不可以写一首哀怨含蓄的作品呢？我觉得这首词中最能表达全词风格的，是"欲说还休"一行。"欲说"的宾语应该是"愁滋味"，所以翁译另外加个宾语，似乎也不一定必要。全词用字平易，最后一行"却道天凉好个秋"，我觉得也不一定说"秋色之妙"，而是说夏天过了，凉快的秋天来了，这类平易含蓄的话，可能更忠实于"欲说还休"的风格。不过翁译也是一家之言，可以百家争鸣。

　　《丑奴儿》这首词每段的一、四行都是七个字，第二、第三行都是四个字的叠句，而且有韵，读起来长短有致，意味深长。翁译把它译成散文诗，散文中却用了诗的节奏，词序也是按诗的节奏安排，读起来既不像散文，又不像诗，很难传达辛词的风格。林译每段也是第一、四行长，第二、三行短，而且长行押了韵，短行是叠句，更接近辛词的形式，也就更忠实于辛词的风格。由此可见，在原文的内容和形式统一的时候，译文越忠实于原文的形式，也就越能传达原文的风格。此外，林译用字平易，第一段的"愁滋味"用了反译法，第二段的"愁滋味"却用了拆译法，把愁味说成又苦又酸的了。"层楼"二字，林译也比翁译更加忠于原文，但是太俗，翁译又太高了。

　　以上谈了忠实的三个方面：内容、形式、风格，同时也涉及忠实的三种程度：明确、准确、精确。我想，如果译文的内容和形式都忠实于原文的内容和形式，这可以说是"正确"的或"准确"的翻译。如果译文只忠实于原文的内容而不忠实于原文的形式，这时大致又有两种情况：一种是译文比原文更一般化，我想把这叫作"明确"的翻译；一种是译文比原文更特殊化，我想把这叫作"精确"的翻译。"明确"的翻译如把"一枕黄粱"一般化地译成"dream"；"精确"的翻译如第13例把"愁滋味"特殊化为"bitter and sour"（苦味和酸味）。因此，忠实可以有三种程度不同的忠实。明确是忠实的最低要求，不明确的译文不能算是忠实的译文（除非是原文故意不明确）。能够译得准确的文字，也不应该停留在明确的程度上，如前面所举的第一例，否则就是明而不确了。精确是忠实的最高要求，有时为了传达原文的内容或风格，译文可能比原文更精确。但是一般说来，翻译只要求准确，并不一定要求精确。还要防止精而不确，如第12例译"新词"用了"vapid"，译"好个秋"用了"mellow"，精是精的，是不是"确"，则还可以商讨。

上面谈的都是忠实的问题，下面来简单谈谈通顺的问题。如果说忠实可以有三种高低不同的程度，那么通顺也可以有三种高低不同的要求，最低程度的要求是"易懂"，最高程度的要求我说是发扬译文语言的优势，或者是扬长避短，如果要简化成两个字，那就只好是"扬长"或"传神"了。先说"易懂"，"一枕黄粱再现"的五种译文（译例三至七）可以说是不符合"易懂"的要求，所以需要采用"明确"的译文。译例十一的董译可以说是符合"通顺"的要求，也就是"正确"的译文；而张译却可以说是部分符合"传神"的要求，也就是说，发扬了译文语言的优势。什么是"发扬译文语言的优势"呢？用翁显良的话来说，就是要译出"原作深层所有而表层所无的东西"，换句话说，就是要译出原文内容所有而原文形式所无的东西，就是要传神，也包括比原文更特殊化的译文在内。

关于"发扬译文优势"的问题，我在《翻译的标准》中已经举过几个例子，现在再来解释一下：

14. Those who do not remember the past are condemned to relive it.

—— Santayana

凡是忘掉过去的人注定要重蹈覆辙。

这个例子如果按照原文字面直译，可以译成：那些不记得过去的人注定要重新过过去的生活。比较一下两种译文，就可以看出"重蹈覆辙"是比"重新过过去的生活"更特殊化的译文，因为过去的生活可以是幸福的生活，也可以是不幸的生活，是个比较一般化的表达方式；而"重蹈覆辙"却只能指不幸的生活，是比原文更特殊化的表达方式，它说出了原文内容所有而原文形式所无的东西，所以可以说是比原文表达力更强、也是更精确的语言形式，因此，可以说是发挥了译文的语言优势，是传神的译文。

以上谈了"扬长避短"积极的一面，也就是"扬长"，现在再来简单谈谈消极的一面，也就是"避短"。曾任美国驻苏大使的波伦写了一本《历史的见证》，在英文本第 425 页上有一句：

15. I did not say so, but the Russians after the experience of the 1941 Nazi invasion in violation of the 1939 Hitler-Stalin pact, knew full well what I meant.

……经历过纳粹违背 1939 年的希特勒－斯大林条约而于 1941 年发动侵略的俄国人完全明白我指的是什么。(中译本 530 页)

这句译文不但不符合"通顺、易懂"的要求，甚至要引起读者的误解，以为"发动侵略的"是"俄国人"了。原因是译者把状语译成定语，放到主语前面去了，不知道汉语的短处是主语前面不能有太长的定语，因此就造成了误解。如果把原文太长的状语分为短句，译成：纳粹违背了 1939 年希特勒和斯大林签订的条约，在 1941 年发动了侵略，俄国人身受其害，当然完全明白我指的是什么。这就不但避免了定语太长的短处，而"身受其害"还可以说是发扬了译文的长处，更能传神。

总而言之，如果认为翻译的标准只是忠实和通顺，那忠实就应该包括明确、准确、精确（或者也可以说是意似、形似、神似）三个内容，通顺也不只包括易懂，而且还要扩大范围，把扬长避短，发挥译文的语言优势也包括在内。现在列个简表说明：

标　准	低标准	中标准	高标准
内容忠实（信）	明　确	准　确	精　确
（三　似）	意　似	形似而意似	神　似
（三　化）	浅　化	等　化	深　化
形式通顺（达）	易　懂	通　顺	扬长（雅，或传神）

看了这个简表，有人也许要问："神似"和"传神"有什么不同呢？那就只好举例来说明了。《外国语》1981年第2期32页上有个例子：

16. In marrying this girl he married a bit more than he could chew.

　　　他和这女人结婚，未免不自量力。

"不自量力"也可以说是"意似"而传神的译文。如果改成"吃不消"，那就可以算是"形似"而传神了，因为译文更加准确，但是并不比原文更精确，所以不能说是"神似"。再看一看第14例，"重蹈覆辙"既比原文的形式更为精确，又是原文内容所有而原文形式所无的东西，所以可以说是"神似"而又传神的译文。由此可见，"传神"的范围比较广，明确、准确、精确的译文都有可能传神；而"神似"却只是用来表示精确而传神的译文。希望有了这个简表，更容易判断译文的优劣高下。

（原载《教学研究》1982年第1期）

直译与意译

（一）傅雷的翻译

《读书》1979 年第三期发表了傅雷《论翻译书》的信件，信中说道："愚对译事看法实甚简单：重神似不重形似；译文必须为纯粹之中文，无生硬拗口之病；又须能朗朗上口，求音节和谐；……"《读书》同期还发表了《许崇信教授论直译与意译》的摘要，摘要认为意译在内容上和在形式上都"不会是很反映客观实际的东西"："一个中国读者读外国作品时竟如置身中国社会"，这不能"反映异国的风光与情调"；同时也"无法吸收新的东西"，"因为它排斥新的表达形式，总是把新的表达形式改造成自己的面貌"。

1980 年《读书》第二期发表了《钱钟书先生的〈旧文四篇〉》，文中说到，钱先生认为："文学翻译的最高标准是'化'。把作品从一国文字转变成另一国文字，既能不因语文习惯的差异而露出生硬牵强的痕迹，又能完全保存原有的风味，那就算得入于'化境'。"

同年《读书》第四期又发表了洪素野的来信《直译、硬译与意译》，信中谈到意译的毛病是："他们可以增添原文所没有的字句或意思，也可以任意略去原文本来有的字句或意思"；"他们任意变更原文的句式和句法，改用中国的句式和句法"。"有人说，读傅氏的译品，往往使人闻到一种油腔滑调的气味，读起来不费劲，但像读的本国小说，总觉得这里面短了一些东西，原因就在于他'要求将原作（连同思想、感情、气氛、情调等等）化为我有'，化的结果，原作者不见了，读者看到的是貌似合而神离的译者在说话，所以失望了。"

傅雷的意译到底是"神似"还是"貌似合而神离"呢？"入于化境"是不是就不能"反映客观实际"呢？检验真理的标准是实践，一切要从实际出发，我们还是先看一段傅雷的译文吧。手头有一本《外国文学作品选》第三卷，第 29 页有一段傅译的《高老头》，现在先把巴尔扎克的法文原文和傅雷的译文抄下：

Elle releva la tête comme une grande dame qu'elle était, et des éclairs sortirent de ses yeux fiers.

— Ah! fit-elle en voyant Eugène, vous êtes là !

— Encore, dit-il piteusement.

— Eh bien, monsieur de Rastignac, traitez ce monde comme il le mérite. Vous voulez parvenir, je vous aiderai. Vous sonderez combien est profonde la corruption féminine, vous toiserez la largeur de la misérable vanité, des hommes. Quoique j'aie bien lu dans ce livre du monde, il y avait des pages qui cependant m'étaient inconnues. Maintenant, je sais tout. Plus froidement vous calculerez, plus avant vous irez. Frappez sans pitié, vous serez craint. N'acceptez les hommes et les femmes que comme des chevaux de poste que vous laisserez crever á chaque relais, vous arriverez ainsi au faîte de vos désirs.

她抬起头来，那种庄严的姿势恰好显出她贵妇的身份，高傲的眼睛射出闪电似的光芒。

"啊！"她一眼瞧见了欧也纳，"你在这里！"

"是的，还没有走，"他不胜惶恐的回答。

"嗳，拉斯蒂涅先生，你得以牙还牙的去对付这个社会。你想成功吗？我帮你。你可以测量出来，女人堕落到什么程度，男子虚荣到什么田地。虽然人生这部书我已经读得烂熟，可是还有一些篇章不曾寓目。现在我全明白了。你越没有心肝，就越高升得快。你毫不留情的打击人家，人家就怕你。只能把男男女女当作驿马，把它们骑得筋疲力尽，到了站上丢下来；这样你就能达到欲望的最高峰。"

鲁迅在《看书琐记》中说过："高尔基很惊服巴尔扎克小说里写对话的巧妙，以为并不描写人物的模样，却能使读者看了对话，便好像目睹了说话的那些人。"我认为上面这段译文，是译出了原文对话的巧妙，使人如闻其声，如见其人的。不过根据洪素野的意见，可能这是"不正确的"译文，让我们来看看他的批评是不是正确吧。

首先，comme une grande dame *qu'elle était*，最后三个字似乎没有译出来。这是不是"任意略去原文本来有的字句"呢？如果把这几个字译成"像她似的贵妇人那样"，看起来是"形似"了，但是译文生硬牵强，也不好懂。原文是通顺的法语，译文却是不通顺的汉语，这就是说：译文的形式和原文的形式之间发生了矛盾。而要解决这个矛盾，应该使译文的形式成为通顺的汉语。傅雷的译文"那种庄严的姿势恰好显出她贵妇的身份"，从形式上看是通顺的，虽然比原文的字数有所增减，但从内容上看却没有改变原文的意思。我认为翻译主要是用译文形式传达原文内容的艺术，傅译既然表达了原文的内容，那就是正确的译文。至于传达原文形式，那是次要的问题。如果在传达原文内容的前提下，能够吸收原文的表达形式，那当然更好。如果二者不能兼顾，那就只好舍形式而取内容了。

其次，"Encore"译成"还没有走"，又是"增添"了"原文所没有的字句"，但并没有"增添原文所没有的""意思"。试想如果不增添"没有走"三个字，只译成"还"，那倒是"形似"了，但读者能够明白说话人的意思吗？增添了三个字，虽然和原文不"形似"，却恰恰做到了"意似"。在我看来，加词的原则正是要增添原文内容所有而原文形式所无的词汇。

同一行中还有"Piteusement"，译成"不胜惶恐的"，这可能是把原文的表达形式"改造成自己的面貌"，"连同思想、感情、气氛、情调等等"都"化为我有"了。因为根据《法汉词典》，这个副词只有"可悲地""可怜地"和"惨"三个解释。不过在我看来，"可怜地"是个一般的副词，"不胜惶恐"是"可怜"的一种特殊形式，比"可怜"更具体、更深刻。从形式上看来，"可怜"是个正面的说法，"不胜惶恐"却是从反面来说，在翻译理论上，这可以说是"正词反译法"。从内容上说来，译者设身处地，假设自己是欧也纳，在一个贵妇人的客厅里，自己有求于女主人，而女主人却以为他是个早就该走的客人。在这个具体的情况下，在这种窘迫的气氛中，试问欧也纳会产生什么感想？难道用"不胜惶恐"来描写他的心情不是非常恰当的吗？难道不应该这样把作者的、连同书中人物的思想、感情都化为译者所有吗？我看傅雷译法高人一着的地方，正是得力于这个"化"字。自然，"化"也有个程度问题，我也并不主张把外国人化为中国人，把外国的客厅化为中国的堂屋。但是"不胜惶恐"之类的思想感情却是中外人士所共有的，不能因为会联想到"臣不胜惶恐"等带有民族风格的语言而弃之不用。我认为翻译的艺术就是要结合上下文的具体情况，揣摩出最恰当的译文词语来。

在下一段译文中，女主人对欧也纳说："traitez ce monde comme il le mérite."傅雷的译文是："你得以牙还牙的去对付这个社会。"把最后四个法文词汇译成"以牙还牙"，看来又是"任意变更原文的句式和句法，改用中国的句式和句法"了。假如不更改原文的句式，把这句译成"对付这个世界要像它所值得的那样"，读者能不能理解女主人说的是什么呢？这样是不是就能"反映异国的风光与情调"？我觉得翻译首先要使读者容易理解，难以理解的译文绝不是好译文，因为原文并不是难以理解的。这句原文的意思是说：这个世界应该得到（或者只配得到）怎么样的对待，你就怎么样对待它吧。而傅译"以牙还牙"四个字，正是这个笼统说法的特殊表达方式，不但译得简洁明了，生动具体，而且还反映了异国情调，因为"以牙还牙"这个成语并不是国货，而是来自《圣经》译文，不过已经"化为我有"罢了。这个例子也就说明了：意译并不是"无法吸收新的东西"，也不"排斥新的表达形式"，而只是不吸收生硬拗口的字句，排斥难以理解的表达方式而已。

在同一段译文中，女主人还对欧也纳说："你可以测量出来，女人堕落到什么程度，男人虚荣到什么田地。"把法文"sonderez"和"toiserez"两个动词合译为"测量"一个动词，这在翻译理论中可以算是"合词法"，但是有人也许又要认为这是"任意略去原文本来有的字句或意思"了。正相反，我觉得"测量"这两个字还太具体，不妨笼统一点译成"看得出来"，更能传达女主人说话的口气。这和前面说的"不胜惶恐""以牙还牙"的译法相反，不是把一般译成特殊，而是把特殊译成一般。为什么要这样译呢？因为傅雷下面的译文没有按照原文的句式译成：女人的堕落是多么深，也没有把后半句译为：你可以测量得出男人的可怜的虚荣心的广度（或者不如说是多么广泛）。这已经是把特殊的"深度"译成一般的"程度"，把特殊的"广度"译成一般的"田地"了。所以为了译文的风格统一，不如把"测量"改成"看得出来"。

下面的译文接着说："虽然人生这部书我已经读得烂熟，可是还有一些篇章不曾寓目。"把"ce livre du monde"译成"人生这部书"，可见傅译是能"吸收新的东西"，并不是"排斥新的表达形式"的。不过，"不曾寓目"倒的确是把原文的表达形式"改造成自己的面貌"了，因为这四个字是书面语言，不符合女主人说话的口气。正相反，再下面一句译文："你越没有心肝，就越高升得快。"倒是符合女主人说话的口吻的。如果按照原文字面译成："你越冷酷无情地算计，你就走得越远"。那么，前半句不像口语，后半句简直要引起误解了。不过，如果把后半句改成：你的前程就更远大，那倒是既"形似"又"神似"的。我认为翻译的艺术就是要找到既"形似"又"神似"的译文，也就是要找到和原文的内容、形式都统一的译文。如果原文的内容和形式有矛盾，或者是原文的内容和译文的内容之间有矛盾，或者是译文的形式和原文的形式之间有矛盾，那译文就只要传达原文的内容，不必传达原文的形式，换句话说，就是只要"神似"，不要"形似"。

根据上面引的傅译看来，可以说傅雷是既用了意译，又用了直译方法的。"人生这部书"，"把男男女女当作驿马"，就是直译的例子。傅译整个说来是"神似"的，有时也很保守，不肯吸收新的东西，如副词不用"地"，而说"不胜惶恐的"，"以牙还牙的"。但要说他任意增减字句，变更原文句式，那就未必妥当。因为"加词法""减词法""变换句式""变换词性"等译法，恐怕是意译和直译都要应用的。至于说傅译"油腔滑调"，那就要看原文是否油腔滑调，如果原文也是，那么傅译就可以算是传神之笔了。傅译"读起来不费劲，但像读的本国小说"，那正是傅译成功之处。难道读起来要生硬拗口，才算是异国情调吗？难道外国人说话本来就是生硬拗口的吗？说到"貌合神离"问题，我看这四个字要用到那些"形似"的译文上才合适，而傅译恰恰是"重神似不重形似"的。

许崇信、洪素野批评意译，我觉得还应该把意译和傅译分开来，因为傅雷是直译、意译，兼而用之的。至于说意译不能"反映客观实际"，使"中国读者读外国作品时竟如置身中国社会"，我看这个问题不一定能责怪译者。几十年前我读过傅东华翻译的《飘》，书中人物的姓名都中国化了，如郝思嘉、白瑞德，等等。但是几十年后回忆起来，还只记得美国南北战争的情景，并不因为书中人物姓郝姓白，读起来就仿佛"置身中国社会"了。因此，"高老头"这个称呼虽然是中国化的，但是《高老头》这本书"反映"的还是法国的"客观实际"，并不会因为几个人的姓名而使读者仿佛"置身中国"。

有人也许会说：你刚才和傅译进行对比时所用的译文，都是你自己翻的，自然比不上傅译；如果能够找到其他直译，情况可能就会不同。洪素野在信中还说道："过去我看到的巴尔扎克小说的中译本中，有不少是语言学者高名凯教授译的，读起来是比较吃力的，有的一个句子竟长达五十多字，这是想走直译的路子而掌握得太呆板了一点，难免给人'硬译'的印象。"读者如果能够找到这位语言学者的译本，进行一下对比，那么高下就自然分明了。可惜手头没有高名凯的中译本，只好用其他直译名著来进行对比。洪素野在信中还提到鲁迅的《死魂灵》，"可以说是标准的译法，是近数十年译作中的精品"；又提到"卞之琳、曹禺、方重、范存忠等人译的莎氏戏剧及英国历代佳作，……都是直译很好的范作……"那我们就先来看鲁迅的《死魂灵》吧。

（二）鲁迅、曹禺的翻译

鲁迅翻译的《死魂灵》可以说是近数十年译作中的精品，但是"死魂灵"这三个字却不是直译，而是硬译。这里先要说明一下直译和硬译的分别。在我看来，既忠实于原文内容、又忠实于原文形式的译文是"直译"，只忠实于原文内容而不忠实于原文形式的译文是"意译"，只忠实于原文形式而不忠实于原文内容的译文却是"硬译"。"死魂灵"三字的俄语原文是 мёртвые души，мёртвые 是"死"的意思，души 一般说来是"魂灵"的意思，但在果戈理这本小说里却是"农奴"的意思，因此"死魂灵"三字只译出了这个书名的形式，而没有传达原文的内容，所以我认为这是"硬译"。南昌师范学院英语教研室主任万兆凤说这个书名应该改译为"死农奴"，我认为那可以算是"直译"。我自己认为还可以把这个书名译成"农奴魂"，那就既传达了"死农奴"的内容，又保存了"魂"字的形式，但没有保存原文"死"字的形式，所以我想这可以说是"意译"。自然，鲁迅的《死魂灵》是根据德译本和日译本转译的，不知德文和日文的"魂灵"是不是包含有"农奴"的意思？如果没有，这个"硬译"的责任就要落到德译者或日译者的身上了。

《外国文学作品选》第三卷 364 页有鲁迅译的《死魂灵》第二章的片段，现在把果戈理的俄文原文和鲁迅的译文抄在下面：

> Подъезжая ко двору, Чичиков заметил на крыльце самого хозяина, который стоял в зеленом шалоновом сюртуке, приставив руку ко лбу в виде зонтика над глазами, чтобы рассмотреть получше подъезжавший экипаж. по мере того как бричка близилась к крыльцу, глаза его делались веселее и улыбка раздвигалась более и более.

……当乞乞科夫渐近大门的时候，就看见那主人穿着毛织的绿色长礼服，站在阶沿上，搭凉棚似的用手遮在额上，研究着逐渐近来的篷车。篷车愈近门口，他的眼就愈加显得快活，脸上的微笑也愈加扩大了。

鲁迅的译文是根据德译本和日译本转译的。如果要根据俄文原文直译，大致可以改译如后：

……渐近大门的时候，乞乞科夫就看见那站在阶沿上的主人穿着绿色的毛织的常礼服，把手放在额上，像阳伞似地遮住眼睛，以便仔细看清楚逐渐近来的篷车。随着篷车越来越近门口，他的眼睛也显得越快活，脸上也越来越笑逐颜开了。

对比一下两种译文，就可以看出鲁迅的译文和德、日译本都是忠实于俄文原文的内容，却不一定是忠实于原文形式或句式的。这就是说，鲁迅也和傅雷一样，变更了"原文的句式和句法，改用中国的句式和句法"了。例如"搭凉棚似的"就是一个中国的表达形式，和俄语的"遮阳伞似的"形式上虽然不同，所表达的内容倒是一致的。这和傅雷不把"plus avant vous irez"译成"你走得越远"，而译为"就越高升得快"，所用的方法是差不多的。不过傅雷是把一个抽象的"走远"换译成另一个抽象的"高升"，而鲁迅却是把一个具体的"遮阳伞"换译成另一个具体的"搭凉棚"罢了。"搭凉棚"这个汉语形式所表达的内容，如果要用法语形式来表达，那就是 mettre la main en abat-jour(把手像灯罩或帽檐一样遮住眼睛)。而如果要用英语形式来表达却只要说to shade one's eyes with one's hand (用手给眼睛遮阴)，既不要说灯罩或帽檐，也不用说阳伞。由此可见，同一个内容，在不同的语言中，可以有不同的表达形式。而翻译的艺术就是要找到这个能够表达原文内容的译文形式。

一个语言形式往往可以表达不同的思想内容，例如俄语的 душа 既可以表示"灵魂"，又可以表示"人"，还可以表示"农奴"的意思。这时，翻译的任务就是要根据原文的上下文，推断出原文形式的正确含义。例如上面摘引的《死魂灵》第二章原文中有个动词 рассмотреть，这个动词既有"看清"，又有"研究"的含义。但根据具体的上下文看来，篷车既然还在"逐渐近来"，主人怎么可能"研究"篷车呢？加上主人"搭凉棚似的用手遮在额上"，那更是为了要"看清楚"来的是不是篷车了。因此，这里正确的译文不是"研究"，而是"看清楚"。鲁迅最后一句译文可以和傅雷译的"你越没有心肝，就越高升得快"对比。这两句译文句型相近：鲁迅用了"愈加"二字，是书面文体；傅雷用了"越"字，是口语体。下面再抄两句果戈理《死魂灵》的原文和鲁迅的译文来进行比较：

> Один бог разве мог сказать, какой был характер Манилова. Есть род людей, известых под именем: люди так себе, нн то, нн се, ни в городе Богдан, ин в селе Селифан, по словам пословицы.

> 玛尼罗夫是怎样的性格呢，恐怕只有上帝能够说出来吧。

> 有这样的一种人：恰如俄国俗谚的所谓不是鱼，不是肉，既不是这，也不是那，并非城里的波格丹，又不是乡下的绥里方。

比较一下原文和译文，就可以发现第一句译文颠倒了句序，把主句译成了从句，又把从句译成主句了，可见鲁迅也是"变更原文的句式"的。尤其是第二句，"不是鱼，不是肉"，在俄文原文中找不到这两句话，可能是德译者或日译者意译的译文，而鲁迅也就"增添"了"原文所没有的字句"了。如果这两句话是德、日意译文的转译，那我觉得不必直译为"鱼、肉"，还不如意译为"非驴非马"或者"不伦不类"更好理解。如果这两句是德、日译者"增添"的译文，那就不会是俄国的俗谚，而俗谚也就只指"并非城里的波格丹，又不是乡下的绥里方"了，"波格丹"和"绥里方"也颇费解，虽然有点"异国情调"，但也并不是什么值得吸收的新鲜表达方式。因此，我看不如干脆意译为"既非城里的绅士，又非乡下的农夫"，这就是把两个特殊的表达方式译成一般的形式。因为在俄国人心目中，"波格丹"也许是城里绅士的典型，"绥里方"也许是乡下农夫的典型，因此，原文能在读者心中产生具体而生动的深刻印象，收到比较好的效果。但是中国读者可能根本不知道"波格丹"代表绅士，"绥里方"代表农民，所以音译并不能收到原文所能收到的效果，因此不如意译。

比较一下鲁迅和傅雷的译文，就可以发现共同之处是：两人都是直译、意译兼而用之，两人都对原文的字句有所增减，两人都把原文的句式改造成汉语的句式。不同之处是：鲁迅的直译多，傅雷的意译多；鲁迅更重"形似"，傅雷更重"神似"；鲁迅有时会"硬译"，傅雷有时会过分"归化"；换句话说，直译过了头就成了形式主义，意译过了头就成了自由主义。两种译法谁高谁低呢？检验真理的标准是实践，我赞成罗新璋在《读书》1979年第三期中说的"提倡各种翻译风格竞进争雄"，也就是说，在翻译问题上也要执行"百花齐放，百家争鸣"的方针，等历史来作结论。

有人也许会说：你引用的鲁迅译文，是根据德译本和日译本转译的，不能作为直译的典型。这话也对。但是鲁迅的《死魂灵》还是可以使我们看到：他如何根据德、日译本直译，而德、日译本又在哪些地方是意译的。洪素野还说过：曹禺等人译的莎士比亚戏剧是"直译很好的范作"，那就让我们看看莎士比亚的名剧《罗密欧与朱丽叶》第一幕第一场 180 行一段的原文和曹禺的译文吧：

Here's much to do with hate, but more with love.

Why then, O brawling love! O loving hate!

O anything, of nothing first create!

O heavy lightness! serious vanity!

Misshapen chaos of well-seeming forms!

Feather of lead, bright smoke, cold fire, sick health!

Still-waking sleep, that is not what it is!

This love feel I, that feel no love in this.

此地多的是恨，而更多的是爱。

哦，爱里爆出战争的烟火，

恨里又有柔软的温存，

又是重，又是轻，

庄严里却听见轻浮的笑声，

从一片空虚忽然出来一片天地，

乌烟瘴气的，仔细看又有些光明。

羽毛忽然像铅铁那样重，

黑烟发亮，火焰如冰，

健康就是病。

明明是睡又在醒，

说它是什么，它就不是什么。

我就感到这样的爱情。

我又不爱这样的爱情。

这段译文可以说是忠实地传达了原文内容。因为原文是诗剧，有时押了韵，因此译文的"轻"和"光明""如冰""病""醒""情"等也押了韵，可以说是不但传达了原文的"意美"，而且传达了原诗的"音美"。但就"形美"来说，原诗只有八行，每行十个音节；译文却分成了十四行，每行长短不一，这就大大地改变了原诗的形式。至于增加的字数，改变的表达方式，我看比傅雷的译文还多得多。例如"战争的烟火""柔软的温存""轻浮的笑声""像铅铁那样重"，不是用了"加词法"，就是用了"换词法"。不说"冷的火"而说"火焰如冰"，这是用特殊形式译一般形式；不说"病的健康"而说"健康就是病"，这是把形容词译成了名词。至于"归化"的词，"一片空虚""一片天地""乌烟瘴气"不都是汉语的习惯表达方式么？由此可见？曹禺的译文也是直译、意译并用的。

（三）方重等的翻译

前面我们分析了傅雷、鲁迅、曹禺等的翻译。现在我们再来看一看方重等的翻译。

《直译、硬译与意译》中说道：方重等人译的莎氏戏剧及英国当代佳作，"都是直译很好的范作，都受到了读者的赞赏和学习"。[①]

最近读到方重的《陶渊明诗文选译》（香港商务印书馆出版），我却认为它是意译很好的范作。和傅雷一样，方重也是"重神似不重形似"的。例如《陶诗》第3页有两行："谁言客舟远，近瞻百里余。"如果按照原文形式直译，那大约要把"客舟"译成 passenger ship，把"远"译成 far，把"近"译成 near 或 near by 了。那样翻译虽然和原文"形似"，却没有传达原文的内容，因为"客舟"的内容是指诗人自己坐的客船。因此方译文是：

At a glance I can measure a hundred *li*,

Who says my barge is no nearer home?

把这两行诗还原译成现代汉语，那就是：我一眼就能看到百里之遥，谁说我坐的客船不是离家更近了呢？从形式上看，这两行译文颠倒了原文的顺序，甚至连主客远近也颠倒了。但从内容上看来，译者正是对原文融会贯通之后，设身处地站在诗人的地位，把诗人的思想感情都"化为己有"，然后才译出了这"形离意合"的妙笔！

美国印第安纳大学教授柳无忌和罗郁正合编了一本《葵晔集》(*Sunflower Splendor, Three Thousand Years of Chinese Poetry*)，里面也有十几首陶诗的译文，现在摘抄几行，来和方译进行比较。《陶诗》第31页《时运》中有两行描写自然风景的四言诗："山涤余霭，宇暧微霄。"美籍学者的译文和方重的译文分别是：

(1) Mountains are cleansed by lingering clouds;

　　Sky is veiled by fine dust. (Tr. Eugene Eoyang)

(2) The hills emerge from the dispersing clouds,

　　While a thin mist hangs over the horizon. (Tr. C. Fang)

[①] 见《读书》1980年第4期。

美译如果还原译成现代汉语，大致的意思是：山被停留不去的云彩洗干净了；天被微尘的面纱遮掩了。这个英译文可以说是相当"形似"的直译，两行都用了被动语态，对仗比较工整，但是读者读后不免要问：云彩怎么能把山洗干净呢？我们再把方译还原为：云海散开，涌现出一座座山峰；薄雾缥缈，悬挂在遥远的天边。这就可以看出方译用词之妙了。英语"emerge"这个动词一般用于从水中涌现出来，和它相反的动词"submerge"是浸没水中的意思，用了"emerge"，就容易使人联想到把云比作海了。用"dispersing"这个分词从反面来译"余"字，使人得到"云开见山"的印象，"涤"字虽然没译出来，却可以使人联想到山峰像出水青莲似地涌现，这就是"入于化境"的译法。此外，美译用被动语态的动词，方译都用了主动语态，动态自然比静态更加生动有力。所以从这两行译文看来，可以说方译传达了原诗的"意美"，译得"神似"，要比只求"形似"的美译高出一着。

　　"饮酒"是陶诗中的一个重要主题。《陶诗》第89页有四行诗："秋菊有佳色，裛露掇其英；泛此忘忧物，远我遗世情。"美译和方译分别是：

(1) Autumn chrysanthemums have beautiful color,

　　　With dew in my clothes I pluck their flowers.

　　　I float this thing in wine to forget my sorrow,

　　　To leave far behind my thoughts of the world. (Tr. Wu-chi Liu)

(2) Autumn chrysanthemums have a lovely tint,

　　　I pluck their fresh petals so full of dew.

　　　Drowned in this sorrow-banishing liquor,

　　　I leave behind a world-laden heart. (Tr. C. Fang)

美译是说秋天采菊花时，露水沾湿了衣服，然后把采来的菊花漂浮在酒面上，以便消愁解闷；方译却是说：采菊花时花瓣上还有露珠，诗人沉浸在可以解忧的菊花酒中，把对世俗的挂虑都忘到脑后去了。比较一下两种译文，就可以看出美译虽然和原文"形似"，但是菊花漂浮在酒面上怎么能解忧呢？这就不如用带露的菊花酿酒更能传达原诗的"意美"了。曹操不是说过"何以解忧？惟有杜康"么？此外，方译的 sorrow-banishing 和 world-laden 两个复合词也用得既精练又对称，增加了译文的"形美"。

方译用词不但精练巧妙，而且同一个词在不同的上下文中有不同的译法。如"依依"两个字在《陶诗》(1) 第 7 页的"依依在耦耕"中，(2) 第 41 页的"依依墟里烟"中，(3) 第 87 页的"厉响思清远，去来何依依"中，译法都不相同：

(1) So tenderly my heart *Clings* still to the soil.

(2) Where chimney smokes seem to *waft* in mid-air;

(3) Are you straining your voice for the distant blue?

　　Yet back and forth, how *unwilling* to part!

译者用了三个不同的动词，来描写依依不舍、不肯散开、不愿离去的情态，就像一个高明的医生，针对不同的病情对症下药，开出了不同的药方一样。

方译不但用词灵活考究，就是运用英语动词的时态，也不是机械地追求"形似"。例如《陶诗》41 页《归园田居》第一首前四行是："少无适俗韵，性本爱丘山。误落尘网中，一去十三年。"美译和方译分别是:

(1) When I was young, I did not fit into the common mold,

　　By instinct, I love mountains and hills.

　　By error, I fell into this dusty net

　　And was gone from home for thirteen years. (Tr. Wu-chi Liu)

(2) From my youth I have loved the hills and mountains,

　　Never was my nature suited for the world of men,

　　By mistake have I been entangled in the dusty web,

　　Lost in its snares for thirteen long years. (Tr. C. Fang)

美译第一、三、四行用了过去时态，第二行却用了现在时态，显得前后不大连贯。而且第一行的"俗韵"译成"common mold"，看不出和第三行"尘网"的联系。方译却巧妙地打乱了第一、二行的词序，第一、三行用了现在完成时态，意思改成：我从小就喜欢丘山，天性从来就不适合尘世的俗套。这样一改，不但解决了时态的矛盾，而且和后面的"尘网"显得是一气呵成的了。由此可见，就传达原诗的"意美"来说，"神似"的意译远远胜过了"形似"的直译。

方译不但注重"神似"，有时还能兼顾"形似"，并能传达原诗的

"音美"。例如《陶诗》第31页《时运》中有四行四言诗："洋洋平泽，乃漱乃濯。邈邈遐景，载欣载瞩。"第一、三行重复的"洋"字、"邈"字连在一起，第二、四行重复的"乃"字、"载"字却分开了。如何能传达原诗的"形美"和"音美"呢？还是来看看美译和方译吧：

(1) Bank to bank, the stream is wide;

    I rinse, then douse myself.

    Scene by scene, the distant landscape;

    I am happy as I look out. (Tr. Eugene Eoyang)

(2) Wide and deep the levelling fords;

    I rinse my mouth, I wash my feet.

    Lovely in the haze the distant scene;

    With glee I smile, with joy I gaze. (Tr. C. Fang)

美译第一、三行译得不错，用重复"bank"和"scene"的方法来译原文的叠字；但是第二、四行却不对称，而且散文味重。方译第二、四行都译得对仗工整，而且每行八个音节，可以分成四个抑扬格的音步，恰好是原诗每行字数的两倍，不但传达了原诗的"形美"，而且传达了原诗的"音美"，可以说是远胜美译。

此外，方译还能利用头韵来增加译文的"音美"。如《陶诗》79页有四行五言诗："忆我少壮时，无乐自欣豫。猛志逸四海，骞翮思远翥。""少壮"是两个时常连用的字，"翮"和"翥"都有"羽"字的偏旁。我们看看方译是如何传达这种"形美"的：

    I remember when I was *h*ale and *h*earty,

    I used to get merry without any cause.

    I resolved to reach the far ends of the earth,

    Like a bird would I *f*lap my wings and *f*ly.

第一行用 [h] 的双声来传达"少壮"的"意美"，第四行又用 [f][l] 的双声来传达"羽"字偏旁的"形美"，这就是借"音美"来表达"意美"或"形美"的译法。

陶诗是押韵的古诗，一般是隔行押韵，如第81页最后四行五言诗："人皆尽获宜，拙生失其方。理也可奈何，且为陶一觞！"方译把这四行分成为八行，第二行和第六行、第五行和第七行、第四行和第八行都押了韵：

> The rest of the world seems
>> To be thriving well,
> But poor me, I founder
>> On the foggy sea.
> Why is it so?
>> One never can tell;
> Only I know. —
>> The cup pleases me.

这个译文传达了原诗的"音美"，可惜方译中这样传达"音美"的佳句不多。如《陶诗》第3页"一欣侍温颜，再喜见友于"，方译文是：

> A joy 'twill be to see my mother's face
> And gladly I'll meet my brothers.

第一行译文有十个音节，是五个抑扬格的音步，传达了五言古诗的节奏；但是第二行译文的节奏却乱了，为什么不把"I'll"改成 I shall 或者 I will，那第二行不也有四个抑扬格的音步吗？有时方译音节太多，不能传达五古的风味，我觉得不妨参考美籍学者的译法。如《陶诗》第93页有两行："父老杂乱言，觞酌失行次。"方译和美译分别是：

> (1) Chattering confusedly away, village elders and all;
>
> Cup after cup, we forget the sequence, high or low. (Tr. C. Fang)
>
> (2) Old men chatting away— all at once;
>
> Passing the jug around—out of turn. (Tr. Eugene Eoyang)

方译每行有十三、四个音节，美译却只有九个，这时美译就更能传达原诗的"音美"和"形美"了。

一般说来，方译选词用字，卓见功力；有时美籍学者"形似"的直译，也有值得学习之处。如《陶诗》33页有两行四言诗："童冠齐业，闲咏以归。"方译和美译分别是：

> (1) Where once gathered many a goodly youth,
>
> Singing freely on their homeward way. (Tr. C. Fang)

(2) There students and scholars worked together,

And, carefree, went home singing. (Tr. Eugene Eoyang)

联系起《论语》中的"冠者五六人，童子六七人，风乎舞雩，咏而归"，似乎美译更能传达原诗的"意美"。

总而言之，方重的《陶渊明诗文选译》是意译很好的范作，令人赞赏，值得学习。如果再能锦上添花，增加译文的"音美"和"形美"，那就可以和翻译史上的《鲁拜集》比美了。

（四）聂华苓等的翻译

《人民日报》1980 年 4 月底刊载了《保罗·安格尔和他的诗》，文中说到："杨振宁博士不久前在英国盛赞他们夫妇（指保罗·安格尔和他的夫人聂华苓）两人合译的毛主席诗词。杨说，用中文写诗极好，因为诗不需要精确，太精确的诗不是好诗。旧体诗极少用介词。译文中加了介词便要改变原诗意境。安格尔夫妇意识到这一点，所以他们的译诗保持了中国味道，极为成功。"科学家对科学是要求精确的，但对文学的要求却恰恰相反，说诗不需要精确。由此看来，聂华苓夫妇翻译的毛主席诗词似乎不是直译，而是意译的了。

湖南人民出版社 1980 年 5 月出版了赵甄陶翻译的《毛泽东诗词》，书后附有译者写的谈毛主席诗词英译本译文中的问题，[①] 文中说到一些动植物的名字译得不够精确，如"芙蓉国"的"芙蓉"不应说成是"木芙蓉"，"蓬间雀"不应说成是"蓬间麻雀"，"蚍蜉"不应说成是"蜉蝣"，"桂花酒"不应说成是"月桂酒"或"肉桂酒"等。看来译者的意见似乎和杨振宁的意见恰恰相反，似乎是主张直译的。究竟译诗需要不需要精确呢？让我们先来比较几行聂译和赵译吧。

首先，我们看看《毛泽东诗词》《重阳》中的"战地黄花分外香"是如何翻译的：

(1) Battlefields fragrant with yellow flowers. (Tr. Engle)

(2) Golden flowers all the sweeter on the battleground. (Tr. Zhao)

---

① 见《外语教学与研究》1978 年第一期及 1979 年第二期。

比较一下两种译文，就可以看出聂译真是精练，全行只五个字，而且和原文一样没有动词，这也许就是杨振宁认为"保持了中国味道"的地方。"分外"二字也没有译出来，有人也许要说这是"任意略去原文本来有的字句"；我却觉得这是译者匠心独运的地方，因为她没有说黄花香，而是说战场香；如果整个战场都香了，那黄花还不是"分外香"吗？这种"意在言外"的译法，和方重译的"山涤余霭"有异曲同工之妙，是一种不求字面精确的意译。这使我想起了一幅名画，画题是一句名诗"踏花归来马蹄香"。"香"气怎么画得出来呢？聪明的画家在马蹄后面画了两只翩翩飞舞的蝴蝶，就使看画的人以眼代鼻，如闻其味了。这种画法和聂华苓的译法如出一辙，无怪苏东坡说"诗画本一律"了。再看看赵译文，把"黄花"译成"golden flowers"表示是金黄色的菊花，的确比其他英译文都高一着；把"战地"译成"battleground"放在行末，和"香"字是声音相近的韵，可以说是不但和原诗"音似"，而且传达了原诗的"音美"。但就传达整行诗的"意美"而言，我却觉得还是稍逊聂译一筹。再看看《重阳》最后一行"寥廓江天万里霜"的两种译文吧：

(1) endless river and sky,

   many thousand miles of frost. (Tr. Engle)

(2) How vast the River's sky with endless frost below!   (Tr. Zhao)

聂译把这行诗分成两行，并且每行的第一个字母都没有大写，这就有点把中国词译成外国的现代诗了。加上"江天""万里"几乎都是形似的直译，虽然全行也没有用动词，读起来却不如前一句译得成功。赵译把"江天"理解为"江上之天"，是独到的见解；而且全行十二个音节，是六个抑扬格的音步，传达了原诗的"音美"。但是"江天"译得不够自然，而且把"天"和"霜"截然分开，表现不出原词"胜似春光"的景色。"江上之天"不如译成 the sky over the river。我想把"不似春光，胜似春光"等三行试译如下：

Unlike springtime.

Far more sublime.

The boundless sky and waters blend with endless time.

现在，让我们来看看花草鸟兽的译法吧。"黄花"可以译成"golden flower"，"梅花"应该怎么译呢?《冬云》中有一行诗"梅花欢喜漫天雪"，聂译和赵译分别是：

(1) Plum blossoms like a sky of blowing snow. (Tr. Engle)

(2) The mume flowers enjoy a skyful of the snow. (Tr. Zhao)

聂译把"梅花"说成是李花了，李花是春天开的，和"漫天雪"的形象有矛盾。赵译借用日本译文，又是独到之见。"漫天"译成"skyful"非常精确，可惜后面加了一个不必要的定冠词，那就不合乎英文用法了。

《答友人》中有一行诗"芙蓉国里尽朝晖"，聂译和赵译分别是：

(1) (I want to dream of traveling through the clouds, looking at) the lotus land, lit all over with morning sun. (Tr. Engle)

(2) The morning sunlight floods your Land of Lotus Blooms. (Tr. Zhao)

"芙蓉"二字一般译成英文"hibiscus"，这是一个科学词汇，不宜入诗，不如聂译和赵译好。但是赵译又认为聂译不妥，因为那会使人联想到荷马史诗里的引起梦想和游惰的"安乐之乡"。我却认为不怕引起这种误会，因为《毛泽东诗词》中的"风流人物""巫山云雨"，也可以引起不同的联想，但是诗人并不忌讳；那么译者这样翻译，不也是符合作者风格的么?

《答李淑一》中有一行诗"吴刚捧出桂花酒"。"桂花酒"到底是什么酒呢?聂译和赵译的回答不同：

(1) Wu Kang brought out cassia wine. (Tr. Engle)

(2) The god served an osmanthus brew. (Tr. Zhao)

聂译平铺直叙，朴实无华，保存了原作的风味。赵译译名精确，但是是个科学名词，不如聂译宜于入诗；尤其是赵译把"吴刚"译成"the god"，把一个神话名词和一个科学名词混在一行之内，读起来显得特别不调和。这似乎也证实了杨振宁的意见："太精确的诗不是好诗。"其实，"桂花酒"是神话中的仙酒，根本不必进行科学考据，只要译成 nectar 或 a drink divine 就可以了。这样把一个特殊的名词译成一个一般的名词，看起来似乎不精确，不"形似"，其实倒是更能传神，更有诗意的。

以上谈了四种花名，除了"梅花"应该尽量译得精确之外，其他"黄花""桂花""芙蓉"都不一定需要译得太精确的。

　　下面我们再来看看鸟兽虫鱼的译名问题。"鲲鹏"二字，在《毛泽东诗词》中出现过两次：《鸟儿回答》中的"鲲鹏展翅"，一般都理解为鲲化成的鹏；"万丈长缨，要把鲲鹏缚"中的"鲲鹏"，聂华苓把它译成两种动物了，赵甄陶却认为这是错误的。是不是译错了呢？我觉得还可以研究。钱钟书在讲到"喻之二柄"时说："同此事物，援为比喻，或以褒，或以贬，或示喜，或示恶，词气迥异。"[①]这就是说：比喻可以有褒有贬。联系到"鲲鹏"身上，可以说前一个比喻是褒，后一个比喻是贬。因此我觉得，在翻译的时候，不一定要译成同一事物。因为诗人字面上说"要把鲲鹏缚"，实际上并不是真要捉拿那只鲲化成的鹏，而是要捉拿貌似强大的敌人，所以翻译时只要译出庞然大物的意思就可以了。而"鲲鹏"到底是译成一种还是两种、单数还是多数的庞然大物，更能给人气势汹汹的印象呢？我觉得是多数比单数好。

　　"五洋捉鳖"中的"鳖"，一般译成"turtles"。赵甄陶指出，这个典故出自《列子》的"巨鳖十五举首而戴之（五山）"，因此可以译成"leviathans"。我却觉得赵译异国情调重了一点。赵甄陶指出"鹏"译成"roc"，也是异国情调；我却认为"鹏"字没有其他译文，所以借用"roc"比音译好；"鳖"字却有现成译文，只要在"turtles"前面加上一个"giant"就可以了。

　　《满江红·和郭沫若同志》中还有两种动物："蚂蚁缘槐夸大国，蚍蜉撼树谈何易。"聂译和赵译分别是：

(1) ants on the locust tree

　　boasting of being big nations,

　　mayflies think they can shake the tree. (Tr. Engle)

(2) Ants boast their land's big on a locust,

　　Or lightly try to shake the trees. (Tr. Zhao)

赵甄陶认为"蚍蜉"不能译成"mayflies"（蜉蝣），应该译成"large ants or large pismires"；但是前者和"蚂蚁"的译文重复，后者又是

---

① 转引自 1980 年 6 月《光明日报》刊登的《诗词小札》。

科学名词，所以他干脆把"虻蜉"删去不译；这样一来，就变成"缘槐"的蚂蚁又"撼树"了。看来还是北京法译本译成一些蚂蚁"缘槐"、另一些蚂蚁"撼树"好一点。

总而言之，赵译要求精确，注重"音美"；聂译要求形似，注重"形美"。如果是翻译科学论文，自然应该力求用词精确；如果是把现代英诗译成汉语，也可以力求形似；如果是翻译格律体诗词，则我认为应该力求传达原诗的"三美"；而"三美"之中，又以"意美"最为重要；以传达原诗的"意美"而论，我认为还是方译最为成功。

（五）翻译的辩证法

前面说了：既忠实于原文内容，又忠实于原文形式的译文是直译；只忠实于原文内容而不忠实于原文形式的译文是意译。这里还要说明一下：一词多义，也就是一个语言形式可以表示几个不同的内容（例如俄语 душа 这个名词可以表示灵魂、人、农奴等几个意思），在翻译的时候，往往容易以为译出最常用的意义是直译。例如 душа 最常用的意义是灵魂或魂灵，于是一般人以为把"мёртвые души"译成"死魂灵"就是直译；其实根据具体的情况，这里应该译成"死去的农奴"才是直译。至于前面提到的"搭凉棚"，到底算直译还是算意译呢？算直译吧，它并不忠实于原文的形式；算意译吧，又没有其他忠实于原文形式的译文。在这种情况下，我觉得就不必分直译、意译，只要找出最好的译文就行了。

一般说来，译文和原文相同的形式能表达和原文相同的内容时，可以直译。如前面提到的"人生这部书"，"把男男女女当作驿马"，"梅花"和"漫天雪"等，都是直译。其次，原文的表达形式比译文精确有力时，可以直译。如在报刊上看到的"人权问题上的争吵弄酸了苏美蜜月"（不说"破坏蜜月"），就是吸收新鲜用语的直译。不过吸收的新鲜用语要通顺易懂，不能生硬牵强。如"山涤余霭"中的"涤"字，美籍学者的直译就不容易传达原意，不如意译。不过这个问题还有争论：例如 parallel policy，有的报刊直译成"平行的政策"，有的意译为"并行不悖的政策"。我的意见是直译不好懂，不如意译；但是直译比较简练，如果读者能够理解，那也是可以接受的，这个问题就要等社会的实践来作历史的结论了。

一般说来，译文和原文相同的形式不能表达和原文相同的内容，或者虽能表达，但是形式生硬牵强，那时就要意译。例如前面说的法语"plus avant vous irez"如果译成"你会走得更前"，那就没有达意，要改成"你的前程就更远大"。又如 "comme une grande dame qu'elle était" 如果译成 "像她似的贵妇人那样"，译文就很牵强，不如译成 "恰好显出她贵妇的身份"。其次，译文的表达形式比原文更精确有力时，也可以意译。如前面提到的 "piteusement" 译成 "不胜惶恐" 就更精确，聂译的 "战地黄花分外香" 就比直译更加有力， "桂花酒" 译成 "nectar" 反而比直译更加达意，"寥廓江天万里霜" 的译文加上一个 "blend" 更加传神，因此都可以意译。

直译可以有程度不同的直译，意译也可以有程度不同的意译。例如 to gild (or paint) the lily 这个成语就可以有几种译法：

1. 给百合花镀金（直译，保存原文形象）

2. 给百合花上色（同上）

3. 花上贴金（半直译，特殊译成一般）

4. 花上添锦（同上，仿译成语）

5. 锦上添花（借译，广播中曾用于贬义）

6. 画蛇添足（借译或半意译，改变形象）

7. 徒劳无益（意译，没有形象）

8. 多此一举（同上）

前四种译法可以说是程度不同的直译，后四种是程度不同的意译，《外国语教学》1979 年第 6 期上有人译成 "给百合花上色，费劲不讨好"，那是既有直译又有意译。什么时候直译，什么时候意译呢？那要看具体的上下文。莎士比亚《约翰王》四幕二场的这句原文自然只能直译，《外国语》1979 年第 4 期李赋宁的文章中用了第六种半意译，而我自己则更喜欢第四种仿译。

直译和意译都要求忠实于原文的内容，但直译还要求忠实于原文的形式，而意译却只要求通顺传神的译文形式。要使直译和意译这对矛盾尽可能地统一起来，就要找到尽可能忠实于原文形式的通顺译文。to gild the lily 是个成语，所以译文还要像个成语。第四种译法比后四种译法都更接近原文，又比前三种译法更像成语。从内容和形式两方面看来，我认为它是较好的译法。

总而言之，无论直译还是意译，都要把忠实于原文的内容放在第一位，把通顺的译文形式放第二位，把忠实于原文的形式放第三位。也就是说，翻译要在忠实于原文内容的前提下，力求译文的形式通顺；又要在译文通顺的前提下，尽可能做到忠实于原文的形式；如果通顺和忠实于原文的形式之间有矛盾，那就不必拘泥于原文的形式。这就是内容和形式、直译和意译的辩证关系。

（原载《外国语》1980 年第 6 期—1981 年第 2 期）

意美·音美·形美：三美论*

　　翻译是使一种语言转化为另一种语言的艺术，主要解决原文内容和译文形式之间的矛盾。

　　译诗除了传达原诗内容之外，还要尽可能传达原诗的形式和音韵。鲁迅在《自文字至文章》中说："诵习一字，当识形音义三：口诵耳闻其音，目察其形，心通其义，三识并用，一字之功乃全。其在文章，……遂具三美：意美以感心，一也；音美以感耳，二也；形美以感目，三也。"译诗不但要传达原诗的意美，还要尽可能传达它的音美和形美。

　　毛泽东说过：新诗要"精练、大体整齐、押韵"（见 1977 年 12 月 31 日《人民日报》）。我觉得这个原则不但可以用于写诗，而且可以用于译诗。"精练"，就要传达原诗的"意美"；"大体整齐"，就要传达原诗的"形美"；"押韵"，就要传达原诗的"音美"。

　　鲁迅说过："我以为内容且不说，新诗先要有节调，押大致相近的韵，给大家容易记，又顺口，唱得出来。"（见《鲁迅书信集》655 页）我觉得这个原则也可以用于译诗。"内容"就是要传达原诗的"意美"，"押大致相近的韵"就是要传达原诗的"音美"，"有节调"就既要传达"音美"，又要传达"形美"。

　　毛泽东给陈毅谈诗的一封信中说："又诗要用形象思维，不能如散文那样直说。"又说："但用白话写诗，几十年来，迄无成功。"我觉得译诗也要注意原诗的形象，不能译成散文。因为译成散文的诗不押韵，不好记，不顺口，没有传达原诗的"音美"和"形美"。

---

* 本文是洛阳外国语学院《毛主席诗词四十二首》英、法文格律体译本的代序，收入本书前译者作了修改。

　　毛泽东诗词是具备意美、音美、形美的艺术作品。翻译毛泽东诗词要尽可能传达原诗的三美。

　　三美的基础是三似：意似、音似、形似。意似就是要传达原文的内容，不能错译、漏译、多译。例如《减字花木兰·广昌路上》中的名句："头上高山，风卷红旗过大关。"原来是写雪里行军，红旗冻得风吹不动，所以毛泽东的手稿写的是"风卷红旗冻不翻"，后来才改成"过大关"的。这一个"卷"字，写出了和严寒做斗争的艰苦。但是现已出版的几种译本，却把"卷"字译成 unfurl，flutter，wave，flap，都和原文的意思相反，理解为"红旗迎风飘扬"了，所以都是误译，不如改成：

O'erhead loom crags,

We go through the strong pass with wind-frozen red flags.

　　又如有的译本把"风展红旗如画"译成：Red flags stream in the wind in a blaze of glory. 译文中增加了一些原文所没有的意思，不如译为 The wind unrolls red flags like scrolls.

　　一般说来，意似和意美是一致的。但是有时意似和意美却有矛盾，也就是说，意似并不一定能传达原文的意美。例如"人间正道是沧桑"，香港 Dr. Wang 译本译成：But in man's world seas change into mulberry fields. 这可以说是意似的，却没有传达原诗的意美。如译成 The world goes on with changes in the fields and oceans 是否好些？

　　意美有时是历史的原因或者是联想的缘故造成的。译成另外一种语言，没有相同的历史原因，就引不起相同的联想，也就不容易传达原诗的意美。

　　在译诗的时候，可以充分利用外国诗人的名句和词汇，使之"洋为中用"。马克思曾要求作家"更加莎士比亚化"（见《马克思恩格斯选集》第4卷，340页）。莎士比亚的名剧《麦克白》(Macbeth) 中说：New sorrows strike heaven on the face. 翻译"天兵怒气冲霄汉"时，不妨借用一部分：The wrath of godlike warriors strikes the sky o'erhead. 莎士比亚的名剧《奥赛罗》(Othello) 中有一句：The chidden billow seems to pelt the clouds. 也不妨加以修改，借来翻译"白浪滔天"：The clouds are pelted by breakers white. 英国诗人雪莱 (Shelley) 的《西风歌》(Ode to *the West Wind*) 中有 wild west wind, 《云雀歌》(*To a Skylark*) 中有 the sunken sun, 翻译《娄山关》中的"西风烈"和"残阳如血"时, 也不妨借用, 可能更好传达原词的意美。

毛泽东诗词中有些意美的词汇在英语和法语中都找不到意似的译文, 这种意美有时还是音美或形美造成的。如"烂漫""翩跹""依稀"等都是叠韵, 具有音美。"沉浮""峥嵘""逶迤"每两个字的偏旁都是一样的, 具有形美。"磅礴""慷慨"都是双声, 而且偏旁相同, 既有音美, 又有形美。"苍茫""葱茏"不但都是叠韵, 而且字头相同, 也是音美、形美兼而有之。

怎样才能传达这些有声有色、捉摸不定的绝妙好词的意美呢？例如"待到山花烂漫时", 有的译文是 When the mountain flowers are in full bloom, 虽然也可以说是意似了, 但是没有表达原文如火如荼的形象, 不如译为 While with blooming flowers the mountain is aflame 更加绘声绘色。又如翻译"万木霜天红烂漫"时, 不妨利用法国诗人描写夕阳的句子: Le ciel s'embrase des feux du jour, 译作 Le ciel givré s'embrase de forêts touffues, 把灿烂的夕阳烧红了半边天, 改成红烂漫的树叶和灿烂的天空红成一片, 不是也能够传达一点原词的意美吗？

再如把"五岭逶迤腾细浪, 乌蒙磅礴走泥丸"中的"逶迤"译成 serpentine, "细浪"译成 rippling rills 可以使人如见逶迤之形, 如闻细浪之声, 传达了原文的意美。"磅礴"二字在这里可以考虑译成 pompous, 声音和"磅礴"相近; 虽然这词一般不用于山, 但在这里可否破格借用一下？"泥丸"如果译成 mud pills, 可以说是意似, 但是没有意美, 不如改为英美人喜见乐闻的形式 molehills, 也许更能传达原文的意美。

"天翻地覆慨而慷"中的"慷慨"二字很不容易译得意似。法语如果译成 Terre et ciel transformés, quels triomphe et transport! 用了 tr 的双声, 可以说是多少能传达一点原文的意美、音美和形美。

"苍茫"二字, 毛泽东诗词中用得比较多。如"问苍茫大地, 谁主沉浮？"Boyd 译成:

I ask the great earth and the boundless blue

Who are the masters of all nature?

"苍茫"的译文用了双声，传达了原文的意美和音美；"沉浮"的译文就像散文那样直说了，不如香港译本用的 fall and rise。

至于"暮色苍茫看劲松"中的"苍茫"二字，我看美国民歌《在暮色中》(In the Gloaming)第一句中的 When the lights are dim and low 可以借用，译成 Vigorous pines, as viewed in twilight dim and low.

要传达毛泽东诗词的意美，可以选择和原文意似的绝妙好词，可以借用英美诗人喜见乐闻的词汇，还可以借助音美、形美来表达原文的意美。

诗要有节调、押韵、顺口、好听，这就是诗词的音美。毛泽东诗词讲究平仄；译成英语可以考虑用抑扬格和扬抑格，也可以用抑抑扬格或扬抑抑格；译成法语却要注意停顿 (césure)。中国诗主要是七言和五言；七言诗译成英语可以考虑用亚历山大体，也就是指每行十二个音节的抑扬格诗句；五言诗可以考虑用英雄体，也就是指每行十个音节的抑扬格诗句。这是个人的主观意见，能否做到，要看客观实践。

例如"踏遍青山人未老"，如果译成法语 Nous allons parcourir tous ces monts sans vieillir，这一句译文有十二个音节，可以分为四个音步，每个音步都是抑抑扬格，而且第三个音节和第九个音节押内韵，第六个音节和最后一个音节也押内韵，全句还有三个 [u] 音，读起来节奏分明，比较悦耳。如果改成 Nous avons parcouru，音乐性就要差一点。译成英语 We have trodden green mountains without growing old，节奏也差不多。又如"风雨送春归"，英语译成 Then spring departed in wind and rain，可以说是八个音节，四个抑扬格的音步。如果译成法语 Le printemps est parti par le vent et la pluie，那就和"踏遍青山人未老"的法译文节调完全一样，而且全句有四个 P 的头韵，也可以说是具有音美。

至于押韵，最好能够做到音似，如《清平乐·蒋桂战争》上半段四个仄韵"变""战""怨""现"，如果译成 rain, again, pain, vain，就可以说是和原文大致相近了。又如"今又重阳，战地黄花分外香"。如果译成：

Again the Double Ninth is coming round,

How sweet are yellow flowers on the battleground!

那么 round，ground 和原韵"阳""香"也可以说是大致相近。再如"不周山下红旗乱"，如果用 run riot 这个短语来译，而且把 run 放在句末，那几乎可以说是音似了。还有"战士指看南粤，更加郁郁葱葱"。如果译成：

Our warriors, pointing south, see Guangdong loom

In a richer green and a lusher gloom.

那么最后一行的 green 和 gloom 都是 [g] 的头韵，接着辅音 [r] 和 [l] 配对，[n] 和 [m] 成双，长元音 [i:] 和 [u:] 也很对称。richer 和 lusher 两个词也是辅音 [r] 和 [l] 配对，[tʃ] 和 [ʃ] 成双，短元音 [i] 对 [ə] 也算和谐，最后还重复了短元音 [ə]。加上 richer green 两字又有辅音 [r] 的重复，短、长元音 [i][i:] 的搭配；lusher gloom 也有辅音 [l] 的重复；短长元音的搭配，听起来多少可以传达一点原文"郁郁葱葱"的音美，而 gloom 和"葱"字还可以说是有点音似。

此外，《人民解放军占领南京》用的韵是"黄""江""慷""王""桑"，如果译成 storm, transform, long, strong, down, renown 等词，可以算是用韵大致相近。"不爱红装爱武装"如果译成 Glad to be battle-dressed, not rosy-gowned，也可以说是传达了一点原诗的音美。

以上举的是音美和音似基本一致的例子。不过音美和音似矛盾的时候远远超过了一致的时候，这就是说，传达原文的音美往往不能做到、甚至也不必做到音似，翻译汉语的叠字尤其是如此。

毛泽东诗词中的叠字很丰富，而翻译叠字不但传达音美困难，传达意美也不容易。

例如"滔滔"二字，毛主席诗词中出现过三次："把酒酹滔滔"、"顿失滔滔"和《贺新郎》中的"过眼滔滔云共雾"。"顿失滔滔"还是和"惟余莽莽"对称的，又是一个传达三美的问题。我想这两行可以译成：

The boundless land is clad in white;

The endless waves are lost to sight.

用两个词尾相同的形容词来译这两对叠字，也许可能传达一点原文的音美。译文形容词对形容词，名词对名词，动词对动词，短语对短语，也可以传达原文的形美。

除了叠字之外，还有重复的字如何翻译的问题。例如《采桑子·重阳》这首词中，重复的字就很多。"人生易老天难老，岁岁重阳。今又重阳，战地黄花分外香。 一年一度秋风劲，不似春光，胜似春光，寥廓江天万里霜。"我想可以译成：

Man will grow old, but Nature seems the same

On each Double Ninth Day.

On this Double Ninth Day,

Battlefield flowers smell sweeter by a long way.

Autumn reigns with heavy winds once every year,

Different from springtime.

More splendid than springtime,

The boundless sky and waters blend with endless time.

原文重复"老"字，译文用 seem 和 same，重复 [s][m] 两音；原文重复"重阳"，译文也是一样。原文"一年一度"重复了"一"字，译文用 heavy 和 every 相近的音来译；原文重复"春光"，译文也是一样。不过重复"春光"，似乎不如译为 Unlike springtime 和 Far more sublime，更加精练，而且也能传达原文的音美。

要传达毛主席诗词的音美，可以借用英美诗人喜见乐用的格律，选择和原文音似的韵脚，还可以借助于双声、叠韵、重复等方法来表达原文的音美。

关于诗词的形美，还有长短和对称两个方面，最好也能够做到形似，至少也要做到大体整齐。例如《十六字令三首》之三："山，刺破青天锷未残。天欲堕，赖以拄其间。"如果译成英语：

Peaks

Piercing the blue without blunting the blade,

The sky would fall

But for this colonnade.

原文十六个字，译文也是十六个词；原文四行的字数分别是一、七、三、五字，译文如果把第三行最后一个词移到下一行，那就和原文长短一样，完全形似。不过译文各行的音节数分别是一、十、四、六个，也可以说是和原文基本音似了。

一般说来，要求译文和原文形似或音似，是很难做到的，只能大体相近。例如"多少事，从来急；天地转，光阴迫"，原文每行三字，短促有力，充分表达了急迫的内容。译文如果也要译成每行三词或者三个音节，那就很难；我想译成三四个词或四到六个音节，就可以算是大体整齐。如：

1. So many deeds

    Bear no delay.

   Sun and earth turn,

    Time flies away.

2. So many things

    Should soon be done.

   Sun and earth turn,

    Time waits for none.

3. With so much to do,

    We must e'er make haste.

   As sun and earth turn,

    There's no time to waste.

4. Many deeds should soon be done

    At the earliest date.

   The earth turns round the sun,

    For no man time will wait.

第一种译文每行基本三词，四个音节；第二种译文每行基本四词，也是四个音节；第三种译文每行基本五词，五个音节；第四种译文却是六个音节，但第一、三行押韵，第二、四行也押韵，在传达原文形美的时候，还兼顾了音美。这四种译文都可以说是大体整齐。

至于对仗，毛泽东在诗中用的很多，七律的第三行和第四行，第五

行和第六行，都是对仗工整的；就是词中的对仗也不少，前面已经举了
"惟余莽莽"和"顿失滔滔"的例子。这里再来补充两个诗例。"红旗
卷起农奴戟，黑手高悬霸主鞭"，对仗就很工整，可以译成法语：

Le drapeau rouge souleva les serfs aux lances;

La main noire brandit le fouet de tyran.

有人认为"黑手"是指农民，那就可以把 brandit 改成 arrêta，译文也
算基本对称。还有"高天滚滚寒流急，大地微微暖气吹"，不但对仗工
整，而且叠字有力。我想如果译成：

In the steep sky cold waves are swiftly sweeping by;

On the vast earth warm winds gradually growing high.

那不但是状语对状语，主、谓语对主、谓语，而且用了 sw 的双声来译"滚
滚"，用了 gr 的双声来译"微微"，可以说是基本传达了原文的意美、
音美和形美。

　　同时传达三美很不容易，最好能把传达音美和形美的困难分散。例
如《送瘟神》第二首："春风杨柳万千条，六亿神州尽舜尧。红雨随心
翻作浪，青山着意化为桥。天连五岭银锄落，地动三河铁臂摇。借问瘟
君欲何往，纸船明烛照天烧。"如译成法语：

Au vent vernal les saules croissent par dix mille,

Nos six cent millions sont tous des maîtres bons.

La pluie rose, à souhait, se tourne en flots fertiles;

Les monts verts, de bon gré, se font piliers de pont.

Nos pics fendent le ciel en brisant les Cinq Crêtes;

Nos bras remuent la terre en creusant trois canaux

Où va la peste? Qu'on brûle une barque faite

De papier et des cierges pour son vol en haut!

这样，第三行和第一行押韵，第四行和第二行押韵，第五行和第七行押
韵，第六行和第八行押韵，把传达音韵的困难由第一、二、七、八行分
担了一半，第三至六行就可以集中力量来传达原文的节奏和对仗了。

　　总而言之，要传达毛泽东诗词的形美，主要是在句子长短方面和对
仗工整方面，尽量做到形似。不过这里应该说明一下：在三美之中，意

美是最重要的，是第一位的；音美是次要的，是第二位的；形美是更次要的，是第三位的。我们要在传达原文意美的前提下，尽可能传达原文的音美；还要在传达原文意美和音美的前提下，尽可能传达原文的形美；努力做到三美齐备。如果三者不可得兼，那么，首先可以不要求音似，也可以不要求形似；但是无论如何，都要尽可能传达原文的意美和音美。

　　如果两个词汇都能传达原文的意美，其中有一个还能传达原文的音美，那么翻译的时候，当然是选择兼备音美的词汇。即使一个词只能传达八分意美和八分音美，那也比另一个能传达九分意美和五分音美的词汇强。例如"风展红旗如画"中的"展"字，如果译成 unfurl，可能比 unroll 好一点；但是 unroll 能和 scroll 押韵，unfurl 却只有节奏而没有韵，总的看来，不如 unroll。因此 unroll 在意美和音美两方面的总分加起来比 unfurl 高；而我认为总分最高的词汇就是 the best word（绝妙好词）。以上这些看法和做法是否妥当？欢迎提出宝贵的意见。

（原载《外语教学与研究》1979 年第 2 期）

浅化·等化·深化：三化论

本文原题为《谈中诗英译的变通问题》，谈到专门名词（如"秦汉"）可以变通、浅化为普通名词（如"古代"），普通名词（如"关"）可以等化为专门名词（如"长城"），也可以深化为更具体的普通名词，如"万里长征人未还"中的"人"可以具体化为"卫士"或"士兵"。其他词类也是一样。

吕叔湘先生在《中诗英译比录》的序中说："严格言之，译诗无直译意译之分，唯有平实与工巧之别。……所谓平实，非一语不增，一字不减之谓也。小畑之译太白诗，常不为貌似，而语气转折，多能曲肖。"这就是说，"增删更易"译者可以有变通的自由。吕先生最后说："译人究有何种限度之自由？变通为应限于词语，为可兼及意义？何者为必须变通？何者为无害变通？变通逾限之流弊又如何？"本文试图研究一下变通问题，也就是浅化、等化、深化（三化）的问题。

首先，吕先生说："译事之不能不有变通，最显明之例为典故。"他举了孟郊的《古别离》为例："欲去牵郎衣，郎今到何处？不恨归来迟，莫向临邛去！"Fletcher 的译文是：

You wish to go, and yet your robe I hold.

　　Where are you going—tell me, dear—today?

Your late returning does not anger me,

　　But that another steal your heart away.

吕先生说："原诗'莫向临邛'是用的司马相如和卓文君的典故，典故是不能直译的，这儿译得很好。""可谓善于变通，允臻上乘。若将……'临邛'照样译出，即非加注不可，读诗而非注不明，则焚琴煮鹤，大杀风景矣。"我觉得典故不能直译，是因为译得"意似"并不能传达原诗的"意美"，所以只好变通一下，采用意译。不但为了"意美"应该变通，我认为如果"音似"不能传达原诗的"音美"，译文也该变通一下。孟郊的原诗每行五字，两行一韵。Fletcher 的译文每行十个音节，五个抑扬格的音步，也是两行一韵，可以说是和原诗"音似"了；但要隔二十个音节才有一韵，这就不如原诗"音美"。如要传达原诗的音韵，我觉得应该再变通一下，加两个韵脚，改译后新译和原译内容基本相等，可算等化。

I hold your robe lest you should go.

　　Where are you going, dear, today ?

Your late return brings me less woe

　　Than your heart being stolen away.

又如卢纶的《塞下曲》之二："林暗草惊风，将军夜引弓。平明寻白羽，没在石棱中。"用的是飞将军李广的典故。李广一次出猎，见草中有石，误以为虎，一箭射去，连箭尾都射进去了。Bynner 的译文是：

The woods are black and a wind assails the grasses,

Yet the general tries night archery——

And next morning he finds his white-plumed arrow

Pointed deep in the hard rock.

译者可能不知道这个典故，所以照字面直译，结果看来似乎译得"意似"，其实没有传达原诗的"意美"。所以我认为应该变通一下，加词译出典故，再现原诗的深层内容，可算深化。

In the dark woods grass shivers at wind's howl,

The general takes it for a tiger's growl.

He shoots and looks for his arrow next morn

Only to find a rock pierced 'mid the thorn.

再举一个例子，张祜的《何满子》："故国三千里，深宫二十年。一声何满子，双泪落君前。""何满子"也有典故。据《乐府诗集》："唐白居易曰：'何满子，开元中沧州歌者，临刑，进此曲以赎死，竟不得免。'"后人就把何满子的歌曲，叫作"何满子"。按《全唐诗话》：

"张祜此词传入宫禁。武宗疾笃，孟才人歌一声《何满子》，气亟立殒。上令医诊候，曰脉尚温而肠已断。"①Bynner 的译文是：

A lady of the palace these twenty years,

She has lived here a thousand miles from her home—

Yet ask her for this song and, with the first few words of it,

See how she tries to hold back her tears.

吕先生说："这首译得也和原诗有出入……原诗说'双泪落君前'，译诗却作'请看我竭力忍住那欲滴的双泪'，同样表示一歌此曲悲从中来之意，但一以沉痛胜，一以蕴藉胜，取径不同。读起来，音节也不同，双泪落君前是快拍子，See how……就慢多了。"这就是说，第四行变动了原诗的"意美"和"音美"。吕先生却没有指出：第三行变通得更厉害，因为译者不知道"何满子"的典故，只简单化译成 this song，读者可就如坠雾中，莫名其妙为什么会"双泪落君前"了。第三行译文的音节更多，拍子更慢，根本不能传达原诗的"意美"和"音美"，因此，我把这首诗的译文变通一下，把"何满子"深化为"天鹅临死前的绝唱"。

Home-sick a thousand miles away,

　　Shut in the palace twenty years.

Singing the dying swan's sweet lay,

　　Oh! how can she hold back her tears.

其次，翻译历史或地理的专门词语有时也需要变通。例如张说的《蜀道后期》："客心争日月，来往预期程。秋风不相待，先到洛阳城。"Fletcher 的译文是：

My eagerness chases the sun and the moon.

I number the days till I reach my home.

The winds of autumn they wait not for me,

But hurry on thither where I would be.

吕先生说："首句误解，乃 grudges days and weeks 之意。三四译文大佳，直译'洛阳'不若如此之能曲达。"这就是说，第一行译文变

通错了，第四行的"洛阳"是历史上的名城，可以使人联想起许多美好的事物，译音却无法传达这种"意美"，所以译者变通了一下，也就是说，把专门名词"洛阳"浅化了。现在第四行基本仍用原译，但把头两行译文变通如下：

> My heart outruns the moon and sun,
>
> It makes the journey not begun.
>
> The autumn wind won't wait for me,
>
> It arrives there where I would be.

还有一首和地名有关的诗，是杜牧的《赠别》之一："娉娉袅袅十三余，豆蔻梢头二月初。春风十里扬州路，卷上珠帘总不如。"Bynner的译文是：

> She is slim and supple and not yet fourteen,
>
> The young spring-tip of a cardamom-spray.
>
> On the Yangzhou Road for three miles in the breeze
>
> Every pearl-screen is open. But there's no one like her.

第一行"十三余"用反译法变通成了"不到十四"，这是等化；第二行"二月初"简化成了"春天"，这是浅化；第三行"扬州"只译其音，就不能传达原文的"意美"，因为当时的扬州相当于今天的上海，不用变通的办法是译不好的；第四行的"不如"译得"形似"而不"意似"，因为原意是"比不上"。所以，我把第四行诗深化了。

> She is slender and graceful and not yet fourteen,
>
> Like a cardamom at the tip of a new spray.
>
> When the spring wind uprolls the pearly windowscreen,
>
> Her face outshines those on the splendid three-mile way.

不但是地名，就是人名有时也可以用变通的译法，例如张泌的《寄人》："别梦依依到谢家，小廊回合曲阑斜。多情只有春庭月，犹为离人照落花。"暨南大学翁显良教授的散体译文是：

> Last night in my dreams I found my way back to the old house.
> Through the galleries I wandered, winding around the courtyard, time and
> again pausing at the balustrade. Spring had been: the ground was strewn

with flowers, faded, forsaken. But the moon still came, bathing them in a

soft silvery light. She seemed to remember, compassionate one. The only

one?[1]

译者理解深刻，独具只眼，表达灵活，变通很多，如"谢家"就没有直译，最后两句，诗味很浓，基本是用深化译法。现在，我们再来看看 Giles 的诗体译文：

> After parting, dreams possessed me
>
> and I wandered you know where.
>
> And we sat in the verandah
>
> and you sang the sweet old air.
>
> Then I woke, with no one near me
>
> save the moon still shining on,
>
> And lighting up dead petals
>
> which like you have passed and gone.

吕叔湘先生说："第二行 you know where 措词妙。七八两行以落花比离人，亦未始不可，但 passed and gone 大有死别之嫌，似不如 come and gone。"又说，第四行"完全为足成音段而增加"。这就是说，第二行没有直译"谢家"，用的是浅化法；但第四行就变通得太过分了，第七、八行也可以商榷，因此，我试把这首诗重译如下：

> When you're gone, in my dream I linger you know where,
>
> The court still seems the same with zig-zag rails around.
>
> Only the sympathetic moon is shining there
>
> For me alone on flowers fallen on the ground.

有时，人名只能直译，不能变通，如无名氏的《哥舒歌》："北斗七星高，哥舒夜带刀。至今窥牧马，不敢过临洮。"《全唐诗注》："天宝中，哥舒翰为安西节度使，控地数千里，甚著威令。"《唐书·哥舒翰传》："吐蕃盗边，翰持半段枪迎击，所向披靡，虏骇走，只马无还者。"哥舒翰的事迹，现代中国读者不读注解也不知道，所以翻译时就

---

[1] 见《翻译通讯》1981 年第 6 期。

只好直译加注了。Bynner 的译文是：

This constellation, with its seven high stars,

Is Geshu lifting his sword in the night;

And no more barbarians, nor their horses, nor cattle,

Dare ford the river boundary.

人名虽然直译，但如加上"将军"二字，更好理解，可以算是深化。第四行的地名"临洮"，又浅化处理了。第三行的理解可能有误，现拟改译如下：

When seven stars of the Plough are at their height,

General Geshu lifts his sword at night.

No more barbarians dare to come in force

To plunder us of our cattle and horse.

　　不但人名有时需要直译，有些带民族风味或地方色彩的专门词语，有时也不能变通处理。例如王翰的《凉州词》："葡萄美酒夜光杯，欲饮琵琶马上催。醉卧沙场君莫笑，古来征战几人回？"Giles 的译文是：

'Tis night: the grape-juice mantles high

in cups of gold galore;

We set to drink, —but now the bugle

sounds to horse once more.

Oh marvel not if drunken we

lie strewed about the plain;

How few of all who seek the fight

shall e'er come back again!

原诗第二行的"琵琶"变成喇叭，这就不是等化，超过变通的范围了，我看还是译成 guitar 或者译音加注好些。

The cups of jade would glow with wine of grapes at night,

We set to drink when pipa summons us to fight.

Don't laugh if we lay drunken on the battleground!

How many ancient warriors came back safe and sound?

以上几个例子企图说明：直译专门词语不能传达原文的"意美"时，需要变通用浅化或深化的方法；变通而有损于原文的民族风格或地方色彩时，又以等化或直译为宜。这也可以说是直译和变通的辩证关系吧。

吕先生在《中诗英译比录》的序中说："译诗者往往改变原诗之观点，或易叙写为告语，因中文诗句多省略代词，动词复无词形变化，译者所受限制不严也。其中有因而转更亲切或生动者。"在我看来，改变观点或语气，也算一种变通，可以说是等化。例如崔颢的《长干行》："君家住何处？妾住在横塘。停船暂借问，或恐是同乡。""家临九江水，来去九江侧。同是长干人，生小不相识！"Bynner 的译文是：

"Tell me where do you live? —

Near here, by the fishing-pool?

Let's hold our boats together, let's see

If we belong in the same town. "

"Yes I live here by the river;

I have sailed on it many and many a time.

Both of us born in Changgan, you and I!

Why haven't we always known each other?"

吕先生说："原诗一共有四首，这是一二两首。这两首原来是否一问一答的配合，很难说；但译成一问一答，觉得更有意趣。纯用语体，尤其觉得生动。"但是原诗有韵，译文没有，我试译成女方一人问话如下：

Tell me where do you live, tell me!

You'll find my house if you go down.

Stop rowing for a while! Let's see

If we belong in the same town!

By riverside I have my home;

To and fro on the stream you roam.

Both of us live along the shore.

Why did we not know it before?

原诗中有两个地名"长干"和"横塘"，翻译的时候，都可以浅化变通。

变通语气的又如岑参的《逢入京使》："故园东望路漫漫，双袖龙钟泪不干。马上相逢无纸笔，凭君传语报平安。"Bynner 的译文是：

It's a long way home, a long way east.

I am old and my sleeve is wet with tears.

We meet on horn-back. I have no means of writing

Tell them three words— "He is safe. "

吕先生说："第四行译得很好，如闻其语。如译作 Tell them that I am safe，便平板了。"也就是说，语气变通得好。但是我却觉得，译文如果等化，只要有韵，语气变或不变关系不大，试译如下：

I look east to homeland, long, long the road appears,

My old arms tremble and my sleeves are wet with tears.

Meeting you on horseback, with what brush can I write?

I can but ask you to tell them I am all right.

语气变通得好的如Bynner翻译的卢纶《塞下曲》之四："野幕敞琼筵，羌戎贺劳旋。醉和金甲舞，雷鼓动山川。"

Let feasting begin in the wild camp!

Let bugles cry our victory!

Let us drink, let us dance in our golden armour!

Let us thunder on rivers and hills with our drums!

吕先生说："原诗从旁观者的观点叙写，译诗改作军中人口气，兴高采烈之状跃然纸上。……无论为诗为文，求其生动，则旁叙不及寄之于局中人之口，但中诗句法凝练，不易多用直接引语。"这篇译文改变了原诗的观点，用了深化的方法，传达原诗的"意美"，可以说是青出于蓝；如果还能传达原诗的"音美"和"形美"，那就可以算是青胜于蓝了。现试改译如下：

Let sumptuous banquet in the wild be spread!

Let natives give the victors warm welcomes!

Let's dance in golden armor, drunk and fed!

Let mountains tremble at thunder of drums!

改变原诗观点的还有Bynner译的贾岛《寻隐者不遇》："松下问童子，言师采药去。只在此山中，云深不知处。"

A Note Left for an Absent Recluse

When I questioned your pupil, under a pine-tree,

"My teacher, " he answered, "went for herbs,

But toward which corner of the mountain,

How can I tell, through all these clouds?"

吕先生说：“平叙改作留字于隐者，更饶意趣。措词观点不同……”这就是说，译文的观点和语气都变通了，用的是等化法，能传达原诗的“意美”，但可惜是散体译文，现试改成诗体如下：

I see your boy 'neath a pine-tree,

"My master's gone for herbs, " says he,

"Amid the hills I know not where,

For clouds have veiled them here and there. "

译文观点和语气都改变的还有李商隐的《嫦娥》：“云母屏风烛影深，长河渐落晓星沉。嫦娥应悔偷灵药，碧海青天夜夜心。”Bynner 的译文是：

To The Moon Goddess

Now that a candle-shadow stands on the screen of carven marble,

And the River of Heaven slants and the morning stars are low,

Are you sorry for having stolen the potion that has set you

Over purple seas and blue skies to brood through the long night?

吕先生说：“此由第三身之叙写改为对第二身之告语者，视原来为亲切。”还有“嫦娥”这个人名变通成为月中仙女，可算等化或深化，更能传达原诗的“意美”；“长河”二字，译文只等化为“天河”。李商隐的诗有时晦涩难懂，这首《嫦娥》至少就有三种解释：《唐诗一百首》说：“古代神话说嫦娥偷吃了丈夫后羿的仙丹，飞升到月宫里去，成为一个快乐的‘仙人’。这首诗却说她独个儿生活在天上，每天都要度过痛苦不眠的长夜，是不会有什么真正幸福的。”《唐宋绝句选注析》说：“这首诗，作者运用比兴手法，集中写了仙女嫦娥的孤独。名曰写嫦娥，实是在暗喻作者自己的苦闷孤单和一生不得志的幽怨。”喻守真在《唐诗三百首详析》中说：“此诗虽是咏月里嫦娥，但看他后二句，或有所寄托，大概是责备意中人的偷奔，而仍不能忘情。”因此，译文变通之后，最好也要三种解释都说得通，现试改译诗体如下：

Upon the marble screen the candle-light is winking,

The Milky Way is slanting and morning stars sinking.

You'd regret to have stolen the miraculous potion,

Night after night you brood o'er the celestial ocean!

"灵药"二字虽然可以等化译成 elixir，但是不加注解，恐怕外国读者还是不会懂的，因为嫦娥偷药奔月是个典故，而这个典故即使深化或浅化也不容易理解。以上几个例子企图说明：改变原诗的观点和语气，有时更能传达原诗的"意美"。吕先生所举的这几个佳例都是 Bynner 的散体译文，所以他说："Bynner 则颇逞工巧"，"好出奇以制胜，虽尽可依循原来词语，亦往往不甘墨守"。但 Bynner 只是在"意美"方面逞工巧，如果能在"音美""形美"方面也出奇制胜，那就可以青胜于蓝了。

吕先生问道："变通为应限于词语，为可兼及意义？"现在，我们就来看看词语和意义的变通问题。例如贾至的《春思》："草色青青柳色黄，桃花历乱李花香。东风不为吹愁去，春日偏能惹恨长。"Fletcher的译文是：

The yellow willow waves above;

    the grass is green below.

The peach and pear blossoms

    in massed fragrance grow.

The east wind does not bear away

    the sorrow at my heart.

Spring's growing days but lengthen out

    my still increasing woe.

吕先生说："原诗第二句桃李分说，取缀句之便利，李花未必不历乱，桃花未必不香，与上句之草只青而柳只黄者异，故译者合而言之。末句原诗也许只是有感于时节，译文兼取日长之意。"这就是说，译文有两个地方变通了原诗的词语或意义。我却觉得这种变通可有可无，桃李可合可分，译文都是等化，"春日"倒是越长越能传达原诗的"意美"，因此改译如下：

The yellow willows greet the green grass at their feet,

Peach blossoms run riot, plum flowers smell so sweet.

The vernal wind cannot blow my sorrow away,

My woe increases with each lengthening spring day.

又如张祜的《赠内人》："禁门宫树月痕过，媚眼惟看宿鹭窠。斜拔玉钗灯影畔，剔开红焰救飞蛾。"Bynner 的译文是：

When the moonlight, reaching a tree by the gate,

Shows her a quiet bird on its nest,

She removes her jade hairpins and sits in the shadow,

And puts out a flame where a moth was flying.

吕先生说："'剔开红焰'如何便是'救飞蛾'，细想起来确是不甚了然，故译者径改作 puts out。但一口吹灭，似乎也未免太鲁莽些。"这就是说，词语和意义都变通得不太好，因此，我试用等化法改译如下：

The moon casts shadows of trees on the palace door,

Her longing eyes see a bird's nest and nothing more.

Removing her hairpin, she sits by a candle bright.

Lest a moth should be burned, she tries to dim the light.

再如杜牧的《赠别》之二："多情却似总无情，唯觉尊前笑不成。蜡烛有心还惜别，替人垂泪到天明。"Bynner 把这首著名的七言诗翻成散体如下：

How can a deep love seem a deep love,

How can it smile, at a farewell feast?

Even the candle, feeling our sadness,

Weeps, as we do, all night long.

吕先生对译文发表了长篇评论，现在抄录如后："这首诗的第一行译文相当成功：seem a deep love 指笑语殷勤，做出多情的样子，真正多情的人是会这样吗？这样反言以明之，用来翻译'却似总无情'，不可不说是相当成功。但是连第二行一同看，就觉得比原诗浅了。'真正多情的人怎么能把多情搁在面子上呢？怎么能在快分别的时候还有说有笑的呢？'译者之意，正唯多情故笑不成而已。原诗要比这个曲折得多。多情者可以不作态，无情者也可以不作态，这个对我似有情又似无情，一直是个闷葫芦，现在才知道不是无情。何以见得？'尊前笑不成'也；若真是无情，平时还有个三言两语，何以今日之下反而沉默起来了呢？译者只见到真多情者不作寻常儿女情态这一点，却没有能把握到多情貌似无情而一往情深自然流露的意思，所以浅了。译文第四行用 as we do，便把'替'字译成'伴'字，又比原诗粗了。他认为，既然笑不成，自然只有淌眼泪了。但既然垂泪，岂非多情之情依然和盘托出？这是依照译诗立意前后参差之处。而尊前这位姑娘，不但不会强为欢笑，并且也不知道可以寄情于一哭，只会黯然相对。总之，原诗写一个十四五岁小儿女含情脉脉，欲用情而不知从何用起，天真而又羞怯之态，恰到好处。译诗里头的感情就更加浓厚更加成熟了。虽然就诗论诗仍不失为一首好诗。倘若拿画来比，原诗好像一幅水粉画，译诗便近于油画；倘若拿酒来比，原诗是黄酒，译诗就有点像白干了。"总而言之，译文的词语和意义变通得过分了。现在，我试改译成诗体如下：

Though deep in love, we seem not in love in the least,

Only feeling we cannot smile at farewell feast.

The candle has a wick just as we have a heart,

All night long it sheds tears for us before we part.

"蜡烛有心还惜别"是双关的名句，这里用深化法把烛芯和人心都译出来了，也可以算是词语和意义的变通吧。

杜牧还有一首著名的《秋夕》："银烛秋光冷画屏，轻罗小扇扑流萤。天阶夜色凉如水，卧看牵牛织女星。"Giles 的诗体译文是：

Across the screen the autumn moon

    stares coldly from the sky;

With silken fan I sit and flick

    The fireflies sailing by.

The night grows colder every hour,

    it chills me to the heart

To watch the Spinning Damsel

    from the Herd boy far apart.

吕先生说："原诗是第一人称还是第三人称，并无明文，但解作第一人称似不如第三人称好。原诗或仅写闲逸之情趣，译诗则颇有自伤之意。"这就是说，译文变通了原诗的观点和意义。但在《千家诗》中，这首诗的题目却是《七夕》，那就是说，译文深化的变通可能更好传达原诗的"意美"了，现试改译如下：

> The painted screen is chilled in silver candlelight,
>
> She uses silken fan to catch passing fireflies.
>
> The steps seem steeped in water when cold grows the night,
>
> She lies watching heart-broken stars shed tears in the skies.

译文变通原诗词语和意义的，还有Bynner译的李频《过汉江》："岭外音书绝，经冬复历春。近乡情更怯，不敢问来人。"据《唐宋诗词浅释》说，这首诗是宋之问"被贬泷州（今广东省罗定县）后，从泷州逃归洛阳，途经汉水时所写"。而从《唐诗三百首》中李频的简历看来，看不出他曾去过岭外，渡过汉水，所以我想，这首诗的作者可能是宋之问。Bynner 的译文是：

> Away from home, I was longing for news
>
> Winter after winter, spring after spring.
>
> Now, nearing my village, meeting people,
>
> I dare not ask a single question.

吕先生说："原诗第二行'经冬复历春'只是过了一冬又一春，译文变成'一冬又一冬，一春又一春'。写诗不是写史，所以译诗在这些地方也不必拘泥，倒是原诗的精神——诗中大意和所含的感情——非用心体贴，忠实表达不可。在这一点上，这首译文做到了。第一行不说'音书绝'，说'渴望消息'，则音问之不通自在言外；第三行的'怯'字也没有译，但'不敢问来人'则情怯可知。"这就是说，第一、四行用浅化法变通得很好，在"神似"的情况下，可以不要求"形似"。但是如果第二行能用等化法做到"意似"，岂不更好？现试改译诗体如下：

> I longed for news while far away,
>
> From year to year, from day to day.
>
> Nearing homeland, timid I grow,

I dare not ask what I would know.

以上几个例子企图说明：如果改变原诗的词语，更能传达原诗的"三美"，那就应该变通；如果和原诗的意义有出入，而译文更富有"三美"，那也可以变通。

吕先生说："中诗大率每句自为段落，……西诗则常一句连跨数行……。译中诗者嫌其呆板，亦往往用此手法。"这就是说，句型也可以变通。这种例子很多，如 Bynner 译的韦庄《金陵图》："江雨霏霏江草齐，六朝如梦鸟空啼。无情最是台城柳，依旧烟笼十里堤。"

Though a shower bends the river-grass, a bird is singing,

While ghosts of the Six Dynasties pass like a dream.

Around the Forbidden City, under weeping willows

Which loom still for three miles along the misty moat.

吕先生说："第二行起一气到底，与原诗气韵不同，此仍是中西诗的传统相异处。"这种句型的变通是不是必要的呢？我试用三化法把这首诗译成不变通的诗体如下：

Over the riverside grass falls a drizzling rain,

Six Dynasties have passed like dreams, birds cry in vain.

For miles around the town unfeeling willows stand,

Adorning like a veil of mist the lakeside land.

还有一种句型的变通，就是把偶句译成散行，或者把散行译成对仗。一般说来，前者较多，后者较少，这里只举一例，Bynner 译王昌龄的《出塞》："秦时明月汉时关，万里长征人未还。但使龙城飞将在，不教胡马度阴山。"

The moon goes back to the time of Qin, the wall to the time of Han.

And the road our troops are travelling goes back three hundred miles.

Oh, for the winged General at the Dragon City—

That never a Tartar horseman might cross the Yin Mountains.

这种变通在我看来并不必要，所以还是用浅化法把"秦""汉""阴山"变通一下，改译诗体如后：

The age-old moon still shines o'er the ancient Great Wall,

But our frontier guardsmen have not come back at all.

Were the winged general of Dragon City here,

The Tartar steeds would not dare to cross the frontier.

总而言之，唐诗英译中的变通，大约有这五种。在我看来，翻译典故必须变通，句型变通则不必要，对仗译成散行，那是不得已而求其次的方法，至于改译专门词语，改变原诗的观点及语气，改变原诗的词语，如果结果更能传达原诗的"意美"，那也应该变通。至于和原诗的意义有出入，那就一定要译文更富有"意美、音美、形美"，才可以变通，在这个意义上说，译诗已经是再创作了。再创作可以用等化、浅化、深化三种方法。这点非常重要，因为如果深化得好，可以青出于蓝而胜于蓝，使中国诗能给外国文化增添异彩。

(1982 年)

知之·好之·乐之：三之论

本文原题为《译诗记趣》，记述作者译李煜词、苏东坡诗词、革命诗词时的乐趣；论述译诗目的是使读者知之（理解）、好之（喜欢）、乐之（愉快）。使人知之需要达意，使人好之需要传情，使人乐之需要感动，这就是文学翻译目的论的三部曲。

翻译不易，译诗更难，译格律诗更是难上难。翻译有趣，译诗更有趣，把格律诗译成格律诗简直是其乐无穷，可以使人知之（理解）、好之（喜欢）、乐之（愉快）。

英国文学史上把格律诗译成格律诗的，一百年只有一部名著：18世纪蒲柏(Pope)译的荷马史诗，19世纪菲茨杰拉德(Fitzgerald)译的《鲁拜集》(The Rubaiyat of Omar Khayyam)。我们先看一段荷马史诗《伊利亚特》(The Iliad)中赫克托(Hector)离妻别子时说的话吧：

"Andromache! my soul's far better part,

Why with untimely sorrows heaves thy heart?

No hostile hand can antedate my doom,

Till fate condemns me to the silent tomb.

Fix'd is the term to all the race of earth,

And such the hard condition of our birth.

No force can then resist, no flight can save;

All sink alike, the fearful and the brave.

No more—but hasten to thy tasks at home,

There guide the spindle, and direct the loom;

Me glory summons to the martial scene,

The field of combat is the sphere for men.

Where heroes war, the foremost place I claim,

The first in danger as the first in fame. "[1]

这段诗体译文译得慷慨激昂，音调铿锵，写出了英雄本色；但过于华丽，蔓生枝节。下面再看一下李夫 (W. Leaf) 的散文译文：

"Dear one, I pray thee be not of oversorrowful heart; no man against my fate shall hurl me to Hades; only destiny, I ween, no man hath escaped, be he coward or be he valiant, when once he hath been born. But go thou to thine house and see to thine own tasks, the loom and distaff, and bid thine handmaidens ply their work; but for war shall men provide and I in chief of all men that dwell in Ilions. "[2]

比较一下两种译文，就可以看出散文译文保持了原诗朴素的古风，但是译得平淡无奇。怎样才能译得兼顾两种译文的长处，换句话说，怎能既传达原诗的"意美"，又传达原诗的"音美"和"形美"，使人不但知之，而且好之，甚至乐之呢？

李煜词中有一首《相见欢》："林花谢了春红，太匆匆！无奈朝来寒雨晚来风。胭脂泪，相留醉，几时重？自是人生长恨水长东！"美国印第安纳大学布莱恩特教授 (Daniel Bryant) 的译文是：

The spring scarlet of the forest blossoms fades and falls

Too soon, too soon ;

There is no escape from the cold rain of morning, the wind at dusk.

The tears on your rouged cheeks

Keep us drinking together,

For when shall we meet again? —

Thus the eternal sorrows of human life, like great rivers flowing ever east.[3]

这个译文可以说是和原文"意似"而且"形似"的，"太匆匆"译成"too soon，too soon"，还可以说是和原文"音似"。不过原诗押了五个"东"

---

① "The Iliad", Book Ⅵ, 624-637.

② "The Iliad of Homer", p. 126.

③ "Sunflower Splendor", p. 305.

韵，译文只押一个，传达原诗的"音美"，显得有些不足。而且最后一行和上文的联系，显得不够紧密。只能使人知之，如何才能传达原诗的"意美"，使人好之，似乎还可以作进一步的研究。我想把这首词试译如下：

Spring's rosy color fades from forest flowers

Too soon, too soon.

How can they bear cold morning showers

And winds at noon?

Your rouged tears like crimson rain

Intoxicate my heart.

When shall we meet again?

As water eastward flows, so shall we part.

这个译文不说"林花别了"，而说"别了林花"，从形式上看来，译得不够"意似"；但从内容上看来，我却觉得还是传达了原诗的"意美"。原诗第三行拆译成了两行，这样不够"形似"，但却更能传达原诗的"音美"。这行诗的主语有人说是作者，但如译成"我"，就和上文显得不够连贯。布莱恩特教授的译文回避了这个问题，译得巧妙。我的译文为了押韵，把"晚来风"改成"午来风"了，译得又不"意似"。自然我可以把这行改成"And the wind in the afternoon"，这样意思更接近些，但是音节却和前一行一样多，不能传达原诗前长后短的节奏。我觉得原诗形式上说"朝来寒雨晚来风"，内容是说一天的风雨，倒不一定非说"晚来风"不可，所以就是现在这个译文，也能传达原诗的"意美"，可以使人知之，好之。原诗最后一行形式上说"人生长恨"，从上下文看来，内容应该是指"离愁别恨"，于是我又舍弃了"形似"的译法，直接说是离恨了。这种译法是否妥当？可以研究。不过译后一读，觉得译文朗朗上口，译者也就自得其乐了。

李煜还有两首写渔家乐的小词，第一首是："浪花有意千重雪，桃李无言一队春。一壶酒，一竿身，世上如侬有几人。"我想译成：

White-crested waves aspire to a skyful of snow,

Spring displays silent peach and plum trees in a row.

A fishing rod,

A pot of wine,

Who in this world can boast of a happier life than thine?

我看"有意"译得能使自己乐之，如果把"一竿身"换成"一杆笔"，那也就写出了诗人和译者的乐趣了。

苏东坡也有四首《渔父》词，第一首是："渔父饮，谁家去？鱼蟹一时分付。酒无多少醉为期，彼此不论钱数。"美国印第安纳大学罗郁正教授 (Irving Yucheng Lo) 的译文是：

The fisherman drinks,

Where does he go for wine?

All at once he disposes of his fish and crab.

Not too much wine, but he won't quit until drunk:

Neither he nor the others are particular about money. [1]

这个译文可以说是译得"形似"的了。例如第四行"酒无多少"译成"not too much wine"就几乎是逐字直译的，理解为"没有太多的酒"了。我的看法是"形似"未必"意似"，如果说没有太多的酒，怎么一定能够喝到醉了为止呢？这岂不是一句之内自相矛盾么？所以我想这里"酒无多少"是"无论有多少""不管多或少"或"不分多少"的意思，那才和下文连得起来。还有最后一行译"彼此"用了"the others"，从形式上看似乎无不可，但内容却变成是渔父和别的酒客都不在乎钱了。其实这里"彼此"是指渔父和酒家，渔父用鱼蟹换酒喝，不用付酒钱，酒家也不用付鱼蟹钱的意思。所以最后两行"形似"的译文，译得都不"意似"，不能使人知之，这就说明了"形似"和"意似"的不同，也就是形式和内容的矛盾。我想把这首词改译如下：

The fisherman will drink,

And you know where he goes.

All at once of his fish and crab he will dispose.

Then he will drink his fill and will not stop

Till drunk: he need not pay nor be paid by the wineshop. [2]

---

① "Sunflower Splendor", p. 346.

② 《苏东坡诗词新译》已于 1982 年由香港商务印书馆出版。

苏东坡还有一首著名的《饮湖上初晴后雨》："水光潋滟晴方好，山色空蒙雨亦奇。欲把西湖比西子，淡妆浓抹总相宜。"罗郁正教授的译文是：

Shimmering water at its full—sunny day is best;

Blurred mountains in a haze—marvelous even in rain.

Compare West Lake to a beautiful girl, she will look

Just as becoming—lightly made up or richly adorned. [1]

这个译文可以说是译得"意似"的，但是原诗有韵，译文没有，所以读起来觉得没有传达原诗的"音美"，因此也就没有充分传达原诗的"意美"，只能使人知之，不容易使人好之。由此可见"意似"和"意美"的差别，也可以看出"音美"和"意美"的关系。我想把这首七绝试译如下：

The brimming waves delight the eye on sunny days;

The dimming hills give a rare view in rainy haze.

The West Lake looks like the fair lady at her best

Whether she is richly adorned or plainly dressed.

原诗第一、二行对仗工整，译文没有传达原诗的"形美"，因此也就减少了译文的"意美"，由此也可以看出"形美"和"意美"的关系。不过在"意美""音美""形美"三者的关系中，"意美"是第一位的，"音美"是第二位的，"形美"是第三位的。最好自然是"三美"俱全，在三者不能兼顾的时候，可以不传达原文的"形美"，但要尽可能在传达"意美"的前提下传达原诗的"音美"。如能译得"三美"齐备，那更是其乐无穷了。

最近在译我国现代革命家诗词选，有时偶得妙句，乐不可支。如秋瑾烈士永垂不朽的绝命词"秋风秋雨愁煞人"，诗只一行，不难理解，也不难译，但是原文重复了"秋"字，而"愁"字上面还有一个"秋"字。如何才能译出原诗这个妙处呢？我苦思不得，忽然苦尽甘来，犹如"山重水复疑无路，柳暗花明又一村"，[2] 想到了把这行诗译成：

---

① "Sunflower Splendor", p. 347.

② 可以译成：Beyond the hills and fills the path seems lost to sight, A village's seen 'mid shady willows and flowers bright.

Sad autumn wind and autumn rain has saddened men. ①

这样原文重复"秋"字，译文也重复了"Autumn"，原文"愁"字译成"sadden"，并把前半个字"sad"放在句首，来译"愁"字上面一个"秋"字，虽然"sad"并没有"秋"字的意思，但是这个译法恰好显示了原诗的妙处，而且使上下文前后连贯。此外，原诗"秋风"二字一拍，"秋雨"二字一拍，"愁煞人"三字一拍；译文前三字两拍，中间三字也是两拍，最后三字还是两拍，拍数虽然增加了一倍，但节奏却和原诗是一样的。加上第四拍最后一个字"rain"和第六拍最后一个字"men"还可以算是凑韵，所以译文不但可以传达"愁"字和"秋"字的"形美"，还多少可以译出一点原诗的"音美"，这就使我好之、甚至乐之了。

《十老诗选》中有林伯渠的《参加护法之役，在郴衡道中闻十月革命胜利作》，其中三、四两行是："垂柳如腰欲曼舞，碧桃有晕似轻颦。"这两行诗显示作者听到十月革命后心情愉快，觉得自然景物更加美好，而且诗句对仗工整，我很喜欢，现在试译如下：

The drooping willow branches dance like slender waist;

The green peach blossoms redden like a smiling face.

这两行译文只是基本上传达了原诗对仗工整的"形美"，也能使我好之。

《周恩来青年时代诗选》中的《大江歌罢》一首已有三四种译文。原诗是："大江歌罢掉头东，邃密群科济世穷，面壁十年图破壁，难酬蹈海亦英雄。"现将(1)《中国文学》、(2)《人民画报》和(3)林同端《周恩来诗选》的译文转抄如下：

(1) Having sung of the Yangtse, I turn eastwards.

　　To explore the sciences and relieve suffering.

　　For ten years I'll study to break new ground,

　　Or drown in the sea, no less heroic.

(2) Singing in a heroic strain,

　　I turn away and sail east

　　To drive into the sciences

---

① 《动地诗——中国现代革命家诗词选》已于 1981 年由香港商务印书馆出版。

To save the country now in peril.

For the years I'll endeavour

To find ways to clear up the mess;

Even if I fail in my attempt,

I'll die heroically.

(3) Song of the Grand River sung,

I head resolute for the east,

Having vainly delved in all schools

For clues to a better world.

Ten years face to wall,

I shall make a break-through,

Or die an avowed rebel

Daring to tread the sea.

以上三种译文，以"意美"而论，第三种译文具有独到的见解；以"音美"而论，则三种译文都只有轻重节奏，没有和原诗一样押韵；以"形美"而论，除第一种译文保持四行之外，其他两种译文都分了行。我并不是说译诗不能增加行数，但是认为应该尽可能译得"形似"。如果为了"意美"和"音美"，不可能传达原诗的"形美"，那就不必译得"形似"。如果可能的话，最好还是要兼顾"三美"，才能使人好之。现将我自己在《动地诗》中的译文转抄于下：

Songs of the Great River sung, we head for the east

To delve in science that the world from toil be released.

Ten years within four walls, we will make a breakthrough;

The task not done, we'll tread the sea as heroes do.

《毛泽东诗词》中近来又增加了一首六言诗："山高路远坑深，大军纵横驰奔。谁敢横刀立马？唯我彭大将军。"这首诗的特点是每行六字三拍，我想试译成朗诵诗如下：

From east to west

　　by bounds and leaps

　　　　our army sweeps

All the way

    over mountains steep

        and trenches deep.

Who is there

    wielding his sword

        and rearing his horse?

It is none

    but General Peng

        of our mighty force.

这个译文把原文一行六字译成了十二个音节，但也是三拍，而且第一、二行的第二、三拍都押了内韵，第三行的第二、三拍也用了半谐音 (assonance)，第四行和第三行押韵，还把"彭大将军"中的"大"字移到"军"字前面去了，和第二行的"大军"二字遥相呼应，觉得译文多少可以传达一点原诗的"意美""音美"和"形美"，译后颇能自得其乐。

《陈毅诗词选集》中也有不少对仗工整的对句，如《莱芜大捷》中的第五、六行："鲁中霁雪明飞帜，渤海洪波唱大风。"我想译成：

Red flags fly in Shandong with flying snow;

Great waves roar in Bohai with roaring winds.

这样用重复"fly"和"roar"两个字的办法，是否更能传达原诗的"形美"？牺牲一点意似，是否更能使人好之？自然，这两个对句并不是陈老总诗词中最著名的。陈老总的名诗，首推《赣南游击词》，第一段是："天将晓，队员醒来早，露侵衣被夏犹寒，林间唧唧鸣知了。满身沾野草。"这一段词是按照《忆江南》的曲调填写的，第一行最短，只有三个字，第二、五行各五字，第三、四行各七字；第一、二、四、五行押韵。全词由短到长，又由长而短，读来长短交替，仿佛看见游击队员风餐露宿、神出鬼没一般。因此翻译的时候，应该尽可能传达原诗的"音美"和"形美"。但《中国文学》还是把这段词译成分行散文：

Towards dawn

Our men wake early;

Dew-drenched clothes and bedding even in summer are cold;

In the trees cicadas shrill;

Grass clings to our uniforms.

这个译文虽然传达了原诗的内容，可以使人知之，但是各行长短悬殊，短的只有三个音节，长的却有十四五个，节奏也杂乱无章，不能使人好之。其实只要略加修改，换几个字，颠倒一下顺序，诗味就可以浓一些：

Towards daybreak,

Early our men awake.

Our bedding wet with dew, in summer we feel cold.

Among the trees cicadas shrill.

With grass our clothes bristle still.

我想在第四、五行之间加上一个"Behold!"好和第三行押韵，增加译文的"音美"。但是原诗第三行也没有押韵，因此就不必多此一举了。陈老总的诗词不但长短有致，而且注意修辞，如《赴延安留别华中诸同志》中的第五段是："行行过太行，迢迢赴延安。细细问故旧，星星数鬘斑。"这一段五言诗各行都是以叠字开始的，翻译的时候最好能传达原文的这个特点，但是《中国文学》的译文只是：

Crossing the Taihang Mountains

Towards faraway Yan'an,

Asking for detailed news of my old friends,

My hair sprinkled already with grey.

这段译文是否译得"意似"？译者把第四行理解为诗人的头发灰白了，而不是"故旧"互"数鬘斑"，恐怕没有传达作者的原意。我想把这段改译如下：

On and on past Taihang we walk;

By and by to Yan'an we make our way.

Again and again with old friends we talk;

One by one we count our hairs grey.

这个译文用了重复"on""by""again""one"等字的办法，多少可以传达一点原诗的"音美"和"形美"，使人好之。自然，重复的办法不只是可以用于译叠字，还可以用于其他情况，如陈老总的《长相思·冀鲁豫道中》："山一程，水一程，万里长征足未停。太行笑相迎。昼趱行，夜趱行，敌伪关防穿插勤。到处有军屯。"我想把这两段诗译成：

> From hill to hill,
>
> From rill to rill,
>
> We never stop for miles and miles,
>
> Mount Taihang welcomes us with smiles.

> By daylight,
>
> By starlight,
>
> We penetrate hostile posts here and there,
>
> Our men are everywhere.

陈老总的诗词还有一个特点，那就是把旧诗、新诗、民歌的长处都熔于一炉，按成规，又不受束缚，说是旧体，又不完全合格。因此翻译的时候，就不能够拘于一格。例如《还乡队歌》就非常口语化，前几行是："还乡队，尽有罪。见人就杀，见酒就醉，见钱就拿，见女人就睡。"短短几行，重复了四个"见"字和"就"字。怎样才能传达这种民歌体的特殊风味呢？我想把这几行试译如下：

> Home-going lords
>
> Are guilty all:
>
> They rob
>
> People who sob;
>
> They kill
>
> And drink their fill;
>
> They rape
>
> Women who can't escape.

《动地诗》中除了选有毛泽东、周恩来、朱德、陈毅等老革命家的诗词之外，还选了一首钱来苏的《刘伯承、邓小平将军飞渡黄河》，这是当时记录解放战争大反攻序幕的史诗，全诗如下："将军飞渡勇无俦，天险黄河一夜收。四十万军经一击，摧枯拉朽到莱州。防守徒夸有天险，持支危局仗滔滔。欢呼飞将从天降，顿使顽奴命运消。"我想把这首诗句试译成：

Generals Liu and Deng are brave without a peer,

O'ernight the Yellow River barring their way is crossed.

Four hundred thousand foes at one blow disappear;

Like crushed weeds and rooted wood Laizhou is lost.

In vain they boast of barriers o'er which none can fly

And seek precarious safety in the endless waves.

To our great joy, winged warriors come from the sky,

Suddenly it decides the fate of die-hard slaves.

《动地诗》中最后一首是叶剑英《远望集》中的《忆秦娥·祝科学大会》，全词如下："追科学，西方世界鞭先着。鞭先着，宏观在宇，微观在握。　神州九亿争飞跃，卫星电逝吴刚愕。吴刚愕，九天月揽，五洋鳖捉。"我把这首词译成：

Overtake the West,

Of advanced Western science keep abreast!

Keep abreast

In science of universe

And particles diverse.

The land of millions strives to be modernized;

Satellites passing like a bolt, Wu Gang's surprised.

Wu Gang's surprised

To see from high the moon down brought

And in the deep the turtles caught.

这首词的特点是：两段的第三行都是重复第二行的后半。如能译得自然，那译者是会觉得其乐无穷的。如果译者的乐趣能通过译文传达给读者，能感动人，那就达到了文学翻译的目的。

（原载《编译参考》1980 年第 6 期）

三美与三似论
——《唐宋词选》英、法译本代序

　　《中国词选》罗马尼亚译者米·扬·杜米特鲁说，"中国词使我们认识了一个无庸置疑的充满魅力、抒情性强和意境深邃的世界，在这个世界里洋溢着书面上看到的花朵的香气"，中国的词是"三千多年悠久文化与文明的结晶"。[①] 但是直到目前为止，《中国词选》还没有英、法文译本。

　　应该如何把中国诗词译成英、法文，才能使英、法文读者像汉语读者一样爱不忍释、百读不厌呢？我个人觉得译文应该尽可能传达中国诗词的意美、音美和形美。这个问题，我在《意美·音美·形美：三美论》一文中已经谈到过，现在来谈谈"三美"的幅度。

　　赵元任博士在《论翻译中信、达、雅的"信"的幅度》一文中说："信"的幅度是相对的，不是绝过的。就拿诗歌翻译来说，为了达到节律和用韵的"信"，一切别的幅度就管不到了；假如要使别的幅度"信"，节律和用韵就不"信"了，这是很难兼顾的。一般来讲，译者在译诗歌时，情愿保存节律和用韵的"信"，否则诗和歌就不伦不类了。[②] 赵元任所说的"信"，就是我所说的"意似、音似、形似"中的"似"。"信"的幅度随着情况不同而有所变更，如果用我的话来说，就是为了传达诗词的"意美、音美、形美"，译文"意似、音似、形似"的程度是可以变更的。下面就用我在《唐宋词选》中的一些译例来作说明。

　　翻译的"意似"和"意美"基本是一致的，如李白《菩萨蛮》中的"平

---

① 转引自 1981 年 2 月 1 日《人民日报》。

② 转引自刘靖之主编的《翻译论集》"代序"。

林漠漠烟如织，寒山一带伤心碧"的英、法译文：

(Eng.)　O'er far-flung wooded plain wreaths of smoke weave a screen,

Cold mountains stretch like a belt of heartrending green.

(Fr.)　Le champ boisé s'étend, tissé de fumée grise,

A voir le mont bleuir au loin, le coeur se brise.

"烟如织"和"伤心碧"的英、法译文都做到了"意似"，也传达了原文的"意美"。但是"漠漠"之类的叠字很不容易做到"意似"，英译文用双声来传达原文的"意美"，法译文就浅化了。"寒山一带"的英译文也比法译文更"意似"，因此也更能传达原文的"意美"；法译文如果要改得和英译文一样"意似"，那就需要加词，就会有损于译文的"音美"和"形美"。因此，为了传达原文的"三美"，译文的"意似"程度只好浅些。这也就说明了："信"的幅度在译文中是可以随着情况而有所变更的。

有时，"意似"和"意美"却会发生矛盾，也就是说，译文虽然和原文"意似"，却不能传达原文的"意美"，如李璟的《浣溪沙》上半段："菡萏香销翠叶残，西风愁起绿波间。还与韶光共憔悴，不堪看。"如果第三行英译文用 languish with time，法译文用 languir avec le temps，虽然可以说是"意似"，却没有传达原文的"意美"，因此我把这半段译成：

(Eng.)　The lotus flowers fade with blue-black leaves decayed,

Sadly the western wind ripples the water green

Just as time wrinkles a face fair. How can it bear

To be seen?

(Fr.)　La fleur de nénuphar se fane aux vertes feuilles,

Le vent d'ouest souffle de la tristesse sur l'eau

Comme le temps perdu ride un visage beau,

Dont personne ne veuille.

"翠叶"的英译文不如法译文"意似"，却能传达原文的"意美"。原文一、二、四行押韵；英译文是二、四行押韵，一、三行押内韵，而且第三行的内韵押在第八个音节上；法译文却是一、四行押阴韵，二、三行押阳韵，和原文都不"音似"，却能传达原文的"音美"。原文前三行每行七个字，第四行只有三个字；英、法译文前三行每行都是十二个音节，英译文第四行也是三个单音节的词，可以说是"形似"，但是把"不堪看"三个字腰斩成两行了；法译文第四行是六个音节，恰好是前三行每行音节的半数，可以说是传达了原文三行长、一行短的"形美"。这两个译例同时也说明了："意似"不但是和"意美"会有矛盾，而且和"音似""形似"也有矛盾；但是只要传达了原文的"意美、音美、形美""三似"的幅度是可以有所变更的。

意似"和"音似"的矛盾很多，一般说来，翻译并不要求"音似"。例如刘禹锡的《竹枝词》："杨柳青青江水平，闻郎江上唱歌声。东边日出西边雨，道是无晴（情）却有晴（情）。"第四行的"晴"字和"情"字"音似"，是双关语，翻译的时候，如果能够译得"意似"，已经是很不容易了，我的英、法译文如下：

(Eng.) Between the willows green the river flows along,

My beloved in a boat is heard singing a song.

The west is veiled in rain, the east basks in sunshine,

My beloved is as deep in love as the day is fine.

(Is he singing with love? Ask if the day is fine.)

(Fr.) Entre les saules verts doucement coule un fleuve

Où j'entends mon galant chanter sur un radeau.

Comme à l'est le soleil brille et qu'à l'ouest il pleuve,

Mon galant est aussi amoureux qu'il fait beau.

英、法译文把"晴"和"情"都译出来了。

传达原文的"音美"和"意似"，有时能够做到一致，例如陆游的《钗头凤》："红酥手，黄縢酒，满城春色宫墙柳。东风恶，欢情薄，一怀愁绪，几年离索。错，错，错！　春如旧，人空瘦。泪痕红浥鲛绡透。桃花落，闲池阁。山盟虽在，锦书难托。莫，莫，莫！"我的英、法译文是：

(Eng.) Pink hands so fine,

Gold-branded wine,

Spring paints green willows palace walls cannot confine.

East wind unfair,

Happy times rare.

In my heart sad thoughts throng:

We've severed for years long.

Wrong, wrong, wrong!

Spring is as green,

In vain she's lean.

Her silk scarf soak'd with tears and red with stains unclean.

Peach blossoms fall

Near desert'd hall.

There remain the oaths we did swear,

But I cannot send letters to the fair,

Ne'er, ne'er, ne'er!

(Fr.)　Du vin de marque dorée

Versé par des mains rosées,

Les saules que le Printemps en vert peint

Etendent des branches en dehors du jardin.

Le vent d'est nous sépare,

Les moments doux sont rares.

Nous déplorons le sort,

Vivant ces années comme molts,

Tort, tort, tort!

Au printemps fleuri

En vain on maigrit,

L'écharpe de soie tachée de rouge et de pleurs.

A la chute des fleurs

On déserte le pavilion.

Notre voeu reste comme un mont.

Mais est-ce qu'il tient bon?

Non, non, non!

原文上半段最后重复了三个"错"字，下半段最后重复了三个"莫"字。英译文也重复了三个单音节词"wrong"和"ne'er"，可以说是既和原文"意似"，又传达了原文的"音美"。美国印第安纳大学出版的《葵晔集——中国三千年诗词选》把三个"莫"字译成"no more"，不但"意似"，而且"more"和"莫"还可以说是"音似"，可惜前面加了一个"no"，又和原文不"形似"了。法译文重复了三个"tort"，也可以说是既和原文"意似"，又和"错"字的元音相近，也有一点"音似"。此外，上半段第三行的英、法译文都译成满园春色关不住的意思了，能不能算"意似"？可以研究，但是我觉得这个译文可以传达原文的"意美"。下半段第一行"春如旧"的英译文用了"green"，看来又不"意似"，但是联系上半段的"宫墙柳"色来看，我却认为也可以算是传达了原文"意美"的。这几个译例想说明："音美"（包括押韵在内）和"意似"可以取得一致。

有时，"音美"和"意似"却有矛盾，例如吕本中的《采桑子》上半段："恨君不似江楼月，南北东西。南北东西，只有相随无别离。"我想可以译成下列英、法译文：

(Eng.) I regret you could not be like the full moon bright,

Shining all night.

Shining all night,

it is ever in view and never out of sight.

(Fr.) Que tu ressembles peu à la lune qui luit

Toute la nuit.

Toute la nuit

Elle ne me quitte pas mais toujours me suit.

原文既有韵律，又有重复，富有"音美"。英译文第二、三行用换词法，把空间的四方换成了时间上的整夜，也就是说，为了"音美"而牺牲了"意似"，但却不能说是没有传达原文的"意美"。至于法译文，"南北东西"如果要译得"意似"，更不可能传达原文的"音美"和"意美"，因此，译文只好取"意美"而舍"意似"了。

传达诗词的"意美"和"形似"，有时也能做到一致，例如前面提到的李璟《浣溪沙》上半段的英、法译文，都是前三行长而第四行短。但是也不必为了"形似"而牺牲"意美"或"音美"，例如顾敻《诉衷情》中的最后三行："换我心，为你心，始知相忆深。"我的英、法译文分别是：

(Eng.) If thou bartered thy heart for mine,

Then thou wouldst know how deep for thee I pine.

(Fr.) Mets mon coeur darts le tien,

Et tu saurais combien

De toı ıl me souvient!

原文三行的字数分别是三、三、五；英译文却只有两行；法译文虽然是三行，但每行都是六个音节，不是两短一长。这时，就不必将英译文勉强拆成三行，也不必将法译文最后一行改为十个音节，因为译文和原文"意似"，押韵又自然，就不必为了"形似"而牺牲"意美"或"音美"了。

有时，对仗工整的"形美"也是可以翻译的，例如晏殊的《浣溪沙》"无可奈何花落去，似曾相识燕归来"，这两行寓工巧于自然浑成，寄闲情于景物描绘，是千古传诵的名句。我的英、法译文分别是：

(Eng.) Deeply I sigh for the fallen flowers in vain;

Vaguely I seem to know the swallows coming again.

(Fr.) Que ferai-je des fleurs tombées? Les hirondelles

De retour sont-elles mes vieilles connaissances?

Je me promène seul au jardin de fragrance.

英译文用了加词法，前半基本上做到了状语对状语，主语对主语，谓语对谓语，但是后半的宾语和定语就不对称了。

"形美"除了行数长短和对仗工整之外，还有一个重复颠倒的问题，例如王建《调笑令》中的"玉颜憔悴三年，谁复商量管弦？弦管，弦管，春草昭阳路断。"词中"管弦"二字颠倒之后，又再重复一次。如何传达原文这种"形美"呢？我试把这几行译成英、法文如下：

(Eng.) Her fair face has languished for three years long.

Who would ask her to play on flute or sing a song?

No song to sing,

No song to sing,

Royal favor lapses where grass o'ergrows in spring.

(Fr.)　Elle languit depuis trois ans.

Qui voudrait écouter son chant?

Son chant non écouté,

Son chant non écouté,

Le chemin herbu est peu fréquenté.

英译文用了加词法，法译文用了换词法。因为颠倒重复是这首词的特点，如果不用加词法或换词法来传达这个"形美"的特点，那是很难传达原文的"意美"和"音美"的。

总而言之，我同意赵元任博士的意见：拿诗歌翻译来说，为了达到节律和用韵的"信"，一切别的幅度就管不到了。也就是说，为了传达诗词的"音美"和"形美"，译文有时可以不必"意似"，但一定要传达原文的"意美"。传达"意美"的方法可以采用换词、加词、减词、拆词、合词、正词反译、前后倒置，等等，换句话说，就是要尽可能发挥译文的语言优势。

钱钟书教授说过："文学翻译的最高标准是'化'。"[1]我认为翻译甚至可以说是"化学"，是把一种语言化为另一种语言的艺术。大致说来，至少可以有三种化法：一是"等化"，如前面讲的"南北东西"的英、法译文。二是"浅化"，如"平林漠漠烟如织，寒山一带伤心碧"的法译文。三是"深化"，如"还与韶光共憔悴"的英、法译文。三种化法，都可以发挥译文的语言优势。不过"化"也有个限度，"浅化"不能太不及，"深化"不能太过。傅雷说过："即使最优秀的译文，其韵味较之原文仍不免过或不及。翻译时只能尽量缩短这个距离，过则求其勿太过，不及则求其勿过于不及。"[2]这样说来，"化"的限度在哪里呢？我个人的意见是：只能化成原文内容所有、原文形式所无的译文，不能化成原文内容所无的东西。如果要用语言学家乔姆斯基的语汇来解

---

① 转引自刘靖之主编的《翻译论集》"代序"。

② 转引自刘靖之主编的《翻译论集》"代序"。

释，可以说是只能化成原文深层所有而表层所无的东西。如果用这个标准来衡量，那前面的"一怀愁绪，几年离索"的法译文是否太过？"山盟虽在，锦书难托"的法译文又是否不足？就是可以研究的了。"不足"并不等于"浅化"，即使是"浅化"，也只有在翻译无法"等化"或"深化"的时候，或是为了传达诗词的"音美"或"形美"时，才能采用。严格说来，"深化"才是文学翻译的最高标准，甚至可以说，"深化"的译文有时可能青出于蓝而胜于蓝；这个问题，以后当写专文讨论。上面说的是在传达原文"意美"的时候，"化"的限度的问题。

在传达诗词的"音美"和"形美"时，"化"也有个限度的问题。比如说，把有韵有调的格律体诗词，化为只有节奏而不押韵的自由诗，那就是过于不及了。因为自由诗体的译文即使能百分之百地传达原文的"意美"，深邃的意境和强烈的感情，也决无法表达古典诗词"无庸置疑"的"魅力"，无法使人爱不忍释，百读不厌。

自由诗体的译者反对押韵，理由大致如下："Milton 认为大块诗歌宜作无韵体，认为押韵反而造成 singsong effect，不登大雅。近来整个发展趋势也是避免押韵。虽然时而有小规模的回潮，但大势是免韵。我觉得汉诗英译，如果坚持拘谨地押韵，既是违反潮流，也往往会吃力不讨好。……如果斤斤计较，句句押韵，往往难免有碍于诗中的形象及意味的自由表达，似乎是得不偿失的。"[1]

我个人的意见恰恰相反。第一，Milton 所说的"大块诗歌"是指《失乐园》而言，但他自己所写的二百多行的长诗，却都是押韵的，中国诗词超过二百行的极少，为什么译文不宜押韵呢？第二，退一步讲，即使 Milton 说过所有的诗歌都不宜押韵，那也不过是一家之言；而英、法文学史上，百分之九十以上的诗人却都用实践说明：诗是要押韵的。难道 Milton 能"一句顶一万句"吗？第三，"认为押韵反而造成 singsong effect，不登大雅。"这话似乎不应该对诗词的译者说，而应该对诗词的作者说。因为作者既然已经押了韵，译者自然应该尽可能传达原作的"音美"。如果说莎士比亚、拉辛、拜伦、雪莱、雨果等押韵的诗人都

---

[1] 《外语教学与研究》1980 年第 1 期第 52 页。

"不登大雅"之堂，那就只好把"大雅"之堂留给 Milton 一个人专用，作为《失乐园》的补偿。那样一来，"大雅"之堂岂不是太小，变成了"小雅"之堂么？第四，说"近来整个发展趋势也是避免押韵"，这个"近来"，充其量也不过只有几十年，而中国诗词却"是三千多年悠久文化与文明的结晶"。几十年和三千年一比，到底押韵还是免韵才是"小规模的回潮"呢？"风物长宜放眼量"呵！再说，译诗也不能紧跟发展趋势。试想几百年前，英诗押韵，只要元音相同，后来发展为元音和辅音都要相同，今天又发展为免韵。如果今天译诗应该免韵，那在几百年前译诗，是不是只要译文元音相同就算押韵呢？几百年前，中国的诗韵早已具备，所以即使是那时译诗，也应该把中国元音、辅音都押韵的方法介绍到西方去，促进西方诗歌的发展。因为翻译的目的应该是促进文化交流，使两种文化都得到提高，而不应该是开倒车，向落后看齐，反而降低了原来的文化水平。所以，即使免韵是近来写作英诗的主统，但在翻译中国诗词的时候，也决不能把古典诗词译成现代派的自由诗。第五，说押韵"往往难免有碍于诗中的形象及意味的自由表达"，我觉得这句话也应该对诗词的作者说，而不应该对译者说。假如有人为了要"自由表达"，反对押韵，要把"六亿神州尽舜尧"改成"尽尧舜"，把"杨柳轻飏，直上重霄九"改为"九重霄"，试问诗人和读者会同意吗？我看恐怕只会传为笑谈了。第六，说译诗押韵是"吃力不讨好"，"得不偿失"。林语堂说过，假如译文的水准高，读者感到阅读这种译文是一种享受，那么得到的则是一种新奇的美感经验。[①] 林以亮说过："在译者而言，得到的是一种创造上的满足。"[②] 我觉得只要押韵的译文能够使读者感到是种享受，那就不是"吃力不讨好"；只要译者能够得到创造上的满足，那也绝不是"得不偿失"。的确，译格律体诗词是吃力的，画老虎也是吃力的，比起刻鹄来要吃力得多。但是翻译诗词好比画虎，固然，"画虎不成反类犬"，不过，"世上无难事，只要肯登攀（不是自由诗体的'攀登'！）"，只要吃力地画下去，总有可能画成老虎的，世界上画虎的画家并不少呵！而把诗词译成自由诗却好比刻鹄，"刻鹄不成尚类鹜"，既不大"吃力"，也容易"讨好"，但刻成了也不过是一条鹄，绝不会

---

① ② 转引自刘靖之主编的《翻译论集》"代序"。

像老虎的。所以，我还是同意赵元任博士的意见：译者在译诗歌时，情愿保存节律和用韵的"信"，否则诗和歌就不伦不类了。

还有一个自由诗论者说：译诗押韵，"恐怕最终会证明此路不通"，"像一个人戴着手铐脚镣跳舞，效果总不理想"。① 此路不通吗？英国文学家 Lytten Strachey 就把走过这条路的剑桥大学 Giles 教授翻译的中国诗词说成是"the best that this generation has known，"还说"Our anthology holds a unique place in the literature of the world. "② 闻一多先生也说过："带着镣铐跳舞，跳得好才算真好。"③ 既然写诗的作者愿意带着音韵的镣铐跳舞，诗词的译者有什么理由要丢掉这副镣铐呢？如果丢掉了音韵，翻译出来的东西能够算是诗词吗？这倒的确要"给人们一个错误印象，认为诗词不过尔尔，从而反倒降低了原作的水平"了。④

茅盾同志在《夜读偶记》第 48 页上说："拉辛很小心地而又十分巧妙地在古典诗学（创作方法）的范围内进行他的创作。他的悲剧，被公认为古典主义的典范。""古典主义诗学的狭窄的框子，拉辛能够对付得很巧妙；应当说，好像耍杂技的好手，正是在别人束手束脚无法施展的地方，他却创造性地使出无尽的解数，叫人不由自主地高声喝彩。"我想，诗词的译者也应该向拉辛学习，向耍杂技的好手学习。如果能把镣铐化为道具，那效果决不会不如自由诗体译文的。我翻译的《唐宋词选》⑤ 就是带着镣铐跳舞的一次尝试，也许不免会栽几个跟头，甚至打烂几个坛坛罐罐，但是"只要肯登攀"，知难而进，也许总有登上高峰的一天，而故步自封的人，却是永远也不会"离天三尺三"的。

（原载《外国语》1982 年第 4 期）

---

① 见《外语教学与研究》1981 年第 2 期第 59 页。

② Lytten Strachey：On Giles's "Gems of Chinese Literature"："The poetry in it is the best. . ."

③ 转引自 1977 年 12 月 14 日《光明日报》发表的臧克家的《新诗形式管见》。

④ 见《外语教学与研究》1981 年第 2 期第 59 页。

⑤ 《英译唐宋词一百首》已由香港商务印书馆出版，《法译唐宋词一百首》已由北京外文出版社出版。

三美与三化论

本文是《唐诗一百五十首》汉英对照本的序言，原题名为《谈唐诗的英译》。作者认为可以用浅化、等化、深化的"三化"法来传达原诗的意美（如王勃《送杜少府之任蜀州》）；化汉韵为英韵，化重复为双声，化平仄为抑扬（第二个"三化"），来传达原诗的音美（如杜甫《闻官军收河南河北》）；化七言诗为亚历山大体，化五言诗为英雄体，化对仗为对称（第三个"三化"），来传达原诗的形美（如杜甫《登高》）。所以本文题名改为《三美与三化论》。

唐诗是我国文学宝库中的精华，在世界文学史上的地位也是非常高的。19 世纪末期，英国剑桥大学教授 Herbert A. Giles 曾将李白、王维、李商隐等诗人的名篇译成韵文，译文能够吸引读者，有独特的风格，得到评论界的赞赏。例如他译的李白《月下独酌》："花间一壶酒，独酌无相亲。举杯邀明月，对影成三人。月既不解饮，影徒随我身。暂伴月将影，行乐须及春。我歌月徘徊，我舞影零乱。醒时同交欢，醉后各分散。永结无情游，相期邈云汉。"

An arbor of flowers

　　and a kettle of wine:

Alas! in the bowers

　　no companion is mine.

Then the moon sheds her rays

　　on my goblet and me,

And my shadow betrays

　　we're a party of three!

Though the moon cannot swallow

　　her share of the grog,

And my shadow must follow

　　wherever I jog,

Yet their friendship I'll borrow

　　and gaily carouse,

And laugh away sorrow

　　while spring-time allows.

See the moon—how she glances

　　response to my song;

See my shadow—it dances

　　so lightly along!

While sober I feel,

　　you are both my good friends;

While drunken I reel,

　　our companionship ends,

But we'll soon have a greeting

　　without a goodbye,

At our next merry meeting

　　away in the sky.

20 世纪英国汉学家 Arthur Waley 认为,译诗用韵不可能不因声而损义,有失原诗情趣,因而改以散体译中国诗词。例如他译的白居易《红鹦鹉》: "安南远进红鹦鹉,色似桃花语似人。文章辩慧皆如此,笼槛何年出得身?"

Sent as a present from Annam—

A red cockatoo

Coloured like the peach-tree blossom,

Speaking with the speech of men,

And they did to it what is always done

To the learned and eloquent.

They took a cage with stout bars

And shut it up inside.

我却觉得，Waley 虽不用韵也不可能不损义，如第一句的"远"字，第四句的"何年出得身"，似乎并不能说已尽翻译之能事，更不可能保存"原诗情趣"。因此。我在这本译诗集内，全都采用诗体译文。就如这首《红鹦鹉》吧，我的译文全都用韵，但并不见得"因声而损义"；恰恰相反，我倒觉得比 Waley 的散体译文更能保存"原诗情趣"。

Annam has sent us from afar a red cockatoo,

Colored like the peach blossom, it speaks as men do.

But it is shut up in a cage with many a bar

Just as the learned or eloquent scholars are.

总而言之，我个人的意见是：翻译唐诗，宁可继承 Giles 诗体译文的传统，而不可采用 Waley 的散体译法。比较一下《红鹦鹉》的两种译文，可以看出：诗体译文传达原诗的"意美"，并不亚于散体译文；而传达原诗的"音美"，则远远胜过了散体。原诗第二、四句押韵，这就是说，每隔十四个字用一次韵；而译文第一、二行押韵，第三、四行押韵，也是每隔十二三个音节用一次韵，用韵的密度和原诗差不多。至于传达原诗的"形美"，则原诗四句，诗体译文也是四行，散体译文却不必要地拆成为八行，究竟是诗体译文还是散体译文更易保存原诗的风格和情趣呢？难道风格和情趣就只限于"意美"，与"音美""形美"毫无关系吗？试把唐诗的韵脚改掉，各句改得长短不齐，这种风格、这种情趣的诗能够流传千年，使人百读不厌吗？

我想，翻译唐诗的第一个问题是要传达原诗的"意美"。我说"意美"，不说"意似"，因为我觉得"意美"指的是深层结构，"意似"指的却是表层结构。下面先举一首初唐王勃的《杜少府之任蜀州》来作说明："城阙辅三秦，风烟望五津。与君离别意，同是宦游人。海内存知己，天涯若比邻。无为在歧路，儿女共沾巾。"据《唐诗一百首》的《解释》说："城阙——这里指的是皇城。辅——卫护。三秦——指的是当时京城长安，那里原是秦国的地方，秦国曾经被项羽分为三国。""五津——指的是现在四川省，那里长江边古代有五处著名的渡口。"我认为"三秦"和

"五津"都是表层形式，它们的深层内容却是"京城"和"江城"，所以译文不必和表层形式"意似"，而只要传达深层内容的"意美"：

You'll leave the town walled far and wide

For mist-veiled land by riverside.

I feel on parting sad and drear

For both of us are strangers here.

If you've on earth a bosom friend,

he's near to you though at world's end.

At the crossroads we bid adieu.

Do not shed tears as women do!

"三秦"和"五津"是特指的地名，我把它们译成有城墙的城市和江边的地方，是把特殊的东西一般化了，也可以说是"浅化"了，这是传达深层"意美"的第一种译法。原诗第三句"与君离别意"，内容一般，我认为它的深层是"离情别绪""离愁别恨"，所以译成了特殊化的表层，这和第一种译法相反，可以说是把原诗的表层"深化"了。原诗第六句"天涯若比邻"，我把"天涯"译成"世界的尽头"，译文的表层和原文的表层几乎相等，可以说是"等化"，这是传达"意美"的第三种译法。总而言之，当原文的表层和深层一致，译文和原文"意似"能传达原文"意美"的时候，可以采用"等化"的译法。如果原文的表层和深层之间有距离，或是译文和原文"意似"并不能传达原文的"意美"，那就可以采用"浅化"或"深化"的译法。

翁显良教授在《翻译通讯》1981年第2期上说："'烟花三月下扬州'，蘅塘退士誉为'千古丽句'；但从李白《送孟浩然之广陵》的几种英译看，外国读者是很难同意的。

(1) The smoke-flowers are blurred over the river.

(2) In March, among smoking flowers, making your way to Yangchow.

(3) He leaves for Yang-chou in the third moon of the spring.

(4) Mid April mists and blossoms go, ……

(1) 出自 Ezra Pound 手笔，(2) 见 *The White Pony*，均有错误。(3) 见刘师舜译《中诗选辑》，保留'扬州'而略去'烟花'，不知是何缘故。

(4) 是西僧 John Tourner 译的，保留'烟花'而略去'扬州'，亦不知是何缘故。四位译者似乎都没有考虑到原句之所以为'千古丽句'，就在于'烟花三月'春光最美之时前往最繁华之地——扬州；其时其地，二者缺一即不能在读者心中唤起如此艳丽的联想，二者俱全而读者没有必要的历史文化知识也不能产生如此艳丽的联想。"

翁显良的分析非常精辟。从我的观点看来，第一、二、四三种译文中的"烟花"，都只译得和表层"形似"，是否"意似"却还可以研究，自然不能传达原诗的"意美"。《唐宋绝句选注析》说："烟花：形容柳絮如烟、鲜花似锦的春天景物。"我认为，这才是"烟花"的深层内容，现将这首诗抄录并全译如下："故人西辞黄鹤楼，烟花三月下扬州。孤帆远影碧空尽，唯见长江天际流。"

My friend has left the west where the Yellow Crane towers

For Yangzhou in spring green with willows and red with flowers.

His lessening sail is lost in the boundless blue sky,

Where I see but the endless River rolling by.

"烟花"译成"花红柳绿"，可以说是"深化"；"三月"译成"春天"，可以说是"浅化"；"扬州"译音，可以说是"等化"；"远影"译成"越来越小的帆船"，也可算是"深化"。这虽然不一定能唤起艳丽的联想，但多少可以传达一点原诗的"意美"。

"意美"最难传达的可能要算双关语。例如李商隐著名的无题诗："相见时难别亦难，东风无力百花残。春蚕到死丝方尽，蜡炬成灰泪始干。晓镜但愁云鬓改，夜吟应觉月光寒。蓬山此去无多路，青鸟殷勤为探看。"第三句"春蚕到死丝方尽"是传诵千古的名句，"丝"同"思"是谐音，表示诗人的思念悠悠无尽，只有到死了才能够完结。这种刻骨铭心的柔情，通过春蚕的形象，让人看得更加真切，感人的力量也更加深厚。怎样才能传达原句"丝"和"思"双关的"意美"呢？我看只好把"丝"和"思"都译出来：

It's difficult for us to meet and hard to part,

The east wind is too weak to revive flowers dead.

The silkworm till its death spins silk from love-sick heart;

The candle burned to ashes has no tears to shed.

At dawn she'd be saddened to see mirrored hair gray;

At dusk she would feel cold while I croon by moonlight.

To the three fairy hills it is not a long way.

Would the blue bird oft fly to see her on the height?

第一句"相见时难别亦难"中有两个"难"字，前一个是"难得"，后一个是"难舍难分"，译文用了两个不同的词，两个都是用了"等化"的译法。第二句"东风无力"和"百花残"之间加了一个动词，译成东风无力使凋残的百花复活的意思，这是原句表层所无、而原句深层可有的内容，用的是"深化"的译法。第三句的"丝"译成"silk"，同时又把"思"译成"love-sick"，而"sick"和"silk"不但音近，而且形近，可以说是通过"音美"和"形美"来传达原文双关的"意美"，用的也是"深化"的译法。第五、六句对仗工整，译文通过"形似"来传达原句的"意美"。第七、八句中有两个神话故事，这就只好用"浅化"的译法了。这些译例企图说明：如果运用"深化"和"浅化"的译法，即使是双关语和典故的"意美"，也不是绝对不能翻译的。

"深化"的译法如果运用得好，不但能够传达原文的"意美"，有时甚至可能青出于蓝而胜于蓝。如张籍的《节妇吟》："君知妾有夫，赠妾双明珠。感君缠绵意，系在红罗襦。妾家高楼连苑起，良人执戟明光里。知君用心如日月，事夫誓拟同生死。还君明珠双泪垂，恨不相逢未嫁时！"现将英国译者对最后两句的三种译法抄录如下：

(1) With thy two pearls I send thee back two tears:

Tears—that we did not meet in earlier years! (Giles)

(2) With your bright pearls I send again twin tears as crystal clear,

Regretting that we had not met ere

Fortune placed me here. (Fletcher)

(3) So!—

The twin pearls are in this letter.

I send them back to you in sadness

With a sigh.

If you look closely, you'll find with them

Two other twin gems lying,

Twin tears fallen from my eyelids,

Telling of a breaking heart.

Alas, that perverse life so willed it

That we met too late, after

I had crossed my husband's threshold

On that fateful wedding day! (Hart)

原文"还君明珠双泪垂"不一定是还君"双泪珠",但也不能绝对排斥这种可能。三种译文都译成还君"双泪珠",我觉得这种译法比原诗更深、更美,所以我的译文也用了这种"深化"的译法:

You know I love my husband best,

Yet you send me two bright pearls still.

I hung them within my red silk vest,

So grateful I'm for your good will.

You see my house o'erlooking a garden there stand

And my husband guards the palace, halberd in hand.

I know your heart is noble as the sun in the skies,

But I have sworn to serve my husband all my life.

With your twin pearls I send back two tears from my eyes.

Why did we not meet before I was made a wife?

从以上四种译文看来,只有第三种译文没有押韵,所以保存原诗风格,传达原诗情趣,不如其他三种译文。由此可见,用韵虽然可能因声损义,但不用韵也会损义,这就是说,不传达原诗的"音美",也就不可能充分传达原诗的"意美"。

现在再来谈谈翻译唐诗的第二个问题,也就是传达原诗"音美"的问题。唐诗的"音美",首先是押韵。因此,翻译唐诗即使百分之百地传达了原诗的"意美",如果没有押韵,也不可能保存原诗的风格和情趣。押韵是要传达原诗的"音美",并不一定要求和原诗"音似"。"音似"有两种含义：一是原诗第一、二、四句押韵，译诗也是第一、二、四行押韵。我认为，这种"音似"并不必要。因为唐诗不是五言，就是七言，两句一韵，就是十个字或十四个字一韵。而译诗每行的音节往往是十二个，两行一韵，就要隔二十几个音节才有一韵，用韵的密度大大低于原诗，不能传达原诗的"音美"。因此，上文我译王勃、李白、白居易的诗，都是每两行押韵；译李商隐、张籍的诗，基本上是隔行押韵。这样译文和原诗虽不"音似"，却传达了原诗的"音美"。"音似"的第二个含义，是译诗用词的声音，和原诗用的字声音相近。这种情况很少发生，但是偶尔也有巧合。例如李白的名诗《静夜思》："床前明月光，疑是地上霜。举头望明月，低头思故乡。"我译成两种韵文：

(1) Before my bed I see a silver light,

   I think the ground is covered with hoar frost.

   Raising my head, I find the lull moon bright;

   And bowing down, in thoughts of home I'm lost.

(2) Abed, I see a silver light,

   I wonder if it's frost aground.

   Looking up, I find the moon bright;

   Bowing, in homesickness I'm drowned.

两种译文都是隔行押韵，第二种译文第二、四行的韵脚和原韵"霜""乡"的韵母相近，并且每行少了两个音节，更加精简，这就可以说是不但传达了原诗的"音美"，而且和原韵"音似"。

　　唐诗的"音美"，除了押韵外，还有个重复的问题，首先是叠字的问题。如韦承庆的《南行别弟》："淡淡长江水，悠悠远客情。落花相与恨，到地一无声。"诗中重复了"淡"字和"悠"字，如何传达这种叠字的"音美"呢？我试用了以重复译重复的方法：

Coolly, coolly the River Long rolls on;

Sadly, sadly for a far place I'm bound.

Our deep regret is shared by flowers blown

Off which fall mutely, mutely on the ground.

　　有时，唐诗中重复的字并不连在一起，如杜甫的《闻官军收河南河北》："剑外忽传收蓟北，初闻涕泪满衣裳。却看妻子愁何在，漫卷诗书喜欲狂。白日放歌须纵酒，青春作伴好还乡。即从巴峡穿巫峡，便下襄阳向洛阳！"诗中最后两句重复了"峡"字和"阳"字，但并不连在一起，这时，我看可以译成内韵。

> South of Sword Gate 'tis said we've recaptured the North,
>
> At first my lap is wet with tears the news draws forth.
>
> Looking at my wife's *face*, of grief I find no *trace*;
>
> Closing my books, I'm *glad* as if I had gone *mad*.
>
> Singing when day is *fine*, I can't do without *wine*;
>
> In spring let us not *roam* but together go *home*!
>
> We will sail all the *way* through three Gorges in a *day*,
>
> Going down to *Xiangyang*, we will make for *Luoyang*.

有时，重复更加错综复杂，有的字相连，有的不相连，如赵嘏的《江楼感怀》："独上江楼思渺然，月光如水水如天。同来望月人何处？风景依稀似去年。"这时，就只好用重复和"深化"法来翻译了。

> Alone I mount the Riverside Tower and sigh
>
> To see the moonbeams blend with waves and waves with the sky.
>
> Last year I came to view the moon with my compeers,
>
> But where are they now that the scene is like last year's?

传达唐诗的"音美"，除了押韵和重复的问题之外，还有一个重要的问题，就是如何翻译唐诗的节奏。吕叔湘在《英译唐人绝句百首》的《赘说》中写道："英文诗也有和中文诗的平仄相当的节奏，就是轻音和重音的配置。"因此，我翻译唐诗，基本是用一轻一重的抑扬格，赵嘏《江楼感怀》的译文就是一个例子。传达"音美"，还有一个运用"双声"的问题。我译李白的名句"孤帆远影碧空尽，唯见长江天际流"，就用了一些双声词，希望通过"音美"，来加强译文的"意美"。

翻译唐诗的第三个问题，是如何传达原诗的"形美"。唐诗一般是五言体和七言体，我把七言诗译成每行十二个音节的亚历山大体；五言诗有的译成每行八个音节，如李白的《静夜思》，有的译成每行十个音节，如韦承庆的《南行别弟》。唐诗也有五言、七言交错的，如张籍的

《节妇吟》，我把五言译成八个音节，七言译成十二个音节，希望可以传达原诗的"形美"。唐诗还有六言的，如陈子昂的《登幽州台歌》："前不见古人，后不见来者。念天地之悠悠，独怆然而涕下。"美国印第安纳大学柳无忌教授的译文是：

> I fail to see the ancients before my time,
>
> Or after me the generations to come.
>
> Thinking of the eternity of Heaven and Earth,
>
> All alone, sadly I shed tears.

译文传达了原诗的"意美"，但是没有押韵，缺少"音美"；各行长短不一，第一、二行十一个音节，第三行十三个，第四行却只有八个音节，没有传达原诗大体整齐的"形美"。我试改译如后：

> Where are the sages of the past
>
> And those of future years?
>
> Sky and earth forever last,
>
> Lonely, I shed sad tears.

原诗大体整齐，不是五言，就是六言；所以译文或是六个音节，或是七个，这样才能传达原诗的"形美"。如果原诗长短悬殊，那么译文也要长短不齐。例如王建的《望夫石》："望夫处，江悠悠。化为石，不回头。山头日日风复雨，行人归来石应语。"这首诗运用民间故事做题材，采用的又是民歌形式，所以应该尽可能传达民歌的"形美"：

> Waiting for him alone
>
> Where the river goes by,
>
> She turns into a stone
>
> Gazing with longing eye.
>
> Atop the hill from day to day come wind and rain,
>
> The stone should speak to see her husband come again.

原诗短句译成每行六个音节，长句译成十二个，这样大致可以传达原诗的"形美"。

传达"形美"，除了句子长短之外，还有一个重要的问题，就是如何翻译原诗的"对仗"。如李白的《独坐敬亭山》："众鸟高飞尽，孤云独去闲。相看两不厌，只有敬亭山。"原诗前两句对仗工整，美国印第安纳大学罗郁正教授的译文是：

> Flocks of birds fly high and vanish;
>
> A single cloud, alone, calmly drifts on.
>
> Never tired of looking at each other—
>
> Only the Ching-ting Mountain and me.

译文虽然和原文"意似"，但是没有押韵，也不对称，所以没有保存原诗的风格和情趣，由此也可以看出"音美"和"形美"对"意美"的影响。我的诗体译文是：

> All birds have flown away, so high;
>
> A lonely cloud drifts on, so free.
>
> We are not tired, the Peak and I,
>
> Nor I of him, nor he of me.

唐诗中对仗最工整的要算杜甫的《登高》："风急天高猿啸哀，渚清沙白鸟飞回。无边落木萧萧下，不尽长江滚滚来。万里悲秋常作客，百年多病独登台。艰难苦恨繁霜鬓，潦倒新停浊酒杯。"这首七律通篇对仗，曾被前人誉为"古今七律第一"。我的译文如下：

> The wind so swift, the sky so steep, sad gibbons cry;
>
> Water so clear and sand so white, birds wheel and fly.
>
> The boundless forest sheds its leaves shower by shower;
>
> The endless river roils its waves hour after hour.
>
> Far from home in autumn, I'm grieved to see my plight;
>
> After my long illness, I climb alone this height.
>
> Living in hard times, at my frosted hair I pine;
>
> Pressed by poverty, I give up my cup of wine.

译文基本传达了原诗的"形美"，第一行参考了英国译者 Fletcher 的译文，第三行"无边落木"参考了吴钧陶的译文，"萧萧下"利用了卞之琳的译法，这也可以说是取前人之长吧。第四行最后三个词和第三行最后三个词对称，传达了原诗的"形美"；如果要传达原诗的"音美"，那可以改成 from hour to hour，轻重节奏就合乎英诗格律了。

　　总而言之，翻译唐诗要尽可能传达原诗的"意美""音美"和"形美"。但是，"三美"的重要性并不是鼎足三分的。在我看来，最重要的是"意美"，其次是"音美"，再其次是"形美"。换句话说，押韵的"音美"和整齐的"形美"是必要条件，而"意美"却既是必需条件，又是充分条件。因此，在翻译唐诗的时候，我要用"深化""等化""浅化"的译法，尽可能传达原诗的"意美"；用"双声""押韵""抑扬"的方法来传达原诗的"音美"；用英诗格律来传达原诗的"形美"。希望唐诗的英译文能保持原来的风貌，在世界文学史上占有它应有的地位。

（原载《翻译通讯》1983 年第 3 期）

扬长避短优化论

在《翻译通讯》1981 年第 1 期上，我提出了"忠实于原文内容，通顺的译文形式，发扬译语的优势，可以当作文学翻译的标准"。后来收到读者来信，有的表示赞同，有的提出疑问。现试举例进一步谈谈扬长避短、发挥译文优势的问题，也就是优化论。

英国 19 世纪小说家司各特在他的名著 *Quentin Durward*（林琴南译为《奇婚记》）中，描述布根第公爵要把伊莎白伯爵小姐嫁给奥尔良亲王时说：

"My Lord of Orleans, she shall be yours, if I drag her to the altar with my own hands!"

The Countess of Crèvecoeur, a highspirited woman, … could keep silent no longer. "My lord," she said, "your passions transport you into language utterly unworthy. The hand of no gentlewoman can be disposed of by force." (Scott: *Quentin Durward*, Chapter XXXV)

"奥尔良亲王，她是你的人了，我拖也要亲手把她拖到教堂里去！"

克雷夫葛伯爵夫人是个勇敢的女人，……她觉得不能再保持沉默了。"殿下，"她说，"您说出的气话有失您的身份。一个贵族小姐是不能被迫去做新娘的。"

这段译文忠实、通顺，但是有没有发挥译文的语言优势呢？让我们再看一看下面的译文：

"奥尔良勋爵，我非要她嫁你不可，就是拖，我也要亲手把她拖到教堂里去！"

克雷夫葛伯爵夫人是个见义勇为的贵妇，……她觉得不能不仗义执言了。

　　　　"主公，"她启禀道，"您在盛怒之下，就难免失言了。一个名
　　门淑女的终身大事，怎好强人所难呢！"

我觉得"非要她嫁你不可""见义勇为""仗义执言""主公""启禀""盛
怒之下""难免失言""名门淑女""终身大事""强人所难"，都是更加精确、
更加深刻的汉语译文，因此，可以说是发挥了译文的语言优势，也就是
优化了。但是优化也要注意分寸，这里如果用上"天颜震怒""犯颜直谏"
等词，那就嫌太过分了。

　　英译汉的扬长避短、发挥译文优势，可能还不难理解。汉译英，尤
其是汉诗英译，如何才能扬长避短呢？吕叔湘先生在《中诗英译比录》
序中说："以诗体译诗之弊，约有三端。一曰趁韵……二曰颠倒词语以
求协律……三曰增删及更易原诗意义。"我的意见是：趁韵，颠倒词语，
增删更易，似乎都是英诗之长。把汉诗译成英诗，正是要发挥这些长处。
现在谈谈我的看法。

　　先说趁韵，趁得好是押韵，趁得不好就是凑韵。汉诗用韵，一般是
两行（十个字或十四个字）有一个字押韵；而英诗用韵，却是两行（二十
个音节或二十四个音节）有两个词押韵，用韵的密度，或与汉诗相等，
或比汉诗更密，所以说用韵是英诗的长处。如果汉诗译成英诗，也像汉
诗一样，两行只有一个词押韵，那就变成二十个音节或二十四个音节才
有一韵，用韵的密度大大低于汉诗，音乐性当然比不上原文，这就不是
扬长避短，而是取短弃长了。吕叔湘编注的《英译唐人绝句百首》中举
了两首趁韵的诗为例，第一首是王绩的《过酒家》，原诗如下："此日
长昏饮，非关养性灵。眼看人尽醉，何忍独为醒？"译文是：

　　Fill up this day the sorrow-drugging bowl!

　　What matters though we drown the brightest soul?

　　With wine o'ercome when all our fellows be,

　　Can I alone sit in sobriety? (Tr. Fletcher)

原诗每句五字，译文每行五个抑扬格的音步，把原诗的平仄改成译文的
抑扬，这就是扬长避短，因为英诗没有平仄之分，平仄是英诗之短，而
抑扬却是英诗之长。编注者在《赘说》中写道："第三行倒装句法，不
用 are 而用 be，大有趁韵之嫌。"的确，用韵不自然就成了凑韵，凑韵

是译诗之短，但是能不能化短为长，把凑韵改成自然的押韵呢？现在，我试把这首诗另译如下：

> Drinking wine all day long.
> 　I won't keep my mind sane.
> Seeing the drunken throng,
> 　Should I sober remain?

译文押韵力求自然，但第四行最后两个字颠倒了。在汉诗中颠倒词语也许是不通顺的，但在英诗中却合乎格律，这就是说，颠倒词语在汉诗中要算短处，容许颠倒却可以说是英诗的长处。而要扬长避短，就得发挥英诗容许颠倒的优势。这自然不是说可以随意颠倒，但如果以为在汉诗中是不通顺的，在英诗中也不通顺，那就和强求英诗要有平仄一样，不合乎扬长避短的要求了。

《唐人绝句百首》中第二首趁韵的诗，是崔护的《题都城南庄》："去年今日此门中，人面桃花相映红。人面不知何处去，桃花依旧笑春风。"现将 Herbert A. Giles 的译文抄录于后：

> On this day last year what a party were we!
> Pink cheeks and pink peach-blossoms smiled upon me;
> But alas the pink cheeks are now far far away,
> Though the Peach-blossoms smile as they smiled on that day.

阿瑟·韦利在他翻译的 *A Hundred and Seventy Chinese Poems* 中说道：

> Giles'translation combines rhyme and literalness with wonderful dexterity. （Arthur Waley: *The Method of Translation*）

读了上面的译诗，使人觉得 Giles 果然名不虚传。吕叔湘在《赘说》中写道："第一行……感叹句的动词和主语并不必易位（跟疑问句不同），此处作 were we，是凑合韵脚。"这就是说，第一行译文犯了两个毛病：一曰趁韵，二曰颠倒词语。这里如不颠倒词语又能押韵当然更好，但颠倒词语却是扬长避短。现在试将这首诗另译如下：

> In this house on this day last year, a pink face vied
> In beauty with the pink peach blossoms side by side.
> I do not know today where the pink face has gone,

In vernal wind still smile pink peach blossoms fullblown.

我的译文趁韵而跨行。固然，汉诗一般是不跨行的，但跨行却符合英诗的格律，也就是英诗之所长，趁韵而跨行可以说是扬长避短。

现在再来谈谈译诗可否增删的问题。增删是不是不忠实于原文呢？我的看法是：如果增的是原文内容所有、原文形式所无的词语，删的是原文形式虽有、原文内容可无的词语，那就不但不能算是不忠实，而且可能算是扬长避短。现从《英译唐人绝句百首》中找一个译例来说明增删如何扬长避短。如金昌绪的《春怨》："打起黄莺儿，莫教枝上啼。啼时惊妾梦，不得到辽西。"Fletcher 的译文如下：

Oh, drive the golden orioles

From off our garden tree!

Their warbling broke the dream wherein

My lover smiled to me.

吕叔湘在《赘说》中写道："英文诗也有和中文诗的平仄相当的节奏，就是轻音和重音的配置。""用诗体译诗，因为受韵脚和节拍的牵制，词语方面就不得不更加灵活些，增添，减省，以及换一种说法的地方都更加多。如这首'莫教啼'三字就省译了，第四行也改换了说法，但原诗的意义仍然很忠实地表达出来了。如不能谨守原诗的意思和精神，就不算译得好。"吕叔湘的这些论述我完全赞同。我认为，忠实于原文的内容可以有五种深浅不同的程度，最浅的是删，其次是浅化，再其次是等化，最深的是深化，最后是增。《春怨》的译文删了"莫教啼"，"不得到辽西"浅化了，却又增了"garden"一字，这都不是最好的办法。最好的译文要能深化，如前面谈到的 Scott 的译文；其次要求等化；即使是浅化，也要求浅化得尽可能深一点。现试将《春怨》另译如下：

Drive orioles off the tree

For their songs awake me

From dreaming of my dear

Far off on the frontier.

上述译文删了"黄"字，这是删了译文内容已有、译文形式可无的字，无害于忠实；也删了"啼时"，这是删了原文形式虽有、原文内容可无的词语，不但避免了重复，而且可以说是扬长避短。"my dear"是添加的，这是增了原文内容已有而形式所无的词语；"辽西"二字，Fletcher 没有译，这里浅化为 frontier(边塞)。"辽西"是个中国地名，如果完全避而不译，就不如加以浅化为妥。此外，译文四行都押了韵，每行基本六个音节，直到最后一行才有一个标点，这也是扬长避短、发挥英诗可以跨行的优势。

浅化就是避短，深化却是扬长，等化也可以说是半扬长半避短。下面举个等化的译例，在《英译唐人绝句百首》和《翻译通讯》1981 年第 5 期黄新渠的《几点看法》中都提到张九龄的《自君之出矣》："自君之出矣，不复理残机。思君如满月，夜夜减清辉。"Giles 的译文是：

Since my lord left—ah me, unhappy hour!

The half-spun web hangs idly in my bower;

My heart is like the full moon, full of pains,

Save that 'tis always full and never wanes.

吕叔湘在《赘说》中写道："三四译文亦自有意致，然而与原诗大相径庭了。译回来便是思君异明月，终岁无盈亏。"黄新渠也在《几点看法》中说："可惜最后两句……译走了样，……全诗的意境没有了。这是以格律诗译格律诗，因韵害意，以致得不偿失，虽有形美和音美，却失去最主要的意美了。"这个译文有没有失去最主要的意美呢？我的意见是：译文第三行加了"full of pains"，这就是说：明月不是指一般的满月，而是指充满了悲哀痛苦的明月，因此，"终岁无盈亏"也不是指一般的盈亏，而是说明月的悲哀痛苦永远也不减少，这和原文"减清辉"不是有异曲同工之妙吗？如果不说是比原文更深化，至少也可以说是等化的佳例了。这正可以说明以格律诗译格律诗能达到自由诗无法达到的高度，也是译文应该扬长避短的一个好例子。

最后谈谈深化的问题，例如王维的《班婕妤》："怪来妆阁闭，朝下不相迎。总向春园里，花间笑语声。"Fletcher 的译文是：

Dost wonder if my toilet room be shut?

If in the regal hall we meet no more?

I ever haunt the Garden of the Spring;

From smiling flowers to learn their whispered lore.

吕叔湘在《赘说》中写道："原诗三四两句仅状其春游天真之态，译文更深一层。译文之观点与原诗相反：原诗虽无'你'字，其为对婕好而言自无可疑，译诗则为婕好自道。或因不明'怪来'（即'怪道'）一语之意义，致有此转换，然译文之观点亦自可取。"这就是说，译文第三、四行比原文更加深化，译文的观点也可以说是与原诗的等化。

　　总之，我认为忠实通顺是翻译的必需条件，也就是说，翻译不忠实通顺是不行的；扬长避短，发挥译语优势却是翻译的充分条件，也就是说，译者越能发挥译文的语言优势，越能优化译语的表达方式，译作就越好。

（原载《翻译通讯》1982 年第 4 期）

发挥优势竞赛论
——译文能否胜过原文

青出于蓝，而胜于蓝。译文出于原文，能不能胜于原文呢？钱歌川在《翻译的技巧》第 447 页上说："Charles Baudelaire：法国诗人，代表作有《恶之花》诗集，以译介 Poe 的作品驰名于世，公认译得比原作更好。"范存忠在《外国语》1981 年第 5 期第 8 页上说："有些译诗经过译者的再创造，还可以胜过原作。"王佐良在《外语教学与研究》1981 年第 1 期谈到林纾的译文时说："有时译文的干净妥帖甚至胜过原作。"美国印第安纳大学欧阳桢教授 1981 年 2 月至 5 月在北京外文出版社讲课时说："你的想象力比较丰富，你就可能译得更好，甚至比原文还要好。……德国人认为 Slago 和 Teep 翻译的莎士比亚要比原文好……King James 的《圣经》英译本被称为经典作品，其中有些句子确比原文要好。第 23 首歌中有一妙句：The valley of the shadow of death（'山谷中悠荡着死的影子'），而在希伯来原文中却是 darkness（'黑暗'）。没有'影子'，没有'死'，而只是'黑暗'。James 将此译成了'死的影子'，妙极！我喜欢这个译文。"①

最近读到吕叔湘 1944 年编注、1980 年再版的《英译唐人绝句百首》，里面有不少名篇佳译，我想研究一下，这些佳译能否胜过原文。先看看王维的名诗《相思》："红豆生南国，春来发几枝。愿君多采撷，此物最相思。"Fletcher 的译文是：

The red bean grows in southern lands.

With spring its slender tendrils twine.

---

① 引自《编译参考》1981 年第 9 期，略有修改。

Gather for me some more, I pray,

　　Of fond remembrance 'tis the sign.

吕叔湘在这首诗的《赘说》中写道："第四句不易译，此译却好。"第四行译文传达了原诗的意美，的确可以说是佳译。但以全诗而论，原诗十字一韵，富有音美：译文却要十六个音节，才有一个音节押韵，音乐性不如原诗，那就不能说是胜于原文了。我想试把这首名诗改译如下：

Red berries grow in southern land,

　　In spring they overload the trees

Gather them till full in your hand!

　　They would revive fond memories.

我的译文虽然第一、三行，第二、四行都押了韵，但是第三行的节奏不如 Fletcher 的译文更合乎格律，可以说是顾此失彼了。

孟浩然的《春晓》是家喻户晓的名诗："春眠不觉晓，处处闻啼鸟。夜来风雨声，花落知多少？"Bynner 的译文是：

I awake light-hearted this morning of spring,

　　Everywhere round me the singing of birds—

But now I remember the night, the storm,

　　And I wonder how many blossoms were broken.

吕叔湘在这首诗的《赘说》中写道："通首言之，仍是译中佳品。"但是翁显良在《外国语》1981 年第 6 期上说：这首诗"区区二十字，似浅而实深；翻译起来，似易而实难。""几位译者都以为啼是唱歌，'啼'和'花落'似乎没有关系，除非鸟儿和风雨一样无情。""孟浩然写的虽则是一日之晨，却已到三春之暮，'啼鸟'不是在唱歌而是在悲鸣。或者说，诗人听起来是悲鸣。"高卧松云的孟夫子，一朝梦觉，深感岁月蹉跎，功名未立，难免有迟暮之叹。然而他毕竟是风流天下闻的名士，发而为绝句，更要讲究含蓄，于是有这首以清新婉约著称的《春晓》。五言四句，一声叹息：晚了！晚了！今天醒来晚了！春光难驻，风雨难堪，落红难缀，晚了！如果这样理解不错的话，翻译时就可以摆脱原作形式上的束缚，表现诗人当时的精神状态，力求言浅意深：

> Late! This spring morning as I awake I know. All round me the birds are crying. The storm last night, I sensed its fury. How many, I wonder, are fallen, poor dear flowers!

这个译文的确理解深刻，有独到之处，令人钦佩。但是完全"摆脱原作形式上的束缚"，读起来散文诗的意味比较重，不能不有损于诗意的传达；"Late"一词虽不是不可加，但一声叹息，未免有损原诗"讲究含蓄"的风格。现试改译成诗体如后：

⑴ In drowsy spring I slept until daybreak,

　When the birds cry here and there, I awake.

　Last night I heard a storm of wind and rain.

　How many blossoms have fallen again!

⑵ This morn of spring in bed I'm lying,

　Not woke up till I hear birds crying.

　After one night of wind and showers,

　How many are the fallen flowers!

李白的《静夜思》更是一首传诵千古的名诗："床前明月光，疑是地上霜。举头望明月，低头思故乡。"Bynner 的译文是：

So bright a gleam on the foot of my bed

Could there have been a frost already?

Lifting myself to look, I found that it was moonlight.

Sinking back again, I thought suddenly of home.

吕叔湘在《赘说》中写道："译文第一行不点明是月光，只说是亮光，第二句用问话来活画出一个'疑'字，然后第三行用 found 来表示恍然大悟，可谓能善体诗人之意。原诗先说出月光，'疑'字反而无力。要是我们不为这首诗的名气所慑服的话，竟不妨说译诗是青出于蓝。"这篇译文有独到之处，可以说是胜过原作。但这只是就诗的意美而言，如果从音美和形美的角度来看，那么原诗音调铿锵，一、二、四行押韵，最后两行还有对仗；而译文却无韵无调，各行长短不齐，朗诵起来，就远远不及原作了（改译文见《三美与三化论》）。

再举一首李白的《秋浦歌》为例："白发三千丈，缘愁似个长。不知明镜里，何处得秋霜？"Giles 的译文是：

> My whitening hair would make a long long rope,
>
> Yet could not fathom all my depth of woe;
>
> Though how it comes within a mirror's scope,
>
> To sprinkle autumn frosts, I do not know.

读了 Giles 这一首译诗，觉得他真是"一代汉学权威，卓越翻译大师"。吕叔湘在《赘说》中写道："此译宛转自然而切合原意，亦不可多得。第一行不云'三千丈'，似不及原诗夸张之甚，但第二行云'犹不及愁之深'，则又较原诗更进。"这篇译文用词具体，交叉押韵，抑扬顿挫，合乎格律，真是无论意美、音美、形美，比起原诗来，都毫无逊色，可以说是一首不可多得的、胜过原作的译诗。

韦应物的《滁州西涧》是一首意味深长的名诗："独怜幽草涧边生，上有黄鹂深树鸣。春潮带雨晚来急，野渡无人舟自横。"Bynner 的译文是：

> Where tender grasses rim the stream
>
> And deep boughs trill with mango-birds,
>
> On the spring flood of last night's rain
>
> The ferry-boat moves as though someone were poling.

吕叔湘在《赘说》中写道："原诗是'潮带雨'译作'雨成潮'，然滁州何来潮水，译者不以辞害意，得之。末句'无人'译作'似有人'，大佳。"这就是说，译文在意美方面胜过原诗。但原诗末句是静态，译文却是动态，能否说是胜过原文呢？我把这首诗译成两种韵文，末句一首译成动态，一首译成静态，以便比较：

(1) Alone I love the riverside with grass o'errun,

　　Where golden orioles hidden in thick foliage sing.

　　At dusk the stream o'erflows with the showers of spring,

　　A ferry boat moves as if 't were poled by someone.

(2) Alone I like the riverside where green grass grows,

　　And golden orioles sing amid the leafy trees.

　　At dusk with spring showers the river overflows,

　　A lonely boat athwart the ferry floats at ease.

《千家诗》对这首诗的注解是："此亦托讽之诗。草生涧边，喻君子生不遇时；鹂鸣深树，讥小人谗佞而在位；春水本急，遇雨而涨，又当晚潮之时，其急更甚，喻时之将乱也；野渡有舟，而无人运济，喻君子隐居山林，无人举而用之也。"如果译成动态，那就尽失托讽之意了。所以比较之下，我觉得还是译成静态更能传达原诗的意美。

另外还有一首动态、静态有争论的名诗，那就是张继的《枫桥夜泊》："月落乌啼霜满天，江枫渔火对愁眠。姑苏城外寒山寺，夜半钟声到客船。"这首诗的解释更多，辽宁人民出版社的《古诗词选释》把"乌啼"注为"地名，在枫桥的西面"；把"江枫"注为"江，指江村桥；枫，指枫桥。"林同端在《译诗的一些体会》中把"愁眠"当作山名，说"好像江枫渔火和愁眠山产生了一种有意识的对话之感"（见《外语教学与研究》1980 年第 1 期）。这样一来，这首名诗简直成了一本地名字典了。我看还是《千家诗》的注解好些："明月初落，寒乌夜啼，秋霜满空，江枫叶落，渔火炊烟，皆与舟中愁眠之人相对而难寐者也。忽闻寒山钟声，夜半而鸣，不觉起视，客船已至姑苏城外之枫桥矣。"Bynner 的译文是：

While I watch the moon go down, a crow caws through the frost.

Under the shadows of maple-trees a fisherman moves with his torch;

And I hear from beyond Suzhoo from the temple on Cold Mountain,

Ringing for me here in my boat the midnight bell.

吕叔湘在《赘说》中写道："原诗'对愁眠'纯是静境，今作渔火徐移，则以动与静相映，意境似更好。"这就是说，动态胜似静境，所以译文胜过原文了。我不同意这种看法，倒认为《新选唐诗三百首》说得不错："诗人写了所闻，月落时的乌啼，寒山寺夜半传来的钟声。于寂静的景物描绘中，杂以声响的描写，更衬托出秋夜的幽静。"这样以动衬静才是原诗的意美，而"渔火徐移"那种动静相映，却是译者对原诗的曲解，并没有传达原诗的意美，更不可能胜过原诗了。还有，原诗末行有个动静相映的动词"到"字，译文却偏偏没有译出来。因此，我把这首诗改译如下：

The moon goes down and crows caw in the frosty sky,

Dimly-lit fishing boats 'neath maples sadly lie.

Beyond the Suzhou walls the Temple of Cold Hill

Tolls bells which reach my boat, breaking the midnight still.

有一首吕叔湘认为"译得很不坏"的诗，是崔道融的《春闺》："欲剪宜春字，春寒入剪刀。辽阳在何处？莫忘寄征袍！"Fletcher 的译文是：

My husband to the wars has gone

　　And I a cloak for him would make

To wrap him from the ragged clime

　　Lest bitter cold his slumbers break.

But when I tried to cut the words

　　Of "Happy Spring" as omen fair,

The chilling breath that winter leaves

　　Benumbed and left me helpless there.

If cold am I, far colder thou

　　Upon those desert plains and bare!

Thou lookest for thy cloak and I

　　Of sending it despair.

编注者在《赘说》中写道："这首诗的译文和原诗词语出入之处很多：只有中间四行是依据原诗一二两句译的（'春寒'两字译得很好），前四行完全是添出来的，后四行和原诗三四句也不密合。这种译法可以称为解说式译法。这首诗译得很不坏……"我觉得这首诗有点像 Pope 译 Homer 的译法，传达原诗的意美和形美都有问题，现在改译如下：

I try to cut for him a cloak of spring,

But my scissors breathe the cold lingering.

Far, far away is his garrison town,

Is he not expecting a warrior's gown?

最后，吕叔湘认为译得"比原诗好"的是杨贵妃的《赠张云容舞》："罗袖动香香不已，红蕖袅袅秋烟里。轻云岭上乍摇风，嫩柳池边初拂水。"美国诗人 Amy Lowell 的译文是：

Wide sleeves sway.

Scents,

Sweet Scents

Incessant coming.

It is red lilies,

Lotus lilies,

Floating up,

And up,

Out of autumn mist.

Thin clouds

Puffed,

Fluttered,

Blown on a rippling wind

Through a mountain pass.

Young willow shoots

Touching,

Brushing

The water

Of the garden pool.

编注者在《赞说》中写道：“这首诗译得很好，竟不妨说比原诗好，原诗只是用词语形容舞态，译诗兼用声音来象征。第一，它用分行法来代表舞的节拍。行有长短，代表舞步的大小疾徐。不但全首分成这么多行，不是任意为之，连每节的首尾用较长的行，当中用短行，都是有意安排的。第二，它尽量应用拟声法，如用 puffed，fluttered，rippling，touching，brushing 等字，以及开头一行的连用三个长元音，连用三个 S 音，第二节的重复 lilies，重复 up 等等。所以结果比原诗更出色。”这就是说，译诗在意美、音美、形美三方面都超过了原诗。但是我却觉得原诗有如袅袅秋烟，轻云摇风，嫩柳拂水，节奏缓慢，从容不迫，读了好像看见唐代宫女在轻歌曼舞一样。而译诗给我的感受，却像听见美国女郎在酒吧间跳摇摆舞，时快时慢，如醉如痴，印象大不相同。因此，我还是把这首诗改译如下：

Silken sleeves sway with fragrance incessantly spread,

Out of autumn mist float up lotus lilies red.

Light clouds o'er mountains high ripple with breezes cool;

Young willow shoots caress, water of garden pool.

从《英译唐人绝句百首》中的八首名诗佳译看来，可以说多半是在意美方面超过了原文，当中《滁州西涧》《枫桥夜泊》译文的意美还可商榷，《春晓》《静夜思》译文的音美不如原诗，《春闺》《赠张云容舞》译文的形美和原诗相距太远，只有《相思》和《秋浦歌》的译文在"三美"方面都有所突破。由此可见，译格律诗要胜过原作很不容易，但也不是绝不可能。一般评论译格律诗的人，多半只注意译文的意美，而忽视了音美和形美。

朱树飏在《评介林同端译注〈毛泽东诗词〉》[1]中说：林译"是迄今为止我们所见到的最好译本"，其实也是片面地就意美一点而论的。他说林译"万水千山只等闲"用了"tame"一字，"有力地表现了红军克服自然险阻的气概"；"残阳如血"译成"Blood-dyed, the sun dips"是"诗中有画"，"写得真妙！"前面提到欧阳桢认为《圣经》中把"黑暗"译成"shadow of death""比原文还要好"；因此，林译也可以说是超过了原文，因为她把"等闲"人格化了，使"残阳"更形象化了。但是，这个问题也有不同的看法，"一代汉学权威、卓越翻译大师"阿瑟·韦利就在《中国诗一百七十首》的序言中说：

Above all, considering imagery to be the soul of poetry, I have avoided either adding images of my own or suppressing those of the original.

(Arthur Waley: *The Method of Translation*)

即使林译在意美方面超过了原文，但是她把原诗一行分译成几行，长短不一，只有 rhythm wave，基本上不押韵，就和 Amy Lowell 翻译杨贵妃的舞诗一样，若以音美和形美而论，距离原诗就太远了，例如原文"苍

---

① 《外语教学与研究》1981 年第 2 期。

山如海，残阳如血"的对仗韵脚，在译诗中都无影无踪了。

我说译诗要传达原诗的音美和形美，但并不是说只要传达音美和形美就是好译文，更不是说可以忽视意美。传达了原诗意美而没有传达音美和形美的翻译，虽然不是译得好的诗，还不失为译得好的散文；如果只有音美和形美而没有意美，那就根本算不上是好翻译了。不过"三美"的重要性，并不是鼎足三分的。在我看来，音美和形美是必需条件，而意美却既是必需条件，又是充分条件。这就是说，译诗不传达原诗的音美（包括押韵）和形美，那是不能超越前人的；但只传达原诗的音美和形美，也不能算是青胜于蓝。只有在传达音美和形美的条件下，译诗的意美也能胜过原诗，才可以说是超越前人。

有个外国学者说过：翻译是两种文化的统一。而在我看来，统一就是提高。因为两种文化的历史不同，发展不同，总是各有长短的，如果能够取长补短，那不是可以共同提高了吗？从这个意义上来说，翻译又可以说是两种文化的竞赛，在竞赛中，要争取青出于蓝而胜于蓝。如果能取一种文化之长，补另一种文化之短，使全人类的文化得到进展，那就是翻译工作者的最高目标了。

（原载《教学研究》1982 年第 2 期）

* * * * *

从三美的观点看来，译文很难胜过原文，但若只从意美的观点来看，则译文如能发挥译语的优势，也就是说，如能充分利用最好的译语表达方式，那译文也不一定不能超越原文，这就可以算是译语在和原语展开竞赛。所谓竞赛，是看哪种表达方式更能传达原文的内容。一般说来，竞赛是在几种译文之间展开的。叶君健在《翻译也要出"精品"》（见《中国翻译》1997 年第 1 期）中说："我们也要把尽量多的世界文学名著变成中国文学的一部分，要圆满完成这项工程，单凭'信达雅'恐怕还不够，我们需要有个性的译作，这里要展开竞争。"叶君健说的是把世界文学译成中文，我觉得把中国文学译成外文也是一样。叶君健说需要有个性的译作，我觉得表现个性就要发挥译语的优势，竞争才能取得胜利，这就是我说的竞赛论。下面再来举例说明：

王维《相思》诗中说红豆"最相思"。表面上说："只有这红豆才最惹人喜爱，最叫人忘不了。"其实诗人真正不能忘怀的，是自己的朋友，或者是情人。传说古代有一个女子，丈夫死在边地，她也在树下痛哭而死，死后化为红豆，于是人们又称红豆为"相思子"。这种典故是很难译成外文的，但美国译者说红豆是"美好回忆的象征"，美好回忆可以包括朋友或情人的往事在内，这就婉转地表达了原文的内容，是有个性的译作，也发挥了译语的优势，所以吕叔湘说："此译却好。"而中国译者用了"复活"这个动词，说红豆可以使美好的回忆复活，"复活"比"象征"是个更形象化的表达方式，这两个词就在展开竞赛，究竟谁胜谁负？可能是个仁者见仁、智者见智的问题，我个人觉得"复活"略胜一筹。还有一个英国译者 Innes Herdan，把"此物最相思"译成：

These are the best forget-me-mots!

把"红豆"说成是西方的"勿忘我草"，仅以意美而论，可算绝妙好译；可惜没有押韵，若以三美而论，就不一定能算胜利了；但是竞赛能够提高翻译水平，却是不能否认的。

第二个例子是孟浩然的《春晓》。我看美国译者和中国译者也在展开竞赛，吕叔湘说美国译文"仍是译中佳品"，我却觉得翁显良的散体译文极有个性，远远胜过美译；若以三美而论，是否能够赛过韵体译文？那就要看哪种译文更能发挥译语的优势了，试比较吴钧陶在湖南版《唐诗三百首》中的韵译：

Slumbering, I know not the spring dawn is peeping,

But everywhere the singing birds are cheeping.

Last night I heard the rain dripping and winds weeping.

How many petals are now on the ground sleeping?

吴译一韵到底，很不容易，极有个性，但是最后用了一个问号，仿佛诗人真是要问花落了多少似的，这就远不如用惊叹号能表示惜春之情了，而惜春正是这首诗的主题。由此可见，吴译虽然在音美和形美上胜过了翁译，但在主要的意美上不如其他译文，所以在竞赛中不能说是取得了胜利。

第三个例子是李白的《静夜思》。这首诗的英译很多，现在只把最后一句"低头思故乡"的十种译文抄下，看看竞赛的结果如何。

1. Then lay me down and thoughts of home arise. (Giles)

2. Then hide them (eyes) full of Youth's sweet memories. (Fletcher)

3. And sink to dream of thee. My fatherland, of thee!(Cranmer-Byng)

4. I drop my head, and think of the home of old days. (Lowell)

5. I bowed my head and thought of my far-off home. (Obata)

6. Sinking back again, I thought suddenly of home. (Bynner)

7. Lowered head dreams of home. (Wong)

8. With head bent low, Of home I dream. (Turner)

9. My eyes fall again on the splash of white, and my heart aches for home. (Weng)

10. Before my bed a pool of light / ···/

···/ Bowing, in homesickness I'm drowned. (Xu)

这句诗的关键字是"思"，译成 think, thought(想到) 的最多 (1，4，5，6)，译为 dream(梦见) 的其次 (3,7,8)，第 2 例特殊化为 sweet memories(甜蜜的回忆)，第 9 例则特殊化为 my heart aches (心灵的痛苦)，但是几种译文都没有说明见月思乡的缘故。我国有中秋节全家团圆的习俗，天上月团圆，地上人团圆，但是西方没有团圆的说法，所以见了圆月不一定能想到团圆或团聚，只有第 10 例第一句把月光比作池水 (a pool of light)，最后说沉浸在乡愁中 (drowned in homesickness)，又是把乡愁比作水，这样把月光和乡愁联系起来，不是用"圆"，而是用"水"，可以说是发挥了译语的优势，才算在竞赛中以巧取胜了。

第四个例子是李白的《秋浦歌》。吕叔湘认为 Giles 的译文"较原诗更进"，这就是说，译文胜过原文了。但原诗每句只有五个字，非常精练，译文却是十个音节，从音美和形美的观点来看，比原文多了一倍。能不能再展开竞赛，使译文变得更精简呢？《中国古诗词精品三百首》中的新译文是：

Long, long is my whitening hair;

Long, long is it laden with care.

I look into my mirror bright.

From where comes autumn frost in sight?

新译和 Giles 的译文一样，用重复 long 的方法来译原文夸张的"三千丈"，又再用重复 long 的方法来说明"愁"的时间之长。原译说"愁"用了一个动词 fathom(深不可测)，强调的是深度，新译用了一个分词 laden(载不动许多愁)，强调的是重量，都发挥了译语的优势，各有千秋，但新译每行只有八个音节，就比原译略胜一筹了。

《第二届全国典籍英译研讨会论文摘要》中有汪榕培新译的《枫桥夜泊》，论文中说：新译文是"通过对《枫桥夜泊》30 种不同译文的比读、吸取原有译本优点形成"的。这就是说，新译文应该是 30 种译文竞赛中的胜利者，现在，我们来看看新译：

When the moon slants, ravens croak and cold frosts grow,

Bank maple groves and fishing glows invoke my woe.

From the Hanshan Temple outside Suzhou moat,

The midnight tolls resound and reach my mooring boat.

新译把原诗第一句的"月落"改成"月斜"，"霜满天"改成"寒霜生"，更加符合实际情况；把第二句的"江枫"说成"岸边枫林"，"对愁眠"改成"引起愁思"，更加具体；把第三句的"姑苏"现代化为"苏州"，"城外"具体化为"城壕之外"，"寒山"又采用了音译；第四句的"钟声"后面加了动词"回响"，使得声音更加嘹亮。总体看来，新译更能达意，但是译诗不只是要达意，还更需要传情，新译传情做得如何呢？

袁行霈在《中国诗歌艺术研究》第 9 页上说："词语的情韵是由于这些词语在诗中多次运用而附着上去的。""一见到这些词语，就会联想起一连串有关的诗句，这些诗句连同它们各自的感情和韵味一起浮现出来，使词语的意义变得丰富起来。"诗词的情韵义特别丰富，如《枫桥夜泊》第一句的"月落"会引起视觉的昏暗感，"乌啼"会引起听觉的哀愁；而汪译的"月斜"引起的昏暗感不如"月落"，反而减少了心灵的悲哀感，"霜满天"并不是事实，是写游子心中的寒冷感，感到满天是霜，可见霜浓；而汪译的"寒霜生"却大大减少了游子感到的寒冷；第二句的"江枫渔火"半明不灭，色彩暗淡；汪译用词却太明亮；第三句的"姑苏城外",汪译说是"城壕",那会引起战争的联想,和原诗的气氛不协调;"寒山"音译,又减少了寒冷感和哀愁;第四句的"夜半钟声",汪译用词却太响亮;诗中的"客"字没有译,更减少了天涯游子的愁思,远不如另一译文:

Bells break the ship-borne roamer's dream and midnight still.

总之,在译诗竞赛中,应用三条标准;第一,译文是否达意,能使读者知之(理解),这是低标准;第二,译文是否传情,能使读者好之(喜欢),这是中标准;第三,译文能否感动读者,使其乐之(愉快),这是高标准。知之或者达意,标准容易统一。好之或者传情,乐之或者感动,可能因人而异。傅雷说过:"艺术乃感情与理智之高度结合,对事物必须有敏锐之感觉与反应,……方能有鉴赏。"能使鉴赏力高的读者好之,甚至乐之,那才是竞赛的胜利。这就是竞赛论的三部曲。

(2005 年 6 月补写)

再创论与艺术论

　　《郭沫若论创作》编后记中说：文学翻译"与创作无以异"，"好的翻译等于创作，甚至超过创作"，因此，文学翻译须"寓有创作精神"。[1]茅盾也在1954年全国文学翻译工作会议上提出：必须把文学翻译工作提高到艺术创造的水平。[2]因此，我想，研究一下创造性的翻译，对打开文学翻译的新局面，也许会有好处。

（一）谈英译汉

　　我国第一个"有创作精神"的文学翻译家是林纾，他翻译的狄更斯作品，有人认为胜过原著。钱钟书在《林纾的翻译》中说："最近，偶尔翻开一本林译小说，出于意外，它居然还没有丧失吸引力。我不但把它看完，并且接二连三，重温了大部分的林译，发现许多都值得重读，尽管漏译误译随处都是。我试找同一作品的后出的——无疑也是比较忠实的——译文来读，譬如孟德斯鸠和狄更斯的小说，就觉得宁可读原文。这是一个颇耐玩味的事实。"[3]

　　林译为什么"还没有丧失吸引力"，"值得重读"呢？我们来分析一下林纾译的狄更斯《块肉余生述》和后出的董秋斯译的《大卫·科波菲尔》，还有张谷若译的《大卫·考坡菲》吧。原书第一章第一段最后一句是：

　　　　It was remarked that the clock began to strike, and I began to cry,

---

[1] 见1982年11月16日《人民日报》第八版。

[2] 见《翻译通讯》1983年第1期。

[3] 见钱钟书《旧文四篇》第67页。

simultaneously.

（林译）闻人言，钟声丁丁时，正吾开口作呱呱之声。

（董译）据说，钟开始敲，我也开始哭，两者同时。

（张译）据说那一会儿，当当的钟声，和呱呱的啼声，恰好同时并作。

比较一下三种译文，可以看出林译富有文采，董译比较平淡，张译虽有文采，但最后四字和董译一样是半文言文，全句风格不够一致。茅盾说过："翻译的过程，是把译者和原作者合而为一，好像原作者用另外一国文字写自己的作品。这样的翻译既需要译者发挥工作上的创造性，而又要完全忠实于原作的意图。"[1] 假如狄更斯用文言文来写，可能会写得和林译不相上下；假如他写白话，我想，他大约会说：钟声当当一响，不早不晚，我就呱呱坠地了。

再举一个例子，《大卫·考坡菲》第四章写到大卫在他母亲、继父和姐姐三人监视之下，由于心情紧张，背不出书来时，有这样一段对话：

"Oh, Davy, Davy!"

"Now, Clara, " says Mr. Murdstone, "be firm with the boy. Don't say, 'oh, Davy, Davy!' that's childish. He knows his lesson, or he does not know it."

"He does not know it," Miss Murdstone interposes awfully.

"I am really afraid he does not," says my mother.

"Then, you see, Clara," returns Miss Murdstone, "you should just give him the book back, and make him know it."

"Yes, certainly," says my mother, "that is what I intend to do, my dear Jane. Now, Davy, try once more, and don't be stupid."

（林译）"大卫，大卫。"麦得斯东曰："克拉拉，汝对此孺子，宜加以坚定之力，勿言大卫大卫，作孺子声，彼能背者背之，不能背则已，讵尔以微声趣之，即能记忆耶！"迦茵曰："不能背已耳。"母曰："然，吾颇疑其不能诵也。"迦茵曰："克拉拉，汝掷还其书，令更熟之。"母曰："然，吾意亦正尔。大卫，汝更诵之，勿泛勿躁。"

---

① 见《翻译通讯》1983 年第 1 期第 16 页。

（董译）"口欧，卫呀，卫呀！"

"喂，克拉拉，"摩德斯通先生说道，"对待孩子要坚定。不要说'口欧，卫呀，卫呀！'那是孩子气的。他或是知道他的功课，或是不知道。"

"他不知道。"摩德斯通小姐恶狠狠地插嘴道。

"我真怕他不知道呢，"我母亲说道。

"那么，你明白，克拉拉，"摩德斯通小姐回答道，"你应当把书给回他，要他知道。"

"是的，当然，"我母亲说道；"这正是我想做的，我亲爱的珍。那，卫，再试一次，不要糊涂。"

（张译）"哦，卫呀，卫呀！"

"我说，珂莱萝，"枚得孙先生说，"对这孩子要坚定。不要净说'哦，卫呀，卫呀'。那太小孩子气了。他会念了就是会念了，没念会就是没念会。"

"他没念会，"枚得孙小姐令人悚然可怕地插了一句说。

"我也恐怕他没念会，"我母亲说。

"那样的话，你要知道，珂莱萝，"枚得孙小姐回答说，"你就该把书还他，叫他再念去。"

"不错，当然该那样，"我母亲说。"我也正想把书还他哪，我的亲爱的捷恩。现在，卫，你再念一遍，可不许再这么笨啦。"

这段对话最重要的动词是"know"，前后出现四次，林译前三次译成"背"，第四次译成"熟"；董译四次都是"知道"，张译第一次是"会念"，二、三次是"念会"，第四次是"念"。假如狄更斯能用中文创作，他在这里会用"背"字，还是"念"字，还是"知道"呢？我看大约会用"背"字，决不会用"知道"，因为"know"最常用的意义虽然是"知道"，但"know one's lines"却是"背熟台词"的意思。对话中有一个形容词"firm"，林译、董译、张译都是"坚定"。"firm"最常用的意义固然是"坚定"，但是也有"严格"的意思。这里如果译成"坚定"，那就是说，大卫的母亲对待孩子有时严格，有时不严，所以继父要她"坚定"。但从上下文看来，继父认为大卫的母亲太"孩子气"了，从来不够严格。因此，假如狄更斯用中文写作的话，这里大约不会用"坚定"，而是会用"严格"二字的。

茅盾说过："好的翻译者一方面阅读外国文字，一方面却以本国的语言进行思索和想象；只有这样才能使自己的译文摆脱原文的语法和语汇的特殊性的拘束，使译文既是纯粹的祖国语言，而又忠实地传达了原作的内容和风格。"① 从以上两个译例看来，林译是"以本国的语言进行思索和想象"的，所以现在"还没有丧失吸引力"。

茅盾接着又说："我们一方面反对机械地硬译的办法，另一方面也反对完全破坏原文文法结构和语汇用法的绝对自由式的翻译方法。"② 关于绝对自由式的翻译，我手头没有现成的材料，只好把我四十年前在西南联大翻译的英国十七世纪诗人德莱顿的戏剧《一切为了爱情》来做例子：

Portents and prodigies have grown so frequent

That they have lost their name.

（初稿）凶兆异迹，接连而来，人们都看惯了，简直不以为怪。

（二稿）不吉祥的兆头，稀奇古怪的事情，接二连三地发生，但是人们都司空见惯了，觉得一点也不奇怪。

（三稿）怪事年年有，不如今年多，但是今年的怪事太多了，人们也都司空见惯了，反而觉得没有什么奇怪的。

（四稿）凶兆、怪事、不断地发生，人们都司空见惯了，并不觉得奇怪。

回忆当时的想法，大约认为初稿平淡无奇，"凶兆异迹"四字没有摆脱原文语汇的拘束，所以就改成二稿。后来又想用更纯粹的祖国语言，于是就改成了三稿。但是三稿脱离原文太远，"凶兆"的意思根本没有翻出来，这就有点像"绝对自由式的翻译"了，所以又改成了四稿。现在看来，创造性的翻译并不"绝对自由"，它创造的，应该是原文深层内容所有、原文表层形式所无的东西，换句话说，就是要"忠实于原作的意图"，③ 所以还是三稿更好。

①②③ 见《翻译通讯》1983 年第 1 期 第 17 页。

（二）谈法译汉

茅盾在全国文学翻译工作会议上说："文学的翻译是用另一种语言，把原作的艺术意境传达出来，使读者在读译文的时候能够像读原作时一样得到启发、感动和美的感受。这样的翻译，自然不是单纯技术性的语言外形的变易，而是要求译者通过原作的语言外形，深刻地体会了原作者的艺术创造的过程，把握住原作的精神，在自己的思想、感情、生活体验中找到最适合的印证，然后运用适合于原作风格的文学语言，把原作的内容与形式正确无遗地再现出来。"[①] 我觉得体会原作者的艺术创造的过程，就是要了解原作的意图，这是创造性翻译的第一步工作。

最近出版了罗大冈翻译的罗曼·罗兰的小说《母与子》。译者在《译本序》中说：罗曼·曼兰"认为人生如梦，小说的主人公安乃德每次开始一场新的幻梦时，感到欢欣鼓舞，如同受到魔法的魅惑一样，……因此他把小说的女主人公叫做受魅惑而欢欣鼓舞的灵魂。"这是翻译的第一步，译者了解了原作的意图；第二步就该用"适合于原作风格的文学语言"来再现原作的内容了。译者过去把书名 L'ame Enchantée 译为《欣悦的灵魂》，说是"接近直译而非完全直译"。我却觉得这个译名只是"单纯技术性的语言外形的变易"，因为它没有"把原作的艺术意境传达出来"。如果要用"纯粹的祖国语言"来翻译这个书名，是不是可以用《心醉神迷》或者《神迷》两个字呢？我觉得这本书头三段就是描写女主人公安乃德"心醉神迷"状态的缩影。现在，来看看头三段的原文和罗译：

Elle était assise près de la fenêtre, tournant le dos au jour, recerant sur son cou et sa forte nuque les rayons du soleil couchant. Elle venait de rentrer. Pour la première fois depuis des mois, Annette avail passé la journée dehors, dans la campagne, marchant et s'enivrant de ce soleil de printemps. Soleil grisant, comme un vin pur, que ne trempe aucune omber des arbres dépouillés, et qu'avive l'air frais de l'hiver qui s'en va. Sa tête bourdonnait, ses artères battaient, et ses yeux étaient pleins des torrents de

---

① 见《翻译通讯》1983年第1期第17页。

lumière. Rouge et or sous ses paupières closes. Or et rouge darts son corps. Immobile, engourdie sur sa chaise, un instant, elle perdit conscience…

Un étang, au milieu des bois, avec une plaque de soleil comme un oeil. Autour, un cercle d'arbres aux troncs fourrés de mousse. Désir de baigner son corps. Elle se trouve dévêtue. La main glacée de l'eau palpe ses pieds et ses genoux. Torpeur de volupté. Dans l'étang rouge et or elle se contemple nue… Un sentiment de gêne, obscur, indéfinissable: comme si d'autres yeux à l'affût la voyaient. Afin d'yéchapper, elle entre plus avant dans l'eau, qui monte jusque sous le menton. L'eau sinueuse devient une étreinte vivante; et des lianes grasses s entourent à ses jambes. Elle veut se dégager, elle enfonce dans la vase. Tout en haut, sur l'étang, dort la plaque de soleil. Elle donne avec colère un coup de talon au fond, et remonte à la surface. L'eau maintenant est grise, terne, salie. Sur son écaille luisante, mais toujours le soleil…Annette, au bras d'un saule qui pend sur l'éang s'accroche, pour s'arracher à l'humide souillure. Le rameau feuillu, comme une aile, couvre les épaules et les reins nus. L'ombre de la nuit tombe, et l'air froid sur la nuque…

Elle sort de sa torpeur. Depuis qu'elle y a sombée, quelques secondes à peine se sont écoulées. Le soleil disparaît derrière les coteaux de Saint-Cloud. C'est la fraîcheur du soir.

安乃德坐在窗前，背朝窗外，夕阳照在她的脖子和粗壮的后颈上。她刚刚从外边回屋。几个月以来，她一直没有像今天似地整日在外面奔跑。在田野间，一边走，一边陶醉于春天的暖阳中。熏人的阳光，如同美酒一样，光秃的树枝没有在酒中投下阴影，而正在消逝的寒冬，却用清新的空气增加了它醉人的力量。她的脑袋嗡嗡作响，血脉疾跳，眼前涌现一片奔流的光波。在她闭着的眼皮底下，浮现出大红和金黄颜色。在她身上，也有一片金黄和大红。一动也不动，四肢麻木地坐在椅子上，瞬息间，她失去了清醒的意识⋯⋯

在树林里，展开一片水塘，水上照着一团阳光，好比一只眼睛。四边的树干披着青苔做成的皮袄，围成一圈。安乃德发生了沐浴的愿望。她发现自己衣服全已脱光。池水用冰冷的手抚摩她的脚、她的膝盖。极大的快感使她遍身发麻。在大红和金黄色的池塘里，她观赏着自己的赤裸的身体⋯⋯她感到一种说不清楚的、莫名其妙的、困窘的情绪：好像旁边有别的眼睛在窥视，别人看见了她。为了逃避这种目光，她走向更深的水中，水一直没到下巴。池水的涟漪活泼地拥抱她；滑腻的水藻缠住了她的腿。她想挣脱，反而陷入淤泥。高高地照在池面上的那一团阳光正在沉睡。她生气地用脚跟顿了池底一下，于是重新浮到水面。水，现在是灰色、暗淡而混浊的。在那光亮的鳞甲上，阳光却老是⋯⋯安乃德为了摆脱湿漉漉的污泥，攀住了一条横卧在水上的柳树枝干。婆娑的枝叶好似一只翅膀，盖住她的赤裸的肩头和腰部。夜幕垂下来了，她觉得脖子后边凉飕飕的⋯⋯

她从麻木状态中醒来。她沉浸在这种状态，只不过几秒钟。太阳消失在圣克卢丘陵后面。黄昏凉意袭人。

首先，原文第一个词是代词"elle"（她），译文却是名词"安乃德"。一般说来，法文小说是先出现名词，后出现代词的。那么，罗曼·罗兰在这里为什么先用代词、后用名词呢？这就需要深入了解作者的意图了。我想这有两个可能：第一个可能是：作者要突出的不是女主人公这个人，而是她"心醉神迷"的状态。如果译文开宗明义第一句的第一个词就是一个人名，那就会使读者的注意力集中到人名上去，至少要记一下女主人公的名字吧。而罗曼·罗兰希望读者看到的，却只是一个坐在窗前，背朝窗外，浴着落日残辉，"心醉神迷"的少女形象。作者一开始没有点明少女的名字，正是不想分散读者的注意力。我看这种写法有点像我国京剧的亮相：主角出台之前，先在幕后唱上一句，让听众只闻其声，不见其人，听力更加集中，而且更加急着要见其人，等到主角出台，一个亮相，台下就掌声四起了。如果这是原作者的意图，那第一句的第一个字还是不用名词，改用代词好些。第二个可能是：Elle（她）代的是 l'âme enchantée（欣悦的灵魂或"心醉神迷"的人儿），那就只译成代词还不够，可以画龙点睛，加上"心醉神迷"四个字，这是原文内容所有、原文形式所无的词语，是"深刻地体会了原作者的艺术创造的过程"之后，用来再现原作的"文学语言"。

　　原文女主人公的名字直到第三句才出现。接着，第四句、第六句、第七句的主句都没有用动词。这是什么缘故？原作的意图是什么？"原作者的艺术创造的过程"是怎样的？这又需要"在自己的思想、感情、生活体验中找到最适合的印证"了。我想，罗曼·罗兰不用动词，还是为了突出描写女主人公"心醉神迷"的状态。因为一个人在出神的时候，是不太会注意到外界动态的，所以作者使我们看到的，不是连续不断的动作，而是一幅幅静态的图画。因此，翻译的时候也应该尽量少用动词。译文第四句"光秃的树枝没有在酒中投下阴影"，这个译法似乎可以商榷。从内容上看，树枝怎么会在"酒"中投下阴影呢？从形式上看，原文代词"que"前面有一个"'"，这就是说，代词不是代前面的"酒"字，而是代更前面的"阳光"。再说，醉人的阳光中没有掺杂一点枯树的阴影，残冬的寒风却使阳光显得更加醉人，不是更突出了令人"心醉神迷"的环境吗？

　　第一段描写了女主人公"心醉神迷"的外形，第二段就来刻画她"心醉神迷"的内心了。因此，罗曼·罗兰又用了一系列没有动词的句子，来描写女主人公潜意识的活动。潜意识的幻觉往往是一些不相连贯的静态图画：首先，安乃德仿佛看到树林中的一片池塘，水上铺着一层阳光。原文没有用动词，译文加了"展开"二字，这就和作者描写的心理状态不一致。原文说一层阳光或一片阳光，着重的是面积；译文说一团阳光，着重的是体积。到底是"一层"还是"一团"更符合模糊的感觉呢？其次，女主人公恍惚看到长满青苔的老树，译成"四边的树干披着青苔做成的皮袄"，未免太具体了，不符合她出神时的心理状态。第三句写她想洗个澡，或者不如说，想在水里泡泡。原文又没有动词，译文却不但加了个"发生"，而且加了个主语，仿佛安乃德真要洗澡似的。"愿望"两个字也用得太重，其实不过是一闪而过的"念头"而已。白日做梦的大约都有这种经验，一想到洗澡，就会发现自己不知道怎么搞的，衣服已经脱掉了，从译文中，读者却不容易得到这种白日梦的感觉。下面写女主人公仿佛浸在凉水中的感觉，"极大的快感"似乎不如"心旷神怡"

更能给人美的感受。"她观赏着自己的赤裸的身体","观赏"一般需要时间,而这幻觉只是几秒钟的事,所以不如改成"瞧着"。她感到一种"困窘的情绪",好像有人在偷看她,那就不如说是觉得难为情了。"她走向更深的水中",又是行动,而在幻觉中,只要一觉得难为情,不必走动,身子就已经浸到水里去了。"池水的涟漪活泼地拥抱她",原文似乎是说:池水仿佛有了生命,紧紧地拥抱着她那曲线毕露的身体。"在那光亮的鳞甲上",是不是改成"在那发亮的鳞甲似的水面上",更容易懂一点?最后,"她从麻木状态中醒来",如果说是出神的或"心醉神迷"的状态,那就又切合书名了。

这里只是举一个例子说明创造性的翻译如何忠实于原作意图的问题。

(三)谈汉译英

以上两部分讲的是翻译散文,结论是:一要"忠实于原作的意图",二要"用适合于原作风格的文学语言"来再现原作。至于翻译诗词,首先提出来的一个问题是:诗可译不可译?这是一个和"to be or not to be"一样有争论的问题。早有外国学者说过:诗一翻译,就不成其为诗了。最近,我国也有人写了一篇《论诗之不可译》,[①]并且举了杜甫《月夜》的英、俄译文为例。现在,先把杜甫的原诗和路易·艾黎的英译抄下:"今夜鄜州月,闺中只独看。遥怜小儿女,未解忆长安。香雾云鬟湿,清辉玉臂寒。何时倚虚幌,双照泪痕干!"

This night at Fuchow there will be

Moonlight, and there she will be

Gazing into it, with the children

Already gone to sleep, not even in

Their dreams and innocence thinking

Of their father at Chang'an ;

Her black hair must be wet with the dew

Of this autumn night, and her white

---

① 见《编译参考》1981 年第 1 期。

Jade arms, chilly with the cold; when,

Oh, when shall we be together again

Standing side by side at the window,

Looking at the moonlight with dried eyes?

"诗之不可译"论者说："艾黎的译文无疑是高水平的"，"不过单就'信'这一点来说，仍不乏可以推敲之处。"如"闺""独""香雾云鬟""虚幌"等词的译法就可以商榷，第一、二行译文不够简练，全诗增加行数太多。但是，能否因此得出结论，说诗是不可译的呢？现在，我把这首诗重译如下：

Alone in your bed-chamber you would gaze tonight

At the full moon which over Fuzhou shines so bright.

Far off, I feel grieved to think of our children dear,

Too young to yearn for their father in Chang'an here.

Your fragrant cloud-like hair is wet with dew, it seems;

Your jade-white arms would feel the cold of clear moonbeams.

When can we lean by the window screen side by side,

Watching the moon with tears wiped away and eyes dried?

第一行译文用了 would，我觉得更能表明"闺中只独看"是诗人的想象，不是描绘客观的现实。译文每行都是十二个音节，大体整齐，更能传达原诗的"形美"。不过有一利必有一弊，译文要求"形似"，结果显得不够精练，而且节奏也不全是抑扬格。这点我有一个解释，既然原诗并不是一平一仄的，那么译文也不一定要一抑一扬；但从格律体英诗的观点看来，自然还是尽可能符合英诗的格律更好。总而言之，我认为译诗和译散文不同，主要是译诗要传达原诗的意美、音美、形美。根据以上三种译文看来，原诗的"三美"并不是不可传达的，自然传达的程度有所不同。这就正如绘画一样，画中的人物风景和真正的人物风景也有所不同，但并不能因此就说：人物和风景是不能画的。

《国外文学》1982年第1期11页上说："Robert Frost 给诗下了定义：诗就是'在翻译中丧失掉的东西'(what gets lost in translation)。"换句话说，译诗是得不偿失、甚至是有失无得的。我不同意这个说法，我认为译诗有得有失，现试图解如下：

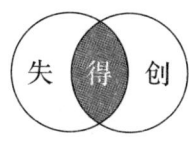

左边的圆圈代表原诗，右边的圆圈代表译诗，两个圆圈交叉的部分就代表译诗"所得"，左边的新月代表译诗"所失"，右边的新月代表译诗"所创"。如果"所得"大于"所失"，那就不能说译诗得不偿失；如果"所创"大于"所失"，那就可以说是青出于蓝而胜于蓝了。例如李白的《峨眉山月歌》："峨眉山月半轮秋，影入平羌江水流。夜发清溪向三峡，思君不见下渝州。"日本译者小畑把第一句诗翻译如下：

The autumn moon is half round above the Yo-mei mountain

陆志韦教授在《中国诗五讲》第8页上说："半轮秋"三个字译得不够生动具体，如果译成"half disk autumn"，英美人又会觉得很怪。这就是说，诗意"在翻译中丧失掉"了。但是有没有办法使诗意失而复得呢？我想，这就需要再创作了。假如李白能用英文写诗，他会怎么写呢？大约不会把"峨眉山"一字一音地写成英文吧。会不会说是 Mount Brow 呢？我看不是没有可能，因为王观的词《卜算子》不就说过"水是眼波横，山是眉峰聚"吗？假如李白也把"峨眉"叫作"眉峰"，那就好办一点，因为半轮新月不也可以叫作眉毛月吗？那把峨眉山上的半轮新月比作秋天的眉毛，虽然形象不全相同，不是也多少可以传达一点原诗的"意美"吗？这样再创作之后，我就斗胆把这句不可翻译的名诗试译如下：

The half moon o'er Mount Brow looks like Autumn's bright brow.

谈到创造性的译诗，瞿秋白说过："你既钦羡于原作的神韵，又得意于译文的形式，你就会不自觉地与原诗人取得心灵上的共鸣，或许就是我们所说的'心有灵犀一点通'吧，保持在这种状态下，你就可以施展你文辞的技巧，用探索和联想去字斟句酌——但不可以松懈、草率，否则神韵立刻会从你的笔下溜走——这样揣摩、选择、提炼、再创造，你不仅会得到一篇好的译诗，而且会使你赢得无上的快乐和久久的陶醉，甚至忘乎所以，以为这竟是自己的新作。"① 这说出了译者心里想说而口里没说出口的话。现在，我想从自己的翻译实践中找个例子来作一点说明。杜牧的《清明》几乎是家喻户晓的名诗："清明时节雨纷纷，路上行人欲断魂。借问酒家何处有？牧童遥指杏花村。"《唐人绝句选注析》说："杜牧这首《清明》，写得自然，毫无雕琢之感。用通俗的语言，创造了非常清新生动的形象和优美的境界。诗句含蓄，耐人寻味，可谓'含不尽之意见于言外'。"要和"原诗人取得心灵上的共鸣"，看来这还不算太难，但是如何译成英文，引起英、美读者"心灵上的共鸣"呢？首先，"清明"二字无论如何翻译，恐怕也不容易引起没有扫墓这种风俗习惯的英美读者的共鸣。因此，只好也用通俗的英语，再创造一个"清新生动的形象和优美的境界"，那就是再创作了。

On the day of mourning for the dead it's raining hard,

My heart is broken on my way to the graveyard.

Where can I find a wine-shop to drown my sad hours?

A cowherd points to a cot amid apricot flowers.

我的译文没有译出"清明"二字，这是有所"失"；但用通俗的语言解释了"清明时节"的内容，这是有所"得"；衡量一下，还应该说是"得不偿失"的。第二句的"断魂"二字没译出来，这是所"失"；但用了通俗的"心碎"，这是所"得"，我看这里可以说是得失相当。第三句无所"失"，却有所"创"，我认为这是得多于失。不过这里可能会有人提出不同的意见，因为原句含蓄，虽有"借酒浇愁"之意，却无"借酒浇愁"之辞，译文明说"消愁解闷"，那就不是"含不尽之意见于言外"了。换句话说，我为了传达原文内容所有、形式所无的东西，破坏了原诗含蓄的风格。究竟哪种意见对呢？检验真理的标准是实践，如果实践的结果是：用含蓄的译法能引起英美读者的共鸣，那自然应该保存原诗含蓄的风格；如果不能，那就只好舍风格而取内容了。

---

① 见《新文学资料》1982 年第 4 期 109 页。

（四）谈汉译法

  《翻译通讯》1983 年第 3 期发表了法国译者《致〈离骚〉法译者的信——兼论中国诗词的法文翻译》，信中反对把中国诗词译成法文诗体，第一个理由是法文诗体"与中国诗体如此风马牛不相及"！法诗与中诗有没有关系呢？早在上世纪 30 年代，朱光潜教授在《诗论》一书中就对中诗、英诗、法诗进行过比较研究。如果用我的话来说，那就是中诗与法诗都具有意美、音美、形美，不能说是风马牛不相及。

  这位法国译者反对诗体译诗，因为她认为："越是屈从于洋诗规划，就越脱离原文；反之，译文越忠实，就越难塞进洋框框。"这话看来似乎有理，但是否真有道理？那还需要经过实践的检验。我们先来看一篇"不屈从于洋诗规划"的散体译文，是不是不"脱离原文"？忠实的译文，是不是"难塞进洋框框"？《中国文学》1980 年第 2 期发表了李清照词《如梦令》的法译文，原词如后："昨夜雨疏风骤，浓睡不消残酒。试问卷帘人，却道'海棠依旧'。'知否？知否？应是绿肥红瘦。'"《唐宋词选注》说："本词前四句用孟浩然'夜来风雨声，花落知多少'（《春晓》）诗意，通过问答，暗示出作者惜春而又不伤春的内心感受。"《蓼园词选》指出："一问极有情，答以'依旧'，答得极淡，送出'知否'二句来；而'绿肥红瘦'，无限凄婉，却又妙在含蓄。短幅中藏无数曲折，自是圣于词者。"我们看看这首惜春词的散体译文：

   La nuit passée, un vent violent a soufflé, mêlé de pluie,

   Mon lourd sommeil n'a pas dissipé mon ivresse.

   J'interroge la fille qui tire le rideau,

   Elle me répond: "Intact est demeuré le pommier sauvage."

   "Ne le sais-tu pas?

   Il a dû gagner en vert mais perdre en rouge!"

这位法国译者说："诗的形式和内容是不可分割的。""自由体诗已揭示出诗句里的音响和节奏的内蕴是多么丰富。"第一句话说得不错。既然形式和内容不可分割，那么，原诗有韵有调的形式，译成无韵无调的自由诗体，不管"诗句里的音响和节奏""多么丰富"，这种自由诗体能说是忠实于原文的吗？原文分明"迭出'知否'二句"，译文却只译了一句，这说明译者不理解作者的意图。作者因为"依旧"二字"答得极淡"，所以重复"知否"，表示她急切的心情，表示她"惜春而又不伤春的内心感受"。原文"答得极淡"，因为有韵有调，所以富有诗意；译文"答得极淡"，而又无韵无调，那就淡而无味，完全是散文了。《朱光潜美学论文集》第二卷226页上说："如果用诗的方式表现的用散文也还可以表现，甚至于可以表现得更好，那么，诗就失去它的'生存理由'了。"这位译者把她译的诗分行写，例如不分行，像散文一样一直写到底，难道会有什么损失吗？如果没有损失，那就说明她的译文不是诗，不能说忠实于原文。反之，"译文越忠实"，是不是"就越难塞进洋框框"呢？朱光潜《诗论》104页上说："'从心所欲，不逾矩'是一切艺术的成熟境界，如果因迁就固定的音律，而觉得心中情感思想尚未能恰如其分地说出，情感思想与语言仍有若干裂痕，那就是因为艺术还没有成熟。"朱先生说的是写诗，但我觉得可以应用到译诗上来，认为"固定的音律"是"洋框框"，译文难塞进去，那也是因为翻译的艺术还没有成熟的缘故。朱先生还说："起初都有几分困难，久而久之，驾轻就熟，就运用自如了。"现在把我克服困难后翻成诗体的译文抄录如下：

> Hier soir vent à rafales et pluie par ondées,
>
> J'ai bien dormi mais je ne suis pas dégrisée.
>
> Je dis à la bonne de lever le rideau.
>
> > "Le pommier sauvage est, " me dit-elle, "aussi beau. "
>
> > "Ne sais-tu pas, ne sais-tu pas"
>
> Qu'on doit trouver le rouge maigre et le vert gras?

但是法国译者说："给原作（特别是中文原作）强加上人为的韵律，只能歪曲和背叛它，所得的结果只是苍白无力的回光返照，只是一种非驴非马的变种，只可能像醉汉一样在两种不同的文化之间蹒跚着，但却把灵魂丢掉了，这是多么可惜呀！"又说诗体译文：诗句味同嚼蜡，形同僵尸，读者很难体会原作的艺术形象。"这种绞尽脑汁、像做练习一样生造出来的诗，读起来真是令人啼笑皆非！"这位译者的意见代表了国际上流行的一种思潮，我认为有必要在这里进行答辩。比较一下李清照词的两种译文，到底是诗体还是散体"苍白无力""味同嚼蜡、形同僵尸"，使"读者很难体会原作的艺术形象"呢？到底哪种译文"歪曲和背叛"了原作呢？至于"非驴非马的变种"，难道散体译文是纯种的法国马吗？至于"像醉汉一样……蹒跚着"，那就请读一下第一行散体译文，一行之内用了三个"é"韵的词，而在行末却没有韵，这不活像一个醉汉东倒西歪，在水里走了三脚吗？而诗体译文每两行押韵，听来不是走得四平八稳吗？至于"像做练习一样生造出来的诗"，朱光潜《诗论》104 页上说："文法与音律可以说都是人类对于自然的利导与征服，在混乱中所造成的条理。它们起初都是学成的习惯，在能手运用之下，习惯就变成了自然。"不经过练习，怎能征服自然、造成条理、成为能手呢？说到"啼笑皆非"，就请来读一首令人"啼笑皆非"的散体译诗吧。

　　《中国文学》1980 年第 2 期发表了晏几道《临江仙》的法译文，原文如下："梦后楼台高锁，酒醒帘幕低垂。去年春恨却来时。落花人独立，微雨燕双飞。　记得小苹初见，两重心字罗衣。琵琶弦上说相思。当时明月在，曾照彩云归。"《唐宋词选注》说："这首词是晏几道的代表之作。起首两句，写梦后酒醒，但见楼锁帘垂，暗示去年此时楼台大开、帘幕高卷的热闹情景，为下面'春恨'作好伏笔，'去年'句承上启下，写人去楼空，怅恨不已，因而引出往事的追忆。落花微雨是'春'，人独立而见燕双飞，是托出'恨'字。下阕追想初见小苹，留下很深印象。琵琶惯弹别曲，明月曾照彩云，这是见物思人，反衬出目前月在人不见的孤寂之感、相思之情。全词表现了曲折深婉的风格。"《注解》中说："小苹：歌女名。""两重心字罗衣：罗衣上双重心字图案。""彩云：指小苹。李白《宫中行乐词》八首之一：'只愁歌舞散，化作彩云归。'"现在我们来看看《中国文学》的散体译文：

Eveillé, on trouve rides le pavillon et la terrasse,

Dégrisé, on apercoit les rideaux clos…

Alors surgit le regret du dernier printemps…

Devant les fleurs fanées, ta silhouette solitaire,

Et darts la bruine, en couple, les vols des hirondelles.

Je me souviens de ma rencontre avec Xiao Ping:

Tous deux en robe de crêpe parfumé, liés par nos coeurs.

Les cordes du "pipa" disaient l'amour,

La lune éclaire toujours la fuite des nuages.

这首词是晏几道怀念歌女小苹的作品，抒写个人的相思之情，但是译者在第一、二行中却没有用"我"字做主语，而是用了一个个人色彩不浓的"on"（人们），这就冲淡了原词的抒情意味。第四、五句套用五代翁宏《春残》诗的名句，"人独立"中的"人"是作者自己，译者却译成了"你"。"你"是谁呢？是小苹吗？译者在下半阕翻译小苹时用的是第三人称。因此这个"你"既不是词人，又不是歌女，不知道到底指的是什么人。下半阕第二句，译者望文生义，不求甚解，说成是两人同心相连，都穿罗衣，不知罗衣一般是女子穿的。最后一句，译者把"彩云"译成复数，显然又不知道"彩云"是指小苹；还把"曾照"译为"一直照着"，那就没有理解作者是说：当时照见小苹归去的明月还在，而人却已不在了。这不是令人"啼笑皆非"吗？

这位法国译者说道："时至今日，许多清规戒律已被扬弃，没有人还以为只有掰着指头数音节才做得出像样的诗来！"但是，译诗应该传达原诗的"意美""音美""形美"是不是清规戒律呢？我们来看看法国还没有被"扬弃"的诗人马拉梅 (Stephane Mallarmé) 和瓦莱里 (Paul Vléry) 的理论吧。瓦莱里说："他（马拉梅）以非凡的成就论证了诗歌须予字意、字音甚至字形以同等价值，这些字同艺术相搏或相融，构成文采洋溢、音色饱满、共鸣强烈、闻所未闻的诗篇。一方面，诗句的尾韵、韵迭，另方面，形象、比喻、隐喻，它们在这里都不再是言辞可有可无的细节和装饰，而是诗作之主要属性：'内容'亦不再是形式的起因，而是效果之一种。"[①] 法国 20 世纪的诗人还没有一个可以说是超过了瓦莱里的，而瓦莱里同意马拉梅"予字意、字音甚至字形以同等价值"，这就是说，"音美""形美"和"意美"同等重要，不是诗歌"可有可无"的"装饰"，而是"诗作之主要属性"。而这位法国译者却把"音美"和"形美"看成是"已被扬弃"的"清规戒律"。在这种翻译

---

① 转引自《世界文学》1983 年第 2 期 121 页。

思想支配之下，怎么可能译好富有"意美、音美、形美"的中国诗词呢？

这位法国译者特别反对尾韵，她说："每个音节、每个音素所起的作用，都可以平分秋色，而不是每句最后一个音节才得天独厚，也并非得到等距的押韵音节才获得节奏和乐感。简言之，首先强调的是'诗魂'，即诗歌的生命所在，只有它才给遣词用字以韵味、色彩、节奏和生命。"但是，朱光潜《诗论》175页上说："韵的最大功用在把涣散的声音联系贯串起来，成为一个完整的曲调。它好比贯珠的串子，在中国诗里这串子尤不可少。邦维尔在《法国诗学》里说：'我们听诗时，只听到押韵脚的一个字，诗人所想产生的影响也全由这个韵脚字酝酿出来。'"《诗论》又说："中国诗的节奏有赖于韵，与法文诗的节奏有赖于韵，理由是相同的：轻重不分明，音节易散漫，必须借韵的回声来点明、呼应和贯串。"中、法诗学家的理论，和晏几道、李清照词的翻译实践，都证明了这种不用尾韵的自由诗体不能翻译富有"三美"的中国诗词，不能给译文"以韵味、色彩、节奏和生命"，"所得的结果只是苍白无力的回光返照"，使"读者很难体会原作的艺术形象"。至于她所说的"诗魂"，也许就是我所说的"意美"吧。

不过，这位法国译者也认为文学翻译是"再创造"，她说："因为舍弃了生造韵律所带来的条条框框，……译者就只有放手对原作进行再创造。"说到"生造"，朱光潜《谈文学》352页上说："艺术（art）原义为'人为'，自然是不假人为的；所以艺术与自然处在对立的地位，是自然就不是艺术，是艺术就不是自然。说艺术是'人为的'就无异于说它是'创造的'。创造也并非无中生有，它必有所本，自然就是艺术所本。艺术根据自然，加以熔铸雕琢，选择安排，结果乃是一种超自然的世界。换句话说，自然须通过作者的心灵，在里面经过一番意匠经营，才变成艺术。艺术之所以为艺术，全在'自然'之上加这一番'人为'。"朱先生接着举例说，"浑身都是情感不能保障一个人成为文学家，犹如满山都是大理石不能保障那座山有雕刻，是同样的道理"。朱先生所说的才是真正的艺术创造，和这位法国译者所谓的"再创作"不是一回事，因为这位译者一再反对"人为的韵律"，不知道"人为"就是"创造"，而原文就是创造性翻译艺术所本。

　　我国的文学翻译家郭沫若、茅盾、瞿秋白、朱光潜等对创造性的翻译都有所论述，对我国的翻译理论有重大的贡献。现在，我想根据个人的实践经验，小结一下：一、文学翻译要"忠实于原作的意图"（详见"谈法译汉"）；二、要"运用适合原作风格的文学语言"再现原作，就是我所说的"发挥译文优势"（详见"谈英译汉"）；三、诗词翻译要创造性地传达原作的"意美、音美、形美"（详见"谈汉译英"）；四、"好的翻译等于创作"，但并不是"随心所欲"的翻译，而是"从心所欲，不逾矩"（详见"谈汉译法"）。五、"从心所欲，不逾矩"是翻译艺术的成熟境界，这就是翻译的"艺术论"。

1983 年 6 月 24 日

赴欧三十五周年纪念日

翻译的哲学

　　本文是作者1987年在河南大学外语系作的学术报告，可以概括为四个字："美化之势"，指三美、三化、三之、三势（优势、均势、劣势）。一般说来，改变劣势用浅化法，能使读者知之；取得均势用等化法，能使读者好之；发挥优势用深化法，能使读者乐之。这就是翻译哲学的认识论、目的论和方法论。

（一）认识论

　　《英汉翻译教程》绪论中说："翻译是运用一种语言把另一种语言所表达的思维内容准确而完整地表达出来的语言活动。"其实，无论是英译汉还是汉译英，尤其是文学翻译，都不容易、甚至不可能做到"准确而完整"。因为英文是拼音文字，中文主要是象形文字，两种文字大不相同。翻译只能在"异中求同"，不可能不"同中存异"。译文所表达的不是多于就是少于原文，很少有"准确而完整"的时候。这就是说，翻译的"准确"不是绝对的，而是相对的，译文只有一定程度的"准确性"，或者干脆说是"准确度"。因此，文学翻译不能算是一门"准确的科学"，只能算是有一定"模糊度"的艺术。例如莎士比亚《哈姆雷特》中的名句：

To be or not to be—that is the question

（朱生豪译）生存还是毁灭，这是一个值得考虑的问题；

（卞之琳译）活下去还是不活：这是问题。

　　朱生豪和卞之琳都是我国著名的翻译家，但是他们的译文能不能说是"准确而完整地重新表达"了原文的内容呢？比较一下原文和两种译文，可以说是原文的含义大于译文的含义，因为"to be or not to be"既可以用于国家或集体的"生存"或"毁灭"，又可以用于个人"活下去还是不活"下去，因此，译文都不能说是"准确而完整"地表达了原文的内容。但是相对而言，哈姆雷特在剧中自言自语的，不是国家的存亡，而是个人的生死，所以应该说卞译的"准确度"高于朱译。再进一步分析，假如哈姆雷特说的是中国话，此时此地，他会问自己"活下去还是不活"吗？根据下文接连出现两个"to die"来看，他这时考虑的问题，与其说是"活不活"，还不如说是"死不死"吧！如果把"To be or not to be"译成"死还是不死"，那从形式上来看，几乎可以说是最不"准确"，甚至是恰恰相反的了，怎么可能算是"准确而完整"的呢？像"to be"这样最常用的基本词汇都不可能做到"准确"，那就更不用提其他文学翻译了。

其实，不但是译文不能"准确而完整地重新表达"原意，就连原文也未必是"准确而完整地"表达了作者原意的。这就是说，原文的内容和形式（特指语言表达方式）之间也有差距，也有矛盾。例如王之涣的名诗《登鹳雀楼》："白日依山尽，黄河入海流。欲穷千里目，更上一层楼。"仔细分析一下，第一句说的是夕阳西下，用"尽"字似乎并不"准确"。第二句说"黄河入海"，但鹳雀楼在山西，无论多高，也看不见黄河入海处。第三句的"千里目"只是说远，并不是准确的一千里。第四句的"一层楼"也只是说高，并不强调"准确"的"一层"。既然原文的语言形式并没有"准确"地表达原文的内容，那么译文如果要表达原意，就不能使用和原文对等的词汇，因此，文学翻译，尤其是诗词翻译，就不可能"准确而完整"，而只能是带有模糊性的了。

那么，文学翻译是不是根本用不着"准确"，而是越模糊越好呢？却又不然。因为文学翻译从宏观上说可以模糊，从微观上说，反而是应该尽可能"准确"的，不过只是"尽可能"，而不是"准确而完整"。例如彭斯的名诗《我的心呀在高原》的第四行：

My heart's in the Highland wherever I go.

（王佐良译）我的心呀在高原，别处没有我的心。

（袁可嘉译）我的心呀在高原，不管我上哪里。

这两种译文，前半部是"准确"的，后半部却带有模糊性。可以说王译是模糊而不正确。由此可见，文学翻译还是应该尽可能"准确"的。朱光潜在《诗论》中说"'从心所欲，不逾矩'，是一切艺术的成熟境界"，自然也是翻译艺术的成熟境界。我想，"从心所欲"就是得模糊处不妨模糊，得自由时不妨自由，但是不能超越正确的范围，这就是"不逾矩"。

《英汉翻译教程》给翻译下了定义，要求翻译"准确而完整"，那是把翻译（包括文学翻译）当成科学，这个定义本身是不科学的。如果要给翻译下一个比较模糊的定义，那大约可以说：翻译是两种语言文字的统一。一种语言的内容和另一种语言的文字合而为一了，那就可以说是翻译。但是，文学翻译不仅是两种文字的统一，还应该是两种文化的统一，例如李清照的名诗："生当作人杰，死亦为鬼雄。至今思项羽，不肯过江东。"项羽为什么"不肯过江东"呢？因为他"与江东子弟八千人渡江而西，今无一人还"，所以他无面目见江东父老。如果不知道这段历史，不了解这个文化背景，那就不能用英语的文字来表达汉语的内容，那就不能翻译。了解这个历史背景之后，可以把这一首绝句翻译如下：

> Be man of men while you're alive,
>
> And soul of souls if you were dead.
>
> Think of Xiang Yu who'd not survive
>
> His men whose blood for him was shed.

原文的"人杰"被说成是"人中的俊杰"，"鬼雄"被说成是"鬼中的英魂"，"不肯过江东"没有译出来，却说是项羽在他的士卒为他流血牺牲之后，不肯苟且偷生。从两种语言的表达方式看来，这不能算是两种文字的统一；但从两种语言所表达的内容看来，英语的文字却基本上表达了汉语的内容，也就是说，两种文化基本上统一了。

进一步说，文学翻译不但是两种文化的统一，还可以说是两种文化的竞赛。因为两种文化有同有异，各有短长。一种文化的长处就是它的优势，短处就是劣势。如果两种文化的长处相同，优势相等，也就是说势均力敌，那么翻译就不太难，翻译的准确度也比较高。但事实上，两种文化往往是各有长短，互为优劣的。如果一种文化有的长处，另一种文化却没有，那要取得均势，就要展开竞赛。竞赛时要发挥优势，要在异中求同。例如李清照《绝句》中的"不肯过江东"，就是汉语所有、英语所无的表达方式，但是不肯苟且偷生却是汉语和英语所共有的思想内容。因此，用"苟且偷生"来取代"过江东"，就算是在异中求到了同，也算是改变了译文的劣势，发挥了原文和译文所共有的优势。

　　我国的文化历史悠久，语言的表达方式丰富，这都是汉语的优势，在翻译时，是不是应该充分发挥呢？让我们来看一个例子：司各特在他的历史小说《昆廷·杜沃德》第一段中描写 15 世纪的欧洲：

　　The latter part of the fifteenth century prepared a train of future events...
这半句如果译成"15 世纪后半部分准备了一系列的未来事件"，似乎也可以算是准确的翻译。但是汉语表达方式丰富，就以"准备"二字为例，还可以考虑选用"酝酿""揭开序幕""铺平道路""鸣锣开道"等词。因此，如果把这半句改成："15 世纪下半叶酝酿着后来的风云变化"，也许更能传达历史小说的风格，这就是发挥了译语的优势。以上可以说是翻译哲学的认识论：翻译是两种语言的统一，文学翻译是两种文化的竞赛，竞赛中要发挥译语的优势。

（二）目的论

　　研究翻译理论，目的应该是为了提高翻译实践的能力。一般说来，能够提高翻译能力的理论才是正确的理论，翻译能力提得越高，越能说明翻译理论正确。目前世界上约有十亿人用英语，又有十多亿人用汉语，所以英汉互译是全世界最重要的翻译。而使英汉互译能力提得最高的理论，还要算严复提出的"信、达、雅"三字经。比起"信、达、雅"来，西方用语言学来研究翻译的理论，目前只能说是还处在翻译研究的初级阶段。因为他们解决的问题太少，实用价值太小；而"信、达、雅"三原则却对文学翻译起了非常重大的作用。"信"，可以使读者"知之"；"达"，可以使读者"好之"；"雅"或者文采，可以使读者"乐之"，使译文读者和原文读者一样感到乐趣，那就达到了翻译的最高境界。一个文学翻译工作者应该经常自问："我的译文能使读者'知之'，还是

'好之',还是'乐之'?"如果能使读者"乐之",那才算达到了文学翻译的最高目的。"知之、好之、乐之"这就是翻译哲学的目的论。

现在举王之涣《登鹳雀楼》的译文来作说明。先看美国译者宾纳(Bynner)的译文：

Mountains cover the white sun,

And oceans drain the golden river;

But you widen your view three hundred miles,

By going up one flight of stairs.

译文还原后大致是说：山挡住了白色的太阳，海洋吸引着金黄的河流。你可以把眼界扩大三百英里，只要再爬一层楼梯。这个美国人的译文大致可以说是达到了"知之"的境界。下面再看翁显良的译文：

Westward the sun, ending the day's journey in a slow descent behind the mountains. Eastward the Yellow River emptying into the sea. To look beyond, unto the farthest horizon, upward! Up another storey!

翁译大致是说：西边的太阳结束了一天的旅程，慢慢地落到山背后去了。东边的黄河流入了大海。要想看到山河之外，看到最遥远的天边，那就上去吧，再上一层楼吧！翁译加了"西边"和"东边"两个方向词，使图景更加清晰，词语更加对称，"尽"字的译法准确度很高，后两句译文的气势很大，可以说是达到了"好之"的境界。但把这首著名的五言绝句译成散文诗，总觉得有点美中不足。能不能译成韵文呢？我先试译如下：

The white sun sinks behind the hill;

The Yellow River flows into the sea.

If you want to see farther still,

Climb to a higher balcony.

我的初稿为了押韵，第一行用了"hill"一词，而且是用单数，比起美译和翁译来，气派就小多了；最后一行也是为了押韵，选了"阳台"一词，似乎又太洋气了一点，读来并不能使自己"乐之"，当然更不能使读者"乐之"了。于是我又重译如下：

The sun beyond the mountains glows;

The Yellow River seawards flows.

You can enjoy a grander sight

By climbing to a greater height.

新译第一行没有"白"字，但动词却用了"发出白光"，也没有译"尽"字，但状语却说是"山外"，这就是说"白""尽"二字已经融入译文，化得不显痕迹。"好之"的译者还是主客分隔的，"乐之"的译者就该主客合一了。第二行的"入海"合译一个副词，也比初稿精练。最后两行没有逐字翻译"千里"和"一层"，而是用了两个双声词来表示对仗，以音代形。译文每行八个音节，都是四个抑扬格音步，每两行押韵，译后颇能自得其乐。如果读者能和译者共鸣，那就可以算是"乐之"了。但是原文读者和译文读者因为文化背景不同，兴趣爱好往往也有差别，那么，译文应该使哪种读者感到"乐之"呢？我想，不但应该使只懂译文的读者"知之"或"好之"，而且更应该使既懂原文、又懂译文的读者"好之"或"乐之"。

（三）方法论

怎样能使文学翻译为读者"知之、好之、乐之"呢？概括地说，可以采用"深化、等化、浅化"三种方法，这就是翻译哲学的方法论。所谓"深化"，包括特殊化、具体化、加词、一分为二等译法；所谓"浅化"，包括一般化、抽象化、减词、合而为一等译法；所谓"等化"，包括灵活对等、词性转换、正说、反说、主动、被动等译法。

先说"深化"。前面把李清照的"不肯过江东"改成"不肯苟且偷生"，就是通过原文的表层形式，进入原文的深层内容，所以说是"深化"译法。翁显良把"白日依山尽"中比较抽象的"尽"字，译成比较具体的"慢慢落下"，可以算是"具体化"的译法。他在"白日"之前加上"西边"，在"黄河"之前又加上"东边"，这用的是"加词法"。把 at all seasons 译成春夏秋冬，就是把季节分为四季了，可以说是"分译法"，也可以叫作"一分为二法"。总之，译文的内容比原文更深刻了，那就是"深化"。

"浅化"和"深化"正好相反，把深奥难懂的原文化为浅显易懂的译文就是"浅化"。例如"黄粱梦"不必说明小米没煮熟，一场好梦就惊醒了，只译成 a golden dream，就可以算是"浅化"。这也可以说是"一般化"的译法，因为是把一个特殊的"黄粱梦"译成一个一般的美梦了。前面说的"欲穷千里目，更上一层楼"，如果改成"若要看得远，就要爬得高"，把具体的"千里"化为抽象的"远"，把具体的"一层"化为抽象的"高"，这都是"抽象化"译法。"楼"字删而不译，也可以算是减词法。鲁迅的诗句"躲进小楼成一统，管他冬夏与春秋！"有人逐字直译，结果毫无诗味；有人不拘形式，把后一句译成 I do not care what season it is(管他什么季节)，那就是用了"合译法"，或者说是"合而为一法"。

至于"等化"，把"无风不起浪"译成"无火不生烟"，可以算是"等化"译法。如果译成"有烟必有火"，那就是"正译法"，因为把否定句改成肯定句，把反面的说法换成正面的说法了。在《傲慢与偏见》中，王科一把 you were the last man in the world whom I could ever be prevailed on to marry 译成"哪怕天下男人都死光了，我也不愿意嫁给你"，把肯定句译成否定句，把正面的说法改成反面的说法，这就是"反译法"。关于词性转换，主动译成被动，被动译成主动，因为译文和原文的深浅度基本相等，这里就不一一举例了。

关于"深化"和"浅化"，叶嘉莹教授在《迦陵论诗丛稿》第 20 页上说："我以为诗人所写之内容，就其深浅广狭而言，一种是属于共相的，一种是属于个相的，……后主所写的词好像能写千古人类所共有的某种悲哀，而道君皇帝所写的则只是一己小我个人之悲哀而已。"这就是说，"共相"更深，"个相"更浅。但是深浅是相对的，也是可以转化的。例如贺知章的《还乡偶书》："少小离家老大回，乡音无改鬓毛衰。儿童相见不相识，笑问客从何处来？"这首诗是贺知章离家五十多年之后，八十多岁回乡时写的，本来"只是一己小我个人"的感伤，但是到了一千二百多年后的今天，台湾同胞回到大陆探亲，还能引起心灵的共鸣，那就是"个相"转化为"共相"，浅显的内容也"深化"了。第三句的"儿童"，究竟是指自己家中的儿女，还是指村中的儿童？一般说来，诗人已经八十多岁，儿女已经有了年纪，不会再是儿童。这样就事论事的解释，只能说是"个相"的。如果解释为自己家中的儿童都"相见不相识"，那就更富于戏剧性，引起的共鸣面更广，也就是说，"个相"深化为"共相"了。所以我翻译时采用了"深化"的译法：

> Old, I come back to my homeland I left while young,
>
> Thinner has grown my hair though I speak the same tongue.
>
> My children whom I meet do not know who am I.
>
> "Where are you from, dear sir?" they ask with beaming eye.

至于"等化"，我想用张祜的《河满子》来说明问题："故国三千里，深宫二十年。一声《河满子》，双泪落君前。"《唐人绝句选》引《剧谈录》说："孟才人善歌，有宠于武宗，属一旦圣体不豫，召而问之曰：'我或不讳，汝将何之？'对曰：'若陛下万岁之后，无复生为。'是日令于御前歌《河满子》一曲，声调凄咽，闻者涕零。及宫车晏驾，哀恸数日而殒。"根据这个注释，我把《河满子》翻译如下：

> Homesick a thousand miles away,
>
> Shut in deep palace twenty years,
>
> Singing the dying swan's sweet lay,
>
> Oh! how can she hold back her tears!

"三千里"译成"一千英里"，这是"等化"；如果只译成 far far away，那就是"浅化"了。Home 后面加了 sick，"深宫"前加了"shut"，这都是加词或"深化"。《河满子》译成天鹅临终时美妙的歌声，也是"等化"；如果译音加注，那就无法使读者"好之"。歌声之前加了"sweet"，这是以乐衬哀，倍增其哀的译法，也可以算是"深化"。总而言之，文学翻译可以采用"深化、等化、浅化"三种方法，这三种方法也适用于诗词翻译。

诗词翻译应该尽可能传达原诗的"意美、音美、形美"。以上讲的都是"意美"问题。其实传达诗词的"音美"和"形美"，也可以用深化、等化、浅化的方法。例如《河满子》每句五个字，第二、四句押韵，既有音美，又有形美。译文每行八个音节，四个音步，可以说是用"等化"的方法传达了原诗的"形美"；但译文第一、三行押韵，第二、四行也押韵，押韵密度大于原诗，可以说是用"深化"的方法传达了原诗的"音美"。"河满"二字都是"水"旁，具有"形美"；译文用了"swan"和"sweet"两个双声词，既有"形美"，还有"音美"，也可以算是用"等化"或"深化"的方法来传达原诗的"形美"。由此可以看出，"等化"也有深浅度的不同。

总而言之，我提出来的翻译理论可以用四个字来概括，那就是"美化之势"。"美"指"意美、音美、形美"，就是"三美"；"化"指"深化、等化、浅化"，就是"三化"；"之"指"知之、好之、乐之"，就是"三之"；"势"指"优势、均势、劣势"，就是"三势"。换句话说，翻译要发挥译文的优势，改变劣势，争取均势；使读者知之、好之、乐之（或使译文 readable，enjoyable，delectable）；采用的译法基本是深化、等化、浅化；而译诗更要求再现原诗的意美、音美、形美。取得"均势"基本上是"等化"，一般能使读者"好之"；改变"劣势"基本上是"浅化"，一般能使读者"知之"；发扬"优势"基本上是"深化"，一般能使读者"乐之"。这就是翻译哲学的认识论、目的论和方法论。

其实，我所说的翻译哲学就是翻译理论。"认识论"只是谈论我对翻译的认识；"目的论"只是谈论翻译的目的；"方法论"只是谈论翻译的方法。

（原载河南大学《英语学报》1988 年第 1-3 期）

文学翻译与翻译文学

文学翻译的最高目标是成为翻译文学，要使翻译作品本身成为文学作品，不但要译得意似，还要译出意美。作者并举朱生豪译莎士比亚、傅雷译罗曼·罗兰为例，指出彭斯诗译得不意似，瓦雷里诗译得形似而不神似，以此作为对照。

文学翻译的最高目标是成为翻译文学，也就是说，翻译作品本身要是文学作品。三百年来，在世界范围内，成为文学作品的译作不多。如以英美文学而论，18 世纪蒲伯译的荷马史诗《伊利亚特》和《奥德赛》，19 世纪费茨杰拉德译的《鲁拜集》，20 世纪庞德译的李白和雷罗斯译的杜甫，都曾被编入《英诗选集》，翻译作品本身成为文学作品了。但是，一般说来，这些译作多是求真不足，求美有余；而真正的翻译文学应该是既真又美的。

外国文学经过翻译成为中国文学的，英国作品有朱生豪译的莎士比亚，法国作品有傅雷译的巴尔扎克和罗曼·罗兰。朱生豪才高于学，所以译文"信"不足而"雅"有余，如他译的《罗密欧与朱丽叶》的最后两行：

> 古往今来多少离合悲欢，
>
> 谁曾见这样的哀怨辛酸！

这两行译文如果和曹禺的直译比较：

> 人间的故事不能比这个更悲惨，
>
> 像幽丽叶和她的柔密欧所受的灾难。

就可以看出朱译的艺术手法。他把"人间"拆译为"古往今来"，把"故事"具体化为"离合悲欢"，又把"悲惨"拆译为"哀怨辛酸"。

如果要用数学公式来表示这种译法，那大致是：

4=1+1+1+1

另一方面，朱译又把不言自明的"幽丽叶和她的柔密欧"删了，这种减词不减意的译法也可以用数学公式来表示：

4-2=4

由此可见，朱译能够曲折达意，婉转传情，用词高雅，可以算是一种再创作的译法。

他的"信"不足则表现在误译上，如《安东尼与克莉奥佩特拉》第一幕最后一句，原译为："他将要每天得到一封信，否则我要把埃及杀得不剩一人。"后来方重教授校正为："要不然我要把埃及全国的人都打发去为我送信。"朱译有时不一定是误译，但还可以精益求精，如《温莎的风流娘儿们》第二幕第二场中毕斯托尔说："那么我要凭着我的宝剑，去打出一条生路来了。"在司各特《昆廷·杜沃德》第二章中引用这句话的译文是："世界就是一个蚌壳，我要用刀剖出珍珠。"朱译把"蚌壳"的形象删去，这就不能算是"减词不减意"了。但总的说来，朱译是瑕不掩瑜的，所以成了翻译文学。

至于傅雷，他的译文"重神似不重形似"，如《约翰·克利斯朵夫》第2卷第428页：

> 克利斯朵夫虽然自己不求名,却也在……巴黎交际场中有了点小名气。他的奇特的相貌……极有个性的那种丑陋,人品与服装的可笑,举止的粗鲁,笨拙,无意中流露出来的怪论,琢磨得不够的,可是方面很广很结实的聪明,……使他在这个国际旅馆的大客厅中,在这一堆巴黎名流中,成为那般无事忙的人注目的对象。

郭麟阁在《当代文学翻译百家谈》中说：这段翻译"有不少地方达到'神似'。……'很结实的聪明'在汉语中不可理解。许渊冲建议改为'溢于言表的才智'，可以考虑"。这就是说，傅译既"信"又"雅"，只是有时在"达"方面，还可以精益求精。

有人认为傅雷的译者风格盖过了原作者的风格，读傅译的巴尔扎克和罗曼·罗兰时，"原作者不见了，读者看到的是貌似合而神离的译者在说话"。事实果然是如此吗？让我们读读傅雷译的巴尔扎克《幻灭》

第 22 页上的一段描写：

> 吕西安个子中等，细挑身材。看他的脚，你会疑心是女扮男装的姑娘，尤其是他的腰长得和女性一样，凡是工于心计而不能算狡猾的男人，多半有这种腰身。这个特征反映性格难得错误，在吕西安身上更其准确。他的灵活的头脑有个偏向，分析社会现状的时候常常像外交家那样走入邪路，认为只要成功，不论多么卑鄙的手段都是正当的。世界上绝顶聪明的人必有许多不幸，其中之一就是对善善恶恶的事情没有一样不懂得。

读了这段译文，难道不能看出巴尔扎克冗长、曲折、细致、深刻的描写手法，形象化的语言，和罗曼·罗兰的风格大不相同吗？怎么能说傅译是"貌合神离"而不是"神似"呢？

和傅雷风格不同的有卞之琳，他在《英国诗选》中附译了法国诗人瓦雷里的《风灵》，并在注解中说："瓦雷里以风灵（中世纪克尔特和日耳曼民族的空气精）喻诗人的灵感。它飘忽无定，出于偶然或出于长期酝酿，苦功通神，突然出现，水到渠成。它在诗中出现，易令人莫测高深，捉摸不定；最后一转，神奇地出现了一个形象，一个女子换内衣的一瞥，一纵即逝。"现将卞译合行抄录如下：

> 无影也无踪，　我是股芳香，
> 活跃和消亡，　全凭一阵风！
>
> 无影也无踪，　神工呢碰巧？
> 别看我刚到，　一举便成功！
>
> 不识也不知？
> 超群的才智　盼多少偏差！
>
> 无影也无踪，
> 换内衣露胸，　两件一刹那！

原诗每行五个音节，韵式是 ABBA，ACAC，DDE，AAE。卞之琳把一个法文音节译成一个单音汉字，韵式除第二段改成 ACCA 外，和原诗非常"形似"。但是若以"神似"而论，译文还有可以商榷之处。如第三段"超群的才智盼多少偏差!"就不好懂。其实原文是说:超群的才智也会出多少偏差,犯多少错误,失掉多少抓住灵感的机会,而这却是意中之事。卞译强调"意中之事",用了一个"盼"字,结果反而出"偏差"了。我认为译诗要得其精而忘其粗,得其神而忘其形,因为译诗总是有得有失的,如果能"得意忘形",那就不算"得不偿失"了。现在试把这句诗改译如下:

　　①超群的才智　出多少偏差!

　　②超群的才智　少不了偏差!

　　③超群的才智　多次失良机!

①更"形似",③更"神似",②在①和③之间,更加"意似",因为包含了"意料中"的意思。卞译"换内衣露胸,两件一刹那!"更不好懂。现试改译如后:

　　①更衣一刹那,隐约见酥胸!

　　②脱衣又穿衣,瞬间露玉体!

①用了卞译原韵,但是颠倒了韵序,因为我觉得保存原诗"意美"比"音美"更重要。②则改动了原韵,和"多次失良机"押韵了。"酥胸"改译为"玉体",这可能有所失;"玉体"和"良机"押韵,这又是有所得。如果认为所得大于所失,那我觉得可以为了更多的"音美",牺牲少许"意美"。

　　牺牲"意美",不能超过"意似"的限度。"酥胸"是"玉体"的一部分,二者是"意似"的,所以不妨换用。如不"意似",那换用就成了误译。如《世界抒情诗选》里选了一首彭斯的诗:

　　呵,如果你站在冷风里,

　　　　一个人在草地,在草地,

　　我的小屋会挡住凶恶的风,

　　　　保护你,保护你。

　　如果灾难像风暴袭来,

　　　　落在你头上,你头上,

　　我将用胸脯温暖你,

　　　　一切同享,一切同当。

如果我站在可怕的荒野，

　　天黑又把路迷，把路迷，

就是沙漠也变成天堂，

　　只要有你，只要有你。

如果我是地球的君王，

　　宝座我们共有，我们共有，

我的王冠上有一粒最亮的珍珠——

　　它就是我的王后，我的王后。

朱曼华在《彭斯一首诗译文的质疑》中指出：第三行的"小屋"是误译，原文是苏格兰高地人穿的方格花呢子"披风"的意思，所以第七行才说"用胸脯温暖你"。第九行"可怕的"、第十行"天黑又把路迷"都是望文生义，想当然尔；原文是"荒凉的""阴郁的""空旷的"的意思。第十五行"珍珠"也是误译，因为王冠上最亮的是深山中采来的"宝石"，不是海里捞来的"珍珠"。彭斯是苏格兰人，披风，荒凉、阴郁、空旷的草原，甚至宝石，都带有苏格兰地方色彩，译者完全没有理解。这就是说，译文不够"意似"，没有达到文学翻译的最低要求，自然不能算是翻译文学了。

综上所述，可以看出：翻译彭斯这种意在言内的诗歌，只要做到"意似"，也就可以传达原诗的"意美"。但是翻译《风灵》这样意在言外的诗歌，"形似"并不等于"意似"，直译就不容易再现原诗的"意美"。我认为：译诗要尽可能传达原诗的"意美""音美"和"形美"。至于小说和戏剧，傅译和朱译所以能成为文学作品，有一个重要的原因，我看就是他们发挥了译文语言的优势，使读者不仅"知之"，而且"好之"，甚至"乐之"。

如何发挥译文语言的优势呢？说来话长。早在1943年大学毕业的时候，我翻译了英国桂冠诗人德莱顿的诗剧《一切为了爱情》，但是十二年后，经过上海文艺联合出版社一位编辑加工润色，才得出版。其中有一句埃及女王说的话："我的爱带有超越一切的热情，一开头就飞出了理智的范围，现在更到九霄云外去了，哪里还顾得到理智？""九霄云外"这句就是编辑加工润色的结果，我觉得这几个字是原文内容可有、原文形式所无的词语，正好发挥了汉语的优势。于是在后来的翻译中，我也如法炮制。

我译罗曼·罗兰的《哥拉·布勒尼翁》，第一章初稿有一句主人公哥拉的自白："在这副上过硝的老皮囊里，我们装进了多少快乐和痛苦，坏主意，滑稽事，经验和谬误，多少稻草和干草，无花果和葡萄，青果子，甜果子，玫瑰和蔷薇，……"这样"形似"的译文，有没有达到"意似"的要求呢？恐怕没有。几经斟酌之后，定稿改成："我们装进了多少快乐和痛苦，恶作剧，穷开心，经验和错误，多少需要的和不需要的，情愿吃的和不愿吃的，生的和熟的，醉人的和刺人的东西，……"我认为这样才有可能达到使读者"知之"的最低要求。

哥拉自白的原文中用了许多同韵字，读来很像我国的顺口溜，令人觉得妙趣横生。但是译文只有"痛苦"和"错误"，"干草"和"葡萄"押了韵，不足以使读者"好之"。第五章中还有另一段顺口溜，译文如下："你还不知道我是个多坏的坏子，我游手好闲，好吃懒做，放荡无度，胡说八道，疯头癫脑，冥顽不灵，好酒贪饮，胡思乱想，精神失常，爱吵爱闹，性情急躁，说话好像放屁。"在这句译文中，"做"和"度"，"道"和"脑"，"灵"和"饮"，"想"和"常"，"闹"和"躁"，都是音近或叠韵字，所以和原文不但"意似"，而且可以算是"音似"了。

哥拉说话还喜欢用双声词，例如他在第一章中形容他的老婆时说："嘿！她多活跃，……满屋子只看见她瘦小的身子，寻东寻西，爬上爬下，咯吱咯吱，咕噜咕噜，怨天怨地，骂来骂去，从地窖到顶楼，把灰尘和安宁一起赶跑。"这是用重复"寻""爬""怨""骂"等字的方法来译双声，也可以说是发挥了汉语的优势。

哥拉厌恶宗教战争，他在第二章中说："谁晓得他们为了什么理由打仗？昨天为了国王，今天为了神圣同盟。一会儿为了旧教，一会儿为了新教。所有的教派都是一样，其中没有一个好人；吊死他们，我都舍不得花一根绳子。"这个译文可以算是"意似"；如果把后半句改译为"吊死他们，我都怕会玷污我的绳子"，那就更神气活现地画出了哥拉的性格，可以算"神似"了。

最近校译法国作家普鲁斯特的巨著《追忆似水年华》，有人提出书名应译为《寻找失去的时光》，我觉得那只能使人"知之"，现译名却能使人"好之"。秦观有个名句"柔情似水"，所以"似水年华"可能引起柔情的联想，不如"流水年华"，可以使人联想李煜的名句："流水落花春去也"。但是"流水年华"可能引起的联想太广泛，如秦观的"流水绕孤村"使人有孤独感，"淡烟流水画屏幽"又有幽静寂寞之慨，都没有一去不复返的意思。所以我看还是《追忆逝水年华》最为"神似"，并能使人"乐之"，甚至拍案叫绝。有人认为"逝水"是名词，不能用来形容"年华"；但"豆蔻"也是名词，"豆蔻年华"不是成了习惯用语吗？"逝水年华"正是可以和原文相媲美的"再创作"。

我曾说过：翻译是两种语言的竞赛，文学翻译更是两种文化的竞赛。译作和原作都可以比做绘画，所以译作不能只临摹原作，还要临摹原作所临摹的模特，要临摹"风灵"在"更衣一刹那"露出的"酥胸"。如果译者能够发挥译文语言和文化的优势，运用"深化、等化、浅化"的方法，使读者"知之、好之、乐之"，如果译诗还要尽可能再现原诗的"意美、音美、形美"，那么文学翻译就有可能成为翻译文学。

1989 年 10 月 18 日于北京大学

（原载《世界文学》1990 年第 1 期）

文学翻译：1+1=3

　　本文作者第一次提出文学翻译的公式是1+1=3，而科学的公式是1+1=2，所以文学翻译不是科学。作者还举李白《哭纪叟》和李煜《浪淘沙》的英译为例，说明形似而不意似的公式是1+1=1，意似的公式是1+1=2，神似的公式才是1+1=3。

　　河南大学出版的《文学翻译原理》第 1 页上说："文学翻译理论是一门研究文学翻译的性质和一般规律的科学。"中国对外翻译出版公司出版的《诗词翻译的艺术》第 430 页上说："科学包含客观的真理，不受个人的思想和感情的影响。"那么，文学翻译理论受不受个人的思想和感情的影响？是不是一门科学呢？

　　我个人的意见是：文学翻译是艺术，文学翻译理论也是艺术。科学研究的是"真"，艺术研究的是"美"。科学研究的是"有之必然，无之必不然"之理，艺术研究的是"有之不必然，无之不必不然"的艺。如果可以用数学公式来表达的话，我想，科学研究的是1+1=2，3-2=1；艺术研究的却是1+1=3，3-2=2。因为文学翻译不单是译词，还要译意；不但是译意，还要译味，这也可以用数学公式表达如下：

　　译词：1+1=1（形似而不意似）

　　译意：1+1=2（意似）

　　译味：1+1=3（神似）

假如译词而不译意的话，那只能算是翻译了一半，所以说一加一还等于一。如果翻译了原文的意思，那才可以算是一加一等于二。如果不但是传达了原文的意思，还传达了原文内容所有、字面所无的意味，那就是一加一等于三了。反之，如果译了意而没有译词，那可能是三减二等于二；如果还译了味，那甚至可能是三减二等于三。现在举例说明如下：

　　李白在天宝十二年（753）到宣城，认识了一位有姓无名的卖酒老人，一说是纪叟，一说是戴老。老人酿的酒名叫"老春"，味道醇厚，李白一尝，就和这家小酒店结下了不解之缘。不料几年之后，李白旧地重游，再到酒店的时候，老人却已经溘然长逝了。李白就在酒店的墙壁上，写下了一首哀悼老人的《哭宣城善酿纪叟》：

　　纪叟黄泉里，还应酿老春。

　　夜台无李白，沽酒与何人？

这首诗只有短短的四句二十个字，但要译意又要译味，并不容易。首先，这是一首哀悼死者的诗，但李白却把纪叟当作一个活人，说他还在黄泉之下酿酒。这说明李白对美酒多么热爱，对酿酒的老人多么深情，甚至希望他死后还能酿酒。其次，分明是李白怀念纪叟，却反说成是纪叟在黄泉之下也会怀念他这位"知己"，这就使他的怀念之情更加深了一倍。最后，李白用了"黄泉""老春""夜台"等带有民族文化色彩的字眼，要用另一种文字来表示这些词汇的意义，传达文字的情趣，那就更困难了。

　　我在《文学翻译原理》第19页上读到库珀（Arthur Cooper）的译文：

Vintner below Fountains Yellow,

"Spring In Old Age, " still do that vintage?

Without Li Po there on Night's Plateau,

Which people stop now at your wineshop?

这个译文不说"纪叟"，而说"酿酒的人"，用的是"浅化"或"一般化"的译法，倒能达意；但把"黄泉"说成是"黄色的泉水"，如果不加注解，读者恐怕不会知道酿酒的人已经死了；如果加注，那读诗的趣味又要大受损失。至于"老春"，就是陈年好酒的意思，不必译成"老年的春天"，这样一译反倒不像酒名。"夜台"逐字直译，恐怕也不能使读者知道这是"坟墓"的婉转说法。"李白"是"酒仙"的同义词，这里就有"酒逢知己"的意思，与其译音，不如译意。尤其是第四句，原来是说黄泉之下没有李白这样的老主顾，好酒还能卖给什么人呢？还有什么人能像李白这样识货呢！译文说成是：现在还有什么人停留在你的酒店里？仿佛李白关心的真是喝酒的主题似的。这就使原文语重情长、意浓如酒的诗味，几乎丧失殆尽了。因此，这个译文只译了词，并没有达意，更说不上传情，只能算是"貌合神离"的译文了。

下面再看翁显良在《古诗英译》中翻译李白《题戴老酒店》的散体译文：

A Dirge

Down there, master brewer, you'd still be practising your art. But how you'd miss me, old friend! For where in the realm of eternal night could you find such a connoisseur?

翁译的标题用了"挽歌"一词，把《哭宣城善酿纪叟》中的"宣城"二字删了，这用的是"减词法"；又把"善酿纪叟"这个专门名词换成普通名词"酿酒大师"，这用的是"换词法"；再把这个名词和第一句的"纪叟"（或"戴老"）二字合并，这用的是"合词法"，也可以说是"移位法"或"移词法"，因为把标题中的词汇转移到译文第一、二句中去了。如果要用数学公式来表示这几种翻译法，也许可以说：

减词：2−1=2

换词：2+2=3+1

合词：2+2=4

移词：1+2=2+1

"减词法"是"二减一还等于二"，这就是"减词不减意"。"换词法"是原文说"二加二"，译文说"三加一"，总和不变，这也是"换词不换意"。"合词法"是原文说"二加二"，译文说"四"；一个分说，一个合说。"移位法"更简单，只是变换词汇的前后位置，内容并不变化。翁译"黄泉"用的是"浅化法"，把特殊的"黄泉"一般化为"地下"；"酿老春"是酿特殊的好酒，翁译也"浅化"为一般的"干你的老行当"了。翁译"纪叟"二字用的却是"分译法"，把"纪叟"一分为二，分成第一句译文中的"酿酒师傅"和第二句中的"老朋友"。但在第二句中，翁译还画龙点睛地加了"怀念"一词，这用的是"加词法"。"夜台"一词，翁译也用了"加词法"，在"夜"前加上了一个形容词"永恒的"，这就使"夜台"的意义"深化"了。最后，翁译还把"沽酒与何人"中的"人"字，"深化"为特殊的、关键性的字眼："知音"。

结果译文无论是传情还是达意，都远远胜过了库珀的翻译。如果用数学公式来表示翁译的这些方法，也许可以说：

浅化：2：4＝1：2

分译：4＝2+2

加词：2+1＝2

深化：1：2＝2：4

"加词法"和前面说的"减词法"相反："二加一还等于二"，这就是"加词不加意"，也就是说，增加的只是原文内容所有、原文字面所无的词。"分译法"也和前面说的"合词法"相反："合词"是把原文的"二加二"合成译文的"四"，"分译"却是把原文的"四"分成译文的"二加二"。"深化"和"浅化"又是一对矛盾："深化"是把原文的"一比二"扩大加深为译文的"二比四"，比例扩大了，但比值并没有改变。"浅化"和"深化"相反，是把原文的"二比四"缩小简化为"一比二"，比例缩小了，比值也没有改变。如果比值发生变化，那有两种可能，一是译文歪曲了原文，一是译文超越了原文。歪曲原文，那是译文没有"译意"，只是"译味"，而且"味"和原文不同。超越原文，那是译文既"译意"，又"译味"，而且"味"比原文还浓。如果译文能够超越原文，那应该说是对两种文化的交流作出了创造性的贡献。

翁显良的译文用了"加词""减词""分词""合词""换词""移词""深化""浅化"等等译法，是不是可以说是既"译意"又"译味"了呢？是的，如果"译味"只指"意味"而言，在我看来，翁译可以说是超越了古今中外的前人。但是"诗味"并不限于"意味"，还有几乎是同等重要的音韵、节奏、格调等等"韵味"。就以《哭宣城善酿纪叟》而论，原诗四句二十个字，每句字数相等，每逢偶句押韵，读来抑扬顿挫，言有尽而"韵味"无穷。翁译却把全诗分译三句，每句字数不等，长短不一，只有节奏，没有韵律，"黄泉"译得太短，"夜台"却又译得太长，全诗读来，得不到原诗的平衡感，这和原诗的"韵味"就大不相同了。由此可见，把中国诗词译成散体或分行散文，无论传情达意的程度多么高，也是译不出原文"诗味"的。

现在，我们再看看《李白诗选》中的诗体译文：

Elegy on Master Brewer Ji of Xuancheng

For thirsty souls are you still brewing

Good wine of Old Spring, Master Ji?

In underworld are you not ruing

To lose a connoisseur like me?

这个译文把"黄泉"辗转说成是"饥渴的阴魂"居住的"下界"，可以说是比翁译更加巧妙。"饥渴"可以使人联想到泉水，这样来译"黄泉"，几乎可以算是"只可意会，不可言传"的译法。如果要为这种译法取个名字，只好说是"等化法""创译法"，或者是"换词法"。同时，译文用的是陈述式，仿佛诗人在对活在"下界"的纪叟说话；翁译用的却是虚拟式，这就是说，诗人知道纪叟已经死了，他只是幻想在和死人说话而已。两相比较，就不难看出哪种译文更能传达原诗的深情。此外，原诗每句五字，译诗每行八个音节；原诗平仄分明，译诗都是抑扬格；原诗每十个字押一次韵，译诗每八个音节有一个韵，用韵的密度也大致相当。因此，无论是"译意"还是"译味"，无论是"意味"还是"韵味"，这个译文都比翁译更加接近原诗。译文中所用的"等化法"，如果要用数学公式来表示的话，也许可以说：

等化：$2+2=2\times2$

总结以上三种译文，可以说第一种只是"形似"，第二种是"神似"而不"形似"，第三种既"形似"又"神似"。换句话说，第一种既没有译意，也没有译味；后两种却既译了意，又译了味；第二种只译出了意味，第三种还译出了韵味。从这还可以看出：李白原诗只有一种解释，所以理解了诗意，也就不难译出诗味。

如果原诗不止一种解释，那该如何译意？如何译味呢？例如李煜的名作《浪淘沙》：

帘外雨潺潺，

春意阑珊。

罗衾不耐五更寒。

梦里不知身是客，

一晌贪欢。

独自莫凭栏,

无限江山。

别时容易见时难。

流水落花春去也,

天上人间。

这首词有八种解释不同的译文:①英国剑桥大学30年代的译文,②《外国语》总14期发表的林同济教授40年代的译文,③英国《企鹅丛书》60年代的译文,④《翻译通讯》1981年第5期的译文,⑤美国哥伦比亚大学华逊(Watson)的译文,⑥北京《词百首英译》中的译文,⑦香港《唐宋词一百首》中的译文,⑧北京《唐宋词选一百首》中的法译文。现将八种译文的后半首抄录如下:

1. Alone in the twilight I lean over the balcony;

   Far off lies my native land,

   Which it is easy to part from, but hard to see again.

   Flowing waters and faded flowers are gone forever,

   As far apart as heaven is from earth.

2. Gaze not alone from the balcony,

   For the landscape infinite extends.

   How ever easier parted than met.

   The river flows—

   The blossoms fall—

   Spring going—gone ;

   In heaven as on earth!

3. Alone at dusk I lean on the balcony;

   Boundless are the rivers and mountains.

   The time of parting is easy, the time of reunion is hard.

   Flowing water, falling petals, all reach their homes.

   Sky is above, but man has his place.

4. Do not lean on the balustrade alone,

   To gaze at my lost hills and streams.

it's easy to bid farewell,

But it's hard to meet again,

Spring has gone with the fallen petals

And the waters running.

What a world of difference

Between a prisoner and a king!

5. Don't lean on the railing all alone,

Before these endless rivers and mountains.

Times of parting are easy to come by, times of meeting hard.

Flowing water, fallen blossoms—spring has gone away now,

As far as heaven from the land of men.

6. Alone, I wouldn't rest, on a rail, my hand,

To scan what was once my limitless land.

Easy to leave one's hearth and come to this nook.

Hard to get back to one's home to have a look.

Flowing water never returns to its sources.

My country's and mine is a hopeless, lost cause.

Fallen flowers cannot go back to their stock;

Chips off the mass revert not to the block.

One's spring and youth has passed never to return.

One's destiny is not of Heaven's concern.

7. Don't lean alone on railings and

Yearn for the boundless land!

To bid farewell is easier than to meet again.

With flowers fallen on the waves spring's gone away.

So has the paradise of yesterday.

8. Tout seul, contre la balustrade ne prends pas sppui

Pour regarder fleuves et monts à l'infini.

Car ce qui est perdu ne peut être repris.

Les fleurs tombent, l'eau coule et le printemps s'enfuit,

Du paradis d'hier au monde d'aujourd'hui.

原词后半首的第一句是"独自莫凭栏"。靳极苍在《李煜词详解》中说："独自一人，可别上高楼凭栏远望呀。'莫'一作'暮'，那就作时间解，亦可。"①③译作"暮"，其他都译作"莫"。到底是"暮"好还是"莫"好呢？我想，"暮"使人看到的形象是后主李煜一个人形单影只，在黄昏时分，登上高楼，凭栏远望，怀念失去的江山。"莫"所提供的意境却是叫任何国破家亡、流落他乡的游子，都不要登高望远，以免见景生情，涕泪涟涟。"暮"是"个相"，引起的是对李后主个人身世的同情；"莫"是"共相"，引起的是普天下飘零人内心的共鸣。两个字的意义不同，诗句的意味也就有浅有深。在这种情况下，我认为译者不但要追究"莫"字的意义，而且还应该译出"莫"字更深的意味。意义是个对不对、真不真的问题，意味却是个好不好、美不美的问题。"真"只是译诗的低标准，"美"才是译诗的高标准。

第二、三句是"无限江山，别时容易见时难"。靳极苍解释说："那可爱的国家呀，离别的时候很容易（就是丢失得很快），要再见，可就难极了（就是恢复无望）。"这个解说不错，①②也是这样译的，②的第三句还译得很简练。但③④⑤⑧没把"江山"译成"国家"，却照字面翻译了。③⑤的译者都把"别时容易见时难"中的两个"时"字也译了出来，意义就和原文貌合神离了。

最后两句是非常著名的绝妙好词："流水落花春去也，天上人间。"《唐宋词鉴赏集》第78页上说："这首词的收尾是别具匠心的。和开头相呼应：有潺潺春雨，流水才更急更盛，流水送走了落花则可说是'春意阑珊'的具体写照。"又说："对于最后一句，曾有过几种不同的解释：一种是说，春天逝去了，归向何处呢？天上还是人间？一种是说，春天逝去比喻国破家亡，对照过去和现在的生活便不啻天上人间（⑦⑧作此解，④⑤也有此意——许注）；还有一种是说，'流水落花春去也'，形容离别的容易，'天上人间'则形容相见的难（①可能有此意——许注）。'天上人间'说的是人天的阻隔（见俞平伯《读词偶得》）。"作者最后还说："我以为'天上'是指梦中天堂般的帝王生活，'人间'则指醒来后回到的人间现实（⑦⑧都有此意——许注）。……梦境和现实，过去和现在，欢乐和悲哀，概括起来便是'天上人间'。"这些解释说明诗句蕴含的意义多么丰富，意味多么深长！但是这些还不足尽其意：①说流水和落花一去不复返了，就像天上和人间一样相距遥远。②说河水在流——花在落——春天在消逝——已经消逝了：天上人间都是一样！林同济先生这个译文独出新意，别有韵味。③说流水落花都到家了。天在上头，人有他的地方。这种逐字硬译，说明译者根本不理解原诗的含义，自然更谈不上"译味"了。④说囚犯和君王真有天渊之隔，理解虽然不错，表达却太露骨，没有保留原诗含蓄的风格。⑥把这十一个字扩展成为五句：流水永远不会回到源头。我的国家和我个人的事业都已失败，前途毫无希望。一个人的青春已经一去不复返。一个人的命运是得不到上天眷顾的。这样长篇大论，借题发挥，即使揭示了原诗的含义，恐怕也大大地破坏了原诗的韵味！也许这个译例可以用来说明"译意"和"译味"的矛盾：原诗"言有尽而意无穷"，译者要用有穷的"言"来尽无穷的"意"，结果就难免得"意"失"味"。这看起来似乎是1+1=3，其实却是3+3=3，因为加"意"太多，诗"味"反冲谈了。

总而言之，文学翻译最好能够做到"形似""意似""神似"，如果三者不可得兼，可以不必要求"形似"。"意似"和"神似"一般说是一致的，"神似"比"意似"的层次更高，就是我所说的"意美"。如果原文有不同的解释，很难说哪种解释更"意似"，我认为，最富有"意美"的译文是最好的译文。

（原载《外国语》1990 年第 1 期）

谈"比较翻译学"

　　研究"比较翻译学"的目的是要提高翻译水平, 解决理论问题。本文比较了西方的"对等"论和中国的"再创"论,"形似"论和"神似"论; 认为"对等"论或"形似"论只能解决低层次的翻译问题, 高层次的问题要用"再创"论或"神似"论才能解决。本文比较了法国《红与黑》的中、英译文, 英国雪莱诗的四种中译文, 说明比较翻译学是"创造美"的竞赛。

　　我在英国出版的《宏观语言学》1993 年第 4 期上提出过"比较翻译学"的理论。我认为比较不同的译文不但可以提高翻译的水平, 而且可以解决翻译理论上有争议的问题。因为有比较就有鉴别, 有鉴别就可以把感性认识上升为理性认识。"比较翻译学"不是为比较而比较, 而是为了促进国际文化交流, 为了建立 21 世纪的世界文化。20 世纪的世界, 一直是西方文化占统治地位, 在翻译理论方面也是一样。但西方文化并不能解决国际上的经济、政治问题, 所以不少学者转向东方, 认为 21 世纪将是东方发挥文化优势的世纪。因此, 促进东西方的文化交流, 提高翻译水平, 比较翻译理论, 就是具有国际意义的大事了。

　　东西方文化的差别, 体现在翻译理论方面的, 如以中国和美国而论, 大致是中国传统文化更重宏观, 美国当代文化更重微观; 中国译论家把翻译尤其是文学翻译当作艺术, 所以提出"信、达、雅"的原则; 美国译论家把翻译当成科学, 所以提出"动态对等""等效""等值"等理论。其实, 西方译论家的理论出自于他们的翻译实践, 他们的实践多是西方语文之间的翻译; 由于西方语文都是拼音文字, 而且多有历史渊源, 所以不难做到"对等""等值"或"等效"。我们不妨比较一下《红与黑》第一章中一句法文和它的英译文:

1. Ce travail, si rude en apparence, est un de ceux qui étonnent le plus
   le voyageur qui pénètre pour la première fois dans les montagnes qui
   séparent la France de l'helvétie.

2. This work, apparently so arduous, is one of the things which most
   astonish the traveler making his first visit to the mountains that
   separate France from Switzerland.

法文和英文的主语、谓语、表语、宾语、定语、状语甚至两个定语从句，几乎都可以说是"对等"的，所以不难做到"等值"或"等效"，也可以用"对等"的理论来进行检验。下面我们再比较一下这句法文的上海和湖南的两种中译文：

3. （上海）这种劳动看上去如此艰苦，却是头一次深入到把法国和瑞士分开的这一带山区里来的旅行者最感到惊奇的劳动之一。

4. （湖南）这种粗活看来非常艰苦，头一回从瑞士翻山越岭到法国来的游客，见了不免大惊小怪。

从微观的角度来看，第三种译文比第四种更"对等"；但和第二种比起来，"对等"的程度就差得多，定语从句都放前了。从宏观的角度来看，第四种译文却比第三种更"等效"。我说"等效"，其实是说效果更好，因为从微观的角度看，很难说第三种或第四种译文产生的效果和原文"对等"；而第四种的"翻山越岭"四字内涵丰富，产生的效果甚至比原文更好。所以"对等""等值""等效"的理论如果应用到西方语文之间的翻译上，也许还行得通；但要用到中西互译上，结果就会适得其反，因为"对等"的译文（如第三种）并不好，好的译文（如第四种）既不"对等"，又不"等效"。如果用中国传统译论的"信、达、雅"三原则来检验，则可以说第三种译文"信"而欠"达"，根本不"雅"；而第四种译文既"信"又"雅"；第二种译文既"信"又"达"。这就是说，中国传统译论不但可以用于中西互译，也可用于西方语文之间。不过后者只有"信"和"达"的问题，前者却多了一个"雅"，也就是"优雅"或"文采"，用我的话来说，是"发挥译语优势"的问题，而发挥"优势"，却不是用"对等"或"等效"能解释的，因为后者着重的是一个"等"字，而"优"却不是"等"就算够了。高健在《外国语》1994年第2期第3

页中说得好："等值等效说比较更适合于以资料、事实为主的科技翻译，而不太适用于语言本身在其中起着重要作用的文学翻译；换句话说，它更适合于整个翻译阶程中较低层次的翻译（在这类翻译中一切似乎都有其现成的译法），而不太适合于较高层的翻译（其中一切几乎全无定法，而必须重新创造）。"[1]

我国主张"形似"的译者不少，江枫就是其中之一。他在《中国翻译》1990年第2期发表了一篇《形似而后神似》。从题目看来，他认为先要"形似"，然后才能"神似"；换句话说，如不"形似"，也就不能"神似"。他在第17页上说："译诗，不求形似，单求神似而获得成功者，我敢断言，绝无一例！"这个"断言"很武断。"译诗，不求形似，单求神似而获得成功者"，最著名的例子，是菲茨杰拉德英译的《鲁拜集》，英文学者几乎无人不知，而江枫却断言"绝无一例"。台北书林公司出版了黄克孙衍译的《鲁拜集》，也是"不求形似，但求神似"的，如："一箪疏食一壶浆，一卷诗书树下凉。卿为阿侬歌瀚海，茫茫瀚海即天堂。"钱钟书教授读后说："黄先生译诗雅贴比美Fitzgerald原译。Fitzgerald书札中论译事屡云'宁为活麻雀，不作死老鹰'，况活鹰乎？"难道这还不算成功？难道要宁为"形似"的死麻雀？

江枫只见"形似"与"神似"的统一，而不见二者之间的矛盾。如以中文、英文而论，"形""神"之间的矛盾是远远多于统一的。再从实践来看，江枫译《雪莱诗选》是怎样"形似而后神似"的？我在北京大学英语系为研究生开文学翻译课时，批评过江枫译的《云》，现将原诗、江译、新译摘抄一段如下，以便比较。

The sanguine sunrise, with his meteor eyes,

　　And his burning plumes outspread,

Leaps on the back of my sailing rack,

　　When the morning star shines dead,

As on the jag of a mountain crag,

　　Which an earthquake rocks and swings,

---

[1] 高健：《论翻译中一些因素的相对性》，《外国语》1994年第2期第3页。

An eagle alit one moment may sit

　　In the light of its golden wings.

（江译）血红的朝阳，睁开他火球似的眼睛，

　　　　当启明熄灭了光辉，

　　　　再抖开他烈火熊熊的翎羽，跳上我

　　　　扬帆疾驰的飞霞脊背；

　　　　像一只飞落的雄鹰，凭借金色的翅膀，

　　　　在一座遭遇到地震

　　　　摇摆、颤动的陡峭山峰巅顶

　　　　停留短暂的一瞬。

（新译）朝阳睁开眼睛，像血红的流星，

　　　　它展开燃烧的翅膀，

　　　　跳到我扬帆远航、随风飘荡的背上，

　　　　晨星已经暗淡无光。

　　　　我像被地震震动的一座陡峭山峰，

　　　　峰顶有一片巉岩，

　　　　旭日有如雄鹰，两翼灿烂如金，

　　　　暂时落在巉岩上面。①

江译把启明星从原文的第四行移到第二行，于是第三行的两个动词"抖开"和"跳上"本来是写朝阳的，江译却变成写启明星了。江译为了追求"形似"，把六至八行译成生硬的长句，读者不免要问，雪莱的诗怎么这样差？原诗一、三、五、七行都押内韵，读来有平衡感；江译没有内韵，停顿或前或后，读来就不平衡。这样"形似"的译文难道能算是"神似"？再看新译，在"形"和"神"能统一的时候，就要求"形似"，所以一、三、五、七行都用了内韵；第四行的"晨星"（即启明星）既没有移前，也没有移后。但当"形""神"有矛盾时，就不要求"形似"。如第七行的"旭日"二字，就是原文形式所无、内容可有的主语，加上去虽不"形似"，但是却更通顺达意。也许孤证不足为凭，再看雪莱的

---

① 见辜正坤主编：《世界名诗鉴赏词典》，北京大学出版社，1990 年 2 月。

《哀歌》(*A Lament*) 及梁遇春、王佐良和江枫的译文：

O World! O Life! O Time!

On whose last steps I clime,

    Trembling at that where I had stood before;

When will return the glory of your prime?

    No more—Oh, never more!

Out of the day and night

A joy has taken flight;

    Fresh spring and summer, (fall) and winter hoar

Move my faint heart with grief, but with delight

    No more—Oh, never more!

（梁译）

    呵世界！呵人生！呵光阴！我踏着我的残年上登，看到了以前站足的地方，我浑身发颤，青春的光荣那时回来？再也不——呵，绝不再来！

    朝朝夜夜欣欢渐渐地远走高飞，阳春，夏天同皓冬使我微弱的心儿感到悲哀，但快乐之感是再也不——呵，绝不再来！

（王译）

啊，世界！啊，人生！啊，时间！

登上了岁月最后一重山！

回顾来路心已碎，

昔日荣光几时还？

啊，难追———永难追？

日夜流逝中，

有种欢情去无踪。

阳春隆冬一样悲，

心中乐事不再逢。

啊,难追——永难追!①

(江译)

哦,时间!哦,人生!哦,世界!

我正登临你最后的梯阶,

战栗着回顾往昔立足的所在,

你青春的绚丽何时归来?

不再,哦,永远不再!

从白昼,从黑夜,

喜悦已飞出世界;

春夏的鲜艳,冬的苍白,

触动我迷惘的心以忧郁,而欢快,

不再,哦,永远不再!②

比较一下三种译文,可以说梁译用词比较陈旧;王译也是白话里夹文言,但是可以使人"知之";江译却是在"形"和"神"可以统一的时候(如第一行是从空间到人,再到时间),偏偏译得不"形似"(第一行反其道而行之,译成从时间到人,再到空间)。第二行可能是为了凑韵,把"阶梯"改成"梯阶",读来非常别扭,不如"台阶"。第三行译成"立足的所在",太散文化,没有诗味,可能是不了解原文 that 是代 step 的缘故。第四行"绚丽"也不如梁译、王译。只有第五行可以算是"形似"。第六行又只"形似"而不"神似","从白昼,从黑夜"和第七行的"世界"不知什么关系,显得不合逻辑。第八行又是可以"形似"而不"形似",把两个形容词译成名词了。第九、十行连使人"知之"的最低要求都没达到,更不要说使人"好之"或"乐之"了。从江枫自己的译诗实践看来,他所谓的"形似而后神似"可以说是站不住脚的。

比较不是为了比较而比较,而是为了提高。如果从前面三种译文中取长补短,那就可以超越前译了。现试改译如下:

啊!世界!人生!光阴!

---

① 王佐良《英国诗文选译集》,外语教学与研究出版社,1983 年 8 月。

② 《雪莱诗选》,江枫译,湖南人民出版社,1982 年 8 月。

对我是山穷水尽，

往日的踪影使我心惊。

青春的光辉何时能再回？

不会啊！永远不会！

欢乐别了白天黑夜，

已经远走高飞

春夏秋冬都令人心碎，

赏心事随流水落花去也，

一去啊！永远不回！

原诗第一行用了三个"O"，从内容上讲，可能表示世界、人生、时间三位一体，因为人生是在空间和时间中存在的；从形式上讲，可能因为这"三位一体"都是单音节词。译成中文，"呵"字音似，"啊"字意似，"哦"字音似而意不似，因为表示的不是感叹，而是领会、顿悟的意思。而第一行译成中文，"呵"字最好放后；如要"形似"放前，则不如用"啊"更意似。"啊"用三个过于强调，不容易理解到"三位一体"，所以我认为只用一个就够了。第二行的steps梁译成"残年"强调了时间，王译成"最后一重山"强调了空间，不如模糊的"山穷水尽"，还可以应用到人生上。第三行我本想译成"回顾走过的脚印使我胆战心惊"，后来觉得用字太多，就改成现译了。这说明一个句子并不止有一个译法，为了宏观可以牺牲微观。第五行王译不如江译，但江译"不再"也不自然，所以改"不会"。有一种版本第八行原诗只提"春、夏、冬"，而没提"秋"，梁译"形似"，王译省略了"夏"，我却根据雪莱原稿增加了"秋"，正好说明翻译有"等化""浅化""深化"三种方法。梁、王都用"阳春"，梁译"皓冬"更加形似，意似，但不如王译"隆冬"自然，而原诗用hoar主要为了和more押韵，并不是非"皓"不可，所以"隆冬"也好。我却把hoar和fresh都移到第九行去译，因为阳春鲜花盛开，隆冬白雪皑皑；但春天一去，花就落了，冬天一过，雪也化为流水。所以我说：赏心事随流水落花去也。"对等"派的评论家也许要说这是陈词滥调，我却自得"再创作"之乐，简直觉得像春回大地一般。创造美是世界上最大的乐事，也是文学翻译的最高目标，而比较翻译学则是创造美的竞赛。

（原载《外语与翻译》1994 年第 3 期）

* * * * *

江枫在香港《诗网络》17 期发表了《雪莱写诗，会用美国英语？》并说我对他的批评是"诽谤与谎言"，还说我没有看到雪莱原稿，现在答复如下。

雪莱的《哀歌》原稿取自《诺顿英国文学选读》(The Norton Anthology of English Literature) 第 4 版第 2 卷第 3 部分第 2520 页。从第二稿第二段第 2、3 行可以看出：第 3 行的 those which I have trod before 中的 those 是指 steps，但在誊清稿中，第一段第 3 行改成 that where I had stood before，而 that 是 those 的单数，所以是指 step。但是江枫在《外语与翻译》中说：that 不可能指 step，因为原文是复数。

第二稿第一段第 3 行的 summer(夏天) 和 winter(冬天) 之间空了一个字，但在第二稿第三段第 3 行却把 summer(夏天) 涂掉，改成 autumn(秋天)，由此可以看出在夏天和冬天之间，雪莱想加一个秋字。为什么没有加呢？因为《哀歌》两段的第 3 行都应该是十个音节，如果加上 autumn，全行就多了一个音节，但是秋天也可用 fall，而且只有一个音节，全行正好十个，所以我认为可以加 fall。但是江枫反对了，他说："所谓'第八行漏了一个秋字'，却是造伪作弊，无中生有！"看看原稿第二稿第三段的 autumn(秋)，就可以知道我不是无中生有了。但是江枫又说："虽然英国的雪莱学者也曾探讨过能给原来的缺口增添一个什么词，但是从不曾有任何人敢于断言'漏掉'了什么，即使想到了'秋'，也只能是 autumn，而绝不可能是 fall，难道雪莱是美国人？"江枫文章标题就是："雪莱写诗，会用美国英语？" fall 是美国英语吗？请看《牛津高级学者辞典》(The Advanced Learner's Dictionary of Current English) 对 fall 的第 4 个注解："(now chiefly U.S.A.)autumn"。这就是说，fall 当"秋天"讲，"现在"主要用于美国。请注意：辞典明白无误地说是现在，而雪莱并不是"现在"写的《哀歌》，而是 19 世纪 1821 年，也就是一百八十多年前写的，和他同时代的诗人华兹华斯(Wordsworth) 的诗中就曾用过 "from spring to fall"(从春到秋)，由此可见在 19 世纪，fall 并不是美国英语，英国诗人雪莱完全可以用 fall

来表示秋天。江枫说"从不曾有任何人敢于断言'漏掉'了什么",从雪莱《哀歌》原稿中留下的空白看来,我就敢于断言这里漏了一个"秋字"。又从音节数来推断,我又敢于断言这个"秋"字的英文只可能是fall。在我看来,雪莱假如起死回生,看到这个fall,还会说中国人是他的"一字之师"呢!

我说江译《哀歌》"十行就有十个错误",如第一行 O World!O Life!O Time! 江译是"哦时间!哦人生!哦世界!"据《现代汉语词典》第941页,"哦"是叹词,表示将信将疑;表示领会、顿悟。而雪莱原文是表示感叹,既不是将信将疑,也不是领会、顿悟,所以江译一行犯了三个错误,江枫却狡辩说:"哦"在这里没有特定意义,"就像'洞庭波兮木叶下'句的'兮'字"。"兮"字没有特定意义,但是不能用于句首,有谁见过用"兮"字开始的句子?怎么能把"哦"字用于句首而不加标点呢?江枫又狡辩说:"在雪莱的第一稿、第二稿和誊清稿中O/oh/ah 是交换使用的,不知道许渊冲该算雪莱'一下犯了几个错'?"雪莱交换使用 O/oh/ah,只表示叹词可以译成"啊"或"呵",但并没有换成表示领会、顿悟,或没有特定意义的叹词,这和江枫的错毫无关系。江译《哀歌》第5行和第10行的"哦永远不再!"也是两个误译,江枫却引用黄某的译文"哦世界!哦人生!哦岁月!"来证明他不错,不知道黄译也是错误,两个错误加起来并不能负负得正,反倒是错上加错。江枫又引用查良铮的译文来作证,没有注意到查译的"哦"后面有个标点,和他的错误并不相同。江枫的第六个错是不通的"梯阶",第七个错是不懂代词的用法,第八、九个错是说"从白昼,从黑夜(时间),喜悦已飞出世界(后改天外,但都是空间)"。第十个错是把"鲜艳的春天"说成是"春夏的鲜艳"(没译"秋"字,还没计算在内)。这十个错误铁证如山,抵赖不掉。

江枫说我对他的批评"穷凶极恶",并且引用冯亦代的话说:我是"要用一己的私见,强加于人,是一种恶霸作风"。这是穷凶极恶的恶霸作风吗?是用一己的私见强加于人吗?难道用词的错误、语法的错误、理解的错误,都不该批评纠正?批评纠正就是强加于人?难道外国人不敢断言的，"翻译为世界之最"的中国人也不敢断言？敢于断言就是恶霸作风？我看这番话倒是恶霸作风，是中国文学翻译发展道路上的阻力。

专论

评毛泽东词《赠杨开慧》英、法译文

　　《中国文学》1979年第一期发表了毛泽东《诗词三首》的英、法译文，其中有些译句是值得商榷的，下面仅就第一首《A Poem》(赠杨开慧)的英、法译文提出一些个人看法，不当之处，希望提出意见。

　　第一首《贺新郎》原文没有题目，《中国文学》译者加上了《A Poem》或《Poème》的题名，按照英诗和法诗的惯例，无题诗一般可以用诗的第一行做题目。我想，如果加上"赠别"或"赠杨开慧"等字样，再注明题目是译者加的，可能也不会违反诗人的原意，甚至还会增进读者对诗词的理解。

　　第一行"挥手从兹去"，英译文是"We wave our hands in farewell"，原文"挥手"的主语是诗人自己，译文却变成是两人挥手告别了。杨开慧有没有挥手？原文并没有说。这首词作于1923年，那时的中国妇女有没有挥手的习惯？至少也是一个问题。因此，我想不如译成 Waving my hand, I part from you，可能更加意似，而且也更形似。

　　第一行的法译文是"De la main, un dernier adieu!"意思是说作了一个最后的告别的手势。既然说是最后，那么，以前是不是还作了告别的手势？原文并没有说，"dernier"(最后)这个字是译者加上去的。其次，译者颠倒顺序，把"de la main"放到"un dernier adieu"前面去了。一般颠倒词序不是为了押韵，就是为了节奏，或是为了强调。这里颠倒，不知道是不是为了更加接近原文的词序？如果是，我觉得这并不必要，不如改为 Je te fais adieu d'un signe de main，更能传达原文的内容。

　　第二、三行的原文是"更那堪凄然相向，苦情重诉"。"更那堪"三字英文译成"heart-rending"，是令人心碎的意思，用词似乎太重一点，不如译成 how can I bear 或 no longer can I bear，更加恰如其分。"凄然"

二字和下半段第三行"凄清如许"遥相呼应，英、法译文似乎都忽视了这点。我看英文是否可以译成 sad and drear? 用 drear 的元音来传达"凄"字的声母，可能和原文更加音似。"相向"二字英译文用了过去时态的动词"turned"，指的是转过脸来的动作，而原文却是指面面相对的状态，因此不如改用动词 face，甚至用 see 也无不可。为了押韵，我想这两行是否可以考虑下面的英译文：

No longer can I bear to face you sad and drear,

Telling me your sorrows anew.

第二、三行的法译文把"更那堪"译成"comment soutenir"，显得比英译文更加恰当。"凄然"译成"poignant"，却有刺伤人心的含义，而在我看来"凄"字是一个比较消极的词汇，因此不如译成 triste。"相向"的法译文是"tête-à-tête"，我看也不如改成 face à face，不但意似，而且更加形似。"苦情重诉"中的动词，法文译成"exhaler"，有吐露的意思，不但具体，而且更形象化。为了隔行押韵，我看这两行是否可以考虑用下面的法译文：

Ne pouvant plus te voir si triste face à face.

Me repartant de tes chagrins?

第四、五行的原文是："眼角眉梢都似恨，热泪欲零还住。"英译文把"眼角眉梢"译成"your eyes and brows"，"角"字和"梢"字都没有译出来。译诗不比译科技文章，也不是讲生理学，所以译文并不一定要求精确入微。"似恨"二字比较难译，英译文译成"bespoke your grief"，可能稍轻，可以考虑用 reveal the bitter grief you feel，既有节奏，又押了内韵。"热泪欲零还住"，英译文用了"brimming"一字，那就是热泪盈眶了，和"欲零还住"似乎还有出入。加上前面提到"眼角"，如果译成盈眶，就有矛盾了。我想可以考虑把这两行分译三行：

Keeping back a warm dropping tear,

　　Your eyes and brows reveal

　　The bitter grief you feel.

第四、五行的法译文把"眼角"译成"au bord des yeux"，比英译文更加精确；但是"眉梢"却没有译出来，如果要译，那就太啰嗦了。

"都似恨"译成"lourds de chagrin"，有沉重的悲哀压得眼睛睁不开的含义，用词比较具体。"热泪欲零还住"中的"欲零"二字也没有译出来。我看这两行也可以考虑分译三行：

Retenant de chauds pleurs,

Tes yeux et tes sourcils portent la trace

De tes vires douleurs.

第六行原文是"知误会前翻书语"。英、法译文都把"书语"理解为书信，而且都译成复数名词"letters"和"lettres"。这虽然不是没有可能，但"书语"也可能不是指信。为了稳妥起见，是否可以把"书语"译成 what I wrote 和 ce que j'ai écrit? 那就不管"书语"指的什么内容，都包括在其中。

第七、八行的原文是："过眼滔滔云共雾，算人间知己吾和汝。""滔滔"二字，英、法译文都没有译出来。英译文只是说云和雾一扫而过；法译文却是说这么多事情都在我们前面烟消云散了。这两种解释都有可能，但和上下文的联系却没有了，所以法译文第七行后面还加了删节号。我觉得联系上下文来看，第七行可能是指误会会烟消云散的，因为杨开慧是诗人的知心夫人。至于"滔滔"二字，英译文可以用 fleet 和 float 两个双声字来表达。因此我想，第六至八行是否可以考虑分译四行，分成两个偶句：

(Eng.) The misunderstanding arose from what I wrote.

　　　　But it will melt like clouds that fleet and mists that float.

　　　　In the human world, who

　　　　Knows me better than you?

(Fr.)　De ce que j'ai écrit la mésentente est née.

　　　　Mais elle s'évanouira en fumée.

　　　　Car qui me connaît mieux

　　　　Que toi sous les cieux?

上半段最后两行的原文是"人有病，天知否？"原文每行三字，非常简洁，译文也要尽可能传达原文的形美。英译文把第九行译成"What ails men"，译得很好。但英诗结尾常用押韵的偶句，因此这两行是否可以考虑改为：

Does heaven then

Know what ails men?

法译文把"病"理解为不幸的事，因此英译文也可以改成：

Does heaven know

Man's weal and woe?

我想"病"字还可以理解为毛病、错误、误会，因此法译文可以考虑改为：

Le ciel sait-il le monde

Qui en fautes abonde?

下半段前三行的原文是："今朝霜重东门路。照横塘半天残月，凄清如许。"法译文把第一行的"霜重"二字译成"blanche de givre"，译得绘形绘色，可惜全行太长，有十六个音节之多。我看英译文也可以考虑把"霜重"译为"white with frost"。第二行的"横塘"又名"清水塘"，"横"字很不好译，我想英文是否可以译成"the Clear Pool"，法文译成"l'étang à l'eau claire"？"半天残月"的英译文是"the waning moon low in the sky"，如果改成 halfway up the sky 可能更加接近原文。法译文没有译出"半天"二字，但把"残月"译成"un lambeau de lune"，用字具体而形象化。为了押韵，我看这三行是否可以考虑用下面的英、法译文：

(Eng.)　The road of Eastern Gate with morning frost is white.

The waning moon halfway up the sky sheds her light

So sad and drear

On the Pool Clear.

(Fr.)　Le chemin de l'orient à l'aube est tout givré.

Un lambeau de lune sur l'etang à l'eau claire

Répand une triste lumière.

第四、五行的原文是"汽笛一声肠已断，从此天涯孤旅"。英译文把"汽笛一声"译成"a whistle sounds"，我想动词不如改用"shrills"，更好和"肠断"联系起来。"肠断"二字汉语诗中用得很多，如白居易

《长恨歌》中的名句："行宫见月伤心色，夜雨闻铃肠断声。"其实肠断就是心碎的意思，因此英译文是"my heart is broken"，法译文是"j'ai le coeur brisé"，都译得不坏。"天涯孤旅"的英译文是："I shall fare alone to the earth's end"，译得既意似，又形似。但"天涯"并不只是天尽头的意思，往往是指遥远的地方，因此，法译文"j'irai seul dans le monde"也不错。我想，为了译成偶句，或者为了隔行押韵，这两行是否可以译成：

(Eng.)　The whistle shrills and broken is my heart.

From now on, we'll be lonely, far apart.

(Fr.)　Mon coeur se brise au coup du sifflet,

Separé de toi, je suis solitaire.

到第六行，诗人的笔锋突然一转，用了两个形象化的对比："凭割断愁丝恨缕。"英文译成"We must cut through the tangled skein of anguish"，基本上译出了原文的形象，但是力量显得不够。法文译成"Je briserai les liens de la douleur"，形象就更差了。这一行是全诗最重要的一句，因此我觉得要尽可能传达原文的内容，是否可以分译两行：

Of sorrow let's cut off the string,

Of grief let us break through the ring,

第七、八行又用了两个平衡的比喻："要似昆仑崩绝壁，又恰像台风扫寰宇。"英译文把第七行译成"As if cleaving a precipice in the Kunlun Mountains"，那么主语就不是昆仑，而是我们了。法译文是"Tel le Kouenlouen qui explose en rocs abrupts"，更加切合原文。我看这几行是否可以考虑译成：

(Eng.)　Just as Mount Kunlun thrusts its cliffs asunder

Or the typhoon sweeps the world under.

(Fr.)　Rompons la corde sensible sans y toucher

Comme le mont Kouenlouen jaillit en rochers

Ou le typhon balaie la terre!

最后两行又是每行三字："重比翼，和云翥。"英译文把第九行译成"Flying again side by side"，用的是意译的方法。法译文是"Ailes

soeurs de nouveau"，更加接近原文。第十行法译文用了"volerons"
这个动词，比较一般，不如英译文"soar"更有冲霄凌云之意。我想最
后一行还可以用英文 cleave the clouds 这两个双声字来传达原诗的音美。
法译文则可以考虑用"franchirons les nues"，形象可能更加生动。法
国诗人雨果 (Victor Hugo) 在他的诗剧《艾那尼》(*Hernani*) 中有两行半
诗，表示女主角堂娜·莎尔 (Dona Sol) 要和艾那尼比翼齐飞：

> Vers des clartés nouvelles

Nous allons tout à l'heure ensemble ouvrir nos ailes.

Partons d'un vol égal vers un monde meilleur.

翻译时也可以参考，可惜用字太多。我想，"重比翼"两行可以考虑译成：

(Eng.)　Then like two birds we'll fly

　　　　　And cleave the clouds on high.

(Fr.)　　Nous volerons, tels deux oiseaux,

　　　　　Et franchirons les nues en haut.

（原载《现代外语》1980 年第 1 期）

《赠杨开慧》的英法译文：

(I)

Waving my hand, I part from you.

How can I bear to face you sad and drear,

　　Telling me your sorrows anew?

Keeping back a warm dropping tear,

　　Your eyes and brows reveal

　　The bitter grief you feel.

The misunderstanding arose from what I wrote.

But it will melt like clouds that fleet and mists that float.

　　In the human world, who

　　Knows me better than you?

　　Does Heaven know

Man's weal and woe?

The road of Eastern Gate with morning frost is white.

The waning moon halfway up the sky sheds her light

　　So sad and drear

　　On the Pool Clear.

The whistle shrills and broken is my heart.

From now on, we'll be lonely, far apart.

Of sorrow let's cut off the string;

Of grief let us break through the ring!

Just as Mount Kunlun thrusts its cliffs asunder

Or the typhoon sweeps the world under.

　　Then like two birds we'll fly.

　　And cleave the clouds on high.

（Ⅱ）

Je te fins adieu d'un signe de main.

Comment puis-je te voir si triste face à face,

　　Me reparlant de tes chagrins?

Tes yeux et tes sourcils portent la trace

　　De tes vires douleurs,

　　Retenant de chauds pleurs.

De ce que j'ai écrit la mésentente est née,

Mais elle s'évanouira en fumée.

　　Car qui me connaît mieux

　　Que toi sous les cieux?

　　Le ciel sait-il le monde

　　Qui en fautes abonde?

Le chemin de la Porte Est à l'aube est givré.

La lune à son déclin sur l'etang claire

Répand de si triste lumière.

Au coup du sifflet mon coeur est brisé.

Séparé de toi, je suis solitaire.

Rompons la corde sensible sans y toucher

Comme le mont Kouenlouen rompt un rocher

Ou le typhon balaie la terre!

Nous volerons, tels deux oiseaux,

Et franchirons les nues en haut.

评《周恩来诗选》英、法译文

1978 年 3 月 1 日《人民日报》发表了《周总理青年时代诗选》。同年 7 月，《中国文学》发表了《诗选》的英、法译文。1979 年 1 月，香港生活·读书·新知三联书店又出版了林同端翻译的《周恩来诗选》英译本。香港《大公报》记者朱启平在 1978 年 12 月 13 日报道林译本时说："读者在对照原作阅读英译本时，可处处发现用词之严谨妥帖，既保存了原意，又是晓畅优美的英文。"对照一下以上三种译文，我觉得林译在传达原诗的"意美"方面，的确胜过了《中国文学》（下称《文学》）的英、法译文。

首先，《送蓬仙兄返里有感》的第一首开头两行"相逢萍水亦前缘，负笈津门岂偶然"，《文学》的英译和林译分别是：

(1) Was it merely fate that we met

　　As fellow-students in Tientsin? (Ch. Lit.)

(2) There seemed a fated affinity

　　Though duckweed-like we met.

　　Nor was it accident that we

　　Bore the satchels both in Tientsin.　(Tr. Lin)

《文学》的译文可以说是基本"意似"，但是"萍水"和"负笈"的形象都没有译出来。周恩来同志说过："文艺的特点是通过形象思维反映生活。"[1] 译文没有形象，就有点像散文那样直说了。而林译的"前缘"译得非常精确，"萍水"的译文移植了原文的形象，可以说是给英文增加了一个新鲜用语，"负笈"的译文也保留了原文的具体形象，不但译

---

① 见 1979 年 2 月 4 日《人民日报》。

得"意似",而且传达了原诗的"意美"。

《文学》的英译有时连"意似"都没有做到,如《送蓬仙兄》第一首最后两句:"待得归农功满日,他年预卜买邻钱。"《文学》的英、法译文和林译分别是:

(1) (Eng.) May we again be neighbours

When your farming days are over! (Ch. Lit.)

(2) (Fr.) Quand satisfait, je retrouverai ma terre (Lit. Ch.)

(3) (Eng.) When task done, we go back farming (Tr. Lin)

《文学》的英译把"归农功满"误解为"归农期满了"。其实,"归农功满"就是"功满归农"的意思,不过是因为平仄关系而颠倒了顺序而已。法译比英译正确,但是不如林译精确。

又如《送蓬仙兄》第二首:"东风催异客,南浦唱骊歌。转眼人千里,消魂梦一柯。星离成恨事,云散奈愁何!欣喜前尘影,因缘文字多。"《文学》的英、法译文和林译分别是:

(1) The east wind hastens the traveller

As we finally part at the quay.

Soon melting in the distance

Only a memory remains.

Our sorrow like separated stars

Or scattered clouds.

Yet happy in the prospect

Of future literary exchanges. (Ch. Lit.)

(2) Songs of parting waft from the south beach

As the east wind urges travellers aboard.

In a twinkling, you'll be miles away.

All seems a dream — how soul-consuming!

Stars fall apart to man's regret,

Clouds disperse for all we may care.

Stays but the pleasure of a recalled past —

Rich in mutual literary inspiration. (Tr. Lin)

(3) Ma seule joie, c'est ton souvenir dans la poussière du passé (Lit. Ch.)

林译第一行"waft"这个动词用得好，歌声飘荡，译出了诗人依依不舍的惜别之情，富有"意美"。《文学》英译第三行的"melting"这个分词用得却有问题，从原文看来，分词应该是和"人"、也就是和第一行的"异客"发生关系，而译文却是和第四行的主语"memory"发生关系，结果变成记忆消失在千里之外，这就和原意大有出入了。林译第四行译得非常好，一行之内用了三个 [s] 声，和原文"消"字的声母相应；又用了三个 [m] 声，和原文"梦"字的声母相应；而"seems"和"dream"的 [i:] 韵母，还和原文的"一"字相搭，这样，译文不但传达了原诗的"意美"，而且译得"音似"，传达了原诗的"音美"。《文学》英译第五、六行把愁恨说成像星离云散似的，而原文却是说彼此分手，像星离云散一样无可奈何，译文和原文又是差之毫厘，失之千里。反看林译第五、六行，不但传达了原文的"意美"，而且还传达了一点原诗对仗的"形美"。《文学》英译第七、八行把"前尘影"误解为未来，林译正确地理解为过去；法译不但理解正确，而且把"尘"字的形象都译出来，可惜译文太长，一行有十七个音节之多，没有传达原诗的"音美"和"形美"。

在传达原诗"意美"的问题上，林译也有可以商榷的地方，如"大江歌罢掉头东，邃密群科济世穷"的林译是：

Song of the Grand River sung,

I head resolute for the east,

Having vainly delved in all schools

For clues to a better world.

译文第二行加了"resolute"一词，这虽然是原文形式上所没有的字，但"掉头不顾"是一般的惯用语，可以包含有"resolute"的意思，所以加词是可以容许的。唯有"济世穷"三字，林译理解为过去钻研群科、图谋救世的努力都落空了，我却不能同意，因为诗人那时才是十几岁的青年，怎么会说口气这么大的话呢？所以我认为钻研群科还是指将来好些，"穷"字也不是"落空"的意思，而是指世间的苦难。因此，我把这两句诗改译成韵文 (见《三之论》)。

　　在翻译典故词语的时候，应该如何传达原文的"意美"呢？《春日偶成》第一首中有两个典故，现在将原诗和三种译文抄录于后："极目青郊外，烟霾布正浓。中原方逐鹿，博浪踵相踪。"

(1) Over the green countryside I strain my eyes,

　　But all is shrouded in a murky haze.

　　Across the plains, a fierce fight for power,

　　Patriot after patriot will rise to strike. (Ch. Lit.)

(2) Aú–delà de la banlieue verdoyante, partout

　　S'élève, dense, la fumée de la poudre:

　　La lutte est acharnée dans le Centre de la Chine,

　　Par vagues, se précipitent les héros. (Lit. Ch.)

(3) A lookout from the suburb green:

　　Thickening fumes reek and reel.

　　Deer chases hot in the heartland;

　　Polang strikes close at heel. (Tr. Lin)

"逐鹿"和"博浪"是中国文学上惯用的典故词语，《文学》英、法译文都是意译，林译都用了直译加注的办法。典故是直译好，还是意译好呢？我想，当原文的内容与形式统一的时候，一般可以直译；当原文的内容与形式矛盾的时候，往往需要意译。"逐鹿"的形式所表达的内容并不是"猎鹿"，而是"争权夺位"，如果按照原文字面翻译，外国读者就不容易理解，即使加上注解，诗味也不浓了。陈毅同志说过："写诗要写得使人家容易看懂，有思想，有情感，使人乐于诵读。"（见《人民文学》1978 年第一期《陈毅同志与诗》）我想，译诗也要使人容易看懂，乐于诵读，因此，"逐鹿"还是意译好些。"博浪"也是一样，这两个字既不表示在博浪发生的事情，也不一定表示用大铁锤谋杀统治者的内容，而只是用具体的、特定的形式来泛指对统治者的打击，因此，也是意译好些。不过，意译又有不同程度的意译，"逐鹿"和"博浪"的法译都比英译更泛，而《文学》的英译也可以改得更具体一点，更形象化一点，如：

The warlords fight for power,

Hammer-blows on them shower.

以上谈的主要是"意美"的问题，现在再来谈谈"音美"。"音美"主要是传达原诗的音韵和节奏，这一点林译也胜过了《文学》的英、法译文。如《春日偶成》第二首："樱花红陌上，柳叶绿池边，燕子声声里，相思又一年。"三种译文是：

(1) The pathways red with cherry blossoms;

The lakeside green with willow leaves.

Amid the twittering of swallows,

Another year of yearning passes. (Ch. Lit.)

(2) Rouges, sur les sentiers, les fleurs de cérisier,

Les saules au bord de l'étang, verts.

Dans les chants des hirondelles

Encore une année passée dans l'attente. (Lit. Ch.)

(3) Cherry blossoms flush over the paths,

Green willows shade the pier.

Twitter, twitter the swallows again:

Thoughts and yearnings through another year. (Tr. Lin)

《文学》英译每行基本八个音节，是抑扬格，节奏感强，第一、二行对仗工整，富于"形美"，可惜没有押韵，"音美"不如林译。法译各行长短不一，无韵无调，只有"意美"，"音美"不如英译。林译每行四个节奏波 (rhythm wave)，第二、四行押韵，第三行"声声"也译为叠字，第四行"thought"和"through"，"yearning"和"year"又都用了双声，真是富于"音美"。中央电视台说，"相思又一年"可以理解为等待着新的一年，我觉得这样理解更有积极意义，所以试把这首诗改译如下：

Cherries redden the pathway

And willows green the bay.

Hearing the swallows sing,

I yearn for a new spring.

译格律诗要传达原文的"音美"，译白话诗也有"音美"的问题，如《别李愚如并示述弟》中有两行："大西洋的波澜，流不断你们的书翰。""澜"字和"翰"字押韵，具有"音美"；"波澜"和"流"字偏旁相同，又有"形美"。三种译文分别是：

(1) Yet the waves of the Atlantic

　　Cannot prevent your exchanges. (Ch. Lit.)

(2) Les courants de l'atlantique

　　Transporteront vos messages. (Lit. Ch.)

(3) Breakers of the Atlantic

　　Will keep your correspondence unbroken. (Tr. Lin)

《文学》的英译基本"意似"，没有译出"流"字的"意美"；法译把"流不断"译成正面的"传递"，"意美"更差；两种译文都没有传达原文的"音美"。林译把"波澜"译成"breakers"，和"流不断"的译文"unbroken"是同根词，两个双声词前后呼应，同时，两行之内有五个 [k]音，听来有如波涛击岸，"克克"之声不绝于耳，更加强了译文的"音美"。可惜这种妙译，译文中并不太多见。例如《生离死别》中有两行："只是他们却识不透这感人的永别，永别的感人。"诗人在这里把"感人"和"永别"两个词颠倒地重复一下，意味深远。三种译文分别是：

(1) Yet a meaningful death

　　They cannot comprehend. (Ch. Lit.)

(2) They will never understand

　　A farewell that inspires,

　　A soul-stirring farewell. (Tr. Lin)

(3) Mais ils ne connáitront jamais la fin émouvante,

　　ni l'émotion de l'adieu. (Lit. Ch.)

《文学》的英译简单化了，没有领会诗人的用心；林译虽然重复译了"别"字，但也没有抓住原文的妙处；只有法译重复了两个同根词"émotion"和"émouvante"，深得其中三昧。如果把"la fin"也改成"l'adieu"，岂不和原文更加"形似"？

Mais ils ne connáitront jamais

L'adieu émouvant

Ni l'émotion de l'adieu.

这样译得"形似"，不但可以传达原诗的"音美"，还可以传达一点原诗的"形美"。

"形美"包括字句的长短，行数的多少，对仗的工整等。如《送蓬仙兄》第一首中的"险夷不变应尝胆"，"险夷"两字对称，就有"形美"。全句和下一句"道义争担敢息肩"是对仗，又有"形美"。现将三种译文抄录于后：

(1) Firm our resolve in danger or hardship;

　　Eager our readiness to uphold justice. (Ch. Lit.)

(2) En dépit des épreuves, nous nous imposons une vie rude,

　　Epris de justice, nous ne ménageons pas nos efforts.　(Lit. Ch.)

(3) Constant in weal and woe,

　　We mean to drink the gall.

　　The first to fight for our cause,

　　Dare we shun responsibilities? (Tr. Lin)

《文学》英译两句的语序都是表语、主语、定语，译得简炼工整，富有"形美"。法译两句的语序却是状语、主语、谓语、宾语，以句而论，对仗更加工整，可惜每句太长，都有十五六个音节，不如英译简洁。林译把原诗两句分译四行，以句而论，"形美"不如《文学》译文；但以词而论，把"险夷"译成"weal and woe"两个对称的双声词，无论"音美""形美"，都又胜过《文学》。

至于重复词句，不但有"音美"的问题，也有"形美"的问题。如《生离死别》最后三行："努力为生，还要努力为死，便永别了又算什么？"三种译文分别是：

(1) Death as well as life

　　Demands total commitment.

　　Why grieve over eternal parting? (Ch. Lit.)

(2) On s'efforce de vivre bien,

　　Et on s'efforce de bien mourir.

　　Qu'importe donc un éternel adieu? (Lit. Ch.)

(3) Strive and make the best of your life,

Strive and make the best of your death.

What of it if it comes to bidding farewell? (Tr. Lin)

看来《文学》英译只求传达原文大意，不大考虑原作的用词风格，所以若以传达"形美"而论，远远不如法译。而林译不但重复了"strive"一词，而且重复了"make the best of"这个片语，使诗人的革命精神淋漓尽致地呈现出来了。译文还和译本前的献词"To man's strivings for a better world"遥相呼应，浑然一体。这也可以看出：通过传达"形美"，还能更好地传达原文的"意美"。

不但是"形美"和"意美"有关，在翻译旧诗的时候，如果能够传达原诗的"音美"（尤其是押韵），也可以更好地传达原诗的"意美"。关于押韵问题，林同端在北京谈译诗体会时说：如果押韵自然，她也不反对押韵，如她《春日偶成》的译文就是隔行押韵的；但是其他各首都没有韵，因为现代英、美诗人写诗，基本都不用韵。译旧诗要不要韵？陈毅同志明确说过："诗的平仄和用韵是自然的，废不了的。打破旧的平仄，要有新的平仄，打破旧时的韵，要有新的韵。我不同意反对平仄和用韵。诗要通顺流畅。有韵的，注意了流畅的，朗读起来效果就好些。"（见《人民文学》1978年第1期）周恩来同志写旧诗也是用韵的，并且律诗的第三至六行往往是对仗工整的联句，因此在翻译旧诗的时候，不但要传达原诗的"意美"，还要尽可能传达原诗的"音美"和"形美"。译语体诗，则可以自由些。现代英、美诗人写诗多不用韵，那可以参考他们的诗体，来翻译现代无韵的白话诗；如果这样翻译有韵有调的格律诗，那就未必符合"洋为中用"的原则了。

（据《现代英语研究》1979年第4期
及《外语》1979年第2和第3期合刊改写）

李白与拜伦

Li Bai(701-762) was the best-known poet in Chinese history and he was representative of High Tang（盛唐）culture, combination of Northern culture represented by Confucian philosophy and *The Book of Poetry*（《诗经》）, and Southern culture represented by Taoist philosophy and *The Elegies of Chu*（《楚辞》）. His life may be summed up by Du Fu's quatrain "To Li Bai":

When autumn comes, you're drifting still like thistledown;

You try to find the way to heaven, but you fail.

In singing mad and drinking dead your days you drown.

For whom will fly the roc ? For whom will leap the whale ? [1]

In the autumn of his life Li Bai could not fulfill his Confucian ideal to serve the country but wander lonely like a drifting cloud. Nor could he find spiritual freedom in Taoism which taught him to seek the way to heaven. So he could not but chant poetry and drink wine to drown his sorrow as described by Du Fu in "Eight Immortal Drinkers":

Li Bai could turn sweet nectar into verses fine.

Drunk in the capital, he'd lie in shops of wine.

Even imperial summons proudly he'd decline,

---

[1] 杜甫《赠李白》："秋来相顾尚飘蓬，未就丹砂愧葛洪。痛饮狂歌空度日，飞扬跋扈为谁雄？"

Saying immortals could not leave the drink divine. [1]

Here we see the tragedy of a genius staying lonely on earth like an angel fallen from heaven. When could he realize his aspiration to fly to the sky like the fabulous roc mentioned by the Taoist philosopher Zhuang Zi (庄子)?

Li Bai's poetry is marked by masculine grandeur and natural grace. For instance, "The Waterfall in Mount Lu Viewed from Afar" is typical of its grandeur:

) The sunlit Censer Peak exhales a wreath of cloud;

Like an upended stream the cataract sounds loud.

Its torrent dashes down three thousand feet from high,

As if the Silver River fell from azure sky. [2]

He wrote this quatrain probably at twenty-six when he first visited the Lu Mountains in modern Jiangxi Province. This poem in which heaven and earth seem to merge into one reads as if it were written by an immortal or angel fallen from on high. The first line describes the peak which looks like a censer where incense is burned to gods and immortals, but the incense turns into wreaths of cloud in sunlight as if the mountain began to blend with heaven. The verb "to exhale" is used to personify the peak so that the mountain may seem to evaporate into the sky. In line 2 the word "upend" is employed to show that the poet believed there was a Creator in the universe, for who could upend a stream but gods and immortals? In line 3 the verb to "dash" shows the

---

① 杜甫《饮中八仙歌》：“李白一斗诗百篇，长安市上酒家眠，天子呼来不上船，自称
   臣是酒中仙。”

② 李白《望庐山瀑布》：“日照香炉生紫烟，遥看瀑布挂前川，飞流直下三千尺，疑是
   银河落九天。”

power of the waterfall and the grandeur of the Creator. In line 4 "the Silver River" is coined to give a new image to the Milky Way. Here we see on the one hand the mountain peak going up to blend with the sky and on the other the Milky Way coming down to mingle with the earth. Such blending can also be found in Byron's *Childe Harold*'s *Pilgrimage*, Canto I, ix:

Oh, you Parnassus! whom I now survey,
. . . soaring snow-clad through the native sky,
In the wild pomp of mountain majesty!

On the other hand, Li's "The Moon over the Eyebrow Mountain" is characterized by a flowing grace.

The crescent moon shines bright like Autumn's golden brow;
Its deep reflection flows with limpid water blue,
I'll leave the town on Clear Steam for Three Gorges now.
O Moon, how I miss you when you are out of view![1]

This quatrain was written when Li Bai left for the first time his home in modern Sichuan Province and the moon over Mount Brow became the symbol of his homeland. This poem is well-known for five names of place are used in the short space of four lines, and these names cannot be omitted without detriment to the lyricism of this quatrain. For example, if Mount Brow were not mentioned in the first line, how can the reader understand the poet's nostalgia for home? In line I Autumn is personified and the crescent moon compared to her golden brow so as to remind the reader of Mount Brow in the poet's native land. In line 2 the

---

[1] 李白《峨嵋山月歌》："峨嵋山月半轮秋，影入平羌江水流。夜发清溪向三峡，思君不见下渝州。"

poet described what he saw while his boat was sailing at night on Clear
Stream whose water was so blue and limpid that a piece of cloth in it
would be dyed blue. The moon's reflexion would not have flown with
the water if it had not been seen while the boat was going. The last line
of the original poem has two different interpretations: "you" may stand
for a friend still living in the mountain or the moon over Mount Brow. If
the word refers to a friend, this poem describes only the poet's nostalgia.
If it is an apostrophe to the moon, then it would further suggest that the
poet was sailing between sharp-cut cliffs so steep as to screen the moon
out of view. In that case, the poet has combined narration, description
and lyricism in one line. So much has been said in so short a verse.
Perhaps that is one of the reins why this quatrain is considered a gem
of Li Bai's poetry. His "Clear Stream" may remind us of the following
verse in Byron's "Stanzas to the Po":

Her bright eyes will be imaged in thy stream—
  Yes! they will meet the wave I gaze on now.
Mine cannot witness, even in a dream,
  That happy wave repass me in its flow!

Seeing the moon imaged in the Clear Stream, the Chinese poet revealed
implicitly his thought of home while the English poet said explicitly
about his love for an Italian lady. Here we see home played as important
a role in Chinese poetry as love in English verse.

Li Bai's imagery may either be sublime or graceful. One of his
favorite images is the fabulous roe:

If once together with the wind the roe could rise,
He would fly ninety thousand li up to the skies.
E'en if he must descend when the wind has abated,

Still billows will be raised and the sea agitated. ①

Here we may say the roe is as vigorous in body as the poet is in mind, and the giant bird symbolizes the poet's love of freedom.

Another favorite image of his is the moon, for instance, in his well-known quatrain "Thoughts on a Tranquil Night" :

Before my bed a pool of light—
　　Oh, Can it be frost on the ground?
Eyes raised, I see the moon so bright;
　　Head bent, in homesickness I'm drowned. ②

In the last line the verb to "drown" is used to compare both moonlight and homesickness to water so as to find a link of connection between them. This quatrain is as popular in China as "Home, Sweet Home" is in the West. The words in it are common, but they could arouse the feeling deep in the heart and common to the millions, "East, west, home's best." We may compare this poem with Byron's "So, We'll Go No More a Roving":

So, we'll go no more a-roving
　　So late into the night,
Though the heart be still as loving,
　　And the moon be still as bright.
For the sword outwears its sheath,
　　And the soul wears out the breast,
And the heart must pause to breathe,

---

① 李白《上李邕》："大鹏一日同风起，扶摇直上九万里，假令风歇时下来，犹能簸却沧溟水。"
② 李白《静夜思》："床前明月光，疑是地上霜。举头望明月，低头思故乡。"

And love itself have rest.

Though the night was made for loving,

And the day returns too soon,

Yet we'll go no more a-roving

By the light of the moon. [1]

Byron's passionate love is like the spring flood which rises and falls while Li Bai's love for home like the still water that runs deep.

In describing natural scenery, Li's verse is characterized by a swift and fierce imaginative sweep. For instance, he writes in "Mount Skyland Ascended in a Dream":

Oh! Lightning flashes

And thunder rumbles

With stunning crashes,

The mountain crumbles. [2]

The storm scene in Byron's *Childe Harold's Pilgrimage*, Canto Ⅲ, xcii and xcv shows a fiercer imagination:

··· Far along,

From peak to peak, the rattling crags among

Leaps the live thunder!···

The mightiest of the storms hath ta'en his stand:

For here, not one, but many, make their play,

---

① 拜伦: "我们已经不再有游兴 / 去欣赏良宵美景, / 虽然心里还溢出爱情, / 月亮还溢出光明。// 因为利剑会磨损剑鞘, / 灵魂会折磨肉体, 心不能永远激烈地跳, / 爱情也需要休息。// 虽然情人爱良宵美景, / 但白天来得太快, / 我们已经不再有游兴, / 在月下谈情说爱。"

② 李白《梦游天姥吟留别》: "列缺霹雳, 丘峦崩摧。"

And fling their thunderbolts from hand to hand,

Flashing and east around: of all the band,

The brightest through these parted hills hath fork'd

His lightnings,…

Even in describing human feelings, Li Bai always compares them to natural phenomena. For example:

Oh! Ask the river flowing to the east, I pray,

Whether his parting grief or mine will longer stay ![1]

　　　　　　— "Parting at a Tavern in Jinling"

Like floating cloud you'll float away;

With parting day I part from you. [2]

　　　　　　　— "Farewell to a Friend"

However deep the Lake of peach Blossoms may be,

It's not so deep, O Wang Lun! as your love for me. [3]

　　　　　　— "To Wang Lun"

In these couplets his friendship with common people is revealed and his parting grief compared to the parting day, its length to a river and its depth to a lake.

Byron also compares his own feeling to a river, for example, in his "Stanzas to the Po".

What if thy deep and ample stream should be

　A mirror of my heart, where she may read

The thousand thoughts I now betray to thee.

---

① 李白《金陵酒肆送别》："请君试问东流水，别意与之谁短长？"

② 李白《送友人》："浮云游子意，落日故人情。"

③ 李白《赠汪伦》："桃花潭水深千尺，不及汪伦送我情。"

Wild as thy wave, and headlong as they speed!

Byron is describing his love for a lady but Li Bai for his friends. In Byron the River Po is personified while in Li Bai the poet is naturalized or becomes a part of nature.

Li is well-known for his "Seeing Meng Hao-ran Off at Yellow Crane Tower":

My friend has left the west where towers Yellow Crane

For River Town while willow-down and flowers reign.

His lessening sail is lost in the boundless azure sky,

Where I see but the endless River rolling by. [1]

This quatrain was probably written in 728 when the twenty-eight-year-old Li Bai parted with the forty-year-old poet Meng Hao-ran, of whose "high value all the world is proud," as stud Li Bai, and who, "white-haired, lies beneath the pine and cloud." The place where they bade farewell was Yellow Crane Tower where, according to the legend, an immortal flew to heaven on the back of a yellow crane. Hence, seeing an old friend off at the Tower might be associated with the immortal ascending to heaven and the white sail with the white cloud. In the very beginning of the quatrain heaven and earth are joined together by the crane and a blissful atmosphere is thus created. Then the place where Meng was going was really a heaven on earth for Yangzhou was the most prosperous city in the world during the eighth century. And the time they parted was the best season of the year when the rivershores were green with willow leaves and red with peach blossom. So the blissful atmosphere continues to pervade all along the River. Then the poet watched his friend's ship sail farther and farther away until

---

① 李白《黄鹤楼送孟浩然之广陵》："故人西辞黄鹤楼，烟花三月下扬州。孤帆远影碧空尽，唯见长江天际流。"

it vanished from view and merged into the sky. Here we seem to feel the poet's heart dilate and become boundless as the heaven. In the end, what was left before the poet was only the rolling River and we seem to see his longing for his friend become endless as the River which also merged into the sky. The first couplet of this quatrain is a beautiful narrative and the last a description of the beautiful scenery. There is not a single word about the poet's feeling, yet we can feel his heart beat with the rolling water. Perhaps that is the reason why this poem is considered one of the best farewell poems in China. If we compare it with Byron's *Childe Harold*'s *Departure*, we can find the English poet also writes with a flowing grace as the Chinese.

Adieu, adieu! my native shore

    Fades o'er the waters blue;

The night—winds sigh, the breakers roar.

    And shrieks the wild sea—mew.

Yon sun that sets upon the sea.

    We follow in his flight;

Farewell awhile to him and thee,

    My native Land—Good Night!

We see shores, waters, breakers and birds in these two poems, but the English waters are blue while the Chinese River yellow, the English bird is the wild sea mew while the Chinese bird is the yellow crane. The English poet followed the sun in his flight and the Chinese watched the immortal in the crane's flight. Perhaps that can help us to understand why the yellow color is symbolic of Chinese terrestrial culture and the blue of Western maritime civilization.

In describing love between man and woman, Byron is subjective, direct, profound and elaborate while Li Bai is objective, suggestive, subtle and simple. We may read for instance: "A Faithful Wife Longing for Her Husband in Spring":

> Your northern grass must be like green silk thread;
>
> Our Western mulberries have bent their head.
>
> When your thoughts begin to turn homeward way,
>
> My heart has long been breaking night and day.
>
> To the intruding vernal wind I say:
>
> "How dare you part the curtain of my bed!" [①]

Unlike Byron who pours out his heart for a beautiful young lady, Li Bai describes the tender love of a woman for her lord. The first couplet does not tell us directly that the husband has been far, far away for a long, long time, but hints at the fact that he is in the north while his wife is left in the west where mulberry leaves have grown thick. The second couplet is a simple contrast between their heart and thought. The third couplet is very subtle to insinuate how much the wife loves her lord and how faithful she is to him. She would not allow the wind to part her bed−curtain and intrude into her bed, let alone any human intruder. This instance shows how the Chinese poet can express in two lines what the English poet does in twenty.

Even in describing sorrow of a woman, Li Bai is little given to expressions of despair or bitterness. His poetry on the whole is calm, at times sunny in outlook. It appears to grow out of certain convictions that he held regarding life and art, out of a tireless search for spiritual freedom and communion with nature, a lively imagination and a deep sensitivity to beauty. For instance, he writes in "Hard Is the Way of the World":

---

① 李白《春思》："燕草如碧丝，秦桑低绿枝。当君怀归日，是妾断肠时。春风不相识，何事入罗帷？"

A time will come to ride the wind and cleave the waves,

I'll set my cloud-like sail and cross the sea which raves, ①

When he felt sad, he said in "Invitation to Wine":

My fur coat worth a thousand coins of gold

And my flower-dappled horse may be sold

To buy wine that we may drown the woe age-old. ②

We can see that his woe was not short-lived personal sorrow but age-old common woe.

His communion with nature may be seen in "Sitting Alone in Face of Mount Jingting":

All birds have flown away, so high;

A lonely cloud drifts on, so free.

Gazing at Mount Jingting, nor I

Am tired of him, nor he of me. ③

In the first half of this quatrain, says Professor Frankel of Yale University, Li Bai "prepares for the extraordinary conclusion by introducing two other natural phenomena, one representing togetherness and the other loneliness." The words "lonely" and "free" in the second line "apply not only to the cloud but also to the human spectator and to the mood of the entire poem. By first presenting and then removing the birds and the cloud, the poet intensifies the atmosphere of solitude and

---

① 李白《行路难》："长风破浪会有时，直挂云帆济沧海。"

② 李白《将进酒》："五花马，千金裘，呼儿将出换美酒，与尔同销万古愁。"

③ 李白《独坐敬亭山》："众鸟高飞尽，孤云独去闲，相看两不厌，只有敬亭山。"

clears the stage for the two lonely figures." Li Bai's communion with nature may remind us of the following verse in Byron's *Childe Harold*'s *Pilgrimage, Canto* III, ixxv:

> Are not the mountains, waves, and skies, a part
>> Of me and of my soul, as I of them?
> Is not the love of these deep in my heart
>> With a pure passion?...

Byron seemed to be in communion with the visible and Li Bai with the invisible.

For another example we may read Li's "Leaving the White Emperor Town at Dawn".

> Leaving at dawn the White Emperor crowned with cloud,
> I've sailed a thousand li through the Gorges in a day.
> With monkeys' sad adieus the riverbanks are loud;
> My skiff has left ten thousand mountains far away. [1]

The White Emperor Town crowned with cloud looks like an able for immortals. In the second line there is a marked contrast between the long distance and the short time. To go a thousand li in one day's space would seem impossible in ancient China for human beings but possible only for gods and goddesses. Here we see the poet more likened to an immortal than to a man. In the third line we hear the sad adieus of monkeys who were considered as companions of Taoist immortals. In the last line we see the fleeting movement of a skiff which looked like a leaf used by gods or goddesses to float on water. Thus a celestial

---

[1] 李白《早发白帝城》："朝辞白帝彩云间，千里江陵一日还。两岸猿声啼不住，轻舟已过万重山。"

atmosphere is created in this terrestrial quatrain. This celestial river may be compared with the terrestrial Rhone in Byron's *Childe Harold*'s *Pilgrimage, Canto* III, xciv:

> Now , where the swift Rhone cleaves his way between
> Heights which appear as lovers who have parted
> In hate, whose mining depths so intervene,
> That they can meet no more, though brokenhearted;. . .

We cannot fail to see how different is Byron's river humanized and endowed with human and not celestial feelings. This difference may account for Li Bai's being called "poet-immortal. "

（原载《外国语》1992 年第 3 期）

评白居易《长恨歌》英译文

　　白居易的《长恨歌》是我国文学史上最著名的长篇爱情诗。早在 20 世纪 20 年代，已有英国学者 Herbert A. Giles 的散体译文，W. J. Fletcher 的诗体译文和美国学者 Witter Bynner 的散体译文。1983 年又出版了英国学者 Innes Herdan 的散体译文。现在，我想对这几种译文进行比较研究，看看如何翻译好些。

　　汉皇重色思倾国，御宇多年求不得。

His Imperial Majesty, a slave to beauty, longed for a "subverter of
　　　empires."

(Giles)

The Lord of Han loved beauty; In love's desire he pined.

(Fletcher)

China's Emperor, craving beauty that might shake an empire.

(Bynner)

Ming Huang, the great lover, longed for a peerless beauty.

(Herdan)

《唐诗一百首》解释说："汉皇——唐朝人写本朝皇帝的事，不便直说唐朝，所以借汉来代唐。"这就是说，原诗的内容和形式有矛盾，内容是说唐明皇，形式上却说是"汉皇"。第二种译文忠实于原文的形式，不忠实于原文的内容；第四种译文忠实于原文的内容，却不忠实于原文的形式。看来还是第一、三种译文好些，而第三种译文又比第一种更现代化，不如把 China's 一词去掉。"倾国——指的是极美的美女，典故出在古诗的'再顾倾人国'中。"这就是说，原文的内容和形式又有矛盾：内容是指美女，形式却是倾覆国家。第一种译文还原是"颠覆帝国的人"，只是直译了原文的形式，虽然加了引号，我想读者恐怕还是难以理解的，说不定会误以为皇帝陛下是个疯子，因此不如第二、三种直译。第二种译文是意译，"倾国"二字几乎没有译出来，这就不如第四种意译了。第三种译文可以说是更接近意译的直译；第四种译文则可以说是更接近直译的意译。在原文的表层形式和深层内容有矛盾的时候，解决的办法是用最接近直译的意译，或者最接近意译的直译，如果这两者能合而为一，那就可能是最好的译文了。如"一顾倾人城，再顾倾人国"的译文：

At her first glance, soldiers would lose their town;

At her second, a monarch would his crown.

杨家有女初长成，养在深闺人未识。

天生丽质难自弃，一朝选在君王侧。

回眸一笑百媚生，六宫粉黛无颜色。

A lovely form of Heaven's mould

Is never cast aside.

And so this maid was chosen,

To be a Prince's bride.

If she but turned her smiling,

A hundred loves were born.

There are no arts, no graces,

But by her looked forlorn.

(Fletcher)

But with graces granted by heaven and not to be concealed,

At last one day was chosen for the imperial household.

If she but turned her head and smiled, there were cast a hundred spells,

And the powder and paint of the Six Palaces faded into nothing.

(Bynner)

"天生"两句，两种译文都差不多，但是第一种译文把每句分译两行，隔行押韵，第二种译文却每行都是十四五个音节，读起来就不如第一种译文好听。"回眸"两句是描写美人的名句，第一种译文前半直译，后半意译，"粉黛"二字译得距离原文较远，虽然也是隔行押韵，但以"意美"而论，显得不如第二种直译的译文。由此可见，如果两种译文传达原文的"意美"不相上下，那么，能传达原诗"音美"的韵体译文自然胜过散体译文；如果韵体的"意美"不如散体，那就是在主要方面有逊色，应该取散体之长，补韵体之短，才可能成为更好的译文。

春寒赐浴华清池，温泉水滑洗凝脂，
侍儿扶起娇无力，始是新承恩泽时。
云鬓花颜金步摇，芙蓉帐暖度春宵，
春宵苦短日高起，从此君王不早朝！

Supported by her handmaids, bewitching in her frailty,

This was when she first received the Emperor's love.

With her cloudy hair, her flower-like face,

    and twinkling golden headdress,

Warm within the hibiscus bed-curtain

    she spends the Spring nights.

(Herdan)

With cloud-like hair and flower-like face

Her tinkling footsteps ring.

How warm in her pure curtains

To pass a night of Spring!

The nights of Spring are short, alas!

Too soon the sunlit dawn!

From then no longer held the Prince

His court at early morn.

(Fletcher)

"娇无力"三字，第一种译文译得很好，"始是"一句也比第二种译文正确，但是因为缺少"音美"，所以读起来诗味不浓。比较一下"云鬓"两句的两种译文，可以看出内容大致相同，但是第二种译文押了韵，读起来就胜过第一种译文了。"芙蓉"二字，第一种译文虽然译得"意似"，但并没有传达原文的"意美"。在"意似"和"意美"有矛盾的时候，还是应该舍"意似"而取"意美"的。

承欢侍宴无闲暇，春从春游夜专夜。
后宫佳丽三千人，三千宠爱在一身；
金屋妆成娇侍夜，玉楼宴罢醉和春。

But steeped in love, at banquet's side,

No other business knew.

One spring behind another came.

One night the next renew,

Although within his palace

Three thousand beauties dwelt,

His love for these three thousand

Did on one bosom melt.

(Fletcher)

She shared his pleasure, attended at his feast, no moment idle;

Companion of his spring roaming, despot of his nights.

Three thousand beauties dwelt in the inner courts,

But his love of all three thousand was lavished on one body.

Adorning herself in a Gold Chamber, she waited for night to come;

Feasting in the Jade Tower, they grew drunk with wine and spring.

（Herdan）

"承欢"二字，第一种译文译得很好；但是"夜专夜"的动词时态用得不对，可能是为了凑韵的缘故，而且动词放在宾语之后，读起来也不顺口，如果可能，最好还是不颠倒。第二种译文的"专"字译得太重，可以说是"形似"，其实并不"意似"。"三千"一句的动词，两种译文都译得好，第一种译文更形象化，诗味更浓一点，"一身"二字也译得更入诗，第二种译文就太散文化了。"金屋"二句，第二种译文译得基本对称，传达了一点原诗的"形美"，"醉和春"三字译得很有新意。

> 姊妹弟兄皆列土，可怜光彩生门户，
> 遂令天下父母心，不重生男重生女！
> 骊宫高处入青云，仙乐风飘处处闻。
> 缓歌慢舞凝丝竹，尽日君王看不足。

Her sisters and her brothers, one and all,

were raised to the rank of nobles.

Alas! For the ill-omened glories

which she conferred on her family.

For thus it came about that fathers and mothers

through the length and breadth of the empire

Rejoiced no longer over the birth of sons,

But over the birth of daughters,

(Giles)

这几句的译文都无足称道，所以只选了一种为例，这种译文虽有节奏美，但是用词不够精练。

> 渔阳鼙鼓动地来，惊破霓裳羽衣曲！

九重城阙烟尘生，千乘万骑西南行。

翠华摇摇行复止，西出都门百余里，

六军不发无奈何，宛转蛾眉马前死。

When like an earthquake came the boom

Of drums and war's alarms,

To shatter that sweet rainbow song

Of Beauty in Love's arms.

The clouds of dust rolled gloomily

About the palace doors,

As chariots, troops of horsemen,

Went westward to the wars.

That lady fair would go with him,

And then she stayed again.

At last she came for forty miles;

And lodged her on the plain.

(Fletcher)

"渔阳"二字没译出，如能指明这是安禄山造反，读者也许容易理解一些。"动地"和"惊破"译得都不错，但"霓裳羽衣曲"译得啰嗦，似不必要。"千乘"一句，译成西行作战，说明译者不了解历史事实，把逃难说成打仗，与原意相悖。"翠华"两字，译者又不知道是指皇帝的车盖和旌旗，而误以为是杨贵妃欲行复止，所以这两句译得与原文面目全非，不如其他三种译文。其他几种译文"渔阳"二字译音，如果不加注解，读者也不容易明白。

花钿委地无人收，翠翘金雀玉搔头，

君王掩面救不得，回看血泪相和流。

黄埃散漫风萧索，云栈萦纡登剑阁。

峨眉山下少人行，旌旗无光日色薄。

蜀江水碧蜀山青，圣主朝朝暮暮情。

行宫见月伤心色，夜雨闻铃肠断声。

Travelling along, the very brightness

of the moon saddens his heart,

And the sound of a bell through the evening rain

severs his viscera in twain.

(Giles)

When from his tent the Moon he sees,

His breast is charged with woe.

The rain of night, the watches' bell,

Like torments through him go.

(Fletcher)

He stared at the desolate moon from his temporary palace.

He heard bell-notes in the evening rain, cutting at his breast.

(Bynner)

He sees the moon over the Travelling Palace,

    painful in its loveliness;

He hears the bells in the night rain

    tinkle with a heartbreaking sound.

(Herdan)

"行宫"两句是情景交融，对仗工整的名句，富有意美、音美、形美，读后余音萦耳，久久不绝，但是四种译文都不能传达原诗的"三美"。"行宫"二字，第四种直译，第一种意译，第三种半直译，第二种半意译，各有千秋。"伤心"二字，第一种直译，二、三种意译，第四种意译，还有创新，有点像"娇无力"的译法，显然比二、三种强。"夜雨闻铃"四字，第四种直译，其他三种译文都有误。"肠断"二字，只有第一种直译，但是这种译法太露太直，不宜入诗。

> 天旋地转回龙驭，到此踌躇不能去，
> 马嵬坡下泥土中，不见玉颜空死处。
> 君臣相顾尽沾衣，东望都门信马归。
> 归来池苑皆依旧，太液芙蓉未央柳。
> 芙蓉如面柳如眉，对此如何不泪垂！
> 春风桃李花开日，秋雨梧桐叶落时。

Time passes, days go by, and once again
  he is there at the well-known spot,
And there he lingers on, unable
  to tear himself wholly away.
The eyes of sovereign and minister meet,
  and robes are wet with tears,
Eastward they depart and hurry on
  to the capital at full speed.
There is the pool and there are the flowers,
  as of old.
There is the hibiscus of the pavilion,
  there are the willows of the palace.
In the hibiscus he sees her face,
  in the willow he sees her eyebrows:
How in the presence of these
  should tears not flow,
In spring amid the flowers
  of the peach and plum
In autumn rains when the leaves
  of the wutung fall?

(Giles)

And when heaven and earth resumed their round
    and the dragon-car faced home,
The Emperor clung to the spot and would not turn away
From the soil along the Ma-wei slope, under which
    was buried
That memory, that anguish. Where was her jadewhite face?

(Bynner)

"天旋"二句是原诗转折的地方，两种译文转得都好，尤其是第一种，虽然没有押韵，却富有抒情意味，读来有点像英国浪漫诗人 Wordsworth 的 "Tintern Abbey"。"玉颜空死处"，第二种用意译法，颇有诗意。"信马归"是随着马走的意思，第一种恰恰译反了。"太液"是汉朝宫里的大池，"未央"是汉朝的宫名，这里都是借汉朝说唐朝。第一种译文没有译出，但忠实于原文的内容；有两种译文译得"音似"，结果却不"意似"。"春风"两句，第一种译文采用"合译法"，和上面"芙蓉"两句合而为一，虽然译得不"形似"，甚至可能不够"意似"，但是富有"意美"，而且这样处理显得精练，所以我后面的译文也用了这种译法。

西宫南内多秋草，落叶满阶红不扫，
梨园弟子白发新，椒房阿监青娥老。
夕殿萤飞思悄然，孤灯挑尽未成眠，
迟迟钟鼓初长夜，耿耿星河欲曙天。
鸳鸯瓦冷霜华重，翡翠衾寒谁与共！
悠悠生死别经年，魂魄不曾来入梦！

The hair of the Pear-Garden musicians
    is white as though with age;
The guardians of the Pepper Chamber
    seem to him no longer young…

Slowly pass the watches,

    for the nights are now too long;

And brightly shine the constellations,

    as though dawn would never come.

(Giles)

The firefly flitting the room

Her spirit seemed to be;

The whole wick of his lamp he trimmed,

Yet sleep his eyes would flee.

How slowly through the dreary night

The bell the watches tolled.

How sleepless blinked the Milky Way,

Ere dawn the light unrolled!

When chill the roof where true love dwelt,

How thick the frost flakes form!

When cold the halcyon's coverlet,

Who then can make it warm?

(Fletcher)

　　"梨园"是培养歌舞艺人的地方，原意是说学艺的年轻人如今新添了白头发，第一种译文却加了"似乎"二字，说艺人白头似乎是上了年纪，其实未必真是老了，可能是因为唐明皇思念杨贵妃，在他眼里，年轻人也显得衰老。这样一来，原文只是客观叙事，译文却变成了主观抒情，反比原文更加深刻。"椒房"是汉朝未央宫里皇后居住的地方，这里也是借汉朝说唐朝，译文直译字意，结果只是"形似"而不"意似"。"阿监"是指太监，"青娥"是指宫女，译文却理解错了。但是译文加了"看来"二字，又把原文的客观叙事，深化为主观抒情了。如果把误译的地方改正，可以说是"青出于蓝而胜于蓝"的。"夕殿"一句原来也是借景写情，第二种译文却说"萤飞"，好像是杨贵妃的孤魂回来，这样又把思念之情深化了。"迟迟"二句原诗对仗工整，两种译文都注意保持"形美"。第一种译文把"欲曙天"说成是曙光仿佛永远不来，这样就使耿耿长夜显得更长；第二种译文说"耿耿星河"眨着眼睛彻夜不眠，这也加深了思念人的孤寂之感。两种译文各有千秋。当然，也有人反对这种译法。我认为，如果这种译法能给读者带来更多的美感，那就不妨试用；如果不受读者欢迎，那自然会被淘汰。

> 临邛道士鸿都客，能以精诚致魂魄，
> 为感君王辗转思，遂教方士殷勤觅。
> 排空驭气奔如电，升天入地求之遍，
> 上穷碧落下黄泉，两处茫茫皆不见。
> 忽闻海上有仙山，山在虚无缥缈间，
> 楼阁玲珑五云起，其中绰约多仙子。
> 中有一人字太真，雪肤花貌参差是。
> 金阙西厢叩玉扃，转教小玉报双成；
> 闻道汉家天子使，九华帐里梦魂惊。
> 揽衣推枕起徘徊，珠箔银屏迤逦开，
> 云鬓半偏新睡觉，花冠不整下堂来。
> 风吹仙袂飘飘举，犹似霓裳羽衣舞。
> 玉容寂寞泪阑干，梨花一枝春带雨。
> 含情凝睇谢君王，一别音容两渺茫。
> 昭阳殿里恩爱绝，蓬莱宫中日月长。

Her features are fixed and calm,
    though myriad tears fall,
Wetting a spray of pear–bloom,
    as it were with the raindrops of spring.
Subduing her emotions, restraining her grief,
    she tenders thanks to his Majesty,
Saying how since they parted

she has missed his form and voice;

and how, although their love on earth

　has so soon come to an end,

The days and months among the Blest

　are still of long duration.

(Giles)

"My voice," she said, "since parting,

My face my sorrows wear."

In Chao-yang Court my love remains.

It knows no other sway.

Through palaces of Fairyland

But slowly drags the day⋯

(Fletcher)

Since happiness had ended at the Court of the Bright Sun,

And moons and dawns had become long in Fairy Mountain Palace.

(Bynner)

Her jade-like face so pitiful, criss-crossed with tears—

A spray of pear blossom in the spring rain.

(Herdan)

　　"玉容"两句，第一种译文译得不好，不如第四种译文。"一别音容两渺茫"，原文富有诗意，第一种译文却有散文味；第二种译文虽然有诗意，但和原文并不"意似"，所以不能算是"深化"。"深化"一般应该是译出原作深层内容可有、原作表层形式所无的东西，或者是原作内容虽无、原作形式却可有的东西。"昭阳"二字，第一种译文没有译，第二种译音，第三种译意，我觉得还是译意好。"恩爱绝"三字，第二种似乎译反了，但却是原文深层内容可能有的，所以可不算错。而"日月长"三字，要算第二种译文好，因为一、三种译文都是客观叙事，第二种却译出了杨贵妃恨时光过得太慢的寂寞心情，这就是说，"神似"重于"形似"。

回头下望人寰处，不见长安见尘雾。
唯将旧物表深情，钿合金钗寄将去：
钗留一股合一扇，钗擘黄金合分钿。
但教心似金钿坚，天上人间会相见。
临别殷勤重寄词，词中有誓两心知：
七月七日长生殿，夜半无人私语时，
在天愿作比翼鸟，在地愿为连理枝。
天长地久有时尽，此恨绵绵无绝期！

"I swear that we will ever fly
    like the one-winged birds,
Or grow united like the tree
    with branches which twine together. "
Heaven and Earth, long-lasting as they are,
    will some day pass away;
But this great wrong shall stretch out for ever,
    endless, for ever and ay.

(Giles)

"We swore that in the heaven above
We never would dispart:
One tomb on earth enclose of us
The frail and mortal part. "
The heaven is vast; and earth is old;
And Time will wear away.
But this their endless sorrow
Shall never know decay.

(Fletcher)

That we wished to fly in heaven, two birds with the wings of one,

And to grow together on the earth, two branches of one tree.

. . . Earth endures, heaven endures; some time both shall end,

While this unending sorrow goes on and on for ever.

(Bynner)

In heaven we shall be two birds with the wings of one;

On earth two trees with branches intertwined.

Heaven and earth are long enduring, but they will pass away,

This sorrow will go on and on—it will never end.

(Herdan)

"在天"四句是富于意美、音美、形美，千古传诵的名句。第一种译文基本传达了原诗的意美，最后两句还押了韵，但是"比翼"译得有误。第二种译文传达了原诗的音美，但是"比翼鸟"和"连理枝"的形象完全没有译出，显得反而不如其他三种译文。由此可见，只有韵美而无意美的译文，还不如只有意美而无韵美的译文。自然最好是要既有意美，又有韵美。第三、四种译文改正了前两种译文的错误，但是没有吸收第二种译文的长处，所以读起来并不能使人得到读原诗的美感。由此可见，只有意美而无韵美的译文，也不能使人领略读原诗的乐趣。因此，译时不但要传达原诗的意美，还要传达原诗的音美（包括押韵），如果可能，最好还能传达原诗的形美（例如对仗）。现在，我试取四种译文之长，补四种译文之短，将《长恨歌》全诗改译成诗体，附在后面。

The Everlasting Regret

The beauty-loving monarch longed year after year

To find a beautiful lady without a peer.

A maiden of the Yangs to womanhood just grown,

In inner chambers bred, to the world was unknown,

Endowed with natural beauty too hard to hide,

She was chosen one day to be the monarch's bride.

Turning her head, she smiled so sweet and full of grace

That she outshone in six palaces the fairest face.

She bathed in glassy water of warm-fountain Pool

Which laved and smoothed her creamy skin when spring was cool.

Without her maids' support, she was too tired to move,

And this was when she first received the monarch's love.

Flower-like face and cloud-like hair, golden headdressed,

In lotus-adorned curtain she spent the night blessed.

She slept till the sun rose high for the blessed night was short,

From then on the monarch held no longer morning court.

In revels as in feasts she shared her lord's delight,

His companion on trips and his mistress at night.

In inner palace dwelt three thousand ladies fair,

On her alone was lavished royal love and care.

Her beauty served the night when dressed up in Golden Bower,

She was drunk with wine and spring at banquet in Jade Tower.

Her sisters and brothers all received rank and fief

And honors showered on her household, to the grief

Of fathers and mothers who would rather give birth

To a fair maiden than to any son on earth.

The lofty palace towered high into blue cloud,

With divine music borne on the breeze, the air was loud.

Seeing slow dance and heating fluted or stringed song,

The emperor was never tired the whole day long.

But rebels beat their war drums, making the earth quake

And "Song of Rainbow Skirt and Coat of Feathers" break.

A cloud of dust was raised o'er city walls nine-fold:

Thousands of chariots and horsemen southwestward rolled.

Imperial flags moved slowly now and halted then,

And thirty miles from Western Gate they stopped again.

What could be done when armies would not march with speed

Unless fair Lady Yang be killed before the steed?

None would pick up her hairpin fallen on the ground

Nor golden bird nor comb with which her head was crowned.

The monarch could not save her, hid his face in fear,

Turning his head, he saw her blood mix with his tear.

The yellow dust widespread, the wind blew desolate,

A serpentine plank path led to cloud-capped Sword Gate.

Below the Eyebrows Mountains wayfarers were few,

In fading sunlight royal standards lost their hue.

On Western waters blue and Western mountains green,

The monarch's heart was daily gnawed by a sorrow keen

The moon viewed from his tent shed a soul-searing light;

The bells heard in night rain made a heart-rending sound.

Suddenly turned the tide. Returning from his flight,

The monarch could not tear himself away from the ground

Where 'mid the clods beneath the Slope he couldn't forget

The fair-faced Lady Yang who was unfairly slain.

He looked at his courtiers, with tears his robe was wet,

They rode east to the capital but with loose rein.

Come back, he found her pond and garden in old place,

With lotus in the lake and willows by the hall.

Willow leaves like her brows and lotus like her face,

At the sight of all these, how could his tears not fall

Or when in vernal breeze were peach and plum full-blown

Or when in autumn rain parasol leaves were shed?

In Western as in Southern Court was grass o'ergrown,

With fallen leaves unswept the marble steps turned red.

Actors although still young began to have hair gray;

Eunuchs and waiting—maids look'd old in palace deep.

Fireflies flitting the hall, mutely he pined away,

The lonely lamp—wick burned out, still he could not sleep.

Slowly beat drums and rang bells, night began to grow long;

Bright shone the Milky Way, daybreak seemed to come late.

The love—bird tiles grew chilly with hoar frost so strong;

His kingfisher quilt was cold, not shared by a mate.

One long, long year the dead and the living were parted,

Her soul came not in dreams to see the broken—hearted.

A Taoist magician came to the palace door,

Skilled to summon the spirit from the other shore.

Moved by the monarch's yearning for the departed fair,

He was ordered to seek for her everywhere.

Borne on the air, like flash of lightning he flew,

In heaven and on earth he searched through and through.

Up to the azure vault and down to deepest place,

Nor above nor below could he e'er find her trace,

He learned that on the sea were fairy mountains proud

Which now appeared now disappeared amid the cloud

Of rainbow color, where rose magnificent bowers

And dwelt so many fairies as graceful as flowers.

Among them was a queen whose name was "Ever True",

Her snow—white skin and sweet face might afford a clue.

Knocking at western gate of palace hall, he bade

The porter fair to inform the queen's waiting maid.

When she heard that there came the monarch's embassy,

The queen was startled out of dreams in her canopy.

Pushing aside the pillow, she rose and got dressed,

Passing through silver screen and pearl shade to meet the guest.

Her cloud—like hair awry, not full awake at all,

Her flowery cap slant'd, she came into the hall.

The wind blew up her fairy sleeves and made them float

As if she danced the "Rainbow Skirt and Feathered Coat".

Her jade-white face criss-crossed with tears in lonely world

Like a spray of pear blossoms in spring rain impearled.

She bade him thank her lord, love-sick and broken-hearted.

They knew nothing of each other after they parted.

Love and happiness long end'd within palace walls;

Days and months appeared long in the Fairyland halls.

Turning her head and fixing on the earth her gaze,

She saw no capital 'mid cloud of dust and haze.

To show her love was deep, she took out keepsakes old

For him to carry back, hairpin and case of gold.

Keeping one side of the case and one wing of the pin,

She sent to her lord the other half of the twin.

"If our two hearts as firm as the gold should remain,

In heaven or on earth some time we'll meet again, "

At parting, she confided to the messenger

A secret vow known only to her lord and her.

On seventh day of seventh month when none was near,

At midnight in Long Life Hall he whispered in her ear:

"On high, we'd be two love-birds flying wing to wing;

On earth, two trees with branches twined from spring to spring. "

The boundless sky and endless earth may pass away,

But this vow unfulfilled will be regrett'd for aye.

（原载《外语学刊》1984 年第 3 期）

评李清照词英译文

李清照是我国历史上最著名的女词人，她的词在美国已有三种译文。1962 年，加州州立大学比较文学系主任许芥昱教授在美国现代语言学会第七十七期学报上发表了关于李清照词的论文，其中包括二十首词的译文。1966 年，纽约 Twayne 出版社出版了华裔学者胡品清的《李清照》。1975 年，印第安纳大学出版了柳无忌和罗郁正两位教授编译的 *Sunflower Splendor*，其中包括欧阳桢 (Eugene Eoyang) 教授译的李清照词十三首。

许芥昱在论文中谈到李清照的词有五个特点：一、口语入词：如"起来""见客入来"等；二、形象生动：如"落日熔金，暮云合璧"等；三、善用叠字：如"争渡，争渡""知否？知否？"等；四、音乐性强：如"休休！这回去也，千万遍阳关，也则难留"，其中"休休"二字不合韵律，但是音乐性强，成了一种新创的格律；五、借景写情：如"淡荡春光寒食天……黄昏疏雨湿秋千"。许芥昱的译文基本可以说是意译，"淡荡春光寒食天"一行，他的英译文是：

Rippling spring light in late April—

因为"寒食"是中国旧时代的节日，不但美国读者不懂，就是今天中国的许多读者也未必知道，所以他就意译为四月下旬了。而欧阳的译文却是：

Mild and peaceful spring glow, Cold Food Day.

至于胡品清的译本，至今没有看到，只知道她抗日战争前曾在江西南昌第二中学学习，后来在浙江大学外文系毕业。据许芥昱来信说："她那书也有它的长处，但似乎不太受重视。"

许芥昱译文的长处是容易理解，体现了原文口语入词的特点，缺点是不够准确，如上面所引"寒食"的译文。再比较一下《清平乐》中"今年海角天涯"一行的许译和欧译：

1. This year I am far away from home. (Tr. Hsu)

2. This year I'm at the end of the world. (Tr. Eoyang)

原文形式上是说"海角天涯"，实际上并不是真在天之涯或海之角，而是离家遥远的意思，所以许译不但传达了原文的内容，而且通顺易懂。欧译在形式上比较接近原文，译得形似，但可能引起误解。在这种情况下，可以说是意译比直译好，神似胜过形似。

欧译的长处是比较准确，能够传达原文的形美，容易体现原文善用叠字的特点，例如《清平乐》中"年年雪里"一行，许译和欧译分别是：

1. Every year when snow came (Tr. Hsu)

2. Year after year in the snow (Tr. Eoyang)

两种译文都传达了原文的内容；原文重复了"年"字，许译没有重复；欧译却重复了 year 一字，不但忠实于原文的内容，而且忠实于原文的形式。在这种情况下，可以说是直译比意译好。但是欧译有时只忠实于原文的形式，而不忠实于原文的内容，那就不是直译而是硬译了。例如"寒食天"那一首有一行："梦回山枕隐花钿。"许译和欧译分别是：

1. Waking from a dream I find my hairpin under the pillow. (Tr. Hsu)

2. My dream returns me to the hills of my pillow, hiding my hairpins.

（Tr. Eoyang）

根据王学初《李清照集校注》，"山枕：盖枕作凹形，两端突起如山也，故名。"许译没有译出"山"字，但还基本上传达了词意；欧译逐字硬译，结果反而不知所云了。又如《浣溪沙》中有一行"远岫出云催薄暮"，欧译文是：

Far-off hills, jutting peaks,

hasten the thinning of dusk.

《广韵》中说："山有穴曰岫。"陶渊明的《归去来辞》中有两个名句："云无心以出岫，鸟倦飞而知还。"看来译者都不知道。日将落曰"薄暮"，译者把"薄"字译成动名词，结果意思变成"遥远的小山和突出的山峰催黄昏变得更稀薄些"，和原文"从远山出来的云彩催黄昏快点降临"的意思恰恰相反，这真是形近而实远，根本谈不上体现原词的特点了。

根据许芥昱的论文，李清照词的第一个特点是口语入词，例如《点绛唇》中的"见客入来"。现将《点绛唇》原文和许译抄下："蹴罢秋千，起来慵整纤纤手。露浓花瘦，薄汗轻衣透。见客入来，袜划金钗溜。和羞走，倚门回首，却把青梅嗅。"

After pushing on the swing,

She got off, too exhausted to care for her dainty hands.

A delicate flower under heavy dew—

Perspiration moistened her light robe.

Seeing someone enter,

She ran in embarrassment,

Letting her stockings drag and hairpins drop.

Yet she leaned on the door and looked back,

Pretending to sniff at a twig of plum blossoms.

译文基本口语化，不过，exhausted, dainty, delicate, perspiration, moistened 等字，似乎还可以换一些口头更常用的词汇；"袜划"是"未穿鞋，著袜而行走"的意思；"梅"花据赵甄陶考证应译 mume（见《外语教学与研究》1978 年第 1 期）；因此，我想试把这首词改译如下：

She gets off the swing, too tired to care

    For her hands so fair.

Like a slender flower under heavy dew,

With sweat her light robe is wet through.

Seeing someone come, she feels shy,

In her stockings she tries to fly

    And her hairpin drops.

    She never stops

But to look back, leaning on the door,

Pretending to sniff at the mume blossoms once more.

再如《减字木兰花》一首，也是非常口语化的好词，现在将原文和许译、欧译分别抄下："卖花担上，买得一枝春欲放。泪染轻匀，犹带彤霞晓露痕。怕郎猜道，奴面不如花面好。云鬓斜簪，徒要教郎比并看。"

1. From the flower peddler's

   She bought a twig of spring about to open.

   Lightly touched with traces of tears,

   It still bore the marks of sunrise and morning dew.

   Afraid that he might suspect—

   That her face was not as pretty as the flower—

   She pinned it in her hair,

   Just to let him compare.

   (Tr. Hsu)

2. From the pole of the flower vendor

   I bought a sprig of spring about to bloom,

   tear-speckled, lightly sprinkled,

   still touched by a rose mist and dawn's early dew.

   Should my beloved chance to ask,

   if my face weren't fair as a flower's,

   I'd put one aslant in my hair,

   then ask him to look and compare.

   (Tr. Eoyang)

比较一下两种译文，可以发现许译更口语化，如"放""晓露"等词的译文都是；欧译第三行更是书面语，不过原文"彤霞晓露痕"也是书面文字，所以译文可以说是忠实于原文风格的。由此也可以看出，翻译不能只考虑原文口语化的特点，还要考虑文体、音乐性等。以第一行"卖花担上"而论，许译要比欧译简洁明了，而且用字妥帖；欧译又是把"担"字都译出来了。不过欧译用的词便于押韵，"一枝春"的译文还用了双声，因此，考虑到音乐性，我的译文也采用了欧译：

From a flower vendor

I buy a sprig about to display spring's splendor.

Sprinkled with tears still new,

It bears the trace of rosy cloud and morning dew.

Afraid my dear might think

My face is not as fair as that of the flower pink,

I pin it aslant in my hair

So that he may look at both and compare.

李清照词的第二个特点是形象生动，这里，我想举两首著名的词为例。第一首是《如梦令》："昨夜雨疏风骤，浓睡不消残酒。试问卷帘人，却道"海棠依旧"。知否？知否？应是绿肥红瘦。"现在将许译和欧译抄录如后：

1. Last night in light rain and gusty wind

   My sound sleep dispelled not the lingering effect of wine.

   I try to ask her who rolls up the screens.

   "The apple tree," she says, "is still the same."

   But ah, do you know it,

   Do you know it?

   The green may be thriving, the red must be thin now.

   (Tr. Hsu)

2. Last night, a bit of rain, gusty wind,

   a deep sleep did not dispel the last of the wine.

   I ask the maid rolling up the blinds—

   but she replies: "The crab apple is just as it was."

   Doesn't she know?

   doesn't she know?

The leaves should be lush and the petals frail.

(Tr. Eoyang)

比较一下两种译文，可以看出许译"残酒"更加准确，但是散文味重；许译"海棠"却又不如欧译。全词形象最生动的是最后一行"应是绿肥红瘦"，许译为了保持原文形象，"绿"和"红"二字都是直译；恰恰相反，一贯直译的欧阳这里偏偏改用意译，译成红花绿叶了。至于"肥"和"瘦"，两人都译成形容词；我想，如果译成动词，也许更能保持原诗生动的形象。尤其是原诗"瘦"字和上一行两个"否"字韵近，音乐性强，译文若没有韵，就会大有逊色。所以，我想把这首词改译如下：

Last night the wind was strong and rain was fine,

Sound sleep did not dispel the aftertaste of wine.

I ask the maid rolling up the screen.

"The same crab-apple tree," she says, "is seen."

　　Don't you know,

　　Don't you know

The red should languish and the green must grow?

我的译文第一行节奏虽然合乎格律，但是 was 用得嫌多；最后一行"绿肥"的译文是两个双声字，加强了译文的音乐性，可以说是意外的收获。

　　第二首形象生动的词是《醉花阴》："薄雾浓云愁永昼，瑞脑销金兽。佳节又重阳，玉枕纱厨，半夜凉初透。东篱把酒黄昏后。有暗香盈袖。莫道不消魂，帘卷西风，人比黄花瘦。"现在将许译和欧译抄下：

1. Light mist and dark clouds—it has been gloomy all day.

　　　　Rare incense burns in the animal-shaped censer.

Again comes the Double Ninth festival;

On my jade pillow and through the gauze mosquito net,

Evening chill arrives at midnight.

Serving wine after dusk near the chrysanthemum hedge,

A subtle scent fills my sleeves.

Don't say that it doesn't hurt:

As western wind flutters the curtain,

She has grown thinner than the yellow blossom.

(Tr. Hsu)

2. Thin mists—thick clouds—sad all day long.

The gold animal spurts incense from its head.

Once more it's the Festival of Double Nine;

On the jade pillow—through mesh bed curtain—the chill of midnight starts seeping through.

At the eastern hedge I drink a cup after dusk;

furtive fragrances fill my sleeve.

Don't say one can't be overwhelmed:

when the west wind furls up the curtain,

I'm more fragile than the yellow chrysanthemum.

(Tr. Eoyang)

两种译文都没有发现原词第一、二行之间的关系。据夏承焘在《唐宋词欣赏》第 65 页上说："'薄雾浓云'是比喻香炉出来的香烟。"仅以"香炉"二字而论，许译显然比欧译清楚，容易理解。"重阳"二字，两个译者都是直译。"纱厨"是有纱帐的床，许译译成蚊帐，太散文化，有点煞风景，似乎不如欧译。"东篱"用陶渊明"采菊东篱下"诗意，欧阳直译又不如许意译，如能兼用直译意译，自然更好。全词最精彩的是最后三行，但是看来两个译者都没有理解"莫道不消魂"的意思。据夏承焘说：金兽焚香，对酒赏花，都是李清照夫妻共度重阳佳节的情景；然而现在夫妻离别，怎不令人魂消呢！"消魂"的原因是离愁别恨，因此这两个字可以采用林同端译《周恩来诗选》中"消魂梦一柯"的译法。由于赵明诚曾写过五十首词来和这首《醉花阴》，所以我想这词的下半段也可以有两种不同的译法：

1. In thin mist and thick cloud of incense, sad I stay,

    Seeing the animal-shaped censer all day.

    The Double Ninth Festival comes again,

      Still alone I remain

    In the curtain of gauze, on a pillow of jade,

    Which the mid-night chill begins to invade.

    After dusk I drink wine by East Hedge in full bloom,

    My sleeves filled with fragrance and gloom.

      Say not my soul

    Is not consumed! Should the west wind uproll

      The curtain of my bower,

    You'll see a thinner face than yellow flower.

2. Beside East Hedge I drink wine at evening hours,

    My sleeves fragrant with chrysanthemum flowers.

    Say not this separation hasn't consumed my soul!

    Let the west wind uproll

      My bower's screen!

    A leaner face than yellow flower will be seen.

原词最后一行"人比黄花瘦"，"人"字许译为"她"，不如欧译为"我"，最好"她"字或"我"字都不译出来，更加含蓄一些。

李清照词的第三个特点是善用叠字，例如前面说到的"年年雪里"，"知否知否"，都是连用叠字。这种叠字最好也能译成叠字，如"小风疏雨萧萧地"，"庭院深深深几许？"许译文分别是：

1. Light breeze and fine rain, soughing and soughing

2. Deep, deep the courtyard—how deep!

欧译对叠字更加注意译得形似，如《南歌子》："天上星河转，人间帘幕垂。凉生枕簟泪痕滋。起解罗衣，聊问夜何其？翠贴莲蓬小，金销藕叶稀。旧时天气旧时衣，只有情怀，不似旧家时！"欧译文是：

In the sky the Milky Way turns;

here on earth a curtain drops.

　　A chill collects on the pillow-mat, wet with tears.

I get up to untie my silk gown,

　　wondering what hour of night it is.

The blue-tinted lotus pod is small,

the gold-spotted lotus leaves are sparse.

Old-time weather, old-time clothes

only bring back memories

　　but nothing like real old times.

原词重复"旧时"二字，译文也重复了三次，可以说是形似。但是如果能够传达原诗音美，那就更好。现在试把这首词改译如下：

In the sky the Milky Way veers;

　　On the earth the curtain is drawn down.

The pillow grows chilly, wet with tears.

　　I rise to take off my silk gown,

Wondering how old night has grown.

Small lotus pod is tint'd with green;

　　Sparse lotus leaves are spott'd with gold.

In old-time weather, old-time dress is seen,

　　But my mind is not in the same state as of old.

有时叠字并不连用，如《一剪梅》："红藕香残玉簟秋，轻解罗裳，独上兰舟。云中谁寄锦书来，雁字回时，月满西楼。花自飘零水自流，一种相思，两处闲愁。此情无计可消除，才下眉头，又上心头。"原词重复"头"字，但是并不连用，读来别有风味。这首词的许译文是：

The scent of red lotus fades, and the mat feels cool.

　　I loosen my robe

　　To board the boat alone.

Who sends a message through the cloud?

As the swans return information,

Moonlight floods the western chamber.

The petals shall fall and water shall flow.

　　One kind of longing,

　　Two victims of unnamed grief.

There is no way of getting rid of this thought;

　　Just as it recedes from the eyebrows,

　　In the heart, it swells.

原词一行七字，接着两行都是四字，并有对仗，极尽长短句之妙。译文也尽可能做到一长二短，要和原文形似，但是因为没有押韵，不能传达原诗的音美；"雁"字意译，似乎也不妥当，因为这是中国诗词常用的字。我想把这首词改译如下：

The jade-like mat feels autumn's cold, I change a coat

　　And 'mid the fading fragrance

　　Of lotus pink alone I float.

Will returning wild geese bring message through the cloud?

　　When they come, with moonbeams

　　My west chamber's o'erflowed.

As water flows and flowers fall without leaving traces,

　　One and same longing

　　O'erflows two lonely places.

I cannot get rid of this sorrow: kept apart

　　From my eyebrows,

　　It gnaws my heart.

这个译文第二个韵押得有点勉强，不过因为英国诗人雪莱在《云雀》中用过，所以就沿用了。原文两个"头"字，只好用押韵的办法来译，同时尽量使两个短行保持每行四个音节，多少可以使读者体会到一点原词的形美和音美。

...

　　李清照词的第四个特点是音乐性强，刚说到的《一剪梅》就是一个例子。《声声慢》更是一个音乐性强，善用叠字，形象生动，口语入词，借景写情的典型范例。词一开始，连用七对叠字，真是千古绝唱："寻寻觅觅，冷冷清清，凄凄惨惨戚戚。乍暖还寒时候，最难将息。三杯两盏淡酒，怎敌他晚来风急！雁过也，正伤心，却是旧时相识。 满地黄花堆积，憔悴损，如今有谁堪摘？守着窗儿，独自怎生得黑！梧桐更兼细雨，到黄昏，点点滴滴。这次第，怎一个愁字了得！"据夏承焘在《唐宋词欣赏》第 68 页说：末了几句"二十多个字里，舌音、齿音交相重叠，是有意以这种声调来表达她心中的忧郁和怅惘。这些句子不但读起来明白如话，听起来也有明显的音乐美，充分体现出词这种配乐文学的特色。""这首词借双声叠韵字来增强表达感情的效果，是从前词家不大用过的艺术手法。"译文如何传达这首词的音乐美呢？许、欧都没有译出这首绝妙好词，有人甚至认为前十四字是无法翻译的。我想把这首词试译如后：

> I seek but seek in vain,
>
> I search and search again:
>
> I feel so sad, so drear,
>
> So lonely, without cheer.

（参见《翻译的标准》一文）

这个译文虽然没有连用七对叠字，但也用了四对短音 [i] 和两对长音 [i:]的韵脚，多少可以传达一点原词"觅觅""凄凄""戚戚""滴滴"等叠字的音美。有人认为"淡酒"是指酒力不强的酒，那也可以考虑采用下列译文：

> Hardly warmed up by two or three cups of wine so weak,
>
> How could I stand at dusk the wind so bleak?

不过这样一改，"风急"又不如原来译得音似了。关于这译文的音乐性问题，我在《翻译的标准》一文中已经谈过，这里就不再重复了。

　　李清照是一位代表婉约派的女词人，但在她的词作中也有一首风格特殊的豪放词《渔家傲》："天接云涛连晓雾，星河欲转千帆舞。仿佛梦魂归帝所，闻天语，殷勤问我归何处。 我报路长嗟日暮，学诗谩有惊人句。九万里风鹏正举，风休住，蓬舟吹取三山去。"这首词十行一韵到底，每段四长句一短句，富有音乐美。许译文是：

The sky is joined to surging clouds, and the clouds to morning mist.

A thousand starry sails dance in the fading Milky Way above.

it seem that I dreamed of going to the city of gods

Who asked me kindly, "Where are you returning to?"

I replied, "The road is long and time is late. "

I write poetry and sometimes there is a startling line.

The Roc soars on the rising wind of ninety thousand miles.

Please don't stop, O wind,

But carry my leaf-like boat to the three sacred isles.

这个译文虽然传达了原词豪放的气派，但是原词的长短和用韵却没有体现。虽然，译文要像原文那样十行一韵是很困难的；不过如果只要五行一韵，也并不是不可能，那却可以体现一点原词的音乐美。现将这首词改译如下：

Morning mist and surging clouds spread to join the sky,

The Milky Way fades, a thousand sails dance on high.

It seems as if my soul to gods' abode would fly,

　　And I

Be kindly asked where I'm going. I reply:

"The road is long, alas! the sum on the decline,

In vain have I written startling poetic line.

The roc soars up to ninety thousand miles and nine.

　　O wind mine!

Don't stop but carry my boat to the three isles divine!"

　　李清照词的第五个特点是借景写情，写欢乐之情的有《如梦令》："常记溪亭日暮，沉醉不知归路。兴尽晚回舟，误入藕花深处。争渡，争渡，惊起一滩鸥鹭。"许译和欧译分别是：

1. Often remembered are the evenings on the creek

    When wine flowed in the arbor and we lost our way.

    It was late, our boat returned after a happy day

    Entering, by mistake, the thicket of lotus clusters.

    As we hurried to get through,

    Hurried to get through,

    A flock of herons, startled, rose to the sky. (Tr. Hsu)

2. How many evenings in the arbor by the river,

    When flushed with wine we'd lose our way back.

    The mood passed away, returning late by boat

    We'd stray off into a spot thick with lotus,

    and thrashing through

    and thrashing through

    startle a shoreful of herons by the lake. (Tr. Eoyang)

两种译文都借溪亭之景，写出了欢乐之情。许译的第二、三行还押了韵，其实第六行只要换一个动词，全诗押韵并不太难：

I oft remember what a happy day

Passed in the arbor by the creek when it was glooming.

Drunk, we returned by boat and lost our way,

We strayed off into a spot where lotuses were blooming.

"Get through !

Get through!"

Startled, a shoreful of herons flew.

原词第一行是常常记得溪亭乐事的意思，并不一定是常常迷路。"争渡"二字我译成直接祈使句，只有四个音节，可能更容易体现口语入词的特点。

李清照词中借景写忧伤之情的有著名的《武陵春》："风住尘香花已尽，日晚倦梳头。物是人非事事休，欲语泪先流。 闻说双溪春尚好，也拟泛轻舟。只恐双溪舴艋舟，载不动许多愁。"许译和欧译分别是：

1. The wind pauses, the scent clings to the dust, but flowers

are no more.

It's getting late and yet I am too weary to comb my hair.

Things are still the same, but he is gone, it is all over;

Tears well up before any word could be said.

They say that Spring is still young at the Shuang Creek.

I thought of going to take a small boat there.

Only I fear the tiny boats of the Shuang Creek

Cannot carry this much care. (Tr. Hsu)

2. The wind subsides—a fragrance

of petals freshly fallen;

It's late in the day—I'm too tired

to comb my hair.

Things remain but he is gone.

and with him everything.

On the verge of words: tears flow.

I hear at Twin Creek spring it's still lovely;

how I long to float there on a small boat—

But I fear at Twin Creek my frail "grasshopper" boat

could not carry this load of grief. (Tr. Eoyang)

比较一下两种译文，可以看出许译还是意译，欧译还是直译。但"双溪"二字，许译是半音译半意译，似乎不如欧译用意译好；而"春尚好"中的"好"字，许译采用莎士比亚《罗密欧与朱丽叶》中"Is the day so young?"的用法，却又比欧译高出一筹。"舴艋舟"三字，许译还是意译，欧译还是直译。欧译的分行和大小写，都是采用英、美新诗的分法和写法，这样来译中国古典诗词，似乎不太合乎时代风格。许译的二、六、八行又押了韵，其实只要稍加修改，再吸收欧译的长处，并不难把全词改成格律体的英诗：

Sweet flowers fall to dust as the wind dies away,

Tired, I won't comb my hair for it's late in the day.

Things are the same but he is gone and all is o'er,

Before I could say anything, tears pour.

'Tis said at the Twin Creek spring is still fair,

And on a light boat I long to float there.

But I'm afraid the grief-overladen boat

On the Twin Creek can't keep afloat.

　　总而言之，许芥昱提出的李清照词的五个特点，几乎每首词中都有体现，问题是如何在译文中体现这些特点，尤其是体现原词的音美。因为运用口语、形象、叠字、借景写情等方法，在散文中也可以出现；而诗词和散文的区别，主要是诗词的音乐性强，所以本文举的译例，着重说明如何传达原词音美的问题。许芥昱在论文中说：李清照六十首词都是她本人的作品；王学初《李清照集校注》却认为有十五首是"存疑之作"。许文中还提到：赵明诚夫妇拿不出二十万钱来买的徐熙牡丹图，现在台湾台中博物馆。因此我想，李清照的翻译研究工作，如果能和在台湾以及在国外的学者共同进行的话，可能会取得更加丰硕的成果。

（原载《现代英语研究》1982 年第 1 期）

《西厢记》与《罗密欧与朱丽叶》

一

王实甫的《西厢记》（约 1300）和莎士比亚的《罗密欧与朱丽叶》（1597）都是世界名剧。现在，我从剧的结构、情节、人物性格、文辞几个方面，来做一点比较。

金圣叹（1608—1661）认为《西厢记》只有四本十六折。他说："若夫《西厢记》之为文一十六篇，……有'生'有'扫'。'生'如生叶，生花；'扫'如扫花，扫叶。……最前《惊艳》一篇谓之'生'；最后《哭宴》一篇谓之'扫'。……而后于其中间，则有'此来彼来'。何谓'此来'？如《借厢》一篇是张生来，谓之'此来'。何谓'彼来'？如《酬韵》一篇是莺莺来，谓之'彼来'。……设若张生不借厢，是张生不来，张生不来，此事不生。即使张生借厢，而莺莺不酬韵，是莺莺不来；莺莺不来，此事亦不生。今既张生慕色而来，莺莺又慕才而来，如是谓之'两来'。……而后则有'三渐'。何谓'三渐'？《闹斋》第一渐，《寺警》第二渐，《后候》第三渐。第一渐者，莺莺始见张生也；第二渐者，莺莺始与张生相关也；第三渐者，莺莺始许张生定情也。此'三渐'，又谓之'三得'。何谓'三得'？自非《闹斋》之一篇，则莺莺不得而见张生也；自非《寺警》之一篇，则莺莺不得而与张生相关也；自非《后候》之一篇，则莺莺不得而许张生定情也。……而后则又有'二近'，'三纵'。何谓'二近'？《请宴》一近，《前候》一近。盖'近'之为言，几几乎如将得之也。……'三纵'者，《赖婚》一纵，《赖简》一纵，《拷艳》一纵。……'纵'之为言，几几乎如将失之也。……而后则有'两不得不然'。何谓'两不得不然'？《听琴》不得不然，《闹简》不得不然。听琴者，红娘不得不然；闹简者，莺莺不得不然。……而后则有'实写'一篇。……《酬简》之一篇是也。又有'空写'一篇。……《惊梦》之一篇是也。凡此，皆所谓《西厢记》之文一十六篇。"

如果要用金批《西厢记》的方法来评莎剧，那可以说，《罗密欧与朱丽叶》也"有生有扫"：第一幕《惊艳》是"生"，第五幕双双殉情是"扫"。中间也有"两来"：罗密欧来朱丽叶家参加化妆舞会；朱丽叶来和罗密欧跳舞。不过《西厢记》中，才子三见佳人，还停留在心心相印的阶段；而莎剧中，罗朱却是一见定情。因此，《西厢记》中的"三渐""三得"，在莎剧第一幕中，却是一蹴而就了。《西厢记》中的"二近""三纵"，也就是说，两次几乎得到，三次几乎失掉；在莎剧中，却是一见亲吻，再见订婚，三见结合，四见生离，五见死别了。至于"三纵"，罗朱两家是世仇，罗密欧杀死了朱丽叶的表哥而被驱逐出境，朱丽叶和霸礼的婚事，几乎都使罗密欧得不到朱丽叶。而后有"两不得不"：朱丽叶要赖婚，不得不假死；她要假死，神甫不得不给她药水。《西厢记》中《酬简》所"实写"的幽会，在莎剧中却成了三幕五场楼台会的"虚写"。《西厢记》续作第五本中的大团圆，在莎剧中却成了最后一场罗朱两家言归于好。

二

现在，我们来比较一下《西厢记》和莎剧中的《惊艳》。张生初见莺莺的唱词是：

〔元和令〕颠不剌的见了万千，
这般可喜娘罕曾见。

〔上马娇〕是兜率宫？是离恨天？
我谁想这里遇神仙！

〔幺 篇〕似呖呖莺声花外啭。
行一步，可人怜，
解舞腰肢娇又软。

千般袅娜，万般旖旎，

似垂柳在晚风前。

Thousands of beauties I have seen before,

But not such charming face as this one I adore.

Is this a paradise or a sorrowless sphere?

Who would have thought I'd meet an angel here!

She speaks like oriole warbling 'mid the blooms. Each pace

She takes awakens love.

When she is seen to move.

Her supple waist is full of grace

Like that of a dancer or drooping willow trees

Waving in evening breeze.

What a captivating sight!

What an intoxicating delight!

下面再看罗密欧初见朱丽叶时说的话，和曹禺的诗体译文：

O, she doth teach the torches to burn bright!

It seems she hangs upon the cheek of night

Like a rich jewel in an Ethiop's ear——

Beauty too rich for use, for earth too dear!

So shows a snowy dove trooping with crows

As yonder lady o'er her fellows shows.

The measure done, I'll watch her place of stand

And, touching hers, make blessed my rude hand.

Did my heart love till now? Forswear it, sight!

For I ne'er saw true beauty till this night.

哦，火把跟了她才会放出光辉，

她挂在深夜的脸上，

像黑人的耳环上一双最美的宝翠，

太美了，简直不能碰，

为着人间，这太贵重。

像雪白的鸽子在乌鸦群里飞，

我女伴们当中她是这样的妩媚。

为着求福，碰碰她的手都好。

我曾经爱过么？没有，那是花了眼，

真美的我才见着，从今晚这一面。

钱钟书先生在《写在人生边上》第3页说："你若要知道一个人的自己，你须看他为别人做的传；你若要知道别人，你倒该看他为自己做的传。自传就是别传。"这话也可以用来评论诗剧。张生和罗密欧口中的美人，既是莺莺和朱丽叶，也显示了他们自己的思想。张生"颠不剌的见了万千"，说明他是守身如玉的书生；他把莺莺的声音和姿态比作鸟语和垂柳，说明他对自然美的爱好。罗密欧要"求福"，说明他是基督徒；他把朱丽叶比作"宝翠"，又说明他是富贵人家的公子哥儿。张生口中的莺莺是"实写"，写出了莺莺的体态，也说明了张生注重实际；罗密欧口中的朱丽叶却是"虚写"，只把她比作火把、白鸽，这也说明了他喜欢幻想。

三

下面再看《西厢记》和莎剧中的"两来"：张生来"借厢"，莺莺来"酬韵"。按照中国古文"起、承、转、合"的写法，如果说《惊艳》是"起"或"生"，那么，《借厢》和《酬韵》就是"承"了。张生和莺莺在第一本三折中的唱和是：

张生：月色溶溶夜，花阴寂寂春。

　　　如何临皓魄，不见月中人？

莺莺：兰闺深寂寞，无计度芳春。

　　　料得高吟者，应怜长叹人。

Zhang: All dissolve in moonlight,

　　　　Spring's lonely in flowers' shade.

　　I see the moon so bright.

　　　　Where's her beautiful maid?

Oriole: In lonely room at night

　　　　In vain spring and youth fade.

　　You who croon with delight,

　　　　Pity the sighing maid!

才子佳人唱和都很婉转含蓄：张生不说自己爱慕莺莺，只说见月思人；莺莺不说自己怜才，反说才子"应怜长叹人"。而罗密欧和朱丽叶却大不相同，开门见山，握手亲吻。

Romeo: Have not saints lips, and holy palmers too?

Juliet:　Ay, pilgrim lips that they must use in pray'r.

Romeo: O, then, dear saint, let lips do what hands do!

　　　　They pray; grant thou, lest faith turn to despair.

Juliet:　Saints do not move, though grant for prayers' sake.

Romeo: Then move not while my prayer's effect I take.

罗：神不也有嘴唇，香客也有？

朱：进香的朋友，嘴唇是用来祈祷。

罗：哦，我的神，让嘴唇也学学握手，答应了吧，不然，信念就化成苦恼。

朱：不过神不肯动，

　　虽然应允一个人，

　　为着他的祈祷。

罗：那么就不要动，

　　当着祈祷的果实我就要得到。

罗朱虽然口里也说到神、香客、祈祷，但是这些宗教字眼已经用来为爱情服务了。

"两来"之后又有"两去"：张生离开莺莺和罗密欧离开朱丽叶倒是写得大同小异的。

> 张生：你若共小生厮觑定，
>
> 　　　隔墙儿酬和到天明，
>
> 　　　便是惺惺惜惺惺。

> Zhang: If you but look at me without turning away,
>
> 　　　I would rhyme with your verse till the break of the day.
>
> 　　　　　Clever loves clever
>
> 　　　　　For ever and ever.

莎剧第二幕第二场罗密欧离开朱丽叶时的对话，还有曹禺和朱生豪的译文，现在摘录如下：

> Romeo: Love goes toward love as school−boys from their books;
>
> 　　　But love from love, toward school with heavy looks.
>
> Juliet: Good night, good night! Parting is such sweet sorrow,
>
> 　　　That I shall say good night till it be morrow.

> 罗：爱去找爱，就像逃学的孩子躲开书房；
>
> 　　两个分开，好比垂头丧气赶回到学堂。（曹译）
>
> 朱：晚安！晚安！离别是这样甜蜜的凄清，
>
> 　　我真要向你道晚安直到天明。（朱译）

比较一下《西厢记》和莎剧，可以发现："惺惺惜惺惺"和"爱去找爱"，"酬和到天明"和"道晚安直到天明"，不但内容相似，而且形式和词语都有相同之处。就是用韵，《西厢记》的"定""明""惺"，和莎剧罗密欧的"房""堂"，都是尾韵；而朱丽叶的"清""明"简直是"音似"了。

四

金批《西厢记》中说："两来"之后则有"三渐"。第一渐是《闹斋》中莺莺初见张生，却通过张生口中说出：

"稔色人儿，可意冤家，
怕人知道，看人将泪眼偷瞧。"
"我情引眉梢，心绪他知道。
他愁种心苗，情思我猜着。"

"She casts a furtive glance from her eyes full of tears
As if she had some lurking fears."
"My love's revealed at the point of my brows;
She knows my lovesickness.
Her heart which sorrow plows
Is stirred by love, I guess."

第二渐是《寺警》中张生献出退兵计后，莺莺说出她对张生的感恩之情、爱才之心：

诸僧伴，各逃生；
众家眷，谁瞅问。
他不相识横枝儿着紧，
非是他书生叨议论，
也自防玉石俱焚。
甚姻亲？可怜咱命在逡巡；
济不济？权将这秀才来尽。
他真有出师的表文，下燕的书信，
只他这笔尖儿敢横扫五千人。

The priests for their own lives would flee.

Who would take care of our family?

Although an unacquainted outsider mere,

To help us he would volunteer.

Not that he's wise to give advice,

But that he's not afraid of sacrifice.

We've no relation near;

Upon a thread hangs our lives dear.

Sink or swim, live or die,

Upon this scholar we can but rely.

O that his letter would restore order

And conquer brigands as generals did on the border!

I wish the point of his pen

Would sweep away five thousand men.

　　第三渐是《后候》中莺莺许张生定情。但在定情之前，又有几次转折，就是"起、承、转、合"中的"转"。第一转是崔老夫人《赖婚》，使才子佳人心近身远了；但《琴心》中，两人心却更近；到了《前候》，两人身也更近。第二转是莺莺《赖简》，两人却是身近心远。关于这点，金圣叹作了精辟的分析，他认为莺莺是天下之"至尊贵""至有情""至灵慧""至矜尚"的女子。因为"有情"，所以她爱张生的才貌，感激他的恩德，同情他的怨恨。因为"灵慧"，所以她能出口成章，下笔成文。因为"矜尚"，所以她既约张生，又想瞒过红娘。因为"尊贵"，所以她知道张生未瞒红娘，就勃然大怒，这对少女的自尊心是很深刻的分析。这段心理分析，却出自《闹简》中红娘之口：

几曾见，寄书的颠倒瞒着鱼雁？

小则小，心肠儿转关，

教你跳东墙，"女"字边"干"。

原来五言包得三更枣，

四句埋将九里山。

你赤紧将人慢，

你要会云雨闹中取静，

却教我寄音书忙里偷闲。

Who has e'er seen

A messenger befooled by the sender?

She is so keen,

Though she appears so young and tender.

She tells her lover to climb

Over the eastern wall for a tryst.

Five words hint at the time;

Four lines appeal to the lover missed.

About this critical affair, O mark!

I am kept in the dark.

You want the cloud

To bring fresh showers

For thirsting flowers

Rising above the crowd,

But order me to use my leisure

To gratify your pleasure.

说来也巧，跳墙之事，莎剧第二幕第一场也有，但是跳墙之后，结果大不相同。

Romeo:　But soft! What light through yonder window breaks?

It is the East, and Juliet is the sun!

Arise, fair sun, and kill the envious moon,

Who is already sick and pale with grief

That thou her maid art far more fair than she⋯

Juliet:　What's in a name? That which we call a rose

By any other name would smell as sweet.

So Romeo would, were he not Romeo called…

罗：但是静静，是什么光从那边窗户透出来？

那是东方，朱丽叶就是太阳。

起来吧，美丽的阳光，射倒那嫉妒的月亮；

惨白的月亮都焦虑得病了，

她气你原是她的侍女，为什么比她还美？……

朱：姓名又算什么？我们叫做玫瑰的，

不叫它玫瑰闻著不也一样地甜么？

罗密欧也这样，就不叫他罗密欧，

还是保留著他天生的完美。

罗朱一见钟情，所以不必"三渐"，而是跳墙之后，立刻私订终身。罗密欧眼中的朱丽叶充满了浪漫主义色彩，说明自己也是个浪漫青年；朱丽叶不顾两家的世仇，依然热恋着罗密欧，说明她是一个得到宠爱、"不畏虎"的"初生之犊"，和"小则小，心肠儿转关"的莺莺大不相同。罗密欧的浪漫气息，使他一怒之下，杀死了朱丽叶的表哥，这和张生"这笔尖敢横扫五千人"，也大不相同。莺莺的表哥郑恒之死，在《西厢记》第五本中成了最后一个转折；在莎剧中，梯霸之死也使罗密欧被驱逐出境，剧情急转直下。

五

《西厢记》第一本是"起"和"承"，第二、三本是"转"，第四本是"合"。四本一折《酬简》"实写"张生莺莺幽会。金圣叹批道："人说《西厢记》是淫书，他止为中间有此一事耳。细思此一事，何日无之？何地无之？不成天地中间有此一事，便废却天地耶？细思此身自何而来，便废却此身耶？"此事在《酬简》中，全由张生唱出：

软玉温香抱满怀。
呀，刘阮到天台，
春至人间花弄色。
柳腰款摆，花心轻折，
露滴牡丹开。

No fragrance is so warm, no jade so soft and nice,
Ah! I am better than in paradise.
Spring comes on earth with flowers dyed.
Her willowy waist close by my side.
Her pistil plucked, my dewdrop drips
And her peony sips
With open lips.

　　四本二折《拷艳》是"合"后之"转"，主要是写红娘。金圣叹说："《西厢记》写红娘，凡三用加意之笔：其一于《借厢》篇中，峻拒张生；其二于《琴心》篇中，过尊双文；其三于《拷艳》篇中，切责夫人。"她责备崔老夫人说：

他两个经今月余，只是一处宿。
何须你一一搜缘由？
他们不识忧，不识愁，
一双心意两相投。
夫人，你得好休便好休，
其间何必苦追求？
常言女大不中留。
世有，便休，罢手！
大恩人怎做敌头？
启白马将军故友，
斩飞虎幺麽草寇！

They've slept together over a month.

Why need you go into detail one by one?

They know nor grief nor sorrow;

They know today but not tomorrow.

They love each other soul and heart;

They cannot bear to be torn apart.

My Mistress, overlook the matter if you can!

This is not an affair for you to probe or scan.

When things appear

Good far and near,

Don't interfere!

Why make an enemy of a good friend

Who sent for General on White Horse to defend

Your family and to your trouble put an end?

　　四本三折《哭宴》是"合"后之"分"，写莺莺在长亭送别张生，主要是莺莺唱：

　　碧云天，黄花地，

　　西风紧，北雁南飞。

　　晓来谁染霜林醉？

　　总是离人泪。

　　恨成就得迟；

　　怨分去得疾。

　　柳丝长，玉骢难系；

　　倩疏林，你与我挂住斜晖！

With clouds the sky turns grey;

Yellow blooms pave the way.

How bitter blows the western breeze!

From north to south fly the wild geese.

Why like wine−flushed face is frosted forest red?

It's dyed in tears the parting lovers shed.

It's my regret

So late we met;

It grieves my heart

So soon to part.

Long as the willow branch may be,

It cannot tie his parting steed to the tree.

What would I not have done

If autumn forest could hang up the setting sun!

　　四本四折《惊梦》是"分"后之"合"，"分"是真，"合"是假。真"合"之后还有假"合"，这和莎剧中朱丽叶死前有"假死"一样，可以比较。《酬简》中的云雨之欢，莎剧没有实写。在《哭宴》中，莺莺怨恨时间过得太快；朱丽叶也良宵恨短：

Juliet:　Wilt thou be gone? It is not yet near day.

　　　　　It was nightingale, and not the lark,

　　　　　That Pierc'd the fearful hollow of thine ear.

Romeo: It was the lark, the herald of morn;

　　　　　No nightingale. Look, love, what envious streaks

　　　　　Do lace the severing clouds in yonder East.

朱：你就要走么？还没天亮呢！

　　这是夜莺叫，不是百灵鸟，

　　刺痛我爱的耳鼓，吓着了我的爱。

罗：方才叫的是百灵鸟，叫醒了早晨，

　　不是夜莺；看东面淡淡地散开了白云！（曹译）

　　（那是报晓的云雀，不是夜莺。

　　瞧，爱人，不作美的晨曦

　　已经在东天的云朵上镶起金线。）（朱译）

罗朱对话很像我国《诗经》中的《女曰鸡鸣》。朱丽叶把主观愿望当作客观现实，一来说明她爱得深，二来也说明她年轻幼稚。莺莺要树枝挂住斜阳，说明她和朱丽叶一样多情，但是更加成熟。如果把朱丽叶比作"晨曦"的话，那就可以把莺莺比作朝阳的"斜晖"。

罗密欧比朱丽叶更理智，但不如张生慎重。金圣叹说："《西厢记》写张生，便真是相府子弟，便真是孔门子弟，异样高才，又异样苦学；异样豪迈，又异样淳厚。相其通体自内至外，并无半点轻狂，一毫奸诈。"但《借厢》中张生说法本长老"曲廊洞房，你好事从天降"，未免"轻狂"，那也许是迎合观众的趣味吧。

金圣叹说："《西厢记》只写得三个人：一个是双文（莺莺），一个是张生，一个是红娘。其余如夫人，如法本，如白马将军，……俱是写三个人时，所忽然应用之家伙（道具）耳。"红娘在剧中的作用，超过了莎剧中的奶妈和长老。比起她来，奶妈和长老也成了莎士比亚的道具。不过长老又比法本重要，这说明了宗教在西方的重要性。

六

最后，我想比较一下《西厢记》和莎剧的文辞。《西厢记》的特点之一是常用抽象的迭词；莎剧的特点之一却是用词具体，用语双关。例如《西厢记·草桥惊梦》中张生的唱词：

> 绿依依墙高柳半遮，
> 静悄悄门掩清秋夜。
> 疏剌剌林梢落叶风。
> 惨离离云际穿窗月。
> 颤巍巍竹影走龙蛇，
> 虚飘飘庄生梦蝴蝶。
> 絮叨叨促织儿无休歇，
> 韵悠悠砧声儿不断绝。
> 痛煞煞伤别，

急煎煎好梦儿应难舍。

冷清清咨嗟，

娇滴滴玉人儿何处也？

十二行中，行行都有叠字，译文也该尽量再现：

The wall half hidden by the green, green willow trees,

The door is closed on silent, silent autumn night.

Sparse leaves fall from the branches in gentle, gentle breeze,

My window steeped in gloomy, gloomy cloud-veiled moonlight.

The bamboo's shadow shivers, shivers like wriggling snake;

My fancy welts and wafts like a dreaming butterfly.

The cricket chirps and chirps all the night long awake;

The washerwomen's pounding spreads, spreads far and nigh.

Acute, acute my grief at heart,

Painful and painful from my dream to be torn apart!

Lonely, lonely I sigh: O where,

O where is now my charming, charming lady fair?

莎剧用词具体，如三幕五场罗朱分别时说：

Romeo: Dry sorrow drinks our blood.
罗：忧伤吸干了我们的血液。（朱译）

短短五个字，把"忧伤"拟人化了；"忧伤"前加了个"干"字，使人如见其形；动词用了"吸"字，和"干"在原文是双声，使人如闻其声；形象非常生动具体。至于双关，罗密欧在一幕四场中说：

Romeo: Give me a torch. I am not for this ambling. Being but heavy, I
　　　　will bear the light.

罗: 给我火炬吧,

　　我现在没有心思跳舞,

　　这眼前只有黑暗,

　　让火光也照着我行路。(曹译)

原文"黑暗"还有"阴沉""沉重"的意思,"火光"又可以当"轻"讲,语意双关。如果译成:我心情沉重,只愿拿轻轻的火把。也许可以一箭双雕。

除了用词各有千秋之外,《西厢记》唱词各句长短不一,莎剧都是五音步、十音节、抑扬格的素体诗。《西厢记》始终用韵,莎剧先用韵体,以后素体越来越多。这些都是中英诗剧不同之处。

七

《西厢记》是根据唐代诗人元稹(778—831)的《莺莺传》和董解元在1189—1208年间编写的《西厢记奏弹词》改编而成的,但是情节安排得更曲折多姿。至于《罗密欧与朱丽叶》,早在三世纪,希腊已有"假死药"的故事流传;莎士比亚是根据阿瑟·布鲁克1562年的诗篇改写的,但是人物性格刻画得更深刻生动。

关于人物的描写方法,尧子在《光华大学半月刊》第4卷第3期87页上说:"王氏描写莺莺是在替张生设身处地摹拟一切;在画着一幅幅活动的、连续的画图。我们看:上来两句是张生初见莺莺时的神情;莺莺在情人眼中的具体形象;接着便是莺莺的趣态;斜立而笑的神情;莺莺的面容;语时的神情;走时的神情。……它们最显明的特点,就是迹象的绘画。至于莎士比亚的朱丽叶,只是为全人类创造一个情人的具体观念,而同时以他稀有的创造力,赋予这观念以气息,性格,精神,情感,及其他人性,但是不琐琐于迹象。虽然他对于她眼睛的描写,也常以天上明星来比拟。但这并非描写,毋宁说出于想像,是一个诗人或情人的错误的幻觉。"简而言之,尧子认为《西厢记》是现实主义的心理分析,莎剧是浪漫主义的创作。在我看来,中国诗人往往描写客观世界来揭示人物的主观世界，英国诗人却能直接地、深入地刻画人物的内心。如把"忧伤"写成干瘪的吸血鬼就是一个例子。

　　关于《西厢记》的结构，尧子在 95 页上说："何以王氏在《哭宴》之后，还得加一出《惊梦》?……因为诗旨敦厚，所以忌杀风景，使人无回肠荡气之致。倘使万事到死即了，便无回味，无诗意了。必得再加上一场梦，庶几使人有梦回景非、人去楼空之叹，始使人益有绵绵不尽之意。"这说出了中西审美观的差异，所以莎剧以死告终，《西厢记》以梦结束。

　　总而言之，《西厢记》和莎剧情节都很曲折，但《西厢记》的曲折是内心的，莎剧是外界的。人物性格的刻画，《西厢记》描写外在形象，更加生动；莎剧描写内在情感，更加深刻。至于文辞，《西厢记》善用抽象迭词，历史典故，如"兜率官""离恨天"，很难翻译；莎剧善用具体形象，双关文字，很难再现。因此，比较中英诗剧，一定要既比较中文，又比较英文；否则，就只是比较翻译了。

　　　　　　　　　　　　　　　　　（原载《北京大学学报》1990 年英语专刊）

雨果戏剧的真、善、美

一百年前(1885)5月22日，雨果去世了。法国全国致哀，举行国葬，送殡的群众多达一百万人，是全世界有史以来空前盛大的葬礼，这说明了法国人民对这位人民作家的热爱。直到今天，法国举行的民意测验表明，法国读者最热爱的作家中还有维克多·雨果。

雨果是法国浪漫主义文学运动的主将。19世纪前期，浪漫主义运动在欧洲风起云涌，以排山倒海之势，向古典主义的堡垒发起了进攻。在英国，有反映叛逆精神和理想主义的诗人拜伦和雪莱，有结合了写实主义和浪漫主义的历史小说家司各特。在法国，雨果的抒情诗《东方集》和拜伦一样歌颂了希腊人民的独立战争，讽刺诗《惩罚集》和拜伦的《唐璜》一样批判了欧洲社会，他的小说却使托尔斯泰觉得他"好像从上天盗窃电火的巨人"，这就是把雨果比作雪莱歌颂的"解放了的普罗米修斯"了。除了诗歌和小说之外，雨果还开创了浪漫主义戏剧的新天地。在戏剧中，像司各特在小说中一样，他常把历史上的帝王将相放在次要地位，却把男盗（艾那尼）、女娼（玛丽蓉·黛罗美）、弄臣（特里布莱）、侍仆（吕伊·布拉斯）、私生子（杰纳罗）、雕刻工（吉伯特）写成了主角，这就使浪漫主义戏剧具有了革命的意义。

雨果早在青年时代，曾经受过司各特的深刻影响。他21岁时写了一篇关于《昆廷·杜沃德》的评论，评论中说："在瓦尔特·司各特的形象生动而又是散文体裁的小说之后，仍然可以创造出另一类型的小说。在我们看来，这一类型的小说更加令人赞叹，更加完美无缺。这种小说既是戏剧，又是史诗：既形象生动，又诗意盎然；既是现实主义的，又是理想主义的；既逼真，又壮丽；它把瓦尔特·司各特和荷马融为一体。"[1]

---

[1] 转引自勃兰兑斯《十九世纪文学主流》第五分册《法国的浪漫派》中译本60页，略有修改。

我看，雨果的浪漫主义戏剧就可以说是把"司各特和荷马融为一体""既是戏剧又是史诗"的作品。

一

勃兰兑斯在《十九世纪文学主流》第五分册《法国的浪漫派》第六章写道：

法国的浪漫主义表现了三个主要倾向：

1. 努力忠实地再现过去历史的某一片断，或现代生活的某一侧面——"真"的倾向。

2. 努力探索形式的完美，把它领悟为表现方面的仪态万千和历历如画，或者音律方面的严格及和谐，或者一种由于简洁单纯而不朽的散文风格——"美"的倾向。

3. 热衷于伟大的宗教革新观念，或社会革新观念，即艺术中的伦理目的——"善"的观念。

这三种主要倾向规定了这个生气蓬勃、才华横溢的学派的性质，正如三种线度规定了面积一样。其中每一种倾向都产生了价值伟大而持久的作品。

雨果的戏剧也体现了浪漫主义的这三种主要倾向。首先是"真"的倾向，就是"努力忠实地再现过去历史的某一片断"。例如《玛丽蓉·黛罗美》中描写的懦弱无能的法国国王路易十三，和大权在握、禁止决斗的红衣主教黎世留；《艾那尼》中描写中世纪的骑士精神；《国王寻欢作乐》中描写荒淫无耻的国王法朗苏瓦一世；《吕克莱丝·波基亚》中叙述意大利封建公侯的明争暗斗；《玛丽·都铎》中叙述英国女王和贵族之间的勾心斗角；《吕伊·布拉斯》中描写西班牙的贵族大臣争权夺利；这些描述都在不同的程度上忠实地再现了欧洲中世纪历史的片断，表现了"真"的倾向。

自然，"真"的倾向也有不同的理解；古典主义认为戏剧如要真实，应该表现在一天之内，在同一个地方发生的事情，而浪漫主义剧作者却认为只要模仿自然就是真实。柳鸣九等在《法国文学史》中说："雨果以真实的名义反对古典主义的悲剧与喜剧把道德、英雄主义与恶习、可笑割裂开来并加以抽象化"，"他的对照原则的理论要点是：自然中的万物并非都屈从人的意志而都是崇高优美的，它们处于一种复合的状态中，'丑就在美的旁边，畸形靠近着优美，粗俗藏在崇高的背后，恶与善并存，黑暗与光明相共'；因此，艺术无权把两者割裂开来，应该同时加以表现。"

我们看看雨果如何在他的戏剧中体现他的"对照原则"。《玛丽蓉·黛罗美》中的女主角既是一个生活淫荡的名妓，却又具有舍身救人的纯洁爱情。《艾那尼》中的三个男主角都不是简单的好人或坏人，都体现了中世纪的骑士精神：热爱荣誉，热爱美人，而当爱情和荣誉发生矛盾的时候，又都为了荣誉而牺牲了爱情。《国王寻欢作乐》中的特里布莱是一个外形丑恶的弄臣，但他的内心却痛恨宫廷的朝臣，热爱自己的女儿。《吕克莱丝·波基亚》中的女主角恰恰相反，外形非常美丽，内心非常狠毒，但对自己的私生子却充满了母爱，甚至愿意为了他而痛改前非，重新做人。《玛丽·都铎》的女主角身上体现了女王和女人的矛盾。《吕伊·布拉斯》的男主角是一个地位低贱的仆人，却成了一个精明能干的大臣。由此可见，雨果的剧中人都"处于一个复合的状态中"，都符合他自己提出的"真实"标准。

不过，艺术的真实并不等于自然的真实。巴尔扎克从自然真实的观点，对《艾那尼》提出了尖锐的批评。他在评论中写道："第一幕——艾那尼走进莎尔小姐的房间。他对情人说起许许多多她早该知道的事：艾那尼多少是在这里写序吧。他显然是在对观众讲话。……我们看见的就该是动作处处代替语言。……不。这两个相爱的人，还停在这种局势：莎尔小姐需要知道艾那尼是一个亡命者，而艾那尼还需要问他的情人愿不愿意跟他走，换一句话说，她爱不爱他。"[1]巴尔扎克的评论说明了：《艾那尼》写得并不符合自然的真实。

"尽管如此"，勃兰兑斯在《法国的浪漫派》第三章中写道："剧本里却充满了生命力和真实感。这个高尚无私的拦路大盗，他活着就是

---

[1] 见《文艺理论译丛》1957 年 2 期 22 页，略有修改。

和社会为敌的，而且是一伙忠诚的热情好汉的首领，这就使我们想起了诗人本人——这位文艺界的叛逆，正是他使一伙在风貌和服饰上都和这群江洋大盗一样奇特的青年人坐满了剧场的正厅和楼座。……浪漫派的艺术在同疯狂的敌对阵营斗争中，受到了这些献身的热诚的分子的援助，轰垮了敌人的第一座堡垒，赢得了第一次重要的胜利，这些青年从舞台上听到的，表现了他们自己的反抗精神和对独立的渴望，表现了他们的勇气和忠诚，表现了他们对理想和爱情的憧憬，只不过是用更加高昂的调子唱了出来，他们的心也随之融化了。……这些青年人仇视有权有势、俗不可耐的资产阶级，正如艾那尼仇视查理五世的专横暴虐一样。……他们之中有许多是天才——巴尔扎克、伯辽兹、戈蒂叶……"这就是说，雨果的戏剧"忠实地再现"了"现代生活的某一侧面"，符合于艺术的真实，因此，还可以说是充满了真实感的。

二

　　雨果的戏剧也体现了浪漫主义的第二个主要倾向——"美"的倾向，也就是说，"努力探索形式的完美"，"表现方面的仪态万千和历历如画"。对于文学作品说来，"美"的倾向甚至比"真"的倾向还更重要。因为文学作品是写人的，一定要写得动人，写得能打动人心，但是如果只写得真实，并不一定能引人入胜，扣人心弦。例如赤壁之战，历史上的记载只有两三千字，如果京剧中也只如实描写，没有《三国演义》中的诸葛亮借东风，草船借箭，蒋干盗书，黄盖献苦肉计等等情节，那样索然寡味的戏剧恐怕就不能传之后世了。情节是人物成长的历史，但并不是情节越离奇越好，七擒孟获的情节非常奇特，但是缺乏艺术魅力，因为它不能给读者以真实感。由此也可以看出文学作品中"真"和"美"的关系。我觉得文学作品不一定要写真事，但一定要使读者有真实感，因此，真实感是文学作品的必需条件。只有真实感还不够，作品给读者的美感享受越多，才越成功，因此，美感是文学艺术的充分条件。

　　雨果的戏剧可以说是"努力探索形式的完美"的，剧情能够引人入胜，扣人心弦。如《玛丽蓉·黛罗美》第一幕写男女主角的约会，一开始就写巴黎的名妓忽然隐姓埋名，离开了那个花花世界，为什么？这自然会引起读者的注意。接着，男主角狄杰又说明自己热爱的是纯洁无瑕的玛丽，而不是出卖肉体的玛丽蓉，这种爱情能不能持久呢？这又会引起读者的兴趣。第二幕写狄杰因为决斗而被捕入狱，他会不会被判死刑？玛丽蓉救出狄杰之后，双双扮成戏子逃到乡下，却又碰到法官拉费玛把他抓走。他能不能再一次死里逃生？第四幕写玛丽蓉请求国王赦免狄杰，但是国王有名无实，有职无权，他的特赦能不能生效？第五幕写玛丽蓉再恳求实权在握的红衣主教赦免狄杰，主教的亲信法官拉费玛却胁迫要她满足他的肉欲。玛丽蓉到底是要救情人，还是要挽救自己的名誉呢？在整个五幕中，不断出现爱与死的搏斗，因此剧情紧张，波澜起伏，从戏剧的结构形式看来，可以说是相当完美，扣人心弦的了。

但是戏剧不只需要美感，而且还需要有真实感。如果把美感比作楼房的话，那么真实感就是基层。没有基层的楼房是站不稳的，缺乏真实感的戏剧也是不耐咀嚼的。《玛丽蓉·黛罗美》和莫泊桑的名著《羊脂球》都是写一个名妓委曲求全的故事，但是比较一下，就会发现《羊脂球》写得更加深刻动人，充满了真实感。玛丽蓉的故事虽然也令人同情，但是情节过于离奇，反而显得不够真实。因为情节应该表现人物性格的发展，而雨果却往往为了剧情的需要而创造人物。例如《玛丽蓉·黛罗美》中的萨韦尼侯爵，在第一幕中他是玛丽蓉的旧恋，那是为了剧情需要有一个人来说明女主角的身份；在第二场狄杰救了他的性命，那是为他后来感恩图报、同生共死找个理由。第二幕写他莫名其妙地和狄杰决斗，然后装死以免被捕。第三幕写他起死回生，却又暴露身份，自投罗网。第五幕写他视死如归，毫无怨言。仔细分析一下，这个人物自己没有存在的理由，他的存在几乎完全是为了玛丽蓉和狄杰的需要。像这样为剧情而创造的人物自然就缺乏真实感，更不会打动人心了。

勃兰兑斯在《法国的浪漫派》中写道："法国浪漫主义，尽管和欧洲一般的浪漫主义有很多相同的要素，而在许多方面却是一种古典主义现象，是法国的古典绚丽辞藻的产物。"浪漫主义的戏剧和古典主义的作品有相同之处，这话看来似乎矛盾，但是仔细研究一下，却也不无道理。欧洲古典主义的戏剧，如高乃依的《熙德》，德莱顿的《一切为了爱情》，都是写爱情与荣誉的斗争；而在雨果的戏剧中，这不也是一个重要的主题吗？就以《艾那尼》为例吧：第一幕写卡洛斯国王为了对堂娜·莎尔的爱情，不顾国王的身份和荣誉，偷偷躲到莎尔家里的壁橱中去，这不是爱情战胜了荣誉吗？第二幕写艾那尼捉住了他的世仇兼情敌卡洛斯国王，为了骑士的荣誉，却又把不屑和他决斗的国王放走，这不是让荣誉战胜了爱情吗？第三幕写葛梅兹公爵宁肯让国王把自己热爱的堂娜·莎尔带走，也不肯交出藏在自己家里的强盗艾那尼，因为交出客人有损于主人的荣誉，这又是为了荣誉而牺牲爱情。第四幕写卡洛斯国王当选为日耳曼帝国的皇帝，宽恕了密谋弑君的葛梅兹和艾那尼，反而恩准自己喜爱的堂娜·莎尔和艾那尼完婚，因为这样做才符合帝国的利益，才无损于帝王的荣誉，这也是为了荣誉而牺牲了爱情。第五幕写艾那尼和堂娜·莎尔新婚之夜，老公爵来要求艾那尼实践他的诺言，因为艾那尼为了报答公爵救命之恩，答应过把自己的生命交给公爵支配，于是艾那尼为了信誉，又和新妇一同服毒自尽，最后让荣誉战胜了爱情。由此看来，浪漫主义戏剧可以说是"一种古典主义的现象"，只是在表现形式方面，不像古典主义戏剧那样用语言来代替动作，而是采用了乔装、暗门、毒药、斗剑等奇情剧的手法，来加强舞台效果。译者在法国看过古典剧《熙德》的演出，觉得演员朗诵台词，声调铿锵，富有音乐美，有点像我国的京剧。而浪漫剧《茶花女》的演出，却像勃兰兑斯说的那样，表现得"仪态万千和历历如画"，富有形美。这就是古典剧和浪漫剧不同的"美"的倾向。

三

浪漫主义的第三个主要倾向是热衷于"社会革新观念，即艺术中的伦理目的——'善'的观念。"

毛泽东在《看了〈逼上梁山〉以后写给延安平剧院的信》中说道："历史是人民创造的，但在旧戏舞台上（在一切离开人民的旧文学旧艺术上）人民却成了渣滓，由老爷太太少爷小姐们统治着舞台，这种历史的颠倒，现在由你们再颠倒过来，恢复了历史的面目。"雨果浪漫剧所热衷的"社会革新观念"，首先是把"这种历史的颠倒""再颠倒过来"，使人民成了舞台上的主角。赢得了观众的同情。

在旧社会，妇女的地位低人一等，而妓女的地位又是妇女中最低的，甚至有"万恶之首"的说法。在《玛丽蓉·黛罗美》中，雨果却写出了妓女对浮华世界的厌恶，对真纯爱情的向往，甚至具有舍己救人的高尚品质。而高高在上的法官，雨果却揭露了他卑鄙无耻、倚仗权势，假公济私的丑恶面目。对比一下，读者不是可以看出受人侮辱的妓女，比起侮辱女人的法官来，不知道要高尚多少倍吗？作者的伦理目的，善恶观念，不是一清二楚的吗？

在旧社会，不少人被统治阶级"逼上梁山"，做了强盗。但是雨果笔下的强盗艾那尼，却是一个锄强扶弱、舍生取义的好汉。这不是把"历史的颠倒""再颠倒过来"了吗？艾那尼和做了皇帝的卡洛斯和解了，有人认为这是阶级调和论，和《水浒传》上的宋江受了招安一样。我们看看勃兰兑斯是怎样评价卡洛斯的："诗人描写这种景象（指在查理大帝墓地上的独白），心目中所想的当然不是查理五世，而是更其接近自己时代的皇帝（指拿破仑），……当时人们对于拿破仑的热诚，……只意味着他们属于进步党派。他们所尊崇的拿破仑，并不是法国的暴君，而是使各国国王和世袭权威受到屈辱的巨人。这个皇帝和一般国王比较起来，就被视为人民的化身。"因此，艾那尼和卡洛斯的和解，其实是强盗和人民化身之间的和解，雨果的同情一直是在人民方面的。

勃兰兑斯还说：《艾那尼》"有一个十分重要的优点，那就是，一个独立而卓越的人类灵魂在这里得到了无拘无束，淋漓尽致的表现。从这部作品中，可能突出作者的许多心理特征。作者本人，他的天才，他的局限性，他的性格，他的全部过去——他对于自由和权威的见解，他对于荣誉和高贵的见解，他对于爱情和死亡的见解，全都倾注在这部作品中了。这部作品呈现给我们的，不仅仅是维克多·雨果和一五一九年西班牙的一个片断，而且也是当时的整个青年一代和一八三〇年法兰西的一个场景。《艾那尼》是七月革命时期鼓舞了法国青年的精神的真髓；它是整个法国的形象，而从浪漫主义的眼光看来，它已扩大成为世界的形象了。"

现在，我们再来看看雨果在其他剧本中的"伦理目的"。在《吕克莱丝·波基亚》的序言中，雨果写道："在《国王寻欢作乐》中，隐藏在三、四层同中心的表皮之下的内在思想究竟是怎样的呢？以下便是。取一个形体上畸形得最可厌、最可怕、最完全的人物，把他安置在他最能突出的地位上，在社会组织的最低下最低层最被人轻蔑的一级上；用阴森的对照光线从各方面照射这个可怜的东西；然后，给他一颗灵魂，并且在这灵魂中赋予男人所具有的最纯净的一种感情，即父性的感情。结果怎样？这种高尚的感情根据不同的条件而炽热化，在你的眼前使这卑下的造物变换了形状；渺小变成了伟大，畸形变成了美好。这就是《国王寻欢作乐》。那么，《吕克莱丝·波基亚》是什么呢？取一个道德上畸形得最可厌、最可怕最完全的人物，把她安置在她最能突出的地位上，在一种妇女的心灵状态中，还加上体态的美和雍容华贵的风度，这便使她的罪过更加突出；再在这道德的畸形上加上一种纯粹的感情，一种为妇女所体验的最纯洁的感情，即母性的感情；在这个怪物中，赋予母性，她便会使人感兴趣，她便会使人流泪，这个本来使人害怕的怪物也会使人怜悯，于是，这个畸形的灵魂在你眼中便会变得美丽起来。父性使得形体上的畸形圣洁化起来，这便是《国王寻欢作乐》，母性使得道德上的畸形纯洁化起来，这便是《吕克莱丝·波基亚》。"[1]

以上是作者的主观愿望，但客观效果怎么样呢？寻欢作乐、荒淫无耻的国王虽然会引起观众的厌恶，但是得到同情的与其说是尖酸刻薄、挖苦讽刺的弄臣，不如说是天真纯洁、甘心替死的白朗雪。吕克莱丝的罪恶多半出自他人之口，而她的母爱却既有言语，又有行动表现，可能给人留下错误的印象，即使如此，她并不会"使人怜悯"，"使人流泪"，更不会"变得美丽"。

雨果在《玛丽·都铎》的序言中写道："不论一个诗人对艺术的整个思想怎样，他的目的应该首先是像高乃依那样努力追求伟大，像莫里哀那样努力追求真实；或者，还要更超出他们，天才所能攀登的最高峰就是同时达到伟大和真实，像莎士比亚一样，真实之中有伟大，伟大之

---

① 转引自《古典文艺理论译丛》1961 年第二册，略有修改。

中有真实，……莎士比亚虽然夸大事物的比例，但却保持着事物的联系。诗人的全能是多么值得赞叹！他创作出高于我们但又和我们每个人一样真实，但又要比我们伟大。他是一个巨人，却又是一个真实的人。因为哈姆莱特不是你，也不是我，而是我们大家。哈姆莱特不是某一个人，而是人。……实际上，他（本剧作者）想要在《玛丽·都铎》中表现什么思想？那就是，一个身为女人的王后，像王后一样伟大，像女人一样真实。"① 雨果还说过："真实包括道德，伟大包括美。"②

这又是作者的主观愿望，客观效果到底如何？玛丽女王如果说是一个真实的女人，但真实中并不包括道德；她虽不能算是一个伟大的女王，但女王的角色中倒也包括美。剧中真能得到观众同情的伟大灵魂，可能是一个小人物吉伯特，他为了报仇雪耻可以牺牲生命，但是牺牲生命还要保护情人的名誉。而女王如果说是伟大，也不过是牺牲自己的名誉去保护情人的生命而已，相形之下，就显得微不足道了。

《吕伊·布拉斯》中的主角也是一个伟大的小人物，伟大中既包括道德，又包括美，但是他对王后的爱情，就像艾那尼对堂娜·莎尔的爱情一样，更使人觉得不够真实。也许我的感觉不对，因为勃兰兑斯在评论《艾那尼》时写道："穿插着恋人们的二重奏的第五幕，具有纯净抒情的优美风韵，是这出戏剧的瑰宝。这里的爱情是那些青年人深有体会的爱情，是他们渴望其再度呈现的爱情。……那种情欲的感觉——在她身上是贞洁而和谐的，在他身上是纯净而热烈的，在他们两人身上是幸福的；堂娜·莎尔的那种超尘脱俗的热诚；艾那尼希望在现时和现时的宁静之中忘却过去的那种憧憬——这一切都是当代青年迫切要求而且用雷鸣的掌声加以欢呼的那种浪漫主义。"总而言之，雨果剧中的爱情是当代青年"渴望其再度呈现的爱情"，所以就有了真实感，而且还有了感染力。

从雨果的戏剧中，我们不但可以看到他对爱情的见解，还可以看到他对荣誉、高贵、死亡等的见解，一句话，可以看到浪漫主义的伦理观念，或者不如说，可以看到雨果的人道主义的伦理原则。

---

① 转引自《古典文艺理论译丛》1961 年第二册，略有修改。
② 转引自《古典文艺理论译丛》1961 年第二册，略有修改。

　　雨果戏剧中显示的人道主义的伦理道德理想主要是：玛丽蓉·黛罗美为了拯救情人的生命而牺牲色相的舍己救人的精神；艾那尼为了荣誉而牺牲生命的骑士精神；特里布莱的父爱；吕克莱丝·波基亚的母爱；吕伊·布拉斯为了王后的荣誉而牺牲自己生命的因公忘私的精神。次要人物显示的伦理观念还有卡洛斯国王赦免艾那尼的以德报怨的精神等等。这些都是"人道主义伦理原则中的合理的东西"，也是雨果的"真诚的人道主义者所幻想而无法在全社会范围内实现的人道主义伦理原则"，不过，这些原则都是"以个人主义为核心的"。玛丽蓉·黛罗美舍己救人，救的是自己的情人狄杰，而狄杰犯下的"决斗"罪，对当时的社会并没有什么好处，所以玛丽蓉的人道主义的核心不是集体主义，而是个人主义。同样的道理，艾那尼服毒自尽也只是为了个人的信誉，而不是为了社会的利益。特里布莱的父爱，并不尊重女儿的爱情，反而要害死女儿爱的人，结果错害了女儿的性命，这说明资产阶级人道主义的父爱是自私的。吕克莱丝的母爱使她愿意痛改前非，重新做人，但她爱的只是她的私生子一个人。即使吕伊·布拉斯的因公忘私的精神，也包含了个人主义的因素在内，因为他的所作所为，都是为了对王后个人的爱情。所以对"人道主义伦理原则中的合理的东西"，我们也只能"批判地继承和改造"。

（原载《外国文学研究》1985 年第 1 期）

巴尔扎克译论

理论的基础是实践。理论是否正确，需要通过实践的检验。翻译理论的基础是翻译实践，翻译理论是否正确，也需要经过翻译实践来检验。我在《翻译通讯》1981 年第一期提出过：文学翻译的标准应该是"忠实于原文内容，通顺的译文形式，发扬译文语言的优势"。这个理论是否正确？我想用巴尔扎克作品的译文来进行检验。1979 年，人民文学出版社出版了巴尔扎克的小说《人生的开端》；二十年前，我也译过这本小说，已由上海译文出版社出版。现在试将两种译文进行分析比较，看看哪一种译文更符合文学翻译的标准，同时也可以检验我的翻译理论是否正确。

首先，我认为翻译的第一个标准是"忠实于原文内容"。在理论上，我想可能没有人会反对这个标准；但是在实践中，即使是人民文学出版社的译作，也未必能处处符合这个标准。例如 Albin Michel《人生的开端》法文本第 37 页描写一个破落的贵族克拉巴太太：

Cette femme, autrefois belle, paraissait âgée d'environ quarante ans; mais ses yeux bleus, dénués de la flamme qu'y met le bonheur, annonçaient qu'elle avait depuis longtemps renoncé au monde.

译本第 31 页："这个妇人从前一定很漂亮，现在看来年纪有四十岁以下；她的一双蓝眼睛虽已失去热情的光芒，却换上了幸福的表情，这说明她许久以来，已经放弃了繁华的生活。"这个妇人"已经放弃了繁华的生活""却换上了幸福的表情"，难道巴尔扎克写的是一个安贫乐道的破落户吗？非也。原来法文 qu'y 是两个代词，分别代替"光芒"和"眼睛"，意思是说：幸福使眼睛发出的光芒，她已经失去了。但是译者没有分析原文的语法结构，想当然加上"热情"二字，又更主观地加了"换上"二字，结果就把一个破落的贵族夫人，译成一个安贫乐道的慈母了。这个译文自然不符合"忠实于原文内容"的标准，所以我把后半句翻译为："她蓝色的眼睛不再闪烁着幸福的光辉，这说明她已经很久不过社交生活了。"

法文本第 50 页写乔治和一个朋友谈话：

Ces deux phrases furent échangées à demi-voix pour laisser à Oscar la liberté d'entendre ou de ne pas entendre; sa contenance adllait indiquer au voyageur la mesure de ce qu'il pourrait tenter contre l'enfant pour s'égayer pendant la route.

巴尔扎克只一句话，就写出了乔治和朋友谈话时的心理。但译本第 41 页："在交谈这几句话时，有意压低声音，好让奥斯卡高兴听就听，不高兴听，就装作听不见；它们的意思是要向同车的旅客表明，为了让大家在路上开心，尽可以拿这个孩子来开玩笑。"这个译文前半可以说是忠实于原文内容的，但是后半把 sa contenance 译成"它们的意思"，就没有仔细分析原文的词义和语法了。"它们"应该是指"这几句话"，但是原文 sa 是单数，这里只可能指奥斯卡，不可能指"几句话"，因为"几句话"是复数；既然 sa 是指奥斯卡，那 contenance 就不是"意思"，而是举止、姿态或是脸部表情了。还有 voyageur 也是单数，不可能是"同车的旅客"或"大家"，而是指一个旅客。既然在谈话的两个青年当中，只有乔治是个旅客，他的朋友是来送行的，那么，"旅客"一词，也只可能是指乔治。因此，我把这一句翻译为："这几句话说得不高不低，让奥斯卡爱听就听，不听也行；不过奥斯卡的脸色会让乔治看出，一路上，他可以拿这个孩子开玩笑开到什么程度。"这样一来，乔治的性格就跃然纸上了。我认为，至少要这样翻译，才可以算是忠于巴尔扎克的原文。

法文本第 84 页谈到画家希奈的艳事：

—Et que dit de cela Mme Schinner? reprit le comt…

— Est-ce qu'un grand peintre est jamais marié en voyage? fit observer Mistigris.

译本第 71 页："'希奈太太对此做何感想呢?'伯爵接着说,……'难道一个大画家就永远不能在旅行中结婚吗?'弥斯蒂格里提出异议说。"这两句译文读起来又有点牛头不对马嘴,答非所问了。原文 jamais 在这里是肯定词,全句是说:一个大画家在旅行中还算是结了婚的人吗?意思就是:画家不在家中,太太也管不着。这句答话和问话针锋相对,写出了画师的学徒弥斯蒂格里聪明机智、口齿伶俐的特点,使人如闻其声,如见其人。而一读译文,却使人莫名其妙,如坠雾中,百思而不得其解,这怎么能算是忠实于巴尔扎克呢!因此,我把这一问一答翻译如后:"'希内尔夫人对这件艳事有什么看法呢?'……'画家出了门,永远是单身!'米斯提格里发表高见了。""门"和"身"押了韵,更符合米斯提格里妙语如珠的说话风格,这样才可以算是忠实于原文的内容。

法文本 124 页写弥斯蒂格里和画师勃里杜对装模作样、冒充高雅的总管太太的看法:

Mistigris commençait à se rebeller intérieurement contre le ton protecteur de la belle régisseuse; mais il attendait ainsi que Bridau, quelque geste, quelque mot qui l'éclairât, un de ces mots de singe à dauphin que les peintres, ces cruels obervateurs-nés des ridicules, la pêture de leurs crayons, saisissent avec tant de prestese.

译本 108 页:"弥斯蒂格里对这位漂亮的总管太太以保护人自居的口气,开始从心底里起了反感;但是,他在等待勃里杜某种手势,某些像从猴子到海豚这样的字眼来点醒他;画家们对可笑的人物是天生刻毒的观察家,这类人物是他们的画笔的饲料,他们运用画笔把这类形象描绘得那么活灵活现。"我们刚才说到弥斯蒂格里是一个聪明伶俐的学徒,如果要等待"某种手势"或"字眼来点醒他",那就不符合巴尔扎克笔下的机灵人的形象了。原来"某种手势"、某些"字眼"都不是画师勃里杜的，勃里杜也和他的学徒一样，在等待总管太太某些泄漏天机的"手势"和"字眼"呢。译者把"勃里杜"这个主语理解为定语，又把总管太太的姿势言语都张冠李戴，结果就使巴尔扎克笔下栩栩如生的画师和总管太太，都变得面目全非了。为了恢复这些人物的本来面目，现在试把这句翻译为："米斯提格里对漂亮的总管太太说起话来以东道主自居的口气，心里开始起了反感；但是他和布里多都在等着看一个泄漏天机的姿势，等着听一句暴露本来面目的言语，就是那种狗嘴里装象牙似的不伦不类的语言。画家对可笑的人物，是天生的冷眼旁观者，他们一见可笑的形象，立刻抓住不放，把它当作画笔的饲料。"

从以上四个例子可以看出，巴尔扎克的生花妙笔，只寥寥数语，就勾画出了一个破落的贵族夫人，一个善于察言观色的青年，两个口齿伶俐、行为浪漫的画师，一个冒充贵族的总管太太，真是写得惟妙惟肖，以少许胜人多许，不愧为现实主义的大师。但是人民文学出版社的译本，在这些关键性的地方，却都没有传达出原文的妙处。由此可见，"忠实于原文内容"，应该是翻译的第一个标准。经过以上四个例子从正反两方面的检验，可以说这个标准是正确的。这里还要补充一点：翻译主要应该忠实于原文的"内容"，而不是"形式"。最后一个译例中的"那种狗嘴里装象牙似的不伦不类的语言"，从形式上看，是远不如"某些像从猴子到海豚这样的字眼"忠实于原文的。但形式上的忠实并不能使读者了解原文的内容，这就是说，原文内容和译文形式之间有了矛盾，在这种情况下，就要舍形式而取内容。如果内容和形式之间没有矛盾，如"画笔的饲料"，那忠实于原文的内容，同时又是忠实于原文的形式，自然是更好了。

但是，既忠实于原文的内容，又忠实于原文的形式，是否就是翻译的唯一标准呢？《外语教学与研究》总第 48 期 68 页上说："文学翻译的质量标准只有一个字——'信'，这个'信'具有丰富的含义，其中也包括'达'和'雅'的意义在内；""先说'达'。我们知道，一位作家的语句一般来说都是逻辑清晰，通达顺畅的。……如果译得别别扭扭，诘屈聱牙，失去了原文的通顺性，则应该叫做'不信'，……"这就是说，"信"或"忠实"具有丰富的含义，既包括忠实于原文的内容，又包括忠实于原文的形式，还包括通顺的译文形式。这种说法，理论上似乎也说得过去，但是在实践中，忠实于原文通顺的形式，译文却往往是不通顺的。也就是说，原文的形式和译文的形式之间往往有矛盾，因此，我认为翻译的第二个标准应该是"通顺的译文形式"。

法文本第 45 页描写本书的主角奥斯卡：

Enfin, Oscar, qui venait d'achever ses classes, avait eu peut-être àrepousser au collège les humiliations que les élèves payant déversent à tout propos les boursiers, quand les boursiers ne savent pas leur imprimer un certain respect par une force physique supérieure.

译本第 38 页："总之，奥斯卡刚刚念完中学，也许在中学念书时，他已经有过回击那些一有机会就对公费学生大肆侮辱的乡下学生的经验，当公费学生不能用体力上的优势来博得对方尊敬的时候。"译本的后半也可以说是忠实于原文的形式，而译文的形式并不通顺，因此，可以改译为："在校时，交得起学费的阔学生对体力不如他们的公费生毫不客气，动不动就横加侮辱，奥斯卡也得有一手才能招架两下。"

法文本第 47 页写奥斯卡的母亲给他送行：

Oscar aurait voulu voir sa mère bien loin, quand elle lui fourra le pain et le chocolat dans sa poche.

译本第 39 页："当她把小面包和巧克力糖塞进他衣袋里的时候，奥斯卡真想看他母亲离远些。"原文主句在前，从句在后；名词在前，代词在后。译文改成从句在前，主句在后，并且把代词放到名词前面去了，这就不符合汉语的用法，应该改成："奥斯卡看见母亲把小面包和巧克力塞进他的衣袋，真恨不得能离她远远的。"

以上两个例子说明：翻译的第二个标准是"通顺的译文形式"，"通顺"二字还包括符合译文语言的用法在内。如果没有这第二条标准，在

"忠实于原文形式"和"通顺的译文形式"发生矛盾的时候，就会不知道何去何从了。

翻译的第三个标准"发扬译文语言的优势"，是我自己提出来的。读了一些翻译的文学作品，你不能说它不忠实于原文的内容，也不能说它没有通顺的译文形式，但是总觉得不像原作那样脍炙人口，原因在哪里呢？再读一些有口皆碑的名译，进行分析比较，就会发现名译之所以高人一等，重要原因之一是它发挥了译文语言的优势。因此我认为，应该把"发挥译语的优势"当作文学翻译的第三条标准。下面就来举例说明。

1. 法文本第51页写奥斯卡对乔治的印象：

il semblait à Oscar que ce romanesque inconnu, doué de tant d'avantages, abusait envers lui de sa supériorité, de même qu'une femme laide est blessée par le seul aspect d'une belle femme.

北京译本第42页："（奥斯卡）不禁觉得这个派头浪漫的陌生人，身上有这许多长处，比起自己来，实在占着压倒的优势，深感自尊心受了伤，就像一个丑女人碰上一个漂亮女人时，所受到的刺激那样。"

上海译本第45页："奥斯卡简直觉得他是一个传奇式的陌生人物，生来高人一等，所以盛气凌人，他觉得自己受了伤，就像一个丑媳妇见到一个美人儿，总会怪她锋芒外露一样。"

2. 法文本第52页写奥斯卡的心理状态：

Oscar arrivait à ce dernier quartier de l'adolescence où de petites choses font de grandes joies et de grandes misères, où l'on préfère un malheur à une toilette ridieule; où l'amour-propre, en ne s'attachant pas aux grands intérêts de la vie, se prend à des frivolités, à la mise, à l'envie de paraître homme.

北京译本第43页："奥斯卡已经到了青春期的最后阶段，在这样的年龄，看来微不足道的东西，都会给人带来很大的快乐，或是很大的痛苦；在这样的年龄，人们宁愿遇到不幸，也不愿穿一身可笑的服装；在这样的年龄，自尊心对人生的重大利益毫不关心，却专爱学轻佻举动，讲究穿着，喜欢摆出成年人的样子。"

上海译本第 46 页："奥斯卡已经到了青春时期的最后阶段，到了这个年龄，看来微不足道的小事，都能使他喜不自胜，或者悲不可言；他宁愿咬紧牙关吃苦，也不愿意衣服穿得给人笑话；他爱面子，并不是要在生活中干出一番事业，而是要在琐事上，在穿着上出出风头，装作大人。"

3. 法文本第 52 页继续分析奥斯卡的心理：

Qu'un enfant de dix-neuf ans, fils unique, tenu sévèrement au logis paternel à cause de l'indigence qui atteint un employé à douze cents francs, mais adoré et pour qui sa mère s'impose de dures privations, s'émerveille d'un jeune homme de vingtdeux ans,... n'est pas peccadilles commises à tous les étages de société, par l'inférieur qui jalouse son supérieur?

北京译本第 44 页："一个十九岁的孩子，又是独养子，在一个年薪只有一千二百法郎的穷公务员的家庭中，受着严格的管束，却又受到母亲的溺爱，为他不惜自己挨穷受苦，现在这孩子突然对一个二十二岁的青年人的阔绰表示惊叹，……这难道不是社会的各阶层都存在的由于下层人物妒忌他们的上层人物而犯的小毛病吗？"

上海译本第 46 页："一个十九岁的孩子，而且是独生子，继父又是一年只赚一千二百法郎的穷职员，管他管得挺严，母亲却爱他如命，为他不惜吃苦受罪。一个这样的孩子，看到一个二十二岁的阔绰青年，怎能不佩服得五体投地？……社会上哪个阶层的人没有这种眼睛往上看的小毛病？"

4. 法文本第 56 页乔治对马车夫说：

Eh! mon ami, quand on jouit d'un sabot conditionné comme celui-là, dit-il en frappant avec sa canne sur la roue, on se donne au moins le mérite de l'exactitude. Que diable! on ne met pas là dedans pour son agrément, if faut avoir des affaires diablement pressées pour y confier ses os. Puis, cette rosse, que vous appelez Rougeot, ne nous regagnera pas le temps perdu.

北京译本第 47 页："哎！我的朋友，当人家拖着像这样的木屐走路，"他用手杖敲着马车的轮子说，"至少按准确时间动身还是值得的。真见鬼！坐这种车子可不是为了享受，要不是有万分紧急的事情，断不会到里面去冒跌碎骨头的危险。再说，你们把它们叫卢索的这匹劣马，也不会给我们捞回损失的时间。"

上海译本第 50 页："咳！伙计，人家降格来坐你这样的破轱辘车，"他用手杖敲敲车轮子说："你至少也要准时开车才像个样子呀。如果不是有急得要死的事，谁不怕坐你的车会摔断骨头呢！再说，你耽误了我们这么多时间，你这匹叫做'红脸'的瘦马怎么也捞不回来呀！"

5. 法文本第 61 页写乔治和奥斯卡谈话的情况：

—Le vieillard n'est pas fort, dit Georges à Oscar, que cette apparence de liaison avec Georges enchanta.

北京译本第 51 页："那老头子并不怎么厉害，"乔治对奥斯卡说，这种和乔治的表面上的联系，使奥斯卡觉得高兴。

上海译本第 55 页："这个老头子并不厉害，"乔治赏了奥斯卡一个面子，使他受宠若惊。

6. 法文本第 65 页写公共马车上的英国旅客：

Les Anglais mettent lent orgueil à ne pas desserrer les dents…

北京译本第 54 页："英国人用骄傲来封住自己的嘴巴；……"上海译本第 59 页："英国人以为咬紧牙关，一言不发，可以抬高身价。"

7. 法文本第 91 页写伯爵和两个画家谈话：

—IIs criaient donc en français, ces Dalmates? demanda le comte à Schinner... Schinner testa tout interloqué.

—L'émeute parle la même langue partout, dit le profond politique Mistigris.

北京译本第 79 页："'这些达尔马提人用法国语叫喊吗！'伯爵向希奈问道……。希奈被这一问简直愣住了。"

"'群众暴怒的语言到处都是一样的，'弥斯蒂格里像很老练的政治家那样说。"

上海译本第 86 页："'难道这些达尔玛西人都说法国话？'伯爵问希内尔……。希内尔给这一问难倒了。"

"'普天下闹事的人都有共同的语言，'米斯提格里这位擅于辞令的外交家来解围了。"

8. 法文本 124 页继续写做过女仆的总管太太：

puis une ou deux locutions de femme de chambre, des tournures de phrase qui démentaient l'élégance de la toilette, firent promptement reconnaître au peintre at à son élève leur proie;...

北京译本 108 页："其次是说话的语气和两句女仆惯用的成语，暴露了在漂亮服装掩盖下的实质，使画家和他的学生马上认清了他们的猎获物的本来面目；……"

上海译本第117页："然后，她不小心又漏出了一两句女仆的口头禅，用字遣句，也和高雅的服装不太相称，于是画师和他的学徒马上抓住了狐狸的尾巴。""狐狸的尾巴"可以说是发扬了译文语言的优势。

从以上的八个例子看来，可以说"发扬译文语言的优势"有两方面：在内容方面，译文的语言更深化，更具体；在形式方面，译文的语言更符合习惯用法。如第七个例子，冒充希内尔的画师大吹牛皮，吹露了马脚，把闹事的达尔玛西人说成是用法语叫喊的。伯爵看出了破绽，就用问话来戳穿他的牛皮，问得他张口结舌，不知如何回答。这时如果说假希内尔是"愣住"了，虽然也不算错，但在具体的情况下，还是用"难倒"更符合汉语的用法。问题难倒了假希内尔，却难不倒口齿伶俐的学徒弥斯提格里。这时如果说画师的学徒"像很老练的政治家"，帽子就嫌太大，不如把"政治家"的范围缩小为更具体的"外交家"，把"老练"具体化为"圆滑"或者"擅于词令"。尤其是"解围"二字，在具体的情况下，用来翻译一般化的dit字，显得比原文更深化，更发挥了译文语言的优势。从某个意义上说，发扬译语优势甚至可以说是青出于蓝而胜于蓝。

再如第五例：奥斯卡对乔治佩服得五体投地，乔治居然对奥斯卡讲了一句话，这句话虽然是"表面上的联系"，如果具体化为"赏了一个面子"或者"赏脸"，岂不是发挥了译文语言的优势！奥斯卡见乔治屈尊和他讲话，自然觉得"高兴"，但"高兴"二字太一般化，如果特殊化为"喜出望外"或者"受宠若惊"，又可以说是发挥了译文语言的优势，甚至可以说是青出于蓝而胜于蓝。其他译例也都大同小异，这里就不一一解说了。

（原载《教学研究》1988 年 3 期）

附　录

学术小传

　　1921 年 4 月 18 日，雄鸡一唱东方红，我就在南昌呱呱坠地了，哭声特别响亮，仿佛要和雄鸡争鸣。8 岁我开始学英文，因为英文的"女儿"读音怪，不如中文"女子"可以合成"好"字，所以并不喜欢学英文。高中二年级时背诵了三十篇英文短文，考试成绩跃居全班第二，才开始对英文发生兴趣。1938 年考入昆明西南联合大学（抗日战争时期由清华、北大、南开三校联合组成）外文系。上学期和杨振宁同上"大一英文"N组，杨考第一，我考第二；下学期编入钱钟书先生"大一英文"B组，对钱先生的妙语如珠非常钦佩。1939 年读到林徽因的《别丢掉》，我把它译成英文，这是我译的第一首英文诗。大学二年级时，欧洲文学史考试全班第一，俄文考试得 100 分；三年级时，法文小考又得 99 分，这就建立了我学好外文的信心。但英法文学谈情说爱的多，所以大三时找女同学的时间多于读书的时间，结果考试成绩有高有低。1941 年日本空袭珍珠港，美国志愿空军来华对日作战，我为美军担任翻译。在陈纳德将军的欢迎会上，我把"三民主义"译成 of the people，by the people，for the people，得到好评。1942 年回联大入四年级，读了德莱顿的诗剧《一切为了爱情》，觉得很美，把剧译成中文，这是我翻译的第一部外国文学作品。1943 年联大毕业，我在昆明天祥中学教英文，天祥是"小联大"，师生中出了六个院士，生活自由愉快。1944 年我考入清华大学外国文学研究所，研究课题是"莎士比亚和德莱顿的戏剧艺术"。1946 年我参加出国留学考试，1948 年赴欧，先去英国伦敦、牛津和莎士比亚故乡游历，后去法国巴黎大学攻读文学研究文凭，研究课题是："拉辛剧中的妒忌情素——兼和莎士比亚的《奥塞罗》比较"。同时在巴黎大学的有程抱一，他后来成了第一个中国出生的法兰西学院院士，我们曾同去罗马、瑞士等地游历。1950年我得到巴黎大学文学研究文凭后回国。

20世纪50年代，我在北京西苑、香山等地外国语学院教授英文、法文；60年代，在张家口外国语学院；70年代，在洛阳外国语学院。1983年，我来北京大学，先后在外国语学院、国际关系学院、新闻学院任教。同时北到天津、大连、秦皇岛，东到上海、南京、杭州，中到武汉、南昌、合肥，西到重庆、昆明、桂林，南到广州、海口、香港等地的高等院校讲学。来北大前，我已经出版了6本文学作品：英译中有《一切为了爱情》(1956)，法译中有罗曼·罗兰的《哥拉·布勒尼翁》(1958)，中译英有《动地诗》(1981)，《苏东坡诗词选》(1982)，中译法有《农村散记》(1957，合译)，中译英法有《毛泽东诗词四十二首》(1978)。那时，我已经是有史以来把中国诗词译成英法韵文的唯一人了。

来北大后，20年内，我的著译增加了10倍，达到60多本，现在择要简介于后。先说中文专著：《翻译的艺术》《文学翻译谈》《文学与翻译》《译笔生花》，4本书提出了中国学派的文学翻译理论。散文作品有《追忆逝水年华》和《诗书人生》。英文专著有《中诗英韵探胜》，列入北京大学名家名著文丛，美国哥伦比亚大学有一位博士说，这是他见过的最好的译论。还有一本英文散文《逝水年华》，请杨振宁写的序，分别在北京和纽约出版。英文译著有中国古典十大名著：1.《诗经》（美国加州大学韦斯特教授说：读来是种乐趣）。2.《老子》。3.《楚辞》（墨尔本大学美国学者说：当算英美文学高峰）。4.《唐诗三百首》（钱钟书先生说：唐诗与译论"二书如羽翼之相辅，星月之交辉"）。5.《李白诗选》（钱先生开玩笑说：太白"与君苟并世，必莫逆于心耳"）。6.《宋词三百首》。7.《苏东坡诗词选》。8.《元曲三百首》。9.《西厢记》（英国智慧女神出版社说：可和莎士比亚比美）。10.《不朽之歌》（由英国企鹅图书公司出版）。法文译著有《中国古诗词三百首》（诺贝尔文学奖评委说：是伟大的中国传统文学的样本）。世界文学名著汉译则有罗曼·罗兰的《约翰·克里斯托夫》(2004年的《外语论坛》认为胜过傅雷译本)等书（见《著译年表》）。总之，西方译论重视对等，我的译论却强调优化，就是发挥译语优势，充分利用最好的译语表达方式

（具有意美、音美、形美，而不一定是对等的方式），这个理论可以解决西方译论所不能解决的中西互译问题。

2005 年于巴黎大学毕业 55 周年之际

著译年表

1956 年

《一切为了爱情》

    （英）约翰·德莱顿 著；许渊冲 译　上海：新文艺出版社，1956

1958 年

《哥拉·布勒尼翁》

    （法）罗曼·罗兰 著；许渊冲 译　北京：人民文学出版社，1958

1982 年

《苏东坡诗词新译》

    许渊冲 译　香港：商务印书馆香港分馆，1982

1983 年

《人生的开始》

    （法）巴尔扎克 著；许渊冲 译　上海：上海译文出版社，1983

1984 年

《唐诗一百五十首》（汉英对照）

    许渊冲 译　西安：陕西人民出版社，1984

《翻译的艺术》

    许渊冲 著　北京：中国对外翻译出版公司，1984

1986 年

《水上》

    （法）莫泊桑 著；许渊冲 译　北京：人民文学出版社，1986

《雨果戏剧选》

    （法）维克多·雨果 著；许渊冲 译　北京：人民文学出版社，1986

1987 年

《昆廷·杜沃德》

  （英）司各特 著；许渊冲、严维明 译　北京：人民文学出版社，1987

《李白诗选》（汉英对照）

  许渊冲 译　成都：四川人民出版社，1987

《唐诗三百首新译》（英文）

  许渊冲等 编　香港：商务印书馆（香港）有限公司，1987

《唐宋词选一百首》（汉法对照）

  许渊冲 译　北京：外文出版社，1987

1988 年

《中诗英译比录》

  吕叔湘、许渊冲 编著　香港：三联书店香港公司，1988

《唐诗三百首新译》（汉英对照）

  许渊冲等 编

  北京：中国对外翻译出版公司

  香港：商务印书馆（香港）有限公司，1988.11

1990 年

《追忆似水年华》（第Ⅲ卷）

  （法）普鲁斯特 著；潘丽珍、许渊冲 译　南京：译林出版社，1990.6

《唐宋词一百五十首》（汉英对照）

  许渊冲 译　北京：北京大学出版社，1990.9

1991 年

《飞马腾空：亨利·泰勒诗选》

  （美）亨利·泰勒 著；许渊冲 译

  北京：中国对外翻译出版公司，1991

《唐宋词一百首》（汉英对照）

  许渊冲 译

  北京：中国对外翻译出版公司

  香港：商务印书馆（香港）有限公司，1991.3

1992 年

《包法利夫人》（汉英对照）

　　　　（法）福楼拜 著；许渊冲 译　南京：译林出版社，1992

《人间春色第一枝：诗经·雅颂欣赏》（汉英对照）

　　　　许渊冲 译　郑州：河南人民出版社，1992.6

《人间春色第一枝：诗经·国风欣赏》（汉英对照）

　　　　许渊冲 译　郑州：河南人民出版社，1992.6

《中诗英韵探胜：从〈诗经〉到〈西厢记〉》（汉英对照）

　　　　许渊冲 著　北京：北京大学出版社，1992

1993 年

《红与黑》

　　　　（法）司汤达 著；许渊冲 译　长沙：湖南文艺出版社，1993

《毛泽东诗词选》（汉英对照）

　　　　毛泽东 著；许渊冲 译　北京：中国对外翻译出版公司，1993.10

《诗经》（汉英对照）

　　　　许渊冲 译；姜胜章编注　长沙：湖南人民出版社，1993

1994 年

《埃及艳后》

　　　　（英）德莱顿 著；许渊冲 译　桂林：漓江出版社，1994

《包法利夫人》（全 译本）

　　　　（法）福楼拜 著；许渊冲 译　南京：译林出版社，1994

《中国古诗词六百首》（汉英对照）

　　　　许渊冲编译　北京：新世界出版社，1994

《楚辞》（汉英对照）

　　　　杨逢彬 编注；许渊冲 译　长沙：湖南人民出版社，1994

1995 年

《唐宋诗一百五十首》（汉英对照）

　　　　许渊冲 译　北京：北京大学出版社，1995

1996 年

《汉魏六朝诗一百五十首》（汉英对照）

　　　　许渊冲 译　北京：北京大学出版社，1996

《宋词三百首》（汉英对照）

　　　　张秋红、杨光治 今译；许渊冲 译　长沙：湖南人民出版社，1996

《追忆逝水年华：从西南联大到巴黎大学》

　　　　许渊冲 著　北京：生活·读书·新知三联书店，1996

1997 年

《西厢记》（汉英对照）

　　　　（元）王实甫 著；许渊冲 译　长沙：湖南人民出版社，1997

《元明清诗一百五十首》（汉英对照）

　　　　许渊冲 译　北京：北京大学出版社，1997

1998 年

《包法利夫人》

　　　　（法）福楼拜 著；许渊冲 译　南京：译林出版社，1992（1998 重印）

《文学翻译谈》

　　　　许渊冲 著　台北：书林出版公司，1998

《雨果文集·戏剧》（第十五卷）

　　　　（法）维克多·雨果 著；柳鸣九 主编；许渊冲、谭立德 译

　　　　石家庄：河北教育出版社，1998

《雨果文集·戏剧》（第十六卷）

　　　　（法）维克多·雨果 著；柳鸣九 主编；谭立德、许渊冲 译

　　　　石家庄：河北教育出版社，1998

1999 年

《包法利夫人》

　　　　（法）福楼拜 著；许渊冲 译　南京：译林出版社，1999

《中国古诗词三百首》（汉法对照）

　　　　许渊冲 译；照君 注音　北京：北京大学出版社，1999

《雨果戏剧集》

　　（法）维克多·雨果 著；谭立德、许渊冲 译

　　石家庄：河北教育出版社，1999

2000 年

《西厢记》（汉英对照）

　　（元）王实甫 著；许渊冲 译　　长沙：湖南人民出版社，2000

《包法利夫人》（汉日对照）

　　（法）福楼拜 著；（日）伊吹武彦、许渊冲 译

　　长春：吉林大学出版社，2000

《约翰·克里斯朵夫》

　　（法）罗曼·罗兰 著；许渊冲 译　　长沙：湖南文艺出版社，2000

《新编千家诗》（汉英对照）

　　袁行霈 主编；许渊冲 译　　北京：中华书局，2000

《唐诗三百首》（汉英对照）

　　许渊冲 译　　北京：高等教育出版社，2000

2001 年

《顾毓琇诗词选》（汉英对照）

　　顾毓琇 著；许渊冲 译　　北京：高等教育出版社，2001

2002 年

《雨果文集·戏剧》（第十卷）

　　（法）维克多·雨果 著；许渊冲 译　　北京：人民文学出版社，2002

2003 年

《老子道德经》（汉英对照）

　　许渊冲 译　　北京：高等教育出版社，2003

《诗书人生》

　　许渊冲 著　　天津：百花文艺出版社，2003

《唐宋词三百首》（汉英对照）

　　许渊冲 译　　石家庄：河北人民出版社，2003

《文学与翻译》

　　　　许渊冲 著　北京：北京大学出版社，2003

2004 年

《罗曼·罗兰精选集》

　　　　（法）罗曼·罗兰 著；许渊冲 编选　北京：北京燕山出版社，2004

《元曲三百首》（汉英对照）

　　　　许渊冲 译　北京：高等教育出版社，2004

《宋词三百首》（汉英对照）

　　　　许渊冲 译　北京：高等教育出版社，2004

《唐诗三百首》（汉英对照）

　　　　许渊冲 译　北京：高等教育出版社，2004

《中国古诗精品三百首》（汉英对照）

　　　　许渊冲 译　北京：北京大学出版社，2004

《唐宋名家千古绝句 100 首》（汉英对照）

　　　　刘琦 注析；许渊冲、唐自东 译　长春：吉林文史出版社，2004

2005 年

《精选宋词与宋画》（汉英对照）

　　　　许渊冲 译　北京：五洲传播出版社，2005

《论语》（汉英对照）

　　　　许渊冲 译　北京：高等教育出版社，2005

《约翰·克里斯朵夫》

　　　　（法）罗曼·罗兰 著；许渊冲 译　北京：北京燕山出版社，2005

《李白诗选》（汉英对照）

　　　　许渊冲 译　石家庄：河北人民出版社，2005

《诗经选》（汉英对照）

　　　　许渊冲 译　石家庄：河北人民出版社，2005

《译笔生花》

　　　　许渊冲 著　郑州：文心出版社，2005

《山阴道上：许渊冲散文随笔选集》

　　　　许渊冲 著　北京：中央编译出版社，2005

《古诗绝句百首》（汉英对照）

　　　　金木 编；许渊冲 译　长春：吉林文史出版社，2005 重印

2006 年

《翻译的艺术》

　　　　许渊冲 著　北京：五洲传播出版社，2006

《精选诗经与诗意画》（汉英对照）

　　　　许渊冲 译　北京：五洲传播出版社，2006

《道德经与神仙画》（汉英对照）

　　　　许渊冲 译　北京：五洲传播出版社，2006

《毛泽东诗词与诗意画》（汉英对照）

　　　　许渊冲 译　北京：五洲传播出版社，2006

《白居易诗选》（汉英对照）

　　　　许渊冲 编著　石家庄：河北人民出版社，2006

《李清照词选》（汉英对照）

　　　　许渊冲 译　石家庄：河北人民出版社，2006

《李煜词选》（汉英对照）

　　　　许渊冲 译　石家庄：河北人民出版社，2006

《杜甫诗选》（汉英对照）

　　　　许渊冲 译　石家庄：河北人民出版社，2006

《苏轼诗词选》（汉英对照）

　　　　许渊冲 译　石家庄：河北人民出版社，2006

《约翰·克里斯朵夫》

　　　（法）罗曼·罗兰 著；许渊冲 译

　　　　北京：中国书籍出版社，2006

《新编千家诗》（汉英对照）

　　　　袁行霈 编；许渊冲等 译　北京：中华书局，2006

《最爱唐宋词：影画版》（汉英对照）

　　　　许渊冲 译　北京：中国对外翻译出版公司，2006

《一生必读唐诗三百首鉴赏》（汉英对照）

　　　　谢真元 主编；许渊冲、马红军 译

　　　　北京：中国对外翻译出版公司，2006

2007 年

《李白诗选》（汉英对照）

　　　　许渊冲 译　长沙：湖南人民出版社，2007

《约翰·克里斯朵夫》

　　　　（法）罗曼·罗兰 著；许渊冲 译　北京：光明日报出版社，2007

《苏轼诗词选》（汉英对照）

　　　　许渊冲 译　长沙：湖南人民出版社，2007

《唐宋词一百首》（汉英对照）

　　　　许渊冲选 译　北京：中国对外翻译出版公司，2007

《宋词三百首》（汉英对照）

　　　　许渊冲 译　北京：中国对外翻译出版公司，2007

《唐诗三百首》（汉英对照）

　　　　许渊冲 译　北京：中国对外翻译出版公司，2007

《一生必读宋词三百首鉴赏》（汉英对照）

　　　　谢真元 主编；许渊冲、许明 译　北京：中国对外翻译出版公司，2007

2008 年

《精选唐诗与唐画》（汉法对照）

　　　　许渊冲 译　北京：五洲传播出版社，2008

《精选宋词与宋画》（汉法对照）

　　　　许渊冲 译　北京：五洲传播出版社，2008

《精选诗经与诗意画》（汉法对照）

　　　　许渊冲 译　北京：五洲传播出版社，2008

《红与黑》

　　　　（法）司汤达 著；许渊冲 译　重庆：重庆出版社，2008

《中国古诗百首读》（第 2 版，汉英对照）

　　　　朱宏达、吴洁敏 选注；许渊冲、王僴中 译

　　　　北京：华语教学出版社，2008

《续忆逝水年华》

　　　　许渊冲 著　武汉：湖北人民出版社，2008

《逝水年华》（第 2 版）

　　　　许渊冲 著　北京：生活·读书·新知三联书店，2008

《千家诗》（汉英对照）

　　　　许渊冲、许明 译；冷林蔚 注释　北京：中国对外翻译出版公司，2008

2009 年

《桃花扇》（汉英对照）

　　　　（明）孔尚任 著；许渊冲、许明 译

　　　　北京：中国对外翻译出版公司，2009

《牡丹亭》（汉英对照）

　　　　（明）汤显祖 著；许渊冲、许明 译

　　　　北京：中国对外翻译出版公司，2009

《长生殿》（汉英对照）

　　　　（清）洪昇 著；许渊冲、许明 译

　　　　北京：中国对外翻译出版公司，2009

《西厢记》（汉英对照）

　　　　（明）王实甫 著；许渊冲、许明 译

　　　　北京：中国对外翻译出版公司，2009

《西厢记》（第 2 版）

　　　　（元）王实甫 著；许渊冲 译　长沙：湖南人民出版社，2009

《汉魏六朝诗》（汉英对照）

　　　　周晓宇 注释；许渊冲 译

　　　　北京：中国对外翻译出版公司，2009

《楚辞》（汉英对照）

　　　　许渊冲 译；张华中文 译注

　　　　北京：中国对外翻译出版公司，2009

《诗经》（汉英对照）

　　　　刘文娟、崔晶晶 注释；许渊冲 译

　　　　北京：中国对外翻译出版公司，2009

《元曲三百首》（汉英对照）

　　　　许渊冲 译；杨昕 注释　北京：中国对外翻译出版公司，2009

《元明清诗》（汉英对照）

　　　　周晓宇 注释；许渊冲 译　北京：中国对外翻译出版公司，2009

《联大人九歌》

　　　　许渊冲 著　昆明：云南人民出版社，2009

2010 年

《追忆似水年华》（第Ⅲ卷，第 2 版）

　　　　马塞尔·普鲁斯特 著；潘丽珍、许渊冲 译

　　　　台北：联经出版事业股份有限公司，2010

《约翰·克里斯朵夫》（第 4 版）

　　　　（法）罗曼·罗兰 著；许渊冲 译　北京：北京燕山出版社，2010

《约翰·克里斯朵夫》

　　　　（法）罗曼·罗兰 著；许渊冲 译

　　　　北京：中国对外翻译出版公司，2010

《中诗英韵探胜》（第 2 版，汉英对照）

　　　　许渊冲 著　北京：北京大学出版社，2010

2011 年

《包法利夫人》（汉英对照）

　　　　（法）福楼拜 著；许渊冲 译　南京：译林出版社，2011

《约翰·克里斯朵夫》（第 5 版）

　　　　（法）罗曼·罗兰 著；许渊冲 译　北京：北京燕山出版社，2011

《约翰·克里斯朵夫》

　　　　（法）罗曼·罗兰 著；许渊冲 译　北京：中央编译出版社，2011

《逝水年华》（增订版）

　　　　许渊冲 著　北京：外语教学与研究出版社，2011

2012 年

《诗经》（汉英对照）

　　　　许渊冲 译　北京：五洲传播出版社、中华书局，2012

《论语》（汉英对照）

　　　　许渊冲 译　北京：五洲传播出版社、中华书局，2012

《道德经》（汉英对照）

　　　　许渊冲 译　北京：五洲传播出版社、中华书局，2012

《楚辞》（汉英对照）

      许渊冲 译　北京：五洲传播出版社、中华书局，2012

《汉魏六朝诗选》（汉英对照）

      许渊冲 译　北京：五洲传播出版社、中华书局，2012

《唐五代词选》（汉英对照）

      许渊冲 译　北京：五洲传播出版社、中华书局，2012

《唐诗三百首》（汉英对照）

      许渊冲 译　北京：五洲传播出版社、中华书局，2012

《宋元明清诗选》（汉英对照）

      许渊冲，许明 译　北京：五洲传播出版社、中华书局，2012

《宋词三百首》（汉英对照）

      许渊冲 译　北京：五洲传播出版社、中华书局，2012

《元曲三百首》（汉英对照）

      许渊冲 译　北京：五洲传播出版社、中华书局，2012

《桃花扇》（汉英对照）

      （清）孔尚任 著；许渊冲、许明 译

      北京：五洲传播出版社、中华书局，2012

《牡丹亭》（汉英对照）

      （明）汤显祖 著；许渊冲、许明 译

      北京：五洲传播出版社、中华书局，2012

《长生殿》（汉英对照）

      （清）洪昇 著；许渊冲、许明 译

      北京：五洲传播出版社、中华书局，2012

《西厢记》（汉英对照）

      （元）王实甫 著；许渊冲、许明 译

      北京：五洲传播出版社、中华书局，2012

《红与黑》（汉英对照）

      （法）司汤达 著；许渊冲译　南京：译林出版社，2012

《高老头》

      （法）巴尔扎克著；许渊冲 译　北京：北京燕山出版社，2012

《追忆似水年华》（第三卷）

      （法）普鲁斯特 著；潘丽珍、许渊冲 译　南京：译林出版社，2012

《约翰·克利斯朵夫》

（法）罗曼·罗兰 著；许渊冲 译

北京：中国对外翻译出版有限公司，2012

《往事新编：许渊冲散文随笔精选》

许渊冲 著 深圳：海天出版社，2012

2013 年

《丰子恺诗画许渊冲英译》（汉英对照）

许渊冲 译 北京：海豚出版社，2013

《昆廷·杜沃德》

（英）司各特 著；许渊冲、严维明 译 北京：海豚出版社，2013

《红与黑》

（法）司汤达 著；许渊冲 译 北京：海豚出版社，2013

《桃花扇》（汉英对照）

（清）孔尚任 著；许渊冲、许明 译 北京：海豚出版社，2013

《人生的开始》

（法）巴尔扎克 著；许渊冲 译 北京：海豚出版社，2013

《一切为了爱情》

（英）德莱顿 著；许渊冲 译 北京：海豚出版社，2013

《牡丹亭》（汉英对照）

（明）汤显祖 著；许渊冲、许明 译 北京：海豚出版社，2013

《飞马腾空》

（美）亨利·泰勒 著；许渊冲 译 北京：海豚出版社，2013

《长生殿》（汉英对照）

（清）洪昇 著；许渊冲、许明 译 北京：海豚出版社，2013

《西厢记》（汉英对照）

（元）王实甫 著；许渊冲、许明 译 北京：海豚出版社，2013

《包法利夫人》

（法）福楼拜 著；许渊冲 译 北京：海豚出版社，2013

《约翰·克里斯朵夫》

（法）罗曼·罗兰 著；许渊冲 译 北京：海豚出版社，2013

《哥拉·布勒尼翁》

　　　（法）罗曼·罗兰 著；许渊冲 译　北京：海豚出版社，2013

《约翰·克里斯朵夫》（第6版）

　　　（法）罗曼·罗兰 著；许渊冲 译　北京：北京燕山出版社，2013

《水上》

　　　（法）莫泊桑 著；许渊冲 译　北京：海豚出版社，2013

《诗经》（汉英对照）

　　　许渊冲 译　北京：海豚出版社，2013

《楚辞》（汉英对照）

　　　许渊冲 译　北京：海豚出版社，2013

《道德经》

　　　许渊冲 译　北京：海豚出版社，2013

《论语》（汉英对照）

　　　许渊冲 译　北京：海豚出版社，2013

《汉魏六朝诗》（汉英对照）

　　　许渊冲 译　北京：海豚出版社，2013

《唐五代词选》（汉英对照）

　　　许渊冲 译　北京：海豚出版社，2013

《唐诗三百首》（汉英对照）

　　　许渊冲 译　北京：海豚出版社，2013

《唐诗》（汉英对照）

　　　许渊冲 译　北京：海豚出版社，2013

《宋词三百首》（汉英对照）

　　　许渊冲 译　北京：海豚出版社，2013

《宋词》（汉英对照）

　　　许渊冲 译　北京：海豚出版社，2013

《元曲三百首》（汉英对照）

　　　许渊冲 译　北京：海豚出版社，2013

《元曲》（汉英对照）

　　　许渊冲 译　北京：海豚出版社，2013

《宋元明清诗选》（汉英对照）

　　　许渊冲、许明 译　北京：海豚出版社，2013

《元明清诗》（汉英对照）

　　　　许渊冲 译　北京：海豚出版社，2013

《中国古诗词选》（汉英对照）

　　　　许渊冲 译　北京：海豚出版社，2013

《许渊冲经典英译古代诗歌 1000 首·苏轼诗词》（汉英对照）

　　　　许渊冲 译　北京：海豚出版社，2013

《艾那尼》

　　　　（法）维克多·雨果 著；谭立德、许渊冲 译

　　　　南京：译林出版社，2013

《雨果戏剧选》

　　　　（法）雨果 著；许渊冲 译　北京：海豚出版社，2013

《玛丽·都铎》（修订版）

　　　　（法）维克多·雨果 著；许渊冲，谭立德 译

　　　　南京：译林出版社，2013

2014 年

《唐诗选》（汉法对照）

　　　　许渊冲 译　北京：五洲传播出版社，2014

《中国古诗百首读本》（第 3 版）

　　　　吴洁敏、朱宏达 选注；许渊冲、王偘中 译

　　　　北京：华语教学出版社，2010（2014 重印）

《高老头》

　　　　（法）巴尔扎克 著；许渊冲 译　郑州：河南文艺出版社，2014

《包法利夫人》

　　　　（法）福楼拜 著；许渊冲 译

　　　　北京：北京联合出版公司，2014

《白居易诗选》（汉英对照）

　　　　许渊冲 译　北京：中国对外翻译出版有限公司，2014

《李白诗选》（汉英对照）

　　　　许渊冲 译　北京：中国对外翻译出版有限公司，2014

《杜甫诗选》（汉英对照）

　　　　许渊冲 译　北京：中国对外翻译出版有限公司，2014

《任尔东西南北风：许渊冲中外经典译著前言后语集锦》

　　许渊冲 著　北京：清华大学出版社，2014

《王维诗选》（汉英对照）

　　许渊冲 译　北京：中国对外翻译出版有限公司，2014

《玛丽·都铎》

　　（法）维克多·雨果 著；许渊冲、谭立德 译

　　北京：北京联合出版公司，2014

《艾那尼》

　　谭立德、许渊冲 译　北京：北京联合出版公司，2014

2015 年

《高老头》

　　（法）巴尔扎克 著；许渊冲 译　北京：中国友谊出版公司，2015

《高老头》

　　（法）巴尔扎克 著；许渊冲 译　西安：西安交通大学出版社，2015

《高老头》

　　（法）巴尔扎克 著；许渊冲 译

　　上海：生活·读书·新知 三联书店，2015

《高老头》

　　（法）巴尔扎克 著；许渊冲 译　北京：中央编译出版社，2015

《高老头》

　　（法）巴尔扎克 著；许渊冲 译　天津：天津人民出版社，2015

《包法利夫人》

　　（法）福楼拜 著；许渊冲 译　南京：译林出版社，2015

《包法利夫人》

　　（法）福楼拜 著；许渊冲 译　北京：中央编译出版社，2015

《约翰·克里斯朵夫》

　　（法）罗曼·罗兰 著；许渊冲 译　北京：中央编译出版社，2015

《约翰·克里斯朵夫》

　　（法）罗曼·罗兰 著；许渊冲 译　北京：北京理工大学出版社，2015

《奥瑟罗》（汉英对照）

　　辜正坤 主编；许渊冲 译　北京：外语教学与研究出版社，2015

《诗经》（汉英对照）

　　　　许渊冲 译　北京：海豚出版社，2015

《汉魏六朝诗》（汉英对照）

　　　　许渊冲 译　北京：海豚出版社，2015

《唐诗》（汉英对照）

　　　　许渊冲 译　北京：海豚出版社，2015

《宋词》（汉英对照）

　　　　许渊冲 译　北京：海豚出版社，2015

《画说宋词》（汉英对照）

　　　　许渊冲 译；陈佩秋等 绘　北京：中国对外翻译出版有限公司，2015

《苏轼诗词》（汉英对照）

　　　　许渊冲 译　北京：海豚出版社，2015

《元曲》（汉英对照）

　　　　许渊冲 译　北京：海豚出版社，2015

《元明清诗》（汉英对照）

　　　　许渊冲 译　北京：海豚出版社，2015

《西风落叶》

　　　　许渊冲 著　北京：外语教学与研究出版社，2015

《许渊冲英译毛泽东诗词》（汉英对照）

　　　　许渊冲 译　北京：中译出版社，2015

2016 年

《高老头》

　　　　（法）巴尔扎克 著；许渊冲 译　北京：中国画报出版社，2016

《高老头》

　　　　（法）巴尔扎克 著；许渊冲 译　南昌：江西教育出版社，2016

《牡丹亭》（汉英对照）

　　　　（明）汤显祖 著；许渊冲，许明 译　北京：海豚出版社，2016

《诗经》（汉法对照）

　　　　程俊英、蒋见元 今译；许渊冲 译　北京：中国市场出版社，2016

《约翰·克里斯朵夫》（全译本）

　　　　（法）罗曼·罗兰 著；许渊冲 译　北京：中译出版社，2016

《奥瑟罗》

　　　　许渊冲 译　北京：外语教学与研究出版社，2016

《文学与翻译》

　　　　许渊冲 著　北京：北京大学出版社，2016

《< 老子 > 译话》

　　　　许渊冲 著　北京：北京大学出版社，2016

2017 年

《红与黑》

　　　　（法）司汤达 著；许渊冲 译　北京：当代世界出版社，2017

《高老头》

　　　　（法）巴尔扎克 著；许渊冲 译　北京：当代世界出版社，2017

《包法利夫人》

　　　　（法）福楼拜 著；许渊冲 译　北京：当代世界出版社，2017

《梦与真：许渊冲自述》

　　　　许渊冲 著　郑州：河南文艺出版社，2017

《〈论语〉译话》

　　　　许渊冲 著　北京：北京大学出版社，2017

（因条件所限，难以搜集齐许渊冲先生已出版的全部著作，本表仅供参考。如有遗漏，敬请谅解。）